구만리
하늘

구만리 하늘

박혜원 유고집

심미안

차 례

구만리 하늘

구만리 하늘

잠을 깬 건주는 몽롱한 눈을 들어 주위를 살폈다. 양쪽으로 벽에 붙박힌 긴 의자에 사람들이 늘어앉아 있었다. 덜컹거리는 기차 바퀴 소리도 들렸다. 그는 상체를 비틀어 기차의 창문을 조금 들어올렸다. 찬바람이 쌩하니 들어왔다. 차츰 정신이 들면서, 송별을 핑계로 친구들과 어울려 새벽녘까지 마셨던 거며, 그 길로 청량리에서 기차를 타고는 곧장 곯아떨어졌던 거며, 증산이라는 곳에서 내려 정선을 거쳐 구절리로 가는 두 칸 짜리 장난감 같은 기차로 갈아탔던 거며, 창 밖으로 밀리는 첩첩산중을 내다보며 혹시 저승으로 가는 기차를 잘 못 탄 게 아닌가, 하는 엉뚱한 생각을 하다가 내처 잠이 들었던 거며, 오늘 일어난 일들이 아주 오래된 기억처럼 떠올랐다. 그는 잠들어 있는 동안에 정선을 지나쳤을지도 모른다는 생각이 들었다. 그가 내릴 곳은 정선역 다음인 나전역이었다.

창문 닫으세요. 옆에 앉아있던 처녀가 건주를 향해 선생님 같은 억양으로 말했다. 갸름한 얼굴에 긴 머리를 탐스럽게 늘어뜨린 처녀였다. 그는 창을 닫으며, 처녀에게 정선을 지났는가를 물었다. 대신 대답이라도 하듯 기차에 부착된 확성기가 나전역을 알렸다.

기차에서 내린 그는 역사 밖으로 나왔다. 산비탈을 깎아 세운 작은 역사였다. 기차에서 봤던 처녀가 핸드백을 어깨에 걸치고는 역사의 계단을 내려서 큰길로 들어서고 있었다. 그는 계단 위에 서서 아래를 내려다봤다. 산을 감고 휘도는 강줄기와 작고 낮은 집들로 인해 높은 관공서 건물이 유난히 돋보이는 전형적인 시골 마을이 한눈에 들어왔다. 아늑함과 외로움, 그리고 철저한 낯섦이 배어 있는 곳이었다.

그가 찾아가는 교회는 마을의 맨 끝에 있었다. 녹이 슨 철문이 닫혀 있고, 문 앞에는 아름드리 느티나무가 서 있었다. 그는 걸음을 멈추고 나무를 쳐다봤다. 하늘을 향해 날아갈 듯 뻗은 앙상한 우듬지가 까마득했다. 나무둥치에 쳐진 새끼줄과 흩어져 있는 짚들은 제사상을 차렸던 흔적인 듯 싶었다. 그러고 보니 어제가 음력 정월 대보름이었을 것이다. 그는 교회 앞의 토속 신앙을 보니 픽 웃음이 나왔다. 더불어 낯섦이 사라지고 대신 먼 추억 같은 정겨움이 일었다. 철문을 밀고 들어가 회갈색 건물과 마주섰다.

"신도 수가 적어서 흠이지 교회는 크고 번듯해. 예전에 광산이 흥할 적에는 신도가 하도 많아서 전도사를 서너 명씩이나 거느리던 곳이야."

앞서 이 교회를 맡았던 친구가 했던 말이었다. 판이하게도 건물은 크기만 할 뿐, 낡아서 금방 부스러질 것 같았다.

"새로 오신 전도사님이세요?"

뒤에서 누군가 말했다. 그는 뒤를 돌아봤다. 막노동꾼 차림의 중년 사내가 환히 웃음을 뿌리며 문을 들어서고 있었다.

"반갑습니더. 저는 이 교회 안수집사 황입니더. 그러잖아도 오늘이 수요일이라 전도사님이 꼭 오실 걸로 알고 있었제요."

황집사라는 사내가 다가와 손을 내밀며 말했다. 차림새와는 달리 희고

야윈 손을 가진 사내였다.

"본당은 윗층에 있습니더. 아직 하나님 뵙기 전이제요?"

황집사는 건주가 먼저 묻지 않는 게 이상했던지, 손으로 교회 건물 위를 가리키며 말했다.

산골 마을에 땅거미가 퍼지고 있었다. 건주는 나선형 계단을 더듬거리며 올랐다. 본당 문을 열고 들어가 스위치를 찾아 눌렀다. 휑하니 넓은 강당에 반원형 성가대석을 비롯해 튼튼한 예배집기, 피아노, 빛이 바랜 자줏빛 비로드 커튼이 지난날 번성의 흔적을 담고 모습을 드러냈다.

"사방이 널찍해서 하나님이 거하시기는 좋겠네!"

그는 듣는 사람이라도 있는 것처럼 중얼거렸다. 천장에 울리던 그의 말소리가 멈추자 적막이 사위를 휩쌌다. 그는 피아노를 열어 한 옥타브의 건반을 쳐 올렸다. 습기를 머금은 순서의 선율이 찬 대기를 뚫고 달무리처럼 탁하게 퍼졌다. 실내의 고요가 파문처럼 깨졌다.

"피아노 함부로 만지지 마세요."

젊은 여자 하나가 다가오며 유치원 선생님처럼 말했다. 그는 여자를 쳐다봤다. 기차에서 봤던 긴 머리 처녀였다.

"혹시, 우리 구면 아니던가요?"

건주는 이가 드러나도록 환히 웃으며 물었다. 반가웠다. 구면이라 반갑고, 춥고 황막한 공간에 같이 있어 줄 사람이 왔다는 게 너무나 반가웠다.

"어머, 새로 오신 전도사님이셨군요. 저는 이은희에요. 정식 인사는 예배가 끝난 후에 신도들이랑 함께 하죠."

그녀는 딱 부러진 성격을 드러내 보이며 말했다. 그녀는 피아노 위를 더듬어 성냥갑 하나를 찾아들고는 의자 사이의 통로로 들어갔다. 건주는 멋도 모르고 그녀의 뒤를 따랐다. 그녀가 멈춘 곳에는 낡은 난로 두 개가 간격을 두고 놓여져 있었다. 그녀가 성냥을 켜서 난로에 불을 붙였다. 이 내 푸른 불꽃이 타올랐다. 넓은 강당에 있으나마나한 불이지만, 금방 가슴 속까지 따뜻함이 전해오는 것 같았다. 건주는 난로를 사이하고 마주선 그녀를 쳐다보며 싱긋 웃었다. 그녀도 맑게 웃어주었다. 두런거림과 함께 문이 열렸다. 대여섯 명의 신도들이 문턱에 서서 고개를 쭈뼛거려 안을 살폈다. 그가 고개를 까딱해 보이자 그들은 어미 닭을 본 병아리처럼 우르르 몰려들어왔다.

어느새 느티나무에 연록색 잎이 덮여 있었다. 건주는 샌드페이퍼로 녹슨 철문을 닦아내고 있었다. 승용차 한 대가 클랙슨을 요란하게 울리며 마당으로 들어와 멈췄다. 운전석 문이 열리고 그의 절친한 친구 영빈이가 내렸다. 뒤쪽에서 건주와 같은 신학교 동기 두 사람이 더 내렸다. 그들은 인사도 없이 교회 안으로 쏜살같이 사라졌다.

"계단이 캄캄하다. 조심해라."

건주가 그들의 뒤에다 대고 소리를 질렀다. 잠시 후, 그들은 개구쟁이들처럼 우당탕거리며 계단을 내려왔다.

"그동안 철이 좀 들었나 했더니 여전하구나! 험한 산길 물어 물어서 찾아온 형님들을 반길 줄을 아나, 하나님에게 알현기도 드리는 자리에 참석은커녕 밖에 서서 소리를 지르질 않나, 저러다 순박한 산골 신도들에게 악을 가르쳐 몽땅 지옥으로 몰고 갈라."

영빈이 익살을 떨었다.

"기도한다고 천국 가는 거 아냐 임마! 그리구 솔직히 너희들 나 보러 온 게 아니잖아! 술에 걸신들린 놈들 내 핑계를 대고 한 풀러 온 검은 뱃속 훤한데 반기긴 뭘 반기냐?"

"어유 이걸 그으냥, 전도사에서 전자를 빼고 아예 도사로 나서라! 구레나룻이랑 근사하겠다, 돗자리만 깔면 되겠네."

한 친구가 건주에게 발길질을 했다. 알몸으로 헤엄치러 강물에 뛰어드는 악동들 같은 말투와 몸짓이었다. 엄격한 규율을 벗어난 일순간의 자유로움이리라.

영빈이 자동차 트렁크를 열고 술이며, 안줏감들을 꺼내고 다른 친구들은 받아서 안으로 날랐다.

"건주 자식 좋겠다. 혼자서 자고 싶으면 자고, 놀고 싶으면 놀고, 보는 사람 없어 술 마시기 딱 좋고! 믿음도 없이 소설 읽듯 성경 달달 외워서 절차 통과한 사기꾼에, 건수만 생기면 독실한 친구들 꼬드겨 진탕 마시게 해, 죄악에 빠뜨리는 녀석을 하나님은 뭘 잘했다고 이런 은총을 베푸시냐?"

영빈이 거실 바닥에 큰 대자로 벌렁 누우며 떠벌렸다. 곁에서 친구들이 킬킬거렸다.

영빈은 한의사였다. 그의 조부도 한의사였고, 아버지는 목사였다. 그는 얼마 전에 할아버지로부터 번화가에 여러 분야의 전문의까지 채용한 한방 병원을 물려받아 어엿한 원장이 돼 있다. 그는 걸쭉한 입심으로 가는 곳마다 주위 사람들을 웃기는 반면, 맡은 일에 있어서는 더없이 진지했고, 남의 약점이나 비밀은 철저히 입다물어 버리는 성격이었다. 건주는 그러한 영빈을 친구 이상으로 믿어마지 않았다.

오랜만에 하나님의 울을 벗어난 그들은 밤새도록 이단을, 교회의 부조리를, 원로 목사들의 보수적인 방침을 헐고, 뜯어 안주 삼아 술을 마셨다.

느즈막이 일어나 강원도 토산 해장국에 속을 푼 그들은 길을 서둘렀다. 영빈은 환자를 봐야 했고, 다른 친구들은 교회에서 각자 직분을 맡고 있어서 바쁜 사람들이었다.

"힘들면 기도해라. 기왕지사 택한 길, 의심 없이 하나님을 받아들이면 안되겠니? 자신의 맹목적인 믿음이 없이는 전도란 불가능한 거야."

영빈이 진지한 얼굴로 건주를 향해 말했다.

"난 하나님의 힘을 빌려서 이 산골에 왕국을 세우러 온 게 아냐. 언제

보따리 쌀지 모르는 놈이라구! 그리구 네 말대로 성경 달달 외어서 통과한 길이니 하나님보다는 부딪히는 상황과 타협할 수밖에."

"잘났다 임마! 그러잖아도 폼재는 네 녀석 머리통 없으니 대명천지 서울 하늘이 별안간에 캄캄해지더라. 네놈이 아무리 어깃장을 놔봐야 하나님 품 떠나서는 십리도 못 간다는 거, 모르는 사람 여기 아무도 없어 임마!"

영빈은 힐난을 남기고 차에 오른다. 그리고는 시야에서 휑하니 사라져 버린다. 갑자기 마당이 우주만큼이나 넓어진다. 멍하니 서 있는 건주의 귓가에 영빈이 남기고 간 힐책이 맴돌았다. 영빈의 권유로 신학을 무슨 의무처럼 파고들었던, 알수록 신앙심은 멀어지고 실체에 대한 의문과 비판만 신랄해졌던 때가 쓸쓸히 떠올랐다. 의미도 없이 한한 세월을 동서신학을 섭렵하느라 진이 빠져버린 그는 의문도, 비판도 힘에 겨워 벗어 던진 지 오래였다.

건주는 마당에 서서 느티나무를 쳐다봤다. 그늘이 넓은 아름드리 몸통이 하도 듬직해서 마음이 평안해지고 있었다. 갑자기 교육관 안이 소란스러워지며, 선생님 안녕히 계셔요. 또랑또랑한 아이들의 인사에 이어 그으래, 내일 보자, 하는 은희의 상냥한 대답 소리가 들렸다. 노란 가방을 맨 예닐곱 명의 작은 아이들이 동시에 교육관을 나와 문밖으로 흩어졌다.

"전도사님, 사모님은 언제 오세요? 전에는 주일날 신도들과 점심을 함께 했는데 사모님이 안 오시니, 몇 달을 그냥 넘겼잖아요."

은희가 밖으로 나가다말고 다시 들어오며 물었다. 부임 시에 건주가 형편상 가족은 늦는다고 말했던 걸 곧이들은 모양이다. 건주는 난감한 표정으로 은희를 바라봤다. 따지듯 묻는 억양과는 달리 얼굴 한가운데 조그맣게 솟은 콧방울에 송알송알 맺힌 땀방울이 어린애처럼 천진스러워 보였다.

"난 결혼도 안 했고, 더구나 고아라 데려올 가족이 없는데 어떡하지?"

"고아는 애들이죠! 누가 부모 없는 어른을 고아라고 하나요?"

"서른 세 살의 어른 고아라!…… 그러고 보니 예수님은 나랑 동갑이네."

그는 시치미를 떼듯 밤새 껄끄러워진 구레나룻을 손으로 쓸며 말했다.

"설마, 예수님을 눈높이에 두고 하신 말씀은 아니겠죠?"

은희가 정색을 하며 물었다. 건주는 그녀와 통성명을 하다가 서로 신학교 선후배 사이라는 걸 알았던 터라 딴엔 허물없이 대한다는 게 그만 책을 잡힌 모양이다.

"그러잖아도 전도사님의 설교에는 예수님을 향한 경외심이 빠져 있어요. 우리 교회 신도들 바보 아니거든요. 항상 조심하셔야 한다구요."

은희가 잘 못 된 일을 수정해 주듯 조용하고 부드러운 소리로 말했다. 그는 은희의 예리함에 놀라서 잠시 얼떨떨해졌다. 하긴, 교회 사랑이 남다른 은희가 건주의 결여된 믿음을 눈치채지 못할 리가 없었다. 황집사 얘기로는 올해 스물 여섯인 그녀가 여섯 살 때, 목수인 아버지가 이 교회를 청부맡아 지어서 몇 해 전 병사하기까지 계속 관리를 해왔었다고 한다. 모태신앙으로 어려서부터 교회에서 피아노를 배웠고, 신학교에서 종교음악을 전공한 은희는 집으로 돌아와 교회의 반주와 피아노 교습소를 겸하고 있었다. 그녀는 교습소 아이들이 학교에 가있는 동안은 동네의 어린 꼬마들을 모아서 가르쳤고, 건주가 미처 손을 못 쓰고 있는 교회 일까지 처리해 주고 있었다.

건주는 전기 스위치를 껐다가 다시 켜서 컴퓨터를 켜봤다. 여전히 먹통이었다. 내일이 주일이라 설교 준비를 하고, 주보를 만들려면 당장에 아쉬운 물건이 고장인 것 같았다. 핑계 김에 새것으로 바꾸고 싶은 생각이 간절했지만, 가난한 교회의 재정상 무리였다. 그는 컴퓨터를 자전거에 싣고 동네 전파사를 찾아갔다.

"부속이 없어서 아무래도 새로 하나 사야겠는데요. 요즘은 386 컴퓨터는 고물상에 가도 없거든요."

컴퓨터를 뜯어본 전파사 주인이 건주를 쳐다보며 말했다.

"새것을 사올 동안만이라도 어떻게 안 될까요?."

건주는 부질없다는 걸 알면서도 물었다. 주인이 딱하다는 표정을 하며 고개를 흔들었다. 그는 오히려 더 망가져 버린 컴퓨터를 다시 자전거에 싣고 흙먼지가 켜켜이 낀 전파사 문을 나왔다. 갑자기 뭔가 잔뜩 헝클어진 듯 심란한 기분이 들었다. 절박하지도 않은데 무엇을 위해 생판인 이곳의 가난을 책임져야 하는가, 하는 생각이 들면서 자전거를 버리고 어디론가 멀리 달아나 버리고 싶었다.

책상 앞에 앉아서 마음을 갈앉힌 그는 복사 용지에 주보를 한 장 베껴들고는 복사기가 있는 교육관으로 들어갔다. 복사기 앞에 서서 악보를 복사하고 있던 은희가 안녕하세요? 하면서 환히 웃어 보였다. 토요일에는 교습소도, 선교원 꼬마들도 쉬기 때문에 은희에게는 모처럼 한가한 날이었다.

"나이 찬 처녀가 오늘 같은 날을 활용해서 시집이나 갈 일이지, 뭐 하러 나왔어? 이것도 좀 부탁해. "

건주는 은희에게 주보를 내밀며 장난말을 섞어 말했다.

"이걸 왜 손으로 베껴 왔어요?"

은희가 장난은 무시한 채 눈을 동그랗게 뜨고는 그를 쳐다봤다.

"컴퓨터가 속을 썩이잖아! 비싼 거라 금방 살 수도 없구 일났어. 난 커서가 움직여야만 생각이 떠오르는데 설교 준비를 못해 어떡하지?"

"제 컴퓨터 빌려드릴 테니 가져다 쓰세요. 저는 바빠서 쓸 시간이 별로 없거든요. 필요할 때는 여기로 나와서 쓰죠 뭐."

내내 건주의 마음을 심란케 하던 일을 은희는 간단히 해결해버렸다.

"역시, 난 은희가 없으면 도저히 안 되겠어. 시집가라는 말 취소야."

마음이 놓인 건주는 은희를 쳐다보며 말했다. 은희의 귓불이 보얗게 물들었다.

　월요일은 건주의 쉬는 날이었다. 신도 수도 많지 않은 산골 교회에서 아무 때나 놀고, 쉰다 해도 누가 뭐랄 사람은 없었지만, 그도 규칙인지라 건주는 월요일이 되어야만 마음이 느긋해지곤 했다. 그러나 쉬는 날에도 신도들은 그를 필요로 했다. 그는 안경다리가 부러졌다며 가져온 팔순인 정집사의 안경을 전파사에 들러 납땜으로 붙여서 보내고, 의견 충돌로 싸우다 그를 찾아온 여신도 두 사람을 임기응변으로 십자가 앞에 꿇려 기도로 화해를 시키고 나니 오전이 후딱 가버렸다. 여자들 싸움에 끼어 행여 편중이 있을까봐 신경을 쓰다보니 입맛이 확 달아나 버린 그는 라면을 사들고 마당으로 들어섰다. 언제 왔는지 강릉댁이 마당 구석에 있는 자두나무를 막대기로 사정없이 두들기고 있었다. 그를 본 강릉댁이 수줍음처럼 히죽 웃었다. 그는 나무 밑으로 다가가 가지 하나를 휘어잡아 열매를 훑어서 강릉댁에게 내밀었다. 강릉댁이 더러운 치마를 벌려 자두를 받았다. 건주는 덜 익어 시디신 자두를 우둑우둑 깨물어 먹는 강릉댁을 안쓰러운 눈으로 바라봤다. 너무 더러워서 이목구비는 분명치 않았지만, 몸 전체의 선이 가녀리고 고왔다. 강릉으로 시집가서 낳은 첫애가 죽어 충격으로 실성하기 전에는 소문난 미인이라 했다. 그는 새집처럼 엉킨 그녀의 머리를 감겨주고 싶었다. 수돗가 물통에 받아 놓은 물을 만져봤다. 햇빛에 데워져 미지근했다.

　"아주머니 머리 감을까요?"

　그는 대야에 물을 퍼담으며 물었다. 강릉댁이 머리를 끄덕였다. 그녀의 외할아버지가 미쳐서 돌아다니다 강원도 설한풍에 얼어죽었다고 들었다. 어머니는 괜찮았고, 외손녀가 대신 내림을 받았다고 했다. 가끔 멀쩡할 때도 있는 모양이었다. 처음 왔을 때 건주가 관심을 보이자, 그녀는 다음 주일날 깨끗하게 치장을 하고 교회에 나왔다. 신도들이 놀라서 쫓아버렸다.

건주는 그 날, 미리 준비한 설교를 제쳐놓고 대신 예수님이 가난한 자와 병든 자를 얼마나 사랑했는지를 설교했었다.

　누군가 느티나무에 삼색 리본을 맨 새끼줄을 쳐 놓았다. 동네에 누구 아픈 사람이 있는 모양이다. 가슴이 답답해진 그는 거기에 황집사의 쾌차를 빌고 싶어졌다. 비교적 건강했던 황집사가 초여름에 접어들면서 갑자기 몸이 마르고 얼굴이 검어졌다. 어디가 아프냐고 물으면 그냥 소화가 잘 안 된다고만 대답했다. 명치끝이 꽝꽝해졌다고 말한 것은 며칠 전이었다. 심상찮음을 느낀 그는 영빈에게 문의를 했다. 영빈은 그 말을 듣기가 바쁘게 대학 병원에 검진 예약을 해두고는 황집사를 불렀다. 그는 황집사를 설득해 영빈에게 데려다주고는 새벽 기차를 타고 지금 막 내려오는 길이었다.
　그는 교회로 들어섰다. 그러잖아도 휑뎅그렁한 교회가 황집사가 없다고 생각하니 더 허전했다. 어제까지만 해도 수시로 나와서 교회에 별일이 없는지를 둘러보고는 예배집기의 먼지를 말끔히 닦아놓고 기도를 드리던 황집사였다. 건주는 본의 아닌 교회와 오랜 인연 속에서 황집사처럼 맑은 영혼을 지닌 교인을 만나기는 쉽지가 않았다. 감성적인 그는 새벽기도를 위해 집을 나올 때마다 맑은 공기와 검푸른 하늘, 반짝이는 샛별을 보노라면 하나님의 무한한 능력과 사랑이 느껴져 감사의 눈물이 나온다고 했다. 그는 가난했고, 온유했으며, 화평했고, 계명을 어기지 않았다. 건주는 오직 한 분뿐인, 그의 의심 없는 믿음이 부러웠다.
　그는 옷을 갈아입고 나와 일손을 잡았다. 몇 달 전부터 시작한 교회 보수 공사는 끝이 없었다. 얼룩에 페인트칠을 하고 나면 본당에 쥐가 뛰어다니고, 쥐구멍을 막고 나면 벽이 헐어지고, 벽을 쌓고 나면 문짝이 덜컹거리고 지붕이 샜다. 산골에 들어와 유배 생활 같은 낭만을 즐기며, 한가하게 세월이나 죽이려 했던 그의 계획에 차질이 생기고 있었다.

어레미로 쳐놓은 모래 위에 층이 진 그림자 두 개가 나란히 덮었다. 건주는 눈을 들었다. 김집사네 고부였다. 며느리는 교회에 나오지 않았지만, 엊그제 김집사의 칠순에 점심 초대를 받았었기에 안면은 있었다.

"전도사님, 죄송해서 어쩌제요? 야가 칠순 때 해준 금반지를 내가 암도 모르게 하나님께 헌금을 했제요. 글쎄, 저게 야시같이 알아서는……."

며느리는 눈을 고약하게 치떠 그를 노려만 보고 있었고, 김집사가 울상을 하며 말했다. 그는 다 듣지도 않고 본당으로 뛰어올라가고 있었다.

"죄송합니다. 제가 알았더라면 즉시 돌려드렸을 겁니다."

건주는 흰 봉투에 넣어져 헌금함에 들어 있던 반지를 가져다 여인에게 내밀며 깊이 머리를 숙였다.

"모르셨다니 다행이네요."

마흔쯤 돼 보이는 며느리는 건주의 정중함에도 여전히 비꼬듯 말했다. 겨우 스무 명을 웃도는 신도들 중, 그나마 반은 폐광으로 직업을 잃고는 날품팔이로 가난했고, 반은 아무 능력도 없는 노인들이었다. 그들은 한 달에 만 원의 헌금도 벅차 보였다. 다행히 영빈이 터준 큰 교회의 보조와 관광객을 상대로 모텔, 식당을 하는 신도나, 은희의 교습소에서 나오는 십일조로 교회는 그럭저럭 돌아가는 터여서 건주는 헌금에는 관심을 두지 않고 있었다. 그러나 신도들은 늘 미안해했다. 김집사도 마찬가지여서 칠순에 며느리에게서 받은 선물을 하나님의 은혜로 돌리고는 건주도 모르게 헌금으로 바쳤다가 며느리에게 들킨 모양이었다.

건주는 그들 고부를 배웅하고는 느티나무 아래 섬돌에 주저앉았다.

"전도사님! 새참이 나왔는데 함께 드시제요."

근처에서 집을 짓고 있는 인부들 중 한 사람이 그를 불렀다. 연장을 빌려 쓰면서 친해진 사람들이었다. 그러잖아도 술 생각이 간절하던 차였다.

"교회는 술을 금한다제요? 먹는 음식이니 괜찮을 겁니다. 자 받으세요."

늙수그레한 사내가 잔을 건네며 말했다. 내 술도 받으라며 다른 사람들도 한 잔씩 권했다.

"사람이 죽으면 천당으로 간다는데 천당은 진짜로 있습니꺼?"

한 사내가 건주를 향해 물었다.

"글쎄요! 저도 죽어보질 않아서 그건 모릅니다."

건주는 얼버무리고는 일어섰다. 얼굴이 화끈거리는 것은 술기운 때문만이 아닐 것이다. 느닷없이 은희가 보고싶어졌다. 은희를 찾아가 서울간 황집사와 김집사 고부의 일을 하소연하고 싶었다.

다리 건너에 성냥갑을 비틀어 늘어놓은 듯, 같은 크기 같은 구조의 집들이 늘어서 있었다. 오래 전에 광부들이 살았던 사택이었다. 타지방 사람들이 투기를 목적으로 모두 사들여 버려서 지금은 거의 비어 있었다. 길가에 가게 형식으로 지어진 집에서 피아노 소리가 들렸다. 그는 유리창 안을 들여다봤다. 피아노 앞에 앉은 아이에게 손가락의 자세를 가르치고 있던 은희가 그를 발견하고는 뛰어나왔다.

"전도사님, 전화도 없이 웬일이세요? 어머, 대낮부터 술 마셨어요?"

은희가 눈이 동그래져서 물었다.

"마셨지! 이리저리 채여서 나는 갈증에는 예수님의 피가 그만이거든."

안으로 들어가 마주 앉아서 차라도 한 잔 얻어 마시며 차분히 이런저런 얘기를 나누고 싶었던 상상이 엉뚱한 방향으로 빗나가고 있었다.

"말도 안 돼. 진짜 전도사 맞아요?"

"아무렴! 전지전능하신 하나님 부르심 받고 이 아골골짝에 복음 들고 달려온 진짜 전도사 맞구말구."

건주는 주정을 부리듯 허튼 소리를 했다. 안 그러면 허기 같은 허탈감이 밀려 울음이 터질 것 같았다.

은희에게 무안만 당하고 돌아선 건주는 고들빼기 꽃이 노랗게 덮인 강둑을 터벅터벅 걸었다. 물빛 하늘은 나 몰라라 평화롭기만 했다. 둑 아래로 햇살이 일렁이는 검푸른 강물이 세월처럼 흘렀다. 멀리 산비탈에 온통 초록으로 어우러진 옥수수밭, 밀짚모자를 쓰고 얼쩡대는 농부들, 한없이 목가적인 풍경이 서글펐다. 그는 목적도, 믿음도 없이 무작정 가고 있는 목회의 길에 회의가 와서 견딜 수가 없었다.

건주는 케케묵어 진작에 사람들의 관심 밖으로 밀려나버린 육이오 때, 소년단에 입단한 열다섯 살짜리 중학생이 충성심이라는 명목으로, 의용군 징집을 피해 밭에다 굴을 파고 숨어 있는 청년과, 청년의 어머니를 총으로 쏴 죽이고는, 이십 년이 넘도록 가책에 시달리다 결국 정신이상을 일으켜 깊은 산골짝을 찾아들어 아사를 했다는 친아버지의 슬픈 과거를 강둑 길에 깔아 밟으며 걸었다. 그는 대학시절 주위 사람의 말실수로 친부모의 과거를 안 뒤, 충격을 못 이겨 믿음도 없는 목회자가 될 수밖에 없었던, 지금은 닳아서 희미해진 아픔들을 고개를 흔들어 무(無)에 잠재운다. 강바람이 눈가로 흐르는 눈물을 말려주고는 달아난다.

예배당에서 들리던 인기척이 갑자기 뚝 끊어졌다. 덜컥 겁이 난 건주는 계단을 뛰어올라갔다. 걸레로 설교대를 닦다말고 가쁜 숨을 몰아쉬고 있던 황집사가 그를 보고 일어서려 했다. 건주는 뛰어가 그를 부축했다.

"그 기운으로 뭘 하시려구요."

건주는 너무나 안타까워 짜증스럽게 말했다.

"이제는 더 하고 싶어도 시간이 없습니더. 지는 요새로 꿈에 하나님을 자주 뵙제요. 부르실 날이 멀지 않아서일 겁니더. 고생만 시킨 식구들에게 미안해서 그렇지, 그 분께 가는 건 두렵지 않습니더."

황집사가 힘겹게 말했다. 그에게는 중고등학교에 다니는 두 아들과, 고생 속에서도 하나님을 믿고 의지하며 밝게 사는 아내가 있었다. 그는 서울의 어느 대학 병원에서 검진을 받고는 두 달 남짓 시한부 선고를 받고 돌아왔다. 간암 말기라 했다. 사는 동안 맛있는 거나 잡수시고 편히 쉬라는 병원의 배려 아닌 배려로 집에 돌아온 그는 성경을 읽고, 기도를 하며 하나님이 부르실 날을 기다리는 중이었다.

황집사를 집까지 바래다주고 돌아온 건주는 수화기를 집어들었다. 죽을 사람 때문에 산 사람의 생활을 중지할 수는 없었다. 건주는 은희의 전화 번호를 누르다 말고 잠시 망설였다. 오전에 면사무소 직원이 그를 찾아왔었다. 이곳 나전 근동에는 칠순이 넘은 남녀 노인들이 이십여 명이라 했다. 그 노인들에게 주일에 한 번씩 점심을 대접하라는 군청의 하달이 내려왔다며, 그 일을 교회에서 맡아 달라고 요청을 했다. 그는 군에서 이십 만원씩이나 경비를 보탠다는 말에 은희와 의논도 없이 허락부터 해버렸다. 아차, 실수를 깨달은 건 면 직원이 돌아간 뒤였다.

"혼자서 뭘 어쩌시려구요? 시장은 누가 봐 오고, 음식은 누가 만들어요? 설거지는요? 그 돈을 넷으로 나누면 겨우 오 만원인데, 모자란 건 도깨비 방망이라도 두드리실래요?"

예상했던 대로 딱 부러진 은희의 목소리가 전화선을 타고 넘어왔다.

긴 의자를 뜯어 맞춰 만든 상위에 맛깔스런 반찬이 놓여졌다. 그릇이나, 수저, 한 때 풍성했던 이 교회의 옛 자취는 늙고 소외된 노인들의 점심을 위해 요긴하게 쓰이고 있었다. 먹는 수는 많고 돈은 빠듯했지만, 처음의 과잉 반응과는 달리 별 불평이 없는 은희의 도움으로 그런 대로 정성이 담긴 점심을 대접하는 일이 그럭저럭 두 달이 넘어가고 있었다. 남루한 차림의 노인들이 형님, 아우를 찾으며 밥상 앞에 늘어앉았다. 여집사들과 은희가 흐르는 땀을 손등으로 훔치며 밥을 푸고, 국을 떴다. 건주는 그들에게 위로의 농담 한마디할 틈도 없이 뜨거운 그릇을 들고 바쁘게 돌아가고 있었다.

　　팔순의 노인 서넛이 점심보다는, 영빈에게 달라붙어 어디가 어떻게 아파서 기동이 어렵다고 응석처럼 엄살을 부리고 있었다. 영빈은 일일이 그들의 환부를 어루만져주며, 이 약을 드시면 틀림없이 나을 테니 시간 맞춰서 약을 드시고, 항상 몸을 따뜻이 하라고 일러주고 있었다. 노인들의 점심을 시작한 날부터 한 주일도 거르지 않고 내려오는 영빈은 노인들을 꼼꼼히 진맥을 하고, 침을 놓고, 부항을 붙이고, 그들 몫으로 달여온 약을 배부하곤 했다.

　　건주는 알 수 없는 불안이 밀려와 자전거의 페달을 힘껏 밟았다. 색상이 고운 들꽃이 덮인 강둑이 전에 없이 길었다. 다리가 저려 밤새 한잠도 못 잤다는 신도에게 부항을 붙여주고 오는 길이었다. 영빈이 자주 오는 바람에 그는 어깨너머로 부항 붙이는 법을 배워 심심찮게 노인들을 쫓아다니고 있는 중이었다. 마당에 들어서자 기다렸다는 듯 전화벨이 울렸다.

　　"황집사님이 널 찾는다. 지금 곧 올라올 수 있겠니?"

　　영빈이었다. 잠시 넋을 놓고 있던 건주는 정신을 가다듬고는 신도들의 주소록을 펼쳤다. 그는 보름 전에 정신병은 물론이고, 암도 초기라면 약초와, 침술로 고칠 수 있다고 자신하는 영빈에게 강릉댁과, 황집사를 맡겼다. 강릉댁은 몰라도 황집사는 너무 늦어 안 되겠다는 걸 마지막으로 원이나 없게라는 단서를 붙였다.

　　건주는 한약 냄새가 배어 있는 병실 안으로 들어섰다. 기다리고 있었던 듯, 문 쪽을 향하고 누워 있던 황집사가 그를 알아보고 희미하게 웃었다. 마치 해골이 웃는 것 같았다. 건주가 가까이 다가가자 그는 손을 내밀었다. 새털처럼 가벼운 손이었다. 영빈의 말로는 그가 새벽녘에 피죽 같은 복수(腹水)를 모조리 토해 냈다는데, 금방 나을 사람처럼 정신이 맑아 보인다.

　　"전도사님! 하나님이 전도사님을 시켜서라도 제 식솔들을 모른 체하지는 않으시리라 믿고 그 분 부르심 받을랍니더. 제 염을 부탁해도 되겠제요?"

그럼요, 그럼요! 건주는 죽어 가는 사람에게 위안이 될 말을 못 찾아 펑펑 눈물만 쏟는다.

황집사는 건주와 함께 올라온 교회 성도들의 예배 중에 평온하게 숨을 거두었다.

"미안하다. 이게 의술의 한계다. 장례비는 내가 부담할 테니 걱정 마라."

영빈이 고인의 눈을 감기고, 시트를 씌우며 말했다.

"고맙긴 하다만, 그 동안의 치료비도 못 낼 형편인데 무리가 아닐까?"

건주는 민망한 눈으로 영빈을 쳐다봤다.

"됐다 임마! 그런 돈까지 다 챙기려면 가만히 앉아서 돈이나 벌지 외진 산골엔 뭐 하러 찾아가냐? 모두 하나님의 뜻이야. 내게 고마워할 거 없어."

영빈이 남의 이야기처럼 받았다.

"나는 하나님을 엉뚱한 곳에서만 찾으려 들었더니, 이제부터는 따뜻한 가슴을 가진 사람들에게서 찾아야겠다. 그러다 보면 믿음도 생기겠지?"

건주는 영빈의 동의를 구하듯 말했다.

"믿음의 판단은 하나님이 하시는 거야! 내가 보기엔 믿습니다, 하면서 옆길로 새는 목회자에 비하면 너는 하나님의 일등 아들이다."

영빈이 손을 들어 건주의 어깨를 툭 치고는 방을 나갔다. 노무직원 하나가 바퀴가 달린 들것을 끌고 들어와 시신을 옮겨 실었다.

건주는 직업 염사를 찾아가 염의 절차를 물어 메모를 하고 있었다. 한이 쌓여 썩지도 못했다는 친아버지의 생각이 뇌리를 떠나지를 않아서 주검 옆을 병적으로 피해왔던 건주였다. 시신을 직접 만지리라고는 상상도 못했기에 학교에서 비디오 테이프로 배우는 염 수업조차도 빼먹었던 터였다.

건주는 알코올을 적신 솜으로 뼈만 남아서 바스락거리는 황집사의 시신을 닦았다. 영혼이 떠나버린 육신은 파라핀을 먹인 종이꽃처럼 아무런 느낌이 없었다. 얼어 있는 시신의 섬뜩함마저도 차츰 무디어졌다.

흰 수의를 입혔다. 그 정함이 결혼 예복 같아서 엄숙한 축복을 보내고 싶어졌다. 가난했지만, 하나님과 함께 했던 고인의 인생은 외롭지 않았을 것이다. 흐느낌 속에서도 높낮이가 고른 성도들의 진혼 성가 속에 입관이 끝났다.

건주는 기차에서 내렸다. 철길에 흐드러진 코스모스가 소슬바람을 가득 안고 다소곳이 아미를 숙여 그를 반겼다. 그는 고향에 온 듯 마음이 푸근해졌다. 하늘을 쳐다봤다. 추석을 하루 지난 나전의 하늘은 원시(原始)그대로 구만리였다. 그는 태초의 사람들이 이 넓고, 푸르디푸른 창공을 하늘이라 일컬어 하늘에 계신 이를 왜 섬겼는지를 조금은 알 것 같았다.

건주가 없는 동안 혼자서 교회를 지키고 있는 느티나무 아래 섬돌에 은희가 앉아 있었다. 그는 반가워서 걸음을 빨리 해 은희 앞에 다가섰다.

"날 마중 나온 거야? 어, 화장을 했나본데…… 은희가 이렇게 예쁜 줄은 미쳐 몰랐었네!"

그는 허리를 굽혀 보일 듯 말 듯, 화장을 한 은희의 얼굴을 들여다보며 놀리듯 말했다. 은희가 얼굴을 붉히며 손을 들어 그를 때리려고 들었다.

신도들의 안부가 끝나자, 은희가 갑자기 전도사님은 언제 결혼할 거냐고 물었다. 그러잖아도 그는 추석 내내 양부의 채근을 들었던 터였다.

"은희만 괜찮다면야 내일이라도 하지 뭐!"

장난으로 받아넘기다 그예 은희에게 한 대 얻어맞은 건주는 처음 온 날, 그 춥고 황막하던 예배당을 떠올렸다. 목회자라는 여건 때문에 의식을 못하고 있었지만, 그때부터 은희는 미덥고, 사랑스러운 여자였을 것이다. 건주는 문득, 진짜로 은희와 결혼을 해서 여기에 뿌리를 내리고 싶어졌다.

양부모는 부양할 만큼 늙으려면 아직 먼 데다, 하나님을 대신해서 돌봐야 할 황집사의 가족이 있고, 안경다리가 부러져도, 누구랑 싸워도, 아파도, 미쳐도 그를 찾아오는 이곳의 가난한 신도들을 놔두고는 세상 어디를 가도 마음이 편치 않을 것 같았다. 그는 삼 년 전에 목사고시에 패스를 해 놓고도 믿음에 자신이 없어서 미루고 있던 목사 안수를 은희의 의향을 물어서 받아야겠다는 생각이 들었다.

느티나무 주위에 빨간 고추잠자리가 어지러이 날았다. 나무둥치에 새끼줄이 쳐져 있고, 주위에 푸릇푸릇한 올벼 짚이 흩어져 있었다. 추석날, 사람들이 동네의 무탈을 위해 제사를 지낸 흔적이었다. 이런 정겨운 것들과도 언제까지나 함께 하고 싶었다. 그는 슬며시 은희의 손을 잡았다. 매사에 딱 부러지기만 하던 은희가 얼이 빠져 몸 둘 바를 몰라했다. 덩달아 어색해진 그는 고개를 젖혀 나무를 올려다봤다. 수백 년의 삭풍을 견디느라 껍질이 우둘투둘 터져 있는 느티나무 우듬지 끝에 구만리 하늘이 걸려 있었다.

복권

복권

　광주광역시 북구에 사는 사람이라면 거의가 문흥지구를 알 것이다. 그곳에는 청소년 수련관을 낀 근린공원이 있다는 것도 알 것이다.

　만약에 근린공원을 모르는 사람이 있다면, 필자가 여기에 그리는 약도를 보고 한번쯤 찾아가 보라.

　먼저 선을 두 줄 그어 도로 하나를 그리기로 하자. 도로의 한쪽을 호남고속도로변의 방음벽을 그려 넣고, 맞은편은 방음벽과 길이를 맞추어 아파트의 담벼락을 그린다. 고속도로를 향해 서 있다 치고, 서쪽으로는 오치동 한국전력공사를 그려 넣고, 동쪽은 문흥지구의 입구인 문산로의 고가도로 표시를 한다. 그리고는 문산로 길의 삼분의 일쯤에다 삼거리를 그린다. 오른쪽으로 커브를 꺾어서는 문정로 거리 표시를 하고, 문정로 길을 따라서 각각 명칭이 다른 아파트 정문을 여러 개를 그린다. 한길 건너편은 전부 근린공원이다.

　이 약도를 보고 근린공원을 찾으신 분은 공원 건너편의 아파트 담벼락에 붙은 복권을 파는 컨테이너 부스를 볼 수 있을 것이다. 그리고 나란히 붙은 노란 포장 안에서 와플(밀가루, 우유, 계란에 베이킹 파우더를 넣고 반죽을 한 둥글고, 넓적한 양과자. 쨈을 발라먹음.)을 굽고 있는 김순옥 씨와, 그 옆의 평상에 앉아서 노는 노인들을 볼 수 있을 것이다.

김순옥 씨는 큰 키에 적당히 살이 찐 체격이다. 사투리가 심한 그녀의 말투는 좀 왁살스럽긴 해도 입담이 구수해서 친근감이 든다. 처녀 때는 총각들의 가슴깨나 설레게 했을 그녀의 고운 눈웃음은 인정이 담뿍 담겨 있어서 아직도 너끈히 봐줄 만하다. 무엇보다도 와플을 하나 사서 그녀가 깡통을 열고 막대기로 듬뿍 떠서 얹어 주는 쨈을 골고루 발라 한 입 베어먹어 보라. 입안 가득히 고이는 달콤하고 고소한 맛에 반해 그곳을 다시 찾지 않고는 배겨나지 못하리라.

근린공원 위에 떠있는 칠월 하순의 뭉게구름이 한가롭다. 순옥은 아까부터 땀을 뻘뻘 흘리며 헌 평상에 비닐장판을 씌우고 있다. 여기에서 장사를 하면서 친해진 노인들을 위해, 아침에 집에서 실어온 것이었다. 그녀가 장사를 하는 이곳은 아파트 정원에서 뻗어 나온 나무와, 가로수가 서로 엉켜서 그늘을 만들어 주었다. 삼거리 모퉁이를 돌아오는 바람은 시원함을 보탰다.

순옥은 걸레로 평상을 닦는다. 비닐장판에 윤이 흐른다. 이따, 한낮이 지나면 아파트에 딸린 답답한 경로당을 뛰쳐나온 노인들이 저 평상에 앉아서 쇠잔한 다리를 쉬어가리라.

자동차가 뜸한 아스팔트 위로 한더위 땡볕이 쏟아진다. 이맘때면 와플을 찾은 사람은 아예 없다. 극성스럽게 울던 매미마저 잠잠해진다. 순옥은 밀리는 졸음을 쫓으려고 평상에 나와 있었다.

복권 주세요. 하는 바람에 순옥은 몽롱한 눈을 쳐들어 복권을 찾는 사람을 쳐다봤다. 바로 뒤쪽 아파트에 사는 경태였다. 그녀는 어떤 복권이냐고 묻지도 않고는 컨테이너 부스의 문을 열고는 즉석 복권 넉장을 내왔다. 경태는 주마다 즉석 복권을 넉장씩 사기 때문에 물어볼 필요가 없었다. 그는 평상에 퍼질러 앉아서 백 원짜리 동전을 세워 복권을 긁기 시작했다. 잠이 달아나 버린 순옥은 경태와 이마가 닿을 정도로 고개를 디밀고는 그가 열심히 긁어대는 복권을 들여다봤다. 모두 꽝이었다.

"웬수놈의 재수가 또 물 건너갔구만! 그놈의 것 긁을라 말고 아르바이트나 할 것이제."

순옥이 비아냥거렸다.

"아르바이트가 말처럼 쉬운 줄 아세요?"

"복권 당첨은 쉽고?"

"그건 운이라도 따르잖아요. 에이, 천만원짜리만 되어도 졸업은 할 텐데. 부모님에게 효도하기 한번 어렵네."

"사는 동안에 그놈의 운이 트일랑가 몰라?"

순옥은 또 한 번 비아냥거린다. 그녀는 경태만 보면 심사가 꼬인다. 경태의 부모는 환갑을 훌쩍 넘긴 나이에 리어카에 채소를 싣고 다니며 장사를 했다. 순옥은 해질녘에 피곤에 지친 양주와 만난 적이 있다. 고생을 많이 해서 나이보다 훨씬 늙어 보이는 경태 어머니는 위로 딸을 다섯이나 낳고는 부처님에게 빌어서 늦둥이로 얻었다며, 아들에게 거는 기대가 컸다. 그러는 부모들의 돈을 타내 머리를 서양사람들처럼 노랗게 물들이고, 유명 메이커 티셔츠에, 최신형 핸드폰, 비싼 워크맨의 이어폰을 끼고는 춤을 추듯 건들거리는 경태가 효도하려고 복권을 산단다. 소가 웃겠다는 생각을 한 순옥은 입바른 소리가 절로 튀어나온다.

더위가 기울었는지 매미가 극성을 부린다. 높다란 방음벽 넘어 고속도로에서 바람을 타고 타이어 타는 냄새가 넘어온다. 방학을 한지라, 아침부터 공원에 나와 한껏 뛰어 놀아서 뱃속이 출출해진 아이들이 우르르 몰려와 와플을 하나씩 집어들고는 입이 미어지게 베어 문다. 어떤 남자가 돼지 꿈을 꾸었는지 아이들 틈을 비집고는 만 원을 디밀고 연식 복권 열 장을 사간다. 뒤따라 승용차 한 대가 멈춘다. 운전석 쪽에서 키가 늘씬한 멋쟁이 김씨가 내리고, 뒤따라 옆문으로 그의 친구가 내린다.

"우리 김여사, 얼굴이 뽀해진 것을 보니 애인 생겼나 보네."

화덕 옆으로 다가온 김씨가 와플을 꺼내 석쇠에 세우고 있는 순옥의 엉덩이를 뭉툭한 손으로 염치없이 쓸어 내리며 말했다.

"호랭이나 물어갈 영감탱이, 손모가지가 썩어야 저 버릇이 없어지제."

순옥은 우악스럽게 쏘아대며 벌레를 털듯 김씨의 손을 털어 낸다.

"저 치, 세 살 버릇이니 관 뚜껑을 덮어야 끝날 것이요."

김씨의 친구가 거든다. 김씨는 껄껄 웃으며, 지난주에 산 복권 다섯 장 중에 끝번호가 두 장이나 맞았다고 자랑을 하며 바지 뒷주머니에서 지갑을 꺼낸다. 안 맞아도 좋을 사람은 꼭 저렇게 맞는다며 순옥이 대놓고 구시렁거린다.

김씨는 문흥지구에서 평수가 제일 넓은 아파트에 산다. 그는 문산 마을 토박이로 한 때는 부지런하고 성실한 농부였었다. 산아래 이천 평 가까이 되는 밭에다 작물을 심어서 자식들의 뒷바라지하는 것을 보람으로 여기며, 세상에 여자라고는 오직 마누라 한 사람 뿐으로 알던 사람이었다. 그는 어느 재수 좋은 해에 이곳에 문흥지구가 들어서면서 갑자기 벼락부자가 되었다. 도깨비 방망이를 두드리듯, 넓은 아파트에 가구들, 자동차가 한꺼번에 쏟아지는 걸 보면서 얼떨떨해 하던 그는 날이 갈수록 점점 세상이 좁아 보이기 시작했다.

그는 원래 바탕이 훤칠하고 잘 생긴 사람이었다. 올해 나이 육십 다섯이지만, 친손자들 외에는 남에게 할아버지 소리를 들어본 적이 없다는 그의 말은 생판 거짓말은 아니었다. 자칭 젊은 오빠로, 할아버지라 부르는 걸 한사코 싫어해서 순옥은 그를 김씨라고 부른다. 그는 검은 티셔츠에 날이 선 흰 바지, 백구두를 신고는 노상 휴대폰을 열어 메시지를 확인하는 팔자 좋은 노인이었다. 그러나 허울 뿐으로 사실은 빈털터리였다. 검약이 몸에 배어버린 그 댁의 마나님이 경제권을 틀어쥐고 있어서 필요할 때마다 용돈을 타서 쓰는 사람이었다. 김씨는 한 주에 복권을 일련번호로 다섯 장을 산다. 당첨금으로 맘놓고 바람을 피우기 위해서였다. 그는 어떤 유부녀와 열애 중이었다. 노래방에서 만난 여자로, 노래를 잘 하는 건 물어볼 것도 없고, 얼굴은 절색인데다 젊은 삭신이 와서 짝짝 달라붙으면 그만 환장을 할 지경이라고 자랑을 늘어놓곤 했다. 그는 적은 용돈으로 그녀와 놀아나기에는 턱없이 모자라 복권 당첨이 시급하다.

"영감탱이가 복을 주체를 못해서! 가다가 차바쿠에 빵꾸나 쳐나라."

늙으나, 젊으나 돈 있는 남자들은 왜 남의 여자를 넘보는지 속을 알 수 없다는 생각을 한 순옥은 복권을 바꾸기가 바쁘게 사라지는 김씨의 자동차 뒤에다 대고 두 팔을 들어 감자를 먹이며 욕을 해 붙인다.

어젯밤에 쏟아진 소나기로 공원의 나무들은 여름날의 싱그러움이 넘쳐난다. 말갛게 씻긴 공원 위의 하늘에 파도 모양의 조개구름이 떠있다. 오전 햇살이 나뭇잎 사이를 뚫고 평상을 넘본다. 아직 이른 시간인데도 웬일로 정노인이 혼자 나와 평상에 앉아 있었다. 올해 구십 하고도 넷인 정노인은 허리가 굽지 않아서인지 아직도 정정해 보인다. 노인은 평상에 앉아서 두 손으로 지팡이를 모두잡고는 초점 없는 시선으로 공원을 건너다본다. 헐렁한 면 남방이 낙엽처럼 스산하다.

노인은 문산 마을의 제일 가는 양반의 후손으로 오십 간의 고택에 살았

던 당신의 아득하면서도 뚜렷한 어린 날을 떠올린다. 마당 건너 행랑채에
붙어 있는 측간은 어린 그에게 너무나 멀었다. 한밤중이라도 그가 볼일을
보겠다고 명을 내리면 하인이 득달같이 달려와 그를 들쳐업고 측간으로
뛰었다. 하인은 그가 일이 끝날 때까지 측간 문을 지키고 서 있곤 했다.

노인은 일본 유학시절을 떠올린다. 함께 공부를 했던, 그리고 오 년 전
에 먼저 가버린 마나님을 생각한다. 그리움이 코끝을 자극하고는 하늘 저
멀리로 달아난다. 부부가 각각 여자, 남자 고등학교 교장으로 존경을 받았
던 당신의 굴곡지지 않은 세월들을 억지로 떨쳐버린다. 노인은 요즘 부쩍
당신 때문에 불화가 잦은 손자 내외를 생각하니 심란했다. 당신에게 돈이
남아 있다면, 단 몇 달을 살고 말지언정 작은 아파트를 한 채 구해서 손부
에게서 벗어나고 싶어진다. 노인은 아내와, 당신의 퇴직금을 얻어내서 외
국으로 이민을 가버린 둘째와, 막내의 가족들, 그리고 작년에 몇 달 사이
로 세상을 떠나버린 큰아들 내외에게 원망이 스친다. 하긴 칠순을 넘겨 보
낸 자식이니 내가 너무 오래 산 거지…… 노인은 혼잣말로 중얼거린다.

"교장 할아버지! 집에서 안 좋은 일 있으셨지라우?"

순옥은 정노인의 옆으로 다가앉으며 다정하게 물었다.

"안 좋고 말고 할 게 뭐 있나! 너무 오래 살아서 조금이나마 남아 있는
자존심이 뭉개져서 서글프고, 젊은애들에게 폐를 끼치는 게 미안할 뿐이
지. 부끄러운 얘기지만, 요새로 밑이 허해져서 자꾸 옷에다 실례를 한다
네. 오물이 묻은 속옷을 세탁소에 가져다 줄 수도 없고, 손수 빨 수도 없어
서 방에다 싸두었더니, 내 방 문을 열 때마다 온 집안에 냄새가 퍼졌다네.
어젯밤, 손자가 내 방을 뒤져서 속옷을 쓰레기집게로 집어서 집 앞 공터로
가져다 모조리 불태워 버리고는 새 걸로 몇 장 사왔는데, 벌써 두 장이나
망쳤어. 또 냄새가 날까봐 집에 둘 수가 없어서 이렇게 가지고 나왔는데
어찌해야 좋을지 모르겠네."

노인은 잘못을 저지른 어린애 같은 얼굴로 순옥을 쳐다봤다. 조용하고 온화한 말씨와는 달리 삶이 각피로부터 서서히 떠나고 있는 듯, 노인의 목 울대 밑으로 늘어진 주름이 발발 떨린다.

"할아버지 지가 빨아 드릴게 이리 주시요. 그 댁 손부도 참 못할 짓이구 만이라우! 노인들 모시기가 얼마나 힘이 드는지 할아버지는 당사자라 잘 모르실 것이요. 사실만큼 사셨은께 오늘이라도 가시면 할아버지도 좋고, 손자들도 좋고 할 텐디, 저승사자가 할아버지를 깜빡 잊었부렀는갑소."

순옥은 입에서 나오는 대로 지껄이고는 노인의 빨랫감을 빼앗아든다. 공원 입구에 지하수가 있고, 수도꼭지 위에 세워 놓은 팻말에는 '세차 금 지'라고 쓰여 있다. 그녀는 수도꼭지를 틀어서 쏟아지는 물줄기 아래에 노 인의 속옷을 놓는다. 살짝만 젖혀도 역겨운 냄새가 진동한다. 사람은 너나 없이 늙으면 누군가의 손이 필요하다는 생각을 한 순옥은 서슴없이 빨래 를 주물러 오물을 씻어 내고는 비누칠을 한다.

"할아버지! 날마다도 괜찮은께 빨랫감 생기시면 가져 오시요잉."

순옥은 컨테이너 부스 뒤 담벼락에 줄을 쳐 빨래를 널며 말했다.

"이 고마움을 어찌 말로 다 표현하겠나! 그 공덕이 자네 자식들을 틀림 없이 훌륭한 사람으로 키워 줄 거네."

노인은 한결 밝아진 얼굴로 치하를 한다.

한더위가 꼬리를 사렸지만, 아스팔트에서 올라오는 훈김은 여전하다. 공원의 나뭇잎들도 데쳐진 듯 쳐져 있다. 점잖은 걸음걸이로 모퉁이를 돌 아 온 박노인이 평상에 앉는다. 노인의 푸새가 고운 한산모시옷 올올에 빛 살이 끼어 반짝인다. 노인은 홍안처럼 발그레한 얼굴에 웃음을 담고는 순 옥을 쳐다본다.

"할아버지 나오셨소? 건강하시지라우? 교장 할아버지는 저그 계시요."

순옥은 깍듯이 안부를 묻고는 손을 들어 공원을 가리킨다.

노인은 히죽 웃어 보이고는 일어서서 길을 건너 공원으로 향한다. 노인은 연세가 팔십 두 살로 여름의 모시옷을 빼고는 봄가을에는 항상 고운 색의 조끼로 배색을 한 한복 차림이었다. 노인치고는 귀염성도 있고, 말을 조심하는 편이어서 남에게 미움을 받지 않았다. 노인이 간간이 흘리는 말을 합해 보면 오래 전에 외아들을 잃었고, 장학금으로 대학에 다니는 손자가 둘이고, 홀며느리가 벌어서 먹고사는 성싶었다.

종이박스를 반나마 실은 리어카가 멈추고, 노인 하나가 화덕 앞에 머뭇거린다. 순옥은 노인의 매무새를 훑는다. 남루하다 뻗친 노인이다. 비쩍 마른 몸뚱이는 살짝만 건드려도 갈빗대가 와르르 쏟아질 것만 같다. 번데기처럼 주름진 얼굴은 땀과 먼지로 얼룩이 져있다.

"할아버지! 뭘 사시게요?"

순옥은 굵은 목소리로 물었다.

"복권을 살란디!"

노인은 천 원짜리 두 장을 내밀며 대답한다. 순옥은 픽 웃으며 복권 두 장을 꺼내 노인의 손에 들고 있는 이천 원과 바꿔준다.

"지금까지 남에게 궂은 일 한 번 한 적이 없으니 천행으로 이것이 반만이라도 되었으면 좋겠소마는……."

노인은 복권이 당첨이 되고 안 되고는 순옥의 권한이라도 되는 듯 사뭇 애원을 한다.

"할아버지는 자식들 없소?"

노인에게 호기심이 생긴 순옥은 말을 부친다.

"왜 없겠소! 아들이 둘이나 있소마는 소식을 끊은지가 오래구만이라."

대답하는 노인의 얼굴에 순간적인 분노가 스친다.

"으서 사요? 글씨를 몰라 편지를 못하면 전화도 없다요?"

"미국이라요. 아들놈이 둘인디 둘 다 공부를 잘해서 우리나라에서 제일 가는 대학을 나왔지라우. 큰아들이 대학을 졸업하고 일찍 장개를 갔소. 처갓집 덕으로 지 처랑 미국으로 가등마는, 얼마 안 있어 즈그 동생을 불러 갑디다. 둘째 놈은 여그 있을 때만 해도 지 애미를 끔찍이도 생각했지라우. 그란디, 그놈마저 소식을 딱 끊어부렀소그랴. 핀지가 없으니 주소를 알기를 하나, 이리 적막 강산이요"

"아들은 그렇다 치고 딸은 없소?"

"위로 딸도 있었지라우. 여자가 배우면 뭣하냐는 생각으로 안 갈쳤소. 동생들만 헛갈치지 말고 지도 좀 갈치제 그랬냐고, 원망을 해쌌등마는 그 남둥 몇 년 전에 몹쓸 빙이 들어 죽었소."

노인의 하소연은 계속 이어진다.

"조상이 물려 준 논밭이랑, 집이랑 다 폴아서 자석들을 갈쳤지라우. 저그, 금호아파트 자리가 반은 내 땅이었소. 지금이사 천금이 나가지마는 그 때는 산밑 띠뿌리 천지인 황토밭으로 누가 땅으로 쳐주기나 했간디라우. 그저 주다시피 폴아묵었소. 자석들이 미국으로 가고 나서 저 리아까로 벌어서 두 식구 묵고살았제마는 자석들 원망 안 해봤소. 즈그 잘되라고 가르쳤제, 덕 볼라고 갈쳤겄소? 내 나이 올해 팔십이요. 인자는 너머 늙어서 저 짓도 못 하겄고 동사무소에서도 잘된 자석들 있다고 생활 보호 대상에서도 빼불고 굶어 죽게 생겼지라. 다행히 접대 큰아들 친구를 만나서 우리네 딱한 사정을 이야기 했등마는 추석 쇠고 양로원으로 들어가게 질을 터줍디다. 그란디, 그 양로원이라는 데가 부부가 함께 들 수가 없닥하요. 쉽게 말하자믄 우리 두 늙은이가 생이별을 해야 되는 거다요. 목숨 부지하기도 어려운디 떨어져 살기로서니 춘향이 이도령이라고 애틋하겄소마는 서로 의지하고 살았든 정으로 염려가 되는 건 인지상정이지라. 우리 할멈이 젊어서 없는 살림에 자석들 갈치니라고 고상을 하다 많이 해서 자다가 다리가 오그라지는 빙이 있소. 밤마다 내가 주물러 줘야 피지는디, 그남둥내가 없으면 어쩐다요? 생각 같어서는 농약이라도 마시고 같이 죽어 부렀으면 꼭 좋겠는디 그놈의 것을 마시면 속에서 불이 난단 말을 들으니께 내 맘 편하자고 불쌍한 할멈한티 못할 짓을 하고 싶지가 않구만이라우. 저그 농업학교 뒤에서 넘의 집 셋방에 사는디, 여그를 지내가다가 안집 아짐씨가 사는 동안 넘 못할 일 안 했으니 하늘이 돌봐서 우리 두 늙은이 서로 보는 데서 죽게 해줄지도 모른담서 복권 한 번 사보라고 했든 말이 생각나서 사봤소.”

노인은 꽤 긴 말을 끝내고는 손등으로 콧물을 훔친다. 순옥은 가슴이 메어와 뭐라고 위로의 말을 못 찾는다. 엉겁결에 석쇠에 세워진 와플을 주섬주섬 집어서 봉투에 담아 노인의 갈퀴 같은 손에 쥐어준다.

“이거, 아심찮해서⋯⋯”

와플을 받아든 노인은 말끝을 흐려 심히 고마움을 표한다.

화덕 앞의 인도에 그늘이 덮인다. 모퉁이를 돌아 치오르는 하늬바람이 화덕 앞으로 달려든다.

“워따메, 시원하기도 하다. 과부 애기 들게 생겼네!”

부채질을 하며 와플을 굽던 순옥은 탄성을 지른다. 평상 귀퉁이에서 뒷모습을 보이고 앉아있던 노인이 뒤를 돌아본다. 변장로였다. 순옥의 얼굴이 확 달아오른다. 변장로 앞에서 점잖지 못한 말을 한 게 부끄러워서다. 순옥은 변장로를 보면 괜히 어려웠다. 한 번도 하나님이나, 교회를 들먹인 적이 없는 변노인이 교회 장로인지는 잘 모른다. 한 아파트에 산다는 박노인이 변장로라고 불러서 그저 그런가보다, 할 뿐이었다. 그는 말이 없는 데다 표정이 하도 근엄해서 누구도 그에게 함부로 허튼 농담을 하지 않았다. 평상 한쪽에 앉아서 다른 노인들의 얘기를 묵묵히 듣기만 하는 변장로 였지만, 그래도 가끔은 누가 저승사자나, 염라대왕에 관한 농담이라도 하 면 싱긋이 웃을 때도 있었다. 박노인이 말을 놓는 것으로 보아서 칠십 사 오세 근처일 거라는 게 순옥의 짐작이었다.

변장로는 무표정으로 복권을 달라며 이천 원을 내민다.

"할아버지! 만약에 이 복권이 당첨되면 어디에 쓰실 참이세요?"

순옥은 무안함을 감추려고 넌지시 물었다. 전라도 순종 사투리를 쓰는 그녀지만, 변장로에게만은 언제나 상냥한 표준어를 쓴다.

"특별하게 쓸 곳은 없소만, 아들이 시골에서 목회를 하는데 몇 년 전에 지나가는 말로 돈이 생기면 폐교를 하나 사서 양로원을 하고 싶다는 말을 합디다. 남겨 줄 유산이 있길 하나, 안타까워서 사보는 거라오. 있는 것도 버릴 나이인데, 하나님에게 부끄러운 일이지요."

변장로는 얼굴을 붉히며 처음으로 하나님을 들먹인다.

늦더위가 기승을 부린다. 근린공원 위로 햇살이 쏟아져 모든 것이 하얗 게 반짝인다. 순옥은 손을 잽싸게 놀려 와플을 구워내고 있었다. 누군가 복권에 당첨이 되어 몇 억을 챙겼다는 신문 기사가 나고 나서부터 복권이 불티나듯 팔려나가면서 덩달아 와플도 잘 팔렸다.

점심때가 지나자 노인들이 평상으로 모여들었다. 순옥은 노인들이 꺼 내 놓는 복권이 끝 번호 하나라도 당첨이 되었는지 일일이 확인을 하랴, 와플을 뒤집으랴, 이리저리 바쁘게 오갔다. 한달 동안 내내 정노인의 복권 은 맨 끝자리 하나도 맞지 않았다. 박노인은 오늘 것까지 합하면 끝자리가 두 번 맞은 셈이었다. 변장로 역시 본전이었다.

정노인이 다시 오천 원을 내고 복권을 다섯 장을 사서는 박노인과 변장 로에게 한 장씩 내밀었다. 박노인이 고맙다는 치하를 하고는 받아서 조끼

주머니에 넣었다. 변장로는 복권을 밀어 사양을 했다.

"주시는 거니 받어. 재수 좋으면 억이 몇 개래."

박노인이 환하게 웃으며 말했다.

"그래서 더구나 못 받습니다. 만약에 당첨이 되면 욕심이 생겨 어르신께 누를 범할지도 모르는 일이 아닙니까."

"누를 범해도 좋으니 꼭 당첨이 되셨으면 좋겠네요. 아드님이 양로원을 하시면 부탁드리고 싶은 노부부가 계시거든요."

순옥이 끼어든다. 사투리가 빠진 그녀의 말투가 조금 어색하다.

"노부부라면 누구를 말씀하시는 거요?"

변장로가 고개를 쳐들며 물었다. 순옥은 자식들을 처가에 빼앗기고, 각각 헤어져야 할 처지에 놓여 있는 노부부의 얘기를 신이 나서 떠들어댄다.

"그 분들이 어디에 사신 답니까?"

"저기 농업학교 뒤라고 들었는디……"

얼버무리는 순옥의 얼굴이 홍당무가 된다. 혀를 끌끌 차며 순옥의 얘기를 듣고 있던 노인들은 갑자기 흥미를 잃고 시들해진다. 공원 쪽에서 느닷없는 꽹과리 소리에 함성이 뒤섞인다. 구경거리가 반가운 노인들이 바짝 귀를 세운다. 눈빛이 일치된 노인들이 일어서서 공원으로 몰려간다. 갑자기 조용해진 빈 평상에 성큼 가을이 올라앉는다.

"우리 아버님 아직 안 나오셨네요? 모시 한복을 입고 다니시는 박자 성을 쓰시는 분인데요."

노인들 뒤로 웬 여인이 화덕 앞에 서서 물었다. 순옥은 박노인을 찾는 여인을 건너다봤다. 말로만 들었던 박노인의 며느리인 성싶었다. 여인은 신문지로 싼 꾸러미를 들고 있었다. 시아버지에게 겨울에는 따뜻한 비단으로, 봄가을에는 산뜻한 고사로, 여름에는 시원한 모시로 한복을 지어 입히는 며느리라면 당연히 솜씨 좋고, 고운 여자로 졸지에 남편을 잃고 삯바느질로 살아가는 여인일 거라고 지레짐작을 하고 있었던 순옥은 어벙한 표정으로 여인을 훑어봤다. 헌 바지, 빠글거리는 파마머리에 밀짚모자를 쓰고, 목에는 헌 수건을 두른, 막일로 쩌들어 보이는 이 여인이 팔순의 시아버지를 사철 새신랑처럼 꾸며서 내보내는 여자라는 게 믿어지지 않는다.

"이거, 이따 우리 아버님 나오시면 친구 분들이랑 드시라고 전해주세요. 포도밭에 일을 하러 갔더니 밭주인이 새참을 넉넉히 내 왔더라구요. 저는 밭일이 덜 끝나서 마냥 기다릴 수가 없네요."

차림새와는 달리 말씨가 예사롭지 않은 여인이 신문지에 싼 뭉치를 내밀고는 돌아서서 멀어진다. 순옥은 가만히 신문지를 들춰본다. 아직 온기가 남아 있는 찐 감자였다. 그녀는 괜히 콧날이 시큰해진다.

처서가 지나면서부터 하늘이 연일 파랗다. 방음벽 너머 고속도로에서 시커먼 미립자들이 심술을 부리듯 말간 하늘을 향해 치솟는다. 오토바이 한 대가 목숨걸고 임무 수행을 하듯 사납게 질주를 한다. 아파트 담 밖으로 뻗어 나온 배롱꽃의 화사한 진분홍이 오후의 잔광을 받아 박노인의 흰 모시적삼에 서러움처럼 배어든다.

노인들은 세상사 얘기에 한창 열을 올리는가싶더니 흐지부지 끝이 나 버린다. 변장로가 갑자기 생각난 듯 순옥을 향해 노부부를 찾아서 아들에게 데려다 주었다고 말했다.

"아이고머니, 아드님이 그새 양로원을 차렸대요?"

순옥은 너무나 반가운 나머지 목소리가 숫제 우렁거린다.

"양로원이 아니고, 그 동네의 빈집을 손봐서 모셔간 거라오. 아들 내외가 노인들에게 특별한 관심이 있으니 돌아가실 때까지 잘 돌봐 드릴 거요. 두 분이 아직은 정정하시니 힘에 부치지 않을 만큼 동네의 농사일도 돕고 하시면 공밥은 잡숫지 않아도 되실 거구요."

변장로가 설명을 덧붙인다. 순옥은 좋은 일을 하셨으니 복을 받을 거라 치하를 한다.

노인들과 노닥이던 순옥의 눈이 갑자기 커진다. 건너편 공원에 김씨의 친구가 계단을 오르고 있다. 순옥은 벌떡 일어서서 그를 쫓아나간다. 근 한 달이나 보이지 않는 김씨의 안부를 묻기 위해서였다.

"진짜로 몰라서 묻는 거요? 그 치 하마터면 감옥에 갈 뻔했소. 늙은 놈이 비아그라를 처먹을 때부터 알아봤어야 하는 것을!"

순옥이 김씨의 안부를 묻자, 노인이 딱하다는 표정을 지으며 대답한다.

"그놈이 글쎄 유부녀 애인이랑 여관에 들어갔다가 그 여자 남편한테 들켰대요. 홀랑 벗은 채로 젊은 놈한테 안 죽을 만큼 두들겨 맞은 것도 모자라서 할멈까지 쥐어 패고, 그런 난리가 없었소. 그 여자 남편이 고소를 한다고 으름장을 놨대요. 할멈은 하도 미워서 감옥에 처넣거나 말거나 알아서 하라고 배짱을 부렸는데, 자식들이 나서서 돈으로 해결을 봤대나 봐요. 젊은 년한테 혹해서 천지 분간을 못한 죄로 당분간은 마누라한테 잡혀서 두문 불출일 거요. 그나저나 그 여자는 늙은 놈 하나 꼬셔서 고생 안하고 돈냥이나 벌었소. 댁도 복권 장사 때려치우고 그 짓 한 번 해 보시요."

말을 끝낸 노인이 음흉스러운 눈으로 그녀를 쳐다본다.

"그렇게 부러우시면 댁의 마나님을 시키시제, 왜 넘한테 떠넘기요?"

심사가 틀어진 순옥이 팩 쏘아 부친다.

노랗게 익은 와플 냄새가 구수하다. 평상에 옥빛 비단 바지저고리에 남빛 조끼를 받쳐 입고 나와 앉아 있는 박 노인의 얼굴은 전에 없이 푸석푸석하다.

"할아버지! 어디 편찮으시요?"

순옥이 걱정스러운 눈으로 박노인을 쳐다본다.

고뿔일 거여! 박노인은 하얗게 웃는다. 노인은 복권을 사려고 조끼 주머니를 뒤져 돈을 꺼내려다 다시 집어 넣어버린다. 노인은 당신이 죽기 전에 복권 당첨이 되어 고생하는 며느리를 편하게 살게 해주고, 손자들의 학비를 보태고 싶었던 염원이 갑자기 부질없어진다.

박노인은 공원 벤치에 혼자 앉아 있다. 간밤에 아들에게 업혀서 어디론가 한없이 가는 꿈을 꾸었던 노인은 죽음을 예감한다. 그는 넓은 공원 운동장을 바라보며 당신의 짧지 않은 생을 돌아본다. 나이 스물 하나에 두 돌도 안 된 아들 하나를 남기고 잿불처럼 스러진 마누라. 서로 정이나 알았던가? 얼굴을 떠올려본다. 약해빠져 버들가지처럼 가느다랗던 몸뚱이만 생각날 뿐, 얼굴은 기억나지 않는다. 무슨 말이나 주고받았던가? 목소리는 잊혀지고, 죽던 날 가쁜 숨을 몰아쉬며 의붓어매가 울애기를 미워하면 어쩔거나! 채 끝내지도 못했던 그 말만이 형체가 되어 귓가에서 맴돈다. 아들이 있는 걸 보면 병신은 아닐 거라는 주위 사람들의 수군거림을 못 들은 척하며 재혼도 하지 않고 혼자서 키운 아들을 생각하니 명치끝이 아파 온다. 혈액 암이라 했다. 기억 속의 마누라도 같은 증상으로 죽었을 것이다. 살리고자 혼신을 다 하는 아버지에게 죄송하다는 말을 남기고는 아들은 끝내 가버렸다.

자식을 묻고도 살아야만 했으니!…… 노인은 아들의 약값으로 쳐진 빚을 갚아가며, 며느리와 손자들을 굶기지 않기 위해 아들을 가슴이 아닌 땅에 묻어야 했던 모짊을 자책한다. 사람들에게서 아들의 이름이 잊혀짐에 느꼈던 서글픔도, 손발이 닳는 고생도, 함께 했던 불쌍한 며느리를 떠올린다.

산 사람은 살아지는 법, 지가 내게 그리도 효성스러웠으니 이젠 지 자식들에게 되돌려 받으며 살겠지!…. 노인은 눈을 들어 진한 하늘빛에 눈물을 말린다.

따가운 가을볕이 뒷목을 쏘아댄다. 학교가 파한 아이들이 몰려올 시간이 다되어가고 있었다. 순옥은 발걸음을 빨리 한다. 공장이 문을 닫는 바람에 직장을 잃고는 방구석에 처박혀 늦잠에, 낮잠에 게으르다 뻗친 남편에게 한바탕 퍼붓고 오는 길이었다. 박노인이 사는 아파트 앞이었다. 꼬맹이들이 자전거를 타고 놀고 있다. 안에서 박노인이 나올 것만 같아서 고개를 뽑아 내다본다. 정문 앞에 서 있는 전봇대에 '상가 입구'(喪家 入口)라 쓰고, 화살표가 아파트 안쪽으로 향한 쪽지가 붙어 있다. 순옥은 괜히 가슴이 철렁 내려앉는다.

웬 소복차림의 여인이 포장 안을 기웃거렸다. 복권을 사러 온 사람은 아닌 것 같았다. 순옥은 여인을 말똥이 쳐다봤다. 어딘가 낯이 익었다.

"며칠 전에 우리 아버님 가셨어요. 제가 힘들어 할까봐 편찮으신 내색도 안 하시고는 주무시다가 곱게 그만……."

말을 끝내지 못한 여인이 옷고름으로 눈물을 찍어낸다. 아미를 숙이는 여인의 머리에 흰 리본이 꽂혀 있다. 순옥은 여인이 박노인의 며느리라는 걸 깨닫는 순간, 너무 놀라서 목이 콱 막힌다. 한동안 남편 때문에 속이 뒤집혀 노인들에게 소홀히 했던 게 짠하고 죄스러워진다.

"오늘 삼우제를 지냈어요. 생전에 아버님이 댁의 말씀을 많이 하셨어요. 부고를 띄우려 했는데 장사에 방해가 될 것 같아서요."

여인은 앙상한 손으로 흐르는 눈물을 닦으며 말했다. 순옥은 주머니에서 돈을 꺼내 봉투에 담아 들고 포장 밖으로 나왔다.

"하도 서운해서 부조금이라도 쪼까 보태야 맘이 편하겠소."

순옥은 봉투를 내밀며 말했다. 여인이 한사코 마다하며 뒤로 물러섰다. 순옥은 여인의 매듭이 굵은 손을 잡아 펴서 봉투를 쥐어주었다.

여인이 가버리자 순옥은 넋을 놓고 근린공원을 바라본다. 박노인이 세상을 떠났어도 달라진 것은 아무것도 없다. 고속도로를 씽씽 달리는 자동차의 소음은 여전하고, 공원의 운동장을 뛰는 사람들의 활기참도 한결같다. 순옥은 단풍이 제법 곱게 물들기 시작한 공원의 나무들을 바라보며 인생무상을 느낀다.

"내가 먼저 갔어야 하는 것을! 이렇게 섭섭할 수가! 연배도 다르고, 살아온 환경도 달랐지만, 언행이 경하지 않아서 그리도 의지가 되었는데, 며칠 새에 간다는 말도 없이 가버리다니!"

박노인의 소식을 들은 정노인이 탄식을 한다. 목에 늘어진 주름이 심하게 떨려 울음을 대신한다.

"그나, 춥지도 덥지도 않은 날에 오래 앓지도 않고 갔으니 부럽네. 죽을 날을 받아놓은 사람은 남에게 폐 끼칠 일이 제일 두렵다네…… 집사람이 가버리고 오 년을 살아오는 동안, 더구나 아들 내외가 없는 작년 한해는 하도 구차스러워 기나긴 내 생애보다 훨씬 길게 느껴졌다네…… 삼 년 전에만 죽었더라면 충분히 축복 받아도 될 인생이었을 것을…… 가끔 아까운 젊은이들이 죽는 걸 볼 때마다, 할 수만 있다면 그들에게 명을 나눠 주었으면 좋겠다는 생각이 들곤 한다네."

노인은 허전함 때문인지 가쁜 숨을 돌려가며 두서 없는 말을 이어간다.

"할아버지도 참, 개똥밭에 궁굴어도 저승보다는 이승이 낫다는디, 차디찬 땅 속에 묻히는 것이 무섭지도 않으서서 그리 죽음을 기다리시요?"

순옥의 위로의 말투가 정노인을 닮아간다.

"사람이란 죽음을 눈앞에 두면 두려움보다는 받아들여지는 거라네."

순옥은 저승 문턱에 선 노인의 담담한 말을 듣고 있으려니 갑자기 죽는다는 게 별 것이 아니게 느껴진다.

평상에 넋을 놓고 앉아 있던 노인은 사간지 꽤 오래된 복권을 내민다. 노트에 적힌 당첨 번호와 대조를 해 보니 끝번호가 맞아 있다. 노인은 이젠 집이 생긴대도 혼자 끓여먹을 힘이 없다며, 순옥이 바꿔주는 복권을 받지 않는다.

모퉁이를 돌아오는 초겨울 바람이 가슴을 뻥 뚫고 지나간다. 순옥은 소식이 없는 정노인 걱정으로 일손이 더뎌진다. 정노인은 박노인의 죽음을 전하던 날을 마지막으로 나오지 않았다. 그 날, 노인은 순옥이 깨끗이 빨아서 말려 내놓는 속옷을 받아 들고는 죽은 아내의 것이라며 금팔찌 하나를 내밀었다.

"사양 말게! 손부에게 다 넘겨주고 흔적으로 하나 남겨 두었던 거라네. 저승의 그 사람도 이리 고마운 자네에게 은혜를 갚고자 할 거네."

펄쩍 뛰는 그녀에게 정노인이 한 말이었다. 순옥은 노인이 거동이 어렵다면 속옷 때문에 고생을 하시리란 생각에 자꾸만 마음이 무거워진다.

근린공원 위의 하늘이 검푸르다. 청소년 수련관에서 무슨 행사가 있는지, 학생들이 삼삼오오 짝을 지어 공원을 누빈다. 검은 옷을 입은 초로의 여인들 서넛이 와플을 한 접시 사서는 평상에 앉아 먹기 시작한다.

"염을 하려고 옷을 벗기니, 글쎄 속옷을 안 입으셨더라네."

여인 하나가 말했다. 순옥은 와플을 뒤집으며 귀를 바짝 세운다.

"세상에! 젊으셨을 때는 그리도 정갈하고 멋있는 선생님이셨는데……."

"염을 거들던 문중의 친척 한 분이 그걸 보고는 손부가 보는 앞에서 손자의 뺨을 때렸다네."

"맞아도 싸구만! 조상 덕에 부자로 잘 살면서 그리 소홀히 했으니!"

"돌아가신 뒤에 치고 받으면 뭐해! 자기는 그분 살아 계실 때 자주 찾아뵙고 속옷 한 번이라도 갈아 입혀 드렸다던가?"

여인들이 수다스럽게 말을 주고받는다. 무관심한 척 듣고 있던 순옥은 저들이 정노인의 얘기를 하고 있음을 짐작한다. 그러나 박노인 때와는 달리 소홀했던 회한도, 섭섭함도 일지 않았다. 오히려 안도감이 섞인 홀가분함이 가슴에서 맥풀림처럼 퍼지고 있었다. 그러다가 돌연, 세상에 노인들이 한 분도 남아 있지 않은 듯한 느낌이 들었다. 거리가 휑하니 넓어 보였다. 근린공원 위에 검푸른 하늘과, 잎을 홀랑 벗은 나무들, 앙상한 나뭇가지를 휩쓸고 가는 바람이 허전함을 보태고 있었다.

그림자

그림자

톳마루에 콩튀듯 후드득거리는 소리가 빗소리인 성싶었다. 잠결에도 온 몸으로 느긋함이 퍼짐을 느끼면서 다시 잠 속으로 빠져들려다 말고 퍼뜩 눈을 떴다. 꽤 거센 비바람 소리 같았다. 상체를 일으켜 완자 미닫이를 젖히고 방문을 밀었다. 새벽이 아니라 이른 아침이었다. 사랑채 지붕까지 내려 덮은 검은 구름은 비를 동이 채 머금고 있었고, 대숲을 휘저어대는 바람소리는 예사롭지가 않았다. 야호, 쾌재가 튀어나왔다. 나는 문을 닫아 문고리에 수저를 꽂아 걸고는 이불을 뒤집어썼다.

"일어나, 벌써 열시다. 한없이 드러 누워 있으면 얼굴이 통통 부어서 더 나이 들어 보이면 어쩔라고……."

빗소리에 섞여 동암댁의 징징거리는 소리가 들렸다. 끈덕지다 뻗친 동암댁은 이 빗속에 기어코 나를 내보낼 작정을 한 모양이다.

"오늘은 안 돼. 하고많은 날 다 젖혀두고 이 비바람 속에 선을 보러 나오는 놈은 보나마나 뻔한 놈이야."

나는 이불 속에서 동암댁의 약을 올리고 있었다.

"저 썩을 년, 저년이 나 잡아 묵고 피똥을 쌀 년이어! 시집 못 가서 내 애간장을 녹일 만큼 녹였으면 됐제, 뭐가 어째? 핑계가 좋다 이년아!"

나는 동암댁의 성화를 견디느니 차라리 나가는 쪽이 낫겠다는 생각을 하며 부스스 일어났다.

우산을 쓰고 동구로 나와 마을 버스를 탔다. 읍내의 역에서 버스를 내렸다. 두리번거릴 것도 없이 바로 옆에 약속 장소인 지하다방의 간판이 보였다. 우산을 접어들고 계단을 내려갔다. 그러잖아도 엉망인 기분이 역겨운 커피 냄새와, 곰팡이 배인 축축한 공기가 들러붙어 진창이 되었다. 발길을 되돌리고 싶었다. 동암댁의 세상이 끝난 듯한 얼굴이 떠올랐다. 부글거리는 속을 꾹꾹 눌렀다. 다방 문을 밀었다. 컴컴한 구석에서 내 이름을 부르며 손을 들어 보이는 사람은 중매쟁이였다. 그녀는 나를 끌어다 같이 앉아 있던 남자에게 인사를 시켰다. 힐끗 보니 얼굴도 납작하고, 코도 납작하고, 거기다 허여멀게서 짜버린 두부자루를 연상케 하는 남자였다. 중매쟁이 말로는 그는 나이가 서른 두 살로 내 나이보다 세 살이 아래라 했다. 어쩔 수 없이 머리를 숙여 보이고는 자리에 앉았다. 중매쟁이가 불청객은 빠져야지, 어쩌고 하면서 일어섰다. 깨부수는 듯한 음악이 흐르고 있었다. 나는 멍하니 벽을 바라보고 있었다.

"취미가 뭐죠?"

두부자루가 느닷없이 물었다. 취미라니?…… 이 치가 어디 굴속에 한 이십 년 들어갔다 나왔나? 나는 한 대 얻어맞은 듯한 표정을 하고는 남자를 쳐다봤다. 벌떡 일어서 버려야 했다. 동암댁의 푸르죽죽한 얼굴이 나를 주저앉혔다. 아무래도 동암댁이 죽든지, 내가 죽든지 해야 이 지겨운 맞선이 끝날 것이다.

두부자루가 열을 올려 자기 자랑을 하기 시작했다. 나는 그가 두서 없이 늘어놓는 자랑들을 속으로 정리를 하고 있었다. 요약해서 말하면 학교 때 공부를 얼마나 잘했으며, 지금 다니고 있는 직장에서는 자기가 없으면 모든 게 올 스톱이 될 정도로 중요한 인물이며, 장차 아버지에게서 물려받을 재산이 얼마며, 차남이어서 부모를 모실 염려는 절대로 없다는 말 같았다. 힐끗 벽시계를 쳐다봤다. 겨우 십 분이 지나 있었다.

비를 잔뜩 머금은 하늘은 바다와 맞닿아 있었다. 철늦은 폭풍 주의보가 내려진 율포 해수욕장은 텅 비어서 휑뎅그렁했다. 나는 그와 척(尺)의 거리를 유지하며 천천히 걸었다. 비에 씻겨 도화지처럼 깨끗한 모래톱에 발자국이 두 줄 나란히 찍히고 있었다.

줄곧 시선을 먼 곳에 둔 채 보다 멀리 담배 연기를 흩트리던 그가 돌연 나를 향해 나이가 서른 다섯이라 들었는데 맞느냐고 물었다. 무의식중에 네, 하고 짧은 대답을 해버린 나는 아차, 싶어서 하마터면 걸음을 멈출 뻔했다. 그를 골탕먹이려고 끝까지 침묵하려 했던 걸 찰나에 그만 깜빡 해버린 것이다.

자기 나이가 쉰이라는 걸 알고 나왔느냐고 그가 다시 물었다. 혼기를 놓친 서른 다섯의 노처녀는 쥐나 개나 가릴 형편이 못 된다. 네, 역시 짧은 대답과 함께 고개를 돌렸다. 이 반백(半白)의 남자가 쥐에 속하는지 개에 속하는지 알 필요는 없는 내 의지와는 달리 눈이 그의 위아래를 빠르게 훑어 내렸다. 왼손을 주머니에 찌르고, 오른손으로는 연기가 피어오르는 담배를 들고서 약간 비틀린 자세로 내 쪽을 향하고 서 있는 그는, 좀 크다 싶은 키에 군살이 전혀 붙지 않은 체격이었다. 검고 숱많은 머리는 단정하게 깎았고, 목선이 각으로 파인 짙은 감색 니트 위로 솟은 흰 와이셔츠 칼라가 깨끗하게 부각되어 그는 실제 나이보다 오륙 년쯤 젊어 보였다.

선착장의 배들이 바람을 받아 요동을 치고 있었다. 센 바닷바람에 다듬지 않은 내 긴 머리칼이 제멋대로 휘날렸다. 나는 눈에 잔뜩 힘을 주고는 뭔가 궁금해서 물어 오는 그의 말을 계속 무시하고 있었다. 그는 걸음을 멈추고는 서먹한 눈으로 나를 잠시 바라보다가 이제 그만 가지, 혼잣말처럼 던지고는 송림 쪽으로 앞장을 섰다.

그는 한길에 세워 둔 자동차 앞으로 다가가 주머니에서 키를 꺼냈다. 동암댁에게 화풀이를 할 생각에 마음이 급해진 나는 동네 쪽을 향해 몇 걸음을 옮겼다. 데려다 줄 테니 잠시 기다리라는 그의 말소리가 젖은 아스팔트에 둔탁하게 찍히는 하이힐 소리에 섞였다.

"괜찮아요. 저기 고개를 넘으면 금방인 걸요."

나는 돌아보지도 않고 그대로 걸으며 일부러 꽥 소리를 질렀다. 자기는 괜찮지가 않다며, 그는 빠른 걸음으로 다가와 내 어깨를 잡아끌었다. 억세면서도 부드러운 그의 손길에 느닷없이 몸으로 전류가 흘렀다. 전류는 신통하게도 저항을 막았다.

다시 내리기 시작한 비가 차창을 때렸다. 와이퍼에 빗물이 씻기는 차창 밖으로 비를 맞아 청승스럽게 찌그러진 빈집 하나가 스쳐갔다. 전에는 꽤 흥청거리던 주막집으로, 지져 볶은 머리에 시뻘건 입술을 한 작부가 나이 든 남정네들이랑 음담을 섞어 낄낄대기도 하고 가끔은 노름판에서 돈을 잃은 사람의 아낙이 쫓아와 악을 쓰곤 해서 심심찮던 곳이었다. 나는 저기서 석현의 마지막 모습을 봤을 것이다. 갑자기 차창이 번쩍하더니 일림산이 벼락을 맞아 박살이 나는 듯한 소리가 들렸다. 차가 급정거를 했다. 간이 떨어질 뻔한 나는 눈을 내리 감았다. 운전석에 앉은 채 벼락을 맞아 까맣게 타버린 그의 시신을 볼 것 같아서 눈을 뜰 수가 없었다.

"벼락이 자네에게 떨어진 줄 알았지 뭔가!" 하는 소리에 눈을 떴다. 그가 너무 놀라서 쉰의 나이에다 다섯을 더 보탠 듯한 얼굴이 되어 하는 말이었다.

어느새 동구 앞이었다. 동네 앞에 즐비하게 늘어선 정자나무의 황갈색 잎이 비바람에 흩날리고 있었다. 그는 비가 그치지 않았으니 웬만하면 집 앞까지 데려다 주겠노라고 말했다. 나는 못 들은 척 우산을 챙겨들었다. 효숙이가 쉰 살이나 된 늙은 홀아비와 선을 봤다네…… 동암댁이 벌써 퍼뜨렸을 소문이 싫어서도 그를 동네 안으로 끌어들이고 싶지가 않았다. 차가 멈추었다. 그는 차를 내려 우산을 펴서 쓰고는 내 쪽으로 건너와 차 문을 열어주었다. 나는 당당하게 고개를 쳐들고 차에서 내렸다.

운전석에 올라 핸들을 잡은 그는 내게 잔잔한 눈인사를 보내고는 빗속으로 사라졌다. 다시 만날 약속도, 잘 가라는 인사도 없었다.

일림산 자락에, 내게 송씨 성을 붙여준, 한때 웅장하고 위풍 당당했던, 그러나 머잖아 대가 끊겨 전설 속으로 사라질 위기에 처해 있는 송 씨네 종택이 빗속에 쇠망한 절간처럼 솟아 있다.

소슬대문이 열리고 동암양반이 우산을 쓰고 소슬대문을 나오고 있었다. 무의식중에 멈춰 서서 시계를 들여다봤다. 어김없이 세 시였다. 동암양반은 이 시간이면 산책로인 일림산이 무너지지 않는 이상 집을 나선다. 그래서인지 팔순을 넘긴 나이의 걸음걸이는 아직도 다부졌다. 옆 골목에서 나오던 아낙 하나가 우산을 내리며 그를 향해 나붓이 허리를 굽혔다. 그는 거들떠보지도 않고 그냥 지나쳐갔다. 칫, 누가 알아준다고 주제에 기는 살아서…… 나는 입을 달싹여 비죽거렸다.

아버지. 우리 동암양반! 두꺼비 상에 왜소하다 뻗친 체구와는 달리, 일찍이 부모로부터 헤아릴 수 없는 재산을 물려받은 행운아에, 서울 굴지의 대학 전신이라는 전문학교를 나온 인텔리다. 문중을 거느린 양반에, 술도가로 군(郡)내의 돈을 모조리 쓸어 담았던 장사꾼의 외아들로서 돈으로 할 수 있는, 하고 싶은 일을 다 해봐서 세상에 원도, 한도 남기지 않았을 한량(閑良)이다. 그는 막걸리를 찾는 수효가 줄어 도가가 망하고, 넓은 발에 맞는 씀씀이와, 종가를 이을 아들 하나를 얻기 위해 셀 수도 없이 많은 여자들에게 재산을 거의 탕진하고도 끝내 결실을 보지 못한 위인이었다. 나는 확실한 숫자가 나오지 않는 동암양반의 첩들 중 마지막 첩에게서 태어난, 역시 확실한 숫자가 나오지 않는 그 많은 딸들 중의 막내였다. 첩의 딸! 어린 시절 효숙이란 이름보다 더 익숙하게 듣고 자란 내 이명이었다.

삼 년 전, 큰어머니가 돌아가시고, 동암댁이 안방을 차지하는 횡재를 하는 바람에 나는 본의 아니게 동암양반과 한지붕 아래 살게 되었다. 그러나 그의 얼굴을 마주 본 적도, 아버지라 불러 본 적도 없기는 예나 마찬가지였다. 어쩌다 사람들과 어울려 부모들의 호칭을 들먹여야 할 부득이한 자리에서 나는 우리 동암양반, 우리 동암댁이라 부른다. 앞에다 붙이는 '우리'라는 인칭 대명사로 인해 듣는 사람들은 그게 애칭인 줄 알고 재미있어 한다. 사실은 어머니와 단 둘이서 대화를 나눌 때도 우리 동암댁이라 부르는 게 편하다. 철들기 전부터 키워 온 부모들에 대한 분노와 혐오로 어긋나게 부르기 시작했던 호칭이 자리를 잡아 버린 것이다.

부부 싸움도 큰 굿거리인 오지 동네였다. 질투심이 대단했던 큰어머니는 종가의 대를 끊어 놓은 죄를 뒤집어씌워 동암댁을 사흘이 멀다하고 혼절을 할 때까지 쥐어뜯었다. 상당수가 과거에 큰어머니의 은혜를 입고 살았던 동네인지라, 아낙들은 동암댁이 뜯길 때마다 자신들의 시앗인 듯 통쾌해 했다. 특히 내 친구인 경자네 어머니가 그랬다. 경자네와 동암댁은 이웃에 살면서 서로 성격이 비슷해 부딪칠 일도 많았다. 좋을 때는 머리를 맞대고 동네 아낙들의 흉을 봤다. 동암댁의 싼 입은 둘이서 떠버린 말을 서말이나 불려서 사방에 민들레씨처럼 퍼트려 줄싸움을 붙였다.

"이년아, 첩질 아무나 하는 것이 아니라고 하제마는 늬년은 보다가도 첩 보겠다. 백여시 꼬랑지를 죽으로 숨긴 년 같으니라고."

뒷감당이 어려워진 경자네는 거품을 물고 달려들어 동암댁의 머리끄덩이를 잡고 엉클어졌다. 나는 모든 상황을 우리를 가난과, 질시 속에 내팽

개쳐 둔 동암양반 탓으로 돌리고는 가슴 밑바닥에 오기와, 증오를 키워 아버지 앞에 얼굴을 내비친 적이 없었다.

나는 지금 나와 선을 봤던 쉰 살의 늙은 홀아비의 전화를 기다린다. 서른 다섯의 노처녀에게는 쥐나, 개나 혼담을 밀어 넣었다. 중매쟁이가 그와 선을 주선했을 때, 나는 하도 기가 막혀서 쥐에 속하는지, 개에 속하는지 계산해 볼 필요 없이 하마터면 기절해 넘어질 뻔했다. 내 나이 서른이 넘어가면서부터 동암댁의 극성 때문에 재취 자리 맞선이 처음은 아니었다. 늘 그랬듯이 그날도 눈밖에 나려고 작정을 했으니, 흔한 말로 딱지를 맞았다 해도 크게 서운할 것은 없었다. 그러나 헤어지기 전에 노장의 손길에서 느꼈던 전류가 묘하게 신경이 쓰이면서 그의 전화가 기다려졌다. 동암댁이 그런 나를 살살 꼬드겼다.

"과년한 딸 가진 사람은 이웃집 '노장'도 사윗감으로 보이는 법이다. 남의 앞으로 사는 거하고 재취는 엄연히 구분이 다른 거여."

"말이나, 노새나 다를 거 하나도 없어. 그리고 쉰이면 너무 늙어서 노장 축에도 못 끼는 거야."

나는 바득바득 악을 썼다. 대부분의 첩의 딸들은 어머니의 전철을 밟는다고 믿고 있는 동암댁은 이런저런 이유로 혼기를 놓친 딸에게 나이가 좀 흠인 재취 자리는 감지덕지였다. 동암댁은 밤새도록 나를 설득했다.

십 년 전, 아내와 사별을 했고, 독실한 카톨릭 신자에, 장성한 아들이 셋이나 있는 그는 읍내에 있는 농협의 지점장이라 했다. 직함 말고도 회령리에 수천 평의 과수원을 갖고 있는 부자니, 그에게 시집가면 평생 귀염받고 호강할 거라고 했다.

"정 싫으면 그도 약속이니 얼굴만 내밀고 오니라."

욱하는 내 성미는 처음을 이기고, 동암댁의 끈질김은 항상 끝을 이겼다. 감히 처녀와 맞선을 볼 생각을 한 욕심 많은 늙은 홀아비를 면전에서 콱, 묵사발을 만들어 줘야겠다는 오기로 승낙을 해버린 나는 그 시간부터 그를 노장이라 이름했다. 적당한 호칭이 없기도 하려니와, 동암댁이 예를 들었던 늙고, 경험 많은 사람이라는 뜻이 담겼을, 이웃집 노장(老將)이라는 말에 약간의 비아냥거림이 섞여 있는 듯해서, 비위가 당겨 이웃집이란 덤을 빼버린 것이다.

일주일이 넘도록 전화는 오지 않았다. 누구든 내 자존심을 건드리면 무사하지 못했다. 나는 미친 척, 그의 직장으로 쳐들어가 보복할 방법을 강구하느라 잠을 설치고 있었다.

읍내의 번화가 뒤로 바람막이 같은 경사진 언덕이 있고, 거기 언덕빼기에 성당이 있었다. 나는 마른 담쟁이덩굴에 덮인 고딕식 성당 건물이 정면으로 보이는 곳에 삼십 분쯤 서 있었다. 성당에서 나오는 노장과 부딪치려 함이었다. 미사가 끝났는지 사람들이 몰려나왔다. 노장은 성당 앞이 휑하니 비도록 보이지 않았다. 듣기로는 분명히 독실한 카톨릭 신자라 했다. 알 수 없는 노여움이 울컥 치밀었다.

좁지 않은 읍내를 한바퀴 돌았는데도 노여움이 가시지를 않았다. 허기에 몸이 떨리고 에이는 바람에 귀가 얼얼했다. 오랜만에 신은 하이힐이 부은 발을 옥죄어 아프기 시작했다. 길 건너에 빨간 글씨의 다방 간판이 보였다. 갑자기 뜨거운 커피 생각이 간절해졌다. 급히 횡단보도로 뛰어들었다.

"여긴 웬 일이야?"

옆을 스치던 남자가 걸음을 멈추며 물었다. 힐끗 쳐다봤다. 상의 주머니에 양손을 찌른 채 벙벙한 표정을 하고 서 있는 사람은 노장이었다. 순간, 화가 폭발해서 눈물이 나오려 했다.

노장은 회천면 쪽으로 핸들을 꺾었다. 날씨가 추우니 데려다 주겠다는 그의 친절을 사양하기에는 너무 춥고, 피곤했다. 읍에서 회천면은 아흔 아홉이라는 산굽이를 돌아가야 했다. 나는 줄곧 차창 밖을 바라보고 있었다. 산을 타고 계단식 원을 이룬 녹차밭이 칙칙한 잿빛 하늘을 이고 빙글빙글 돌고 있었다. 앞을 향한 채 운전에 열중하던 노장이 나를 다시 만나니 착잡한 기분이 든다고 말했다.

"제 출생 문제가 걸려서 그러세요?"

내 못된 성깔이 그예 선전포고를 하고 말았다. 차는 급커브에 아슬아슬한 낭떠러지 위를 달리고 있었다. 노장은 운전에 신경을 쓰느라 내 말을 못 들은 성싶었다.

난 첩의 딸이야. 어렸을 때는 동네 사람들이 사람 취급도 안했어. 잘하면 첩의 딸 주제에라 했고, 못하면 첩의 딸이라 할 수 없다고 수군거렸어. 그래서 성격도 비틀리고, 공부도 못해 대학도 못 갔어.

성격 나름이야. 나도 어렸을 때 맨날 절름발이라고 놀림만 받고 자랐어. 그래도 나는 세상 사람들을 사랑했고, 공부도 열심히 했어. 왠지 아니? 그게 열등감에서 헤어날 수 있는 최선책이었기 때문이야.

나도 좋은 환경에서 부모님의 사랑을 한몸에 받으면서, 몸의 일부만 잘못되었다면 얼마든지 그렇게 할 수 있어.

환경이 어때서? 넌 심한 정서 불안이야. 시커먼 그림자 하나를 덮고 살면서, 작은 상처도 득득 긁어서 크게 덧내놓고는 남에게 책임을 뒤집어씌우는 좀 곤란한 병이지. 까딱하면 잘 나가고 있는 인생도 괜히 집적거려 불행한 쪽으로 살살 몰고 가는 경향이 있으니 조심하는 게 좋을 거다.

석현의 의대생다운 말이 귓가에 와서 맴돌았다. 평지가 나오자 노장이 뜨악한 표정으로 방금 뭐라 했느냐고, 물었다.

"제 출생이 걸리느냐고 물었어요. 전 첩의 딸이거든요."

"요즘에도 그런 게 문제가 되나? 나도 그런 거나 문제삼을 만큼 당당한 나이라면 얼마나 좋겠어. 부끄러운 말이지만, 서른 셋이라기에 살도 좀 붙고, 나이가 들어 보일 거란 상상을 했었지. 예상 밖으로 예쁘고, 늘씬한 아가씨가 나왔으니 당황할 수밖에……. 망신살이 뻗쳤던가 봐. 둘이서 바닷가를 거닐며 아직 늙지 않았음을 과시하려 했었지. 그 쪽의 시큰둥한 표정을 보면서 잠시 망령이 났었다는 걸 깨닫고 쥐구멍이라도 찾고 싶었지 뭔가. 솔직히 이 나이에 처녀 장가 당키나 하나?”

말을 마친 노장은 차창에 대고 씁쓸히 웃었다. 뭔가를 잔뜩 벼르다가 제풀에 나가떨어진 듯한 기분이 들었다.

“내가 늬 아부지를 만난 건, 열여섯살 때였다. 그 때 그 양반은 오십이 넘었으니 나이 차이를 계산하려면 한참이나 걸릴 거다. 그래도 어찌 그리 좋기만 하던지, 볼 때마다 새로워서 한평생 그 양반 그림자만 밟고 살았어도 후회를 안했으니.”

우리 동암댁은 지금도 가끔 자신이 살아온 내력을 소설로 엮자면 열 권도 모자란다고 푸념을 한다.

“뭐 그리 알량한 인생을 살았다고 소설을 적잖이 열 권씩이나 써? 모르는 사람들이 들으면 무슨 역사에 남을 짓이나 하고 산 줄 알겠네.”

성깔이 지랄 같은 나는 동암댁의 오장을 사정없이 긁어 버린다.

“썩을 년! 나발불고 자빠졌네. 이년아, 이것이 다 복 없는 늬년 탓이어! 늬년이 아들이었다면 송씨네 종손을 낳은 귀한 몸으로 호강하니라고 그런 생각할 틈이나 있었냐?”

공동 묘지에 누워 있는 망령들처럼 동암댁은 늘 자신의 인생만 억울할 뿐, 첩의 딸이란 업보를 간질병처럼 안고 뒹굴었던 서른 해의 내 인생은 책임질 생각이 아예 없는 것이다.

동암댁이 노장을 사위 삼고 싶어서 하는 말이었다. 나이 열여섯에 뭐

할짓이 없어서 남의 첩살이를 했느냐며 동암양반, 동암댁 싸잡아 한바탕 뒤흔들어 놓고 싶은 걸 꾹 참고 일어섰다. 머리를 맞대고 있으면 단 몇 분 내로 시끄러워지고 마는 게 우리 모녀의 습성이었다. 웃옷을 걸치고 밖으로 나왔다. 대문밖에 낯익은 자동차가 보였다. 기웃이 내다보니 노장이 팔짱을 낀 자세로 차 문에 기대어 있었다. 반가울 것도 없었지만, 나를 찾아온 듯해서 나가 보았다. 노장은 꽤 오랫동안 거기 서서 망설이고 있었던지 발 밑의 흙이 곱게 몽그라져 있었다.

"운이 좋군! 어떻게 불러내나 걱정했는데……. 볼일이 있어 율포에 나왔다가 보고 싶어져서 여기까지 와 버렸는데, 주제넘었나?"

노장이 목덜미까지 붉히며 말했다. 그날 이후, 거의 달포 만이었다. 노장이 운전석 옆자리의 문을 열어 잡고는 말없이 나를 쳐다봤다. 잠시 주저했지만, 결국 오르고 말았다. 노장이 벨트를 끌어당겨 매주었다. 둘 다 싸우고 난 사람들처럼 뚱한 표정으로 앞만 바라보고 있었다.

바다는 잔잔했다. 흐린 하늘에서 하얀 눈송이가 난분분히 날아서 바다의 출렁이는 물보라 속으로 장난치듯 숨어 버리곤 했다. 노장은 담배를 꺼내 입에 물었다. 바람도 없는데 라이터의 불이 자꾸만 꺼졌다. 여러 번만에 담배에 불을 붙여 연기를 깊숙이 들이마신 노장이 가족들 얘기를 꺼냈다.

"내겐 아들이 셋이나 있어. 큰아들은 군대에 갔고, 둘째는 서울서 대학을 다녀. 막내 녀석은 나이가 열 다섯이야. 소아마비로 다리가 불편하지. 녀석이 태어나면서부터 아내는 산후병으로 아팠어. 네살 땐가, 한바탕 죽다 살아난 녀석의 한쪽 다리에 마비가 온 거야. 아내가 아파서 예방 접종을 잊은 거래. 아내는 죄책감에 병이 악화되어 덜컥 죽어 버렸지. 한 삼 년 늪을 헤매다 정신을 차려보니 녀석이 앞에서 심하게 절고 있더라구. 가버린 사람은 세월따라 잊혀지는데 녀석은 볼 때마다 가슴이 아파서 힘이 들어. 전에도 재혼할 기회가 더러 있었지만, 아이가 맘고생을 할까 봐……."

말없이 듣고 있는 내 새끼손가락이 가늘게 떨렸다.

음력으로 섣달 중순이었다. 바다가 가까웠고, 동암댁을 도와 집안의 제사를 지내다 보니 어느새 음력에 익숙해져 있었다.

"여기 타작 마당이야."

수화기 저쪽에서 낮고, 부드러운 노장의 목소리가 넘어왔다. 요즘 들어 그는 매일 한 번씩 전화를 했다.

노장은 산 중턱에서 차를 멈췄다. 지붕이 버섯 모양을 한 찻집 앞이었다.

"디즈니 만화 영화에 나오는 과자로 지은 마녀의 집처럼 예뻐서 꼭 한 번 데려오고 싶었어."

노장이 차 문을 열어주며 말했다.

벽에 자질구레한 헌것들이 잔뜩 걸려 있는 전통찻집의 실내는 따뜻하고 아늑했다. 벽에 붙은 음향 장치에서 거문고인지, 가야금인지가 타넘기고 있는 한스러운 가락과는 어울리지 않게 돌을 쌓아 산타클로스 할아버지라도 드나들게끔 굴뚝을 세운 벽난로에서 통장작이 활활 타오르고 있었다.

노장과 나는 통나무를 반으로 갈라 만든 발이 없는 탁자 앞에 방석을 깔고 마주 앉았다.

"녹차는 처음인가? 맛이나, 향기를 음미하기는 어렵겠군."

노장이 손잡이가 달린 탕기를 기울여 내 앞의 잔에 차를 따르며 말했다. 동암댁이 동암양반에게 삼시로 대령하는 이 녹차는 내가 지지리 미워하는 것들 중에 하나였다. 노장이 말을 이었다.

『다신전(茶神傳)』이라는 책을 보면, 차나무의 꽃잎은 다섯장이고, 다섯장의 꽃잎이 가지는 다섯가지 맛인 고(苦) 감(甘) 산(酸) 신(辛) 삽(澁)에 비유되어 인생을 너무 힘들게(澁)도, 너무 티(澁)를 내지도, 너무 복잡(辛)하게도, 너무 쉽고 편(甘)하게도, 그렇다고 너무 어렵게(苦)도 살지 말라는 뜻이 담겨 있다는 거야. 고개를 몇 도를 기울여야 차향을 제대로 맡을 수 있단 말은 어디서 들었던 것 같애.”

노장이 달인처럼 설명하는 녹차의 유래는 반쯤 살아온 내 인생을 빗대는 것 같았다. 이어서 청혼의 말이 나올지도 모른다는 생각을 하며 차를 한 모금 삼켰다. 녹차 맛은 근사한 유래가 무색할 정도로 밍밍했다.

“내가 정식으로 청혼을 한다면 화를 내겠지?”

노장이 드디어 어렵게 말을 돌려 청혼을 했다.

“화를 내진 않겠지만, 승낙을 받기는 어렵겠지요.”

나도 남의 애기처럼 받아넘겼다.

나는 결혼보다는 여건이 된다면 하고 싶은 일이 따로 있었다. 큰어머니가 낳은 큰언니가 미국에 살고 있었다. 큰언니의 딸인 조카 하나가 건축학을 공부한다고 했다. 재작년에 한국의 고가에 대해 석사 논문을 쓰려고 잠시 귀국한 적이 있었다. 멀리 갈 것도 없이 외갓집만 보고와도 된다는 큰언니의 말에 조카는 외가를 찾아왔다. 그러나 외가의 건축 구조만으로는 턱없이 부족했다. 어려서 미국으로 간 조카는 우리 말은 잊지 않았지만, 다른 건 거의 무지였다. 며칠 동안 방을 함께 쓰면서 둘이 친해진 조카는 나를 동행해 전국에 있는 삼백 년이 넘은 사대부 집과, 궁궐을 찾아 나섰다.

건물을 향해 수도 없이 셔터를 누르는 조카를 도와서 나는 사진으로 정확히 볼 수 없는 부분을 A4 용지에 연필 그림으로 설명을 덧붙여 그려 주었다. 전통적 가옥에서 산 덕에 건축 구조물에 따른 명칭은 대강 알 수 있었다. 조카는 못질이 전혀 필요 없는, 기둥 머리에 돌려가며 네 개의 촉을 내고 잘록하게 다듬은 보와, 도리를 결에 맞추어 짜는 사괘맞춤의 자세한 구조와, 그림에 따른 설명, 단청의 무늬와, 처마 끝에 물이 떨어지는 부분을 막아 이는 와당(瓦當), 암막새와 수막새의 서로 다른 도안, 궁궐의 용마루 양 끝을 마무른 장식인 취두(鷲頭)의 용이 입을 크게 벌려 용마루를 물고 있는 듯한 그림을 보고 탄성을 질렀다.

"우와, 스케치 잘했네! 설명도 정확하고. 이모, 이런 아까운 재주를 왜 썩힌 거야? 지금도 늦지 않았으니, 결혼 그딴 거 집어치우고 나랑 미국에 가서 도안 공부나 하자."

장난삼아 편지에 그려넣은 도안에 반한 석현이 권했던 일이기도 했다. 여러 말이 하기 싫어서 영어를 모른다고 대답했다. 조카는 뭐가 되었든 자기가 적극 나서서 도울 테니 내키면 언제든 오라고 말했다.

"석현인가 하는 친구 아직도 기다리나?"

생각에 잠겨 있는 내게 노장이 물었다. 어리둥절한 눈으로 노장을 쳐다봤다. 그는 표정을 굳히며 말을 이었다.

"나쁘게 받아들이지 말게. 소문으로 들었어. 그렇게 봐서인지 내가 들어설 자리가 없는 것 같아 서글퍼서 하는 소리야. 그 친구를 기다리는 게 아니라면 날 신랑감 후보로 끼워 주게나."

말을 마친 노장은 쓸쓸히 웃었다.

좁은 바닥이 발칵 뒤집혔던 십 년 전의 소문은 아직도 내 혼사에 걸림돌이 되었다.

석현이 군내의 손꼽히는 부자에, 무서운 어머니의 아들이라는 것은 나중에야 알았다. 서울에서 의과 대학에 다녔던 석현은 주말이면 어김없이 나를 만나러 내려왔다. 어느 날, 오십 안팎의 멋있는 여인 하나가 우리 집 마당으로 들어섰다. 자신이 석현의 어머니임을 밝힌 여인은 자기의 아들은 아무나 넘보는 그런 허술한 아들이 아님을 강조한 다음, 앞으로 계속 만났다가는 시끄러운 일이 생길 거라고 으름장을 놓고 돌아갔다. 석현이도, 나도 그 정도의 협박에 당장 그만 둘 만큼 착하지를 못했다. 우리는 어떤 방법으로든 계속 주말을 함께 보냈다.

그 때 석현의 어머니는 무슨 생각으로 동암댁이 아닌, 동암양반에게 시비를 걸었는지 알 수가 없다. 나는 그날 재산 있는 한 종가의 종손으로 문중을 위시해서 평생 남들에게 우러름만 받았던 동암양반에게 수모가 무엇인지를 가르쳐 주었다.

내 자식이 어떤 자식인데, 종자를 못 받아 조상을 굶기게 생긴 집구석의 첩년이 내지른 년이 후려가도록 놔둘 성싶었더냐며, 그녀는 이십 년도 더 넘게 연장자인 동암양반에게 놈자를 붙여서 온 동네가 들썩하도록 악을 썼다. 동암양반이 경상 위에 놓인 재떨이를 공중으로 날렸다. 정통으로 맞지는 않았지만, 재를 뒤집어쓴 그녀는 분노로 앞뒤 분간을 못했다. 우르르 마루로 올라가 그러잖아도 왜소한 체구가 늙어서 더욱 오그라든 동암양반을 끌어내려 땅바닥에 우그러뜨려 깔아뭉갰다. 그때 싸움이라면 한가락하는 큰어머니가 사랑으로 나와서 절름발이나, 첩의 딸이나 저울에 달면 어느 쪽으로도 기울지 않고 서로 방방할 거라며 불호령으로 싸움을 중지시켰다. 그날 밤, 석현의 어머니는 제 분에 못 이겨 목을 맸다. 다행이 남의 눈에 띄어 생명에는 지장이 없었지만, 대신 내 인생은 동강이 나고 말았다.

노장은 결혼과는 상관없는 조건으로 하루에 한 번씩 전화를 했다. 늘 다정하고 부드러운 말씨였다. 나는 이것도 저것도 아니라면 탈출구는 그 쪽밖에 없었기에 딱 잡아떼지를 못하고 있었다. 동암댁도 일주일밖에 남지 않은 음력 설 제수 준비에 바빠서 노장을 잠시 뒷전으로 미뤄 두었지만, 이미 노장을 사위로 점찍어 두고는 암암리에 혼수 준비를 하고 있었다.

"일 없으면 장에나 따라가자. 생선도 사서 얼간해 말려사 쓰고, 육포도 떠서 말리려면 혼자는 장 못 봐."

동암댁이 장에 갈 채비를 하며 말했다. 그녀는 자신이 혼자 도맡아서 종가의 제사를 지낸다는 것과, 이때만큼은 자기 마음대로 돈을 써도 되는 것에 신바람이 나있었다.

"우리 동암댁, 자기가 진짜 정씨네 안방 마님인 줄 착각하나 봐! 그런 거 장만해서 제사 지내면 문중에서 동암댁을 알아준대?"

나는 동암댁이 싫어하는 소리만 골라서 쏘아 버렸다. 동암댁은 나를 포기하고 별채에 세들어 사는 아낙을 데리고 대문을 나가고 있었다. 그녀의 살래살래 흔들리는 엉덩이는 사뭇 거드름이었다. 갑자기 조만간에 깨질 그녀의 행복이 두려워졌다.

나와 동암댁이 거처하는 안채를 비롯해서 집을 버리지 않으려고 세를 내준 별당, 간간이 동암양반의 기침 소리가 들리는 바깥사랑과, 그리고 안사랑, 잡동사니가 들어 있는 곳간채와 행랑채, 항상 귀기가 서려 있는 사당, 달밤이면 율포 바다가 들어와 바닥에 깔리는 듯한 착시를 일으키는 사랑채 정원의 희귀종의 나무들과 연못, 문화재로 국가의 보호 대상에 올라 있는 집이었다. 만약에 내가 시집을 가고, 동암양반마저 돌아가시면, 정씨네 호적과는 아무런 관련이 없는 동암댁은 갈 곳이 없어진다.

그녀는 나이가 쉰이 되도록 호적상 아직 처녀였다. 동암댁이라는 택호도 큰어머니의 친정 동네 이름 뿐, 그녀와는 무관했다. 큰어머니가 돌아가셨을 때였다. 동암양반의 인생에서 유일하게 칭찬받을 일이 있다면 정처의 딸들이나, 어미가 버리고 간 딸들이나 똑같이 잘 기르고, 많이 가르쳐서 사회에 이바지하게끔 해놓은 것일 게다. 괜찮은 딸들에 괜찮은 사위들로 큰어머니의 상여 뒤는 걸었다. 그 속에서 대학도 못 가고 서른이 되도록 결혼도 못한 나와, 삼 년 동안이나 큰어머니의 병수발을 들고도 장례에 참석도 못하는 동암댁은 기가 죽어 있었다.

"제사상 차려 줄 아들 하나 없는 늬 아버지랑, 큰어머니도 불쌍하제마는 임자 없는 내게다 대면 그래도 호강이제."

동암댁이 먼 산을 바라보며 푸념을 했다.

"우리 동암댁이 왜 임자가 없어? 내가 있잖아."

"성깔만 사나운 딸년 있으나 마나제. 더구나 너는 큰어머니 앞으로 올라 있고, 나는 호적에 가시내로 남아 있으니 넘이나 매한가지제."

동암댁이 치마를 뒤집어 코를 풀며 말했다. 나는 그때서야 비로소 동암댁이 살아온 세월을 되짚어 보았다. 삼십 오년 전, 벽촌에 살았던 열여섯 살 난 계집애가 바람이 나서 밤봇짐을 쌌단다. 서울로 가는 밤기차에서 재수가 좋아 점잖은 노신사 옆자리에 앉았다. 나이보다 조숙하고 덕성스런 얼굴에, 경솔하고 붙임성 좋은 아이였다. 밤새 쫑알쫑알 신사의 심심풀이 노릇을 하던 그녀는 서울역에 내려서 호텔까지 따라갔다. 아무것도 모르고 자란 촌뜨기는 호강깨나 시켜 주는 돈많은 신사가 너무나 좋았단다. 며칠 후, 그녀는 정실이 산처럼 버티고 있는 대궐 같은 집으로 들어갔다.

"떡두꺼비같은 아들 하나만 낳아라. 그러면 내가 너를 업고 다니마."

집에 있는 어머니보다 훨씬 나이가 많은 정실이 칙사 대접을 했다. 이년 후, 그녀는 딸을 낳았다. 실낱같은 희망이 깨지자, 종가의 대를 끊어 놓은 죄책감과, 절망감으로 미처 날뛰는 정실의 장작개비에 허리를 맞은 산모는 쏟아 내듯 하혈을 하고는 다시는 잉태를 못하게 되어 버렸다.

동네의 가난한 집에는 동암양반의 딸들이 한 두명씩 자라고 있었다. 큰어머니가 여자들에게서 빼앗아다 돈을 주고 기르는 딸들이었다. 큰어머니는 집을 한 채 지어 어린 동암댁을 첩실로 들어 앉히고는 남의 집에서 제멋대로 자라 말썽꾸러기가 되어버린 열 살 안팎의 대여섯 명의 딸들을 한꺼번에 모아다 함께 살게 했다. 동암댁은 그들을 상전처럼 떠받들어 키웠다. 그러나 동족을 미워하듯, 동암댁을 죽어라 미워한 그들은 밤이 되면 도둑처럼 왔다가 새벽에 돌아가는 동암양반의 일거수 일투족을 큰어머니에게 고자질을 해서 동암댁을 매질 당하게 했다. 자라서 도시의 여학교로 떠난 그들은 명절이나, 방학이면 큰댁으로만 몰려갈 뿐, 지척에 있는 동암 댁에게는 들르지도 않고 가버렸다. 동암댁이 열 권도 모자라게 엮고자 하는 소설은 큰어머니의 매질도, 그 매질에 역성을 들어준 적도, 물질적으로 풍족하게 해준 적도 없는 동암양반이 아니었다. 사사건건 반항하고 무시하는 그들의 시중을 들면서 심적인 울분과, 고달팠던 몸, 서러웠던 처지를 필설하고 싶었던 것이다.

나는 동암댁이 동암양반의 사랑을 받았는지 어쨌는지는 관심도 없다. 단지 그 한한 횡포와 모멸을 감내하면서까지, 평생 그 그늘을 못 벗어날 만큼 덜떨어진 여자라는 게 밉고, 안쓰러울 뿐이다. 내가 이 지겨운 동네를 못 떠난 이유도 큰어머니의 포악에 타고난 성깔을 있는 대로 부려서 동암댁을 지켜 주기 위해서였다.

동암댁이 돌아올 시간에 맞춰 버스 종점으로 마중을 가려고 마당으로 나왔다가 그대로 멈춰버렸다. 종일 동암댁 걱정을 하다 보니 갑자기 밉고, 귀찮아졌다. 오 분도 못되어 또, 재혼 절차를 밟아서라도 동암댁을 송씨네 호적에 올려주어야 한다는 생각이 들었다. 그러려면 우선 동암양반과 통성명이 시급하다는 생각도 함께 들었다. 여든 하고도 세 해나 더 살아 버린 동암양반에게는 남은 시간이 많지 않았다.

"추운데 거기 서서 뭘 하느냐.?"

하늘을 쳐다보며 골똘한 생각에 잠겨 있던 나는 깜짝 놀라서 돌아봤다. 산책에서 돌아오는 길인 듯, 두툼한 털옷을 입은 동암양반이 대문 옆으로 난 사랑채 중문께에 서 있었다. 작고 깡마른 체구였지만, 자세만큼은 꼿꼿했다. 그는 발길을 돌려 내게로 다가왔다. 난생 처음 동암양반과 마주섰다. 머리 하나는 더 큰 키로 껑뚱하게 서서 감히 지엄하신 우리 동암양반을 내려다볼 수밖에 없는 건 내 죄가 아니었다.

"절 아세요?"

무의식중에 어딘가 피하려고 우왕좌왕하다가 엉뚱한 말이 튀어나왔다.

"못 됐구나! 연전에 애비에게 지우지 못할 수모를 주고도 모자랐더냐?"

동암양반이 감나무 우듬지 끝에 매달린 연시를 쳐다보는 듯한 자세로 서서 나를 꾸짖었다. 우렁차고 위압적인 목청이었지만, 저승꽃이 만발한 그의 오종종한 얼굴은 그어 놓은 듯한 주름으로 인해 진화(進化)가 덜된 것처럼 보였다. 저 얼굴이, 아들 하나를 얻기 위해서 셀 수도 없이 많은 여자들을 거느렸다는? 어린 처녀가 반해 그림자만으로 평생을 후회 없는 삶을 살았다는 그 얼굴이란 말인가! 까닭 모를 연민과 함께 그의 좁고, 앙상한 어깨를 껴안아 주고 싶은 충동이 일었다.

"나이 든 홀아비랑 어울린다는 말은 들었더니라. 결혼만이 능사였더냐?"

동암양반이 느닷없는 말을 물었다. 얼이 빠져서 대답을 못하고 있었다.

"늬 어머니 그림자는 밟아가지 마라. 성깔 그만한 젊은 애가 바깥 세상에 나가면 뭔들 못하겠느냐. 망구(望九)의 건강을 어찌 장담하겠느냐만, 그래도 몇 년은 더 늬 어미를 지켜 줄 수 있을 터이고, 제위답만으로도 너 하나는 건사할 수 있느니라. 대처에 나가서 하고 싶은 일을 하도록 하거라."

혼자서 할말을 다해버린 동암양반이 사랑채 중문으로 사라졌다. 나는 어안이 벙벙해서 입을 벙긋이 벌린 채 하늘만 쳐다보고 있었다. 하늘이 원래도 저렇게 파란색이었나, 의아스러울 뿐 아무 생각도 떠오르지 않았다.

부부

부부

태희는 철이 들기 전부터 자기는 절대로 어머니를 닮지 않겠다고, 그리고 그녀처럼은 살지 않겠다고 맹세를 하면서 자랐다. 하지만 서정민 목사와 결혼을 해서 십 오 년을 사는 동안 그녀는 자신이 어머니와 한치도 다르지 않는 여자가 되어버렸음을 느끼고 있었다. 조금이라도 다른 게 있다면, 어머니는 아이들을 여섯 명을 낳아 기르는 동안에 크산티페가 되어버렸고, 태희는 연년생의 아이들 네 명에, 오륙 십 명의 시골 교회 신도들과 부대끼는 동안에 그렇게 되어버렸다는 차이가 있을 뿐이었다. 태희는 이 모두가 하나님을 믿지도 않으면서 교회의 목사와 결혼을 한 자신의 탓이라고 깨닫는 순간부터 한시라도 빨리 이 곳을 벗어나야 한다는 생각을 떨쳐버릴 수가 없었다. 자식들이야 아빠만 있다면 엄마는 있으나마나 일 것이니 문제될 게 없지만, 주위 사람은 다르다. 적어도 그들 부부를 알고 있는 사람이라면 모두들 너무 착하다 뻗쳐서 불쌍하게 되어버린 정민을 동정하면서 믿음이 없는 태희를 마귀 씐 여자로 몰아세울 것이 분명하다. 그렇다고 그게 두려워서 참고 살았다간 자신의 정신에 이상이 생기거나, 아니면 어머니처럼 아무도 사랑하지 않는 여자가 되어 불행한 삶을 살아야할 것이라는 게 태희의 생각이다.

정민과의 만남이 후회로 떠오른다.

태희가 정민을 만난 건 신학대학에서였다. 시골 중학교 선생님이셨던 아버지가 심근경색으로 쓰러져서는 삼십분만에 돌아가셨을 때였다. 학교 선생님들과 친척들의 도움으로 그럭저럭 장례를 끝마치고 집으로 돌아오자마자 학교에서 사택을 비워달라는 전화가 왔었다. 당시 대학 졸업을 앞둔 큰오빠가 당장 갈 데가 없으니 삼우제까지만 시간을 달라고 사정을 했다. 학교에서는 후임 교장선생님의 거처 때문이라며 냉혹히 거절을 했다. 할 수 없이 짐을 쌌다. 아버지와 친했던 선생님들은 고사하고 학교 급사조차도 도와주지 않았다. 사나운 성격 외에는 능력이라고는 없었던 어머니는 큰아들을 제외한 네 명의 아들들과, 막내인 태희의 교육을 중지시켜 버렸다. 두 명의 오빠들은 군대로 도피를 했고, 얼마 후 학교를 졸업한 큰아들은 서울의 이름 있는 회사에 들어가고는 웬일로 어머니를 나 몰라라 해버렸다. 죽어 없어지라는 말을 제일 많이 듣고 자랐던 둘째 아들은 아르바이트로 어머니의 생활비와 자신의 학비를 벌기에도 빠듯했다. 태희는 어쩔 수 없이 학교를 휴학하고는 집에서 살림을 하고 있었다. 어느 날 아버지의 절친한 친구 한 분이 집으로 찾아왔다. 그는 집안 형편을 알고는 태희에게 자기를 따라가지 않겠느냐고 물었다. 아내가 아팠는데, 대신 아침저녁으로 집안 일을 도와주면 학교를 보내주겠다는 거였다. 날마다 어머니의 신경질에서 몸서리를 치고 있던 태희에게는 탈출구나 마찬가지였다.

아버지 친구는 교회장로였고, 아픈 부인은 권사라 했다. 경미한 중풍으로 떨어졌다가 일어났다는 부인은 차를 타고 교회정도는 갈 수 있었지만, 집안 일을 전혀 못하고 있었다. 태희는 깊은 신앙심으로 평화로운 집안 분위기 때문에 아침저녁으로 밥을 해먹어가며 학교에 다니기에 어렵지가 않앉다. 태희는 그들을 따라 교회도 나가면서 고등학교를 졸업했다. 그들은 별로 부자가 아니어서 그녀를 대학에 보내줄 형편은 아니었다. 태희가 집으로 돌아가 버릴까봐 염려를 한 그들 부부는 신학대학이라면 학장과 막역한 사이여서 장학금을 주선할 수 있을 거라는 제의를 했다. 대학에 가고 싶었던 태희는 그들의 말을 따랐다. 정민을 만난 건 교회에서 선배들과 어울린 자리에서였다. 그는 썩 미남은 아니었지만 말 수 없고, 착하다 뻗쳐 보이는, 그리고 조금은 깨끗한, 장래 목사님 같은 그런 인상이었다. 먼저 알은 체를 한 사람은 정민이었을 것이다. 그는 태희의 아버지가 교장선생님으로 있던 시골중학교를 나왔다고 했다. 말을 듣고 계산을 해보니 정민이 중학교 삼 학년이었을 때, 태희는 초등학교 육 학년이었기 때문에 서로 알 리가 없는 사람이었다. 나중에 들은 얘기로는 그 때 학교 뒤뜰 담에 붙어있었던 사택이 약간의 경사로 학교 건물보다 좀 높았기에 키가 큰 학생들은 교실 복도에 서서 교장선생님의 가정을 넘어다보곤 했단다. 정민은 오후에 학교에서 일찍 파해 돌아온 태희가 마당의 감나무에 매어진 그네에 올라앉아 동화책을 읽고 있는 걸 여러 번 훔쳐보고는 내심 반했었다고 했다. 가난하다 뻗친 농사꾼의 아들인데다 태희가 어머니로 인해 얼마나 불행한 나날을 보내고 있는 걸 까맣게 모르는 정민으로서는 태희가 딴 세상 아이로 보였을 것이다. 그 뒤로 태희는 가끔 학교 구내식당에서 정민을 보면 스스럼없이 다가가서 함께 밥을 먹곤 했지만, 따로 만난 적은 없었다. 일 년 후에 정민은 졸업을 해서 서울에 있는 대학원에 진학을 했다는 소식으로 끝이었다.

태희가 대학 삼 학년이 되던 해 다시 한 번 혈압으로 떨어진 부인이 세상을 떴다. 장로님은 장례가 끝나자 재산을 정리해서는 미국에 있는 아들네로 가버렸다. 태희에게는 그동안 수고했다며, 졸업 때까지의 학비와 시집 갈 때 쓸 돈을 남겨주고 갔다. 졸업을 하고 집으로 들어간 태희는 어머니와 매일 지겹게 싸우며 나날을 보내고 있었다. 몇 년 동안 다녔던 교회도 그만 두었다. 처음부터 신앙심과는 거리가 먼 교회였다. 그러던 차에 어느 날 밖에 나갔다가 정민을 만났다. 스산한 바람이 가로수에 낙엽을 흔들어 떨구어대던 날이었다. 태희는 덤덤했지만, 그의 여전히 말 수 적고, 착하디착한 인상에 끌려 그를 따라 찻집으로 들어가 대학원을 졸업하고, 목사고시에 합격도 했노라 하는 자랑을 들었을 것이다.

이 년 후, 태희는 어머니와의 사이가 극에 달해 있었다. 어머니는 심한 조급증으로 뜨거운 불덩이를 손에 쥐고 있는 사람 같았다. 그녀는 태희의 일거수 일투족에 속이 터져서는 종일 악을 쓰며 신경질을 부리곤 했다. 그 때 느닷없이 찾아와 청혼을 한 사람이 바로 정민이었다. 하늘이 파랬고, 뒷목에 내리쬐는 햇빛이 몹시도 따갑던 날이었다. 그는 시골교회 목사로 부임한지 두 달이 되었고, 함께 고생할 마누라가 필요하다고 말했다. 태희의 형편에서는 구세주나 다름없었기에 생각해보고 자시고 할 틈도 없었다.

첫아이를 낳을 때까지는 어머니에게 해방된 기쁨을 만끽하느라 정민의 성격을 파악하지 못했다. 그저 가난하고 못 배웠지만, 오직 하나님을 향한 신앙심으로 법이 필요 없는 시부모 밑에서 자랐기에 착하기만 한 사람일 거라는 생각으로 살았다. 태희는 둘째 아이를 낳고서야 정민이 매사에 느리고, 무감각이고, 오직 하나님과 책 외에는 아무것도 모르는 사람이라는 것을 알아챘다. 신도들이나, 그의 주위 사람들은 착하고, 무거운, 그리고 학자풍의 목사님으로 정평이 나 있었지만, 태어나면서부터 어머니의 조급한 생각과 과격한 행동이 몸과 성격에 배어버린 태희에게는 견딜 수 없는 무료함과 나태를 가져다 주었다. 그러는 중에 셋째, 넷째가 태어났다. 아이들은 하나같이 아빠인 정민과 똑 같았다. 태희는 지구까지 느리게 돌아가는 것 같아 도저히 참을 수가 없었다. 그래서인지 목사의 사모로 십 오

년을 살아오는 동안 신앙심은 뒷전이었고, 매일 이혼을 하고는 이곳을 뛰쳐나갈 생각으로 숨통을 트고 있었다.

한여름 하오의 햇살이 널따란 교회 마당을 온통 들어낼 듯 부시다. 정원의 나무들이 뜨거움과 수분 부족으로 잎을 늘어뜨린다. 태희는 열린 거실 창문으로 들어오는 바깥 풍경에 눈살이 심하게 찌푸려진다. 남편 정민이 마당 한가운데 서 있는 벚꽃 나무를 단단히 틀어잡고는 엎드려 있다. 열 살인 셋째와 여덟 살짜리 막내의 또래인 교회 아동부 아이들 서너 명을 보태서 대여섯 명이나 되는 조무래기들이 달려가 정민의 등위로 팔짝팔짝 뛰어오른다. 정민은 아이들이 등으로 하나씩 뛰어오를 때마다 무게를 못 이겨 휘청거린다. 힘겨워 낑낑대는 그의 이마는 멀리서 봐도 땀 범벅이 되어 번들거린다. 그는 연신 나무등걸에서 손을 풀어 이마에 흐르는 땀을 씻어 허름한 면바지에 문질러댄다. 아이들은 목사님을 괴롭히는 게 너무 즐거워서 깔깔대는 소리가 높아진다. 흙발로 정민의 정강이를 걷어차며 말 타는 시늉을 하는 아이도 있다. 태희는 심한 염증으로 바구니 가득 걷어온 빨래를 털어 개는 손이 사나워진다. 태희는 어린 날을 떠올린다.

여름방학을 한 학교는 휑하니 비어 있었다. 널따란 운동장에는 한여름의 땡볕이 쏟아지고 있었다. 거기 하얗게 깔린 은모래가 햇빛을 받아 반짝였다. 그 위로 파란 하늘이 담장 둘레로 우거진 오동나무의 초록과 어우러져 있었다. 아이들은커녕 당직 선생님조차도 없었다. 신록 속에서 악을 쓰고 있는 매미가 질식감을 보탰다. 아버지는 종일 서재에 틀어박혀서는 꼼짝도 하지 않았다. 오후가 되어 한더위가 가시면 아버지는 아들들을 데리고 음악실로 들어갔다. 그리고는 곧 아버지의 피아노 반주에 맞춰서 오빠들이 노래를 부르는 소리가 들려오곤 했다. 그 때쯤이면 어머니는 다섯 명의 사내아이들이 종일 어질러놓고 나간 집안에서 잡히는 데로 물건들을 집어 던지며, 목청을 있는 대로 뽑아 믿지도 않는 하나님에게 남편과 다섯 명의 자식들을 모조리 잡아가 달라고 절규를 하곤 했다. 와중에도 큰아들 하나만은 남겨달라는 말은 결코 빼지 않았다. 성격이 드셌던 태희는 잡아가려면 다 잡아가야지 오빠는 왜 빼는가를 따지며 대들었다. 어머니는 울고싶던 차에 뺨이라도 맞은 듯, 김씨네 기억자만 들어도 치가 떨리는데 이놈의 가시나까지 속을 뒤집는다며 손뼉을 쳐가며 학교 운동장이 떠나가라 아버지의 조상까지 들먹여 저주를 퍼붓곤 했다. 사람이 사는 동네와는 상당히 떨어져 있었기에 누구에게 피해도 주지 않았고, 창피할 사람도 없었다. 피아노를 몹시도 좋아했던 아버지와 노래부르기를 좋아했던 동생들은 어머니가 소리를 지르건 말건 귀머거리처럼 피아노를 치고 노래를 불렀다. 태희는 그 때마다 얌전하고 교양 있는 여자와는 거리가 먼 어머니를 절대로 닮지 않겠다고 속으로 맹세를 하곤 했다.

태희는 감자를 씻어 냄비에 담아 불에 올렸다. 도서관에서 돌아오는 큰놈들과 집에서 놀고 있는 작은놈들의 간식거리였다. 놀이가 끝났는지 남편과 아이들이 거실로 들어오는 소리가 들렸다. 태희는 힐끗 시계를 쳐다봤다. 네 시가 조금 넘어 있었다. 남편과 아이들은 흙과 먼지 범벅인 채로 안방으로 들어가는 소리가 들렸다. 허락도 없이 각자의 장롱 서랍을 열고는 뒤적여 속옷과 겉옷을 챙겨 한아름씩 안고는 교회에 딸린 샤워 장으로 나가고 있었다. 태희는 안방을 내다봤다. 서랍 세 개가 열린 채였고, 헝클어진 옷들이 밖으로 비져나와 있었다. 태희는 화가 뻗치다 못해 머리에서 뿔이 돋아나려 했다.

말끔히 씻고 옷까지 갈아입은 아이들은 개운한 얼굴로 들어와 텔레비전을 켠다. 남편은 들어오지 않는다. 그리고 보니 오늘이 수요일이라 설교 준비를 위해 서재로 갔을 것이다. 교회 문밖 골목에서 자전거 브레이크 끌리는 소리가 들린다. 중학교 삼 학년인 큰아들과 일 학년인 둘째가 들어오는 모양이다. 아이들은 마당에 던지다시피 자전거를 세우고는 현관 안으로 뛰어든다. 부엌에 있는 태희를 내다보지도 않고는 두 마리의 앵무새처럼 다녀왔습니다, 하는 말을 던지고는 방으로 들어간다. 엄마는 늘 그 자리에 서있으니 느낌만 전달받으면 됐지 얼굴 같은 건 확인할 필요가 없다는 투였다. 그들은 작은 놈들과 같은 행동으로 속옷을 찾아들고는 샤워실로 나간다. 어질러진 서랍이 두 개가 더 늘어났을 것이다.

태희는 아이들에게 찐 감자를 담은 바구니를 통째로 맡기고는 샤워실로 나간다. 아이들은 반가워 함성을 지르며 감자 먹을 것에 달려든다. 기나긴 여름날 나대느라 출출했을 것이다. 남편의 감쌈으로 제멋대로 자라긴 했어도 고집이 없고, 소탈해 뭐든 주는 대로 잘먹는 아이들이다. 태희는 그것조차도 아이들의 소심함으로 몰아 부쳐 소화해 내기가 힘겨웠다.

샤워실에는 네 명의 사내아이들에, 남편을 합해 다섯 명이 벗어 던진 겉옷과 속옷들이 물 젖은 시멘트 바닥에 너부러져 있다. 바가지며 비누가 제자리를 벗어나 있었고, 커다란 통에는 더러운 물이 반이나 차 있었다. 보나마나 작은 놈들이 통속에 들어가 물장난을 하고는 그대로 나가버린 게 뻔했다. 태희는 아버지의 조상들에게까지 욕을 퍼부어 대던 어머니를 떠올린다. 그 옛날에 냉장고나 세탁기도 없이 여섯 명이나 되는 아이들을 키운다는 건 보통 힘든 일이 아니었을 것이다. 조급하고, 까다로운 성격 때문에 식모도 두지 못하고 혼자서 그 식구들을 다 감당했으니 마녀가 될 수밖에 없었을 거라는 생각이 든다. 태희는 매사에 흐리터분한 남편에, 그 자식들을 키우다 보니 이해하지도, 닮지도 않으려 했던 어머니의 인생과 화해가 되려 하는 게 자꾸만 씁쓸해진다.

교회의 월요일은 보통 사람들의 일요일 같은 날이다. 거기에 시월 삼일 공휴일이 끼어 있었으니 서정민 목사에게는 금상첨화나 다름없었다. 정민은 이런 날이면 신바람이 나서 아이들 네 명을 다 데리고 낚시를 간다. 그는 고기를 낚기보다는 종일 아이들과 뛰어 놀면서 아버지의 점수를 최고로 올리고는 돌아온다.

정민은 새벽기도가 끝나자 서둘러 신도들을 차에 태워 집에 데려다 주고는 돌아왔다. 그는 휘파람으로 찬송가를 부르면서 낚싯대와 구럭을 챙기고, 아이들을 깨우고, 부산함에 신바람을 보태고 있었다. 태희는 신도들을 배웅하는 둥 마는 둥 하고는 주방으로 들어가 밥을 짓고, 찌개를 끓였다. 어젯밤에 웬만한 준비는 다 해놓고 잤지만 네 명의 아이들과 남편에게 아침을 먹이고, 점심도시락을 싸보내려면 바빠서 정신이 나갈 지경이었다. 정민은 김밥을 말고 있는 태희를 계속 불러대고 있었다. 아이들의 추리닝이 어디 있느냐, 모자가 안 보인다, 하는 사이에 네명의 사내아이들이 안방으로 건넌방으로 우르르 몰려다니고 있다. 여기 저기를 들쑤셔 어질러 놓는 게 안 봐도 훤하다. 태희는 슬슬 신경질이 나기 시작했다. 마음을 누그러뜨리듯 김밥을 말아 썰어서 찬합에 차분차분히 담았다. 아이들과 남편은 챙길 것이 대강 끝났는지 주방으로 몰려왔다. 태희는 냉수를 싫어하는 정민을 위해 보온병에 뜨거운 보리차를 담고, 커피를 따로 챙기고, 찬합에 반찬들을 담느라 아직 정신을 못 차리고 있었다. 아이들은 식탁에 앉아서 밥을 내놓으라며 엄마를 재촉한다. 태희는 애써 표정을 감추며 밥을 푸고 국을 떠서 나이순으로 아이들 앞에 놔주었다. 정민은 언제 바쁘게 서둘렀냐는 듯, 하나님께 따뜻하고 맛있는 음식을 주셔 감사하고, 우리 아이들이 이 음식을 먹고 오늘 하루를 건강하고 착하게 보내게 해달라고 기도를 올리고 있었다. 아이들은 일 이 분 정도의 짧은 순간이지만, 이 시간만큼은 하나님 사랑과 보호에 감사하는 착한 양떼가 되어 눈감고 손을 합장한 채 진지하다못해 경건한 표정을 지어 얌전히 기다리고 있었다. 그들은 기도가 끝남과 동시에 곧 아멘, 소리와 함께 누에가 뽕잎을 먹듯 와삭 와삭 소리를 내며 시끄럽게 음식을 먹기 시작했다.

정민이 아이들을 몰아 나가고 없는 집안은 고요가 깔려 있다. 빈 그릇과 찌개냄비, 남은 반찬으로 어질러진 식탁 위로 두어 마리의 파리가 날아다닌다. 날개에서 바람소리가 들린다. 방과 거실에는 아이들이 벗어 던지고 간 옷들이 널려져 있다. 현관 바닥에는 편한 신발로 바꿔 신고는 내버리고 간 아이들의 신발들이 짝이 뒤섞여 어지럽다. 심란한 광경을 바라보고 있는 태희는 갑자기 내장을 토해내고 싶어진다. 태희는 거실 소파에 털썩 주저앉는다. 이대로 다 놔두고 어디론가 도망쳐버리고 싶어진다. 어디에다 분풀이할 곳도 없다. 어린 날 자신에게 있는 대로 소리를 지르며 분풀이를 하던 어머니가 떠오른다.

열두 살이던 이맘때였을 것이다. 일요일 오전, 아버지는 동생들과 오빠들을 데리고 낚시를 가고 없었다. 그런 날이면 계집애라 축에 끼지 못한 태희가 죽어나기 마련이었다. 어머니는 이미 뿔이 돋은 이마에 흰 띠를 두르고는 태희에게 공연한 티를 뜯어 한바탕 매질을 한 뒤였다. 회초리 자국이 퍼런 종아리와 눈물 범벅인 얼굴로 아버지와 오빠들이 어질러놓고 간 밥상을 치우고, 청소를 하고 빨래를 했다. 매질만으로는 분이 안 풀린 어머니는 맨발로 마당에 나와서는 하늘에 대고 손뼉을 치며 아버지와 오빠들을 향해 온갖 저주를 담은 욕설을 퍼붓기 시작했다. 내장이 튀어나오지 않을까 싶을 만큼 악을 써도 성에 안 찬 그녀는 믿지도 않은 하나님까지 불러서는 제발 덕분에 큰아들 하나만 남겨두고 남편과 나머지 자식들을 다 잡아가 달라며 절규를 했다. 태희는 못들은 척 할 일만 하고 있었지만, 속으로 나중에 어른이 되더라도 절대로 엄마 같은 여자는 되지 않을 거라는 생각을 하고 있었다. 집안 일이 끝났을 때는 점심때가 다 되어 있었다. 엄마의 저주는 다시 태희를 향한 잔소리가 되어 해 안으로는 그칠 것 같지가 않았다. 태희는 마당을 질러 운동장으로 나왔다. 여름 내

내 그늘을 만들어 주던 오동나무에 단풍이 들고 있었다. 태희는 두 팔로 오동나무 몸통을 안고 서서 하늘을 쳐다봤다. 보성강 강물을 닮은 하늘이 까마득히 멀었다. 빈 운동장은 하도 넓어서 스산스러웠다. 종아리의 멍이 쓰라렸다.

태희는 엄마가 배가 고플지도 모른다는 생각이 들었다. 운동장을 지나 마당으로 들어선 태희는 살금살금 고양이 걸음을 걸어서는 사택 안을 내다봤다. 엄마는 굿보는 사람이 아무도 없는 데도 지치지도 않고 장롱 속의 옷을 다 꺼내서 방바닥에 집어 던지며 아버지의 조상들까지 끌어다 욕설을 퍼붓고 있었다. 태희는 점심을 포기하고는 사택을 나왔다. 배도 고팠지만 무엇보다도 외로워서 견딜 수가 없었다. 엄마가 신경질을 부릴 때마다 운동장 구석으로 피해서 놀았던 식구들이 보고싶었다. 태희는 교문을 나와 큰길을 건넜다. 보성강 강둑으로 들어선 태희는 치마를 팔랑거리며 둑길을 달렸다. 강둑 경사를 덮은 억새꽃 대궁이에서 은빛 꽃이 터져 나오고 있었다. 태희는 희고 노란 들꽃들을 밟지 않으려고 발을 깡충거렸다. 멀리서 강변을 뛰어다니는 오빠와 동생들이 보였다. 물이 깊은 쪽 둑 밑에 아버지가 앉아 있었다. 동생들이 태희를 발견하고는 반가워서 소리를 지르며 손들을 흔들었다. 태희는 마치 몇 년이나 헤어졌다가 만난 가족들인 양 눈물이 나오려 했다. 둑을 타고 달려 내려간 태희는 가쁜 숨을 몰아쉬며 아버지 옆으로 다가가 조심히 앉았다.

"우리 태희도 왔구나! 점심은 먹었니? 좀 일찍 왔더라면 우리 태희에게 들에서 먹는 밥맛을 알게 해 주는 건데…… 소풍가서 먹는 김밥보다 훨씬 더 맛있었단다."

아버지가 자애롭고, 태평스러운 얼굴로 태희의 머리를 쓰다듬어주며 말했다.

"집에서 엄마랑 먹었어요."

태희는 거짓말을 했다. 아버지의 눈길이 피멍이 든 종아리에서 잠시 멈췄다. 태희는 치마를 내려 다리를 덮었다.

"아까 어떤 학부형이 감자를 쪄 왔었단다. 오빠랑 동생들이 다 먹고 몇 개 남았을 거다."

아버지는 마치 집에서 무슨 일이 있었는지 훤히 알고 있다는 듯 도시락 배낭을 뒤져 식어버린 찐 감자 몇 개를 찾아 건네주었다. 그리고는 위로하듯 다시 한 번 어린 딸의 머리를 어루만졌다. 태희는 눈물이 나오려는 걸 참으려고 입에 넣고 우물거리던 감자를 꿀꺽 삼켰다. 안쓰러운 눈으로 바라보던 아버지는 "봐라. 날씨가 좋아서 고기가 많이 잡혔단다. 이따 이걸로 매운탕을 끓여 선생님들 몇 분 불러서 잔치를 해야겠다." 하고 구럭을 당겨 뚜껑을 열어 보여주며 말했다. 외로움이 풀린 태희는 고개를 디밀어 안을 들여다봤다. 삼 분의 일이 조금 못 되게 찬 구럭 속에는 손바닥만한 붕어들 속에 피라미, 메기가 섞여 있었다. 태희는 기어드는 소리로 탄성을 질렀다. 아버지는 조금은 자랑스럽게, 그리고 환하게 웃어주었다. 하늘빛 과 닮은 강물 속에는 아직 잡히지 않은 물고기들이 유유히 헤엄을 치고 있 었다. 그 날 해거름에 붕어들은 어머니의 욕설과 함께 사택 담 밖으로 던 져져 버렸다. 아버지는 말없이 서재로 들어가 버렸고, 어머니의 유일한 위 안인 오빠는 책상 앞에서 책을 펴들었다. 태희는 오빠들과 함께 맨땅바닥 에 떨어져서 펄떡거리는 고기들을 구럭에 주워담아 강물에다 놔주었을 것 이다. 태희는 그 때 어머니가 창자가 토악질해 나올 만큼 악을 쓴 것은 어 쩌면 남편과 자식들을 버리지 않으려는 몸부림이었을 지도 모른다는 생각 이 들었다.

태희는 자명종 소리에 눈을 떴다. 새벽기도 시간은 겨울이 되면서 다 섯시로 늦춰졌지만, 어젯밤 초저녁부터 눈이 내렸으므로 자명종은 세 시 에 맞춰져 있었다. 태희는 부리나케 일어나 옷을 주워 입고는 밖으로 나

왔다. 마당은 밤새 내린 눈으로 온통 하얬다. 정민이 서재로 쓰고 있는 초
가에는 불이 켜져 있었다. 그는 아내를 사랑하는지 마는지, 또 그녀가 무
슨 생각을 하고 사는지 관심도 없는 사람으로 사시사철 서재에만 파묻혀
밤을 밝히곤 했다. 태희는 교회의 문을 열고는 전기 스위치를 켰다. 땅을
덮은 눈이 불빛에 달려들 듯 환해졌다. 동시에 서재의 불이 꺼지면서 초
가가 캄캄해졌다. 그는 책을 읽다가 밖에서 부스럭거리는 소리에 시계를
쳐다보고는 한 시간 남짓을 자려함일 것이다. 태희는 하늘을 쳐다봤다.
구름이 벗겨진 사이로 별이 깜빡였다. 이제 눈이 그친 모양이다. 그녀는
창고로 들어가 삽과 비를 꺼냈다. 새벽기도를 드리는 신도들이 집을 나오
기 전에 눈을 치워야 한다. 작년 이맘때도 이렇게 눈이 많이 왔었다. 태희
는 그 날 추워서 게으름을 피웠다가 그예 일을 내고 말았다. 눈비를 가리
지 않고 새벽기도를 나오는 노집사님 한 분이 눈길에 발을 헛디뎌 엉덩이
뼈가 금이 가서 지금까지도 고생을 하고 있는 중이었다. 태희는 본당 앞
에서부터 삽으로 눈을 떠서 치우고 비질로 마무리를 하면서 큰길을 향해
나간다. 너무 힘에 부쳐서 숨이 가쁘고, 이마에서 비지땀이 솟는다. 승합
차가 드나들 수 있는 골목은 길고도 지루하다. 무엇을, 누구를 위해서 이
짓을 하는지 회의가 오기 시작했다. 하나님을 믿지도 않으면서 목사와 결
혼을 한 것부터가 역설이라는 생각이 듦과 동시에 삽과 비를 팽개치고 이
대로 훨훨 날아가 버리고 싶어진다. 태희는 버릇처럼 어린 시절의 어느
겨울을 떠올린다.

학교 운동장에는 밤새 내린 눈이 덮여 있었다. 그런 날 아침 햇빛은 유
난히 밝았다. 공기는 맑다못해 탄산음료처럼 목을 쏘았다. 태희는 창문을
열고 몸을 내밀어 운동장을 바라봤다. 방학으로 비어버린 운동장은 정적
이 깔려 있었고, 교문에서부터 사택까지 발자국 하나도 없는 백색으로 덮
여서는 무상하리만큼 깨끗했다. 태희의 의식은 설명할 수 없는 몰아로 빠

져들고 있었다. 그때 안방의 어머니가 부엌언니를 향해 악을 쓰고 있었다. 들으나마나 밥이 늦다는 이유일 것이다. 엄마의 포악을 못 견뎌 길어야 열흘쯤 버티다 나가버리는 부엌언니들이었다. 그 때마다 선생님 부인들은 마땅한 시골아가씨를 구하느라 골머리를 앓아야 했다. 태희는 부엌언니가 나가고 없으면 작은 손으로 혼자 밥도 하고, 빨래, 청소를 해야 하기 때문에 이골이 난 엄마의 악 쓰는 소리도, 걱정과 불안으로 몸이 떨리곤 했다. 부엌언니가 뭐라고 말대꾸를 했다. 순간, 엄마는 부엌문 바로 옆에 놓인 물통을 들어 던졌다. 물을 뒤집어 쓴 부엌언니의 비명에 운동장을 덮고 있던 고요와 순백이 깨져 하늘로 흩어지고 있었다. 밤새 책을 읽다가 서재의 소파에 잠이 들어 있던 아버지가 놀란 눈으로 뛰어나왔다. 부엌 언니가 그 길로 집을 나가버린 건 어쩌면 당연한 일이었다. 태희는 어쩔 수 없이 나가서 그녀가 차리다만 밥상을 떠맡아야 했다. 불쌍한 아버지는 어머니의 욕설을 반찬으로 아침을 끝내고는 카메라를 챙겨서는 아들들 데리고 사진을 찍으러 나가버렸다. 엄마는 그 날부터 사흘 동안을 반 미친 듯 큰아들을 제외한 나머지 자식들을 두들겨 패서 분풀이를 해댔을 것이다.

태희는 지금 남편을 벗어나지 못한다면 그 때의 어머니처럼 될 것이 뻔하다는 생각을 하면서 교회 마당으로 들어섰다.

어젯밤 신도 하나가 교통사고를 당했다. 그 와중에도 그들의 가족들은 목사의 기도를 먼저 생각해냈다. 전화를 받은 시각은 밤 열 시가 조금 넘었을 때였다. 신도들의 경조사나 문병에는 언제나 아내를 동반하는 것이 교회의 관례인지도 모른다. 평소에는 느리다 뻗친 정민은 이럴 때만은 불나게 아내를 재촉하곤 했다. 태희는 큰아이를 깨워 작은 아이들을 부탁하고는 남편을 따라나섰다. 다친 신도는 읍내 개인병원에 실려와 있었다. 많이 다친 건 아니었지만, 다리와 옆구리의 타박상으로 피가 흘렀고, 대강의 응급조치가 끝나 있었다. 가족들은 의사보다는 목사님의 기도를 급해했다. 정민은 당연한 듯 신도의 손을 잡고는 긴 기도를 올리기 시작했다. 태희는 '하나님은 당신의 아드님을 사랑하사 그나마 이만큼으로 불행을 끝나게 해 주셔서 감사하다는' 내용이 담긴 정민의 기도가 지루하고 성가셔서 숨이 막히려 했다. 하나님께 좀더 가까이, 좀더 은혜로운 문구를 찾아 이어가던 기도는 자정이 되어서야 끝이 났고, 사고로 심신에 충격을 받아 정신을 못 차리던 신도는 기도의 힘으로 안정을 되찾아 깊은 잠에 빠져들었다. 태희의 숨통 같은 건 아랑곳없이 책임을 다한 정민은 그제야 일어섰다. 태희는 내일은 기어코 이 지긋지긋한 교회와 남편, 그리고 자식들을 떠나리라, 생각하면서 차에 올랐다.

태희는 머리가 아파서 일어날 수가 없었다. 늘 늦게 자고 첫새벽에 깨는 게 버릇이 되어 있는 남편은 웬일로 늦잠이 들었는지 잠잠했다. 태희는 건넌방에서 막내와 한 침대에 자고 있는 큰아들을 깨웠다.

"엄마가 좀 아픈데 아침 좀 챙겨 먹을래?"

태희는 메마르고 정 없는 눈으로 아이를 내려다보며 말했다.

"밥이요?…. 빵 없어요?"

아이는 침대를 내려오며 별로 싫은 내색 없이 물었다. 성격이 하도 느려 터져서 사람 미치게는 했지만, 유순해서 아주 가끔 태희가 피곤해서 일어나지 않을 때는 곧잘 빵과 우유 정도는 챙겨서 동생들에게 먹일 줄 아는 아이였다.

깊은 잠에 빠져 있던 태희는 쿵쾅거리는 소리에 놀라 눈을 떴다. 안방 문이 열려 있어 거실이 내다 보였다. 누군가가 필요한 게 있어서 안방을 들어왔다 나간 모양이다. 네 명의 크고 작은 아이들은 가방을 들쳐 매고는 현관으로 우르르 몰려나가고 있는 중이었다. 유독 행동이 느린 셋째가 입에 빵을 우물거리며, 손에는 미처 못다 마신 우유팩을 들고는 형들을 따라 나가고 있었다. 그들은 각자의 신발을 꿰고는 자고 있을 엄마에게 다녀오 겠습니다, 치레로 한마디씩 던지고는 현관 밖으로 사라졌다. 태희는 고개 를 들고는 저절로 닫혀진 현관문을 바라봤다. 잔뜩 어질러진 거실은 헝클 어진 실타래처럼 심란해 보였다. 태희는 퍼뜩, 지금 헤어나자, 하는 생각 이 머리를 스치고 있었다. 어머니는 아까워서 떨쳐버리지 못한 큰아들이 라도 있었지만, 태희는 지금 털고 나가자는 생각 끝에도 아직은 초등학교 일 학년인 막내조차 걸리지가 않았다.

태희는 종합 터미널에서 버스를 내려 택시를 잡았다.

"어디로 가십니까?"

택시 기사가 뒷자리에 올라앉은 태희를 돌아보며 물었다.

"농성동 대광 아파트요."

태희는 달리 갈 곳이 없어 어쩔 수 없이 어머니가 살고 있는 아파트를 대고 있었다. 어머니는 군대에 가 있는 동안만 빼고는 단 하루도 떨어져 본 적이 없다고 자랑하던 큰아들과도 틀어져서는 집을 나와 작은 아파트 를 사서 혼자 살고 있었다. 며느리와의 불화에 아들이 편을 들어주지 않아 노여워서 오기를 부린 것이었다. 태희는 짐을 싸들고 집을 나온 것조차 어 머니를 닮아서인 것 같아 기분이 상하고 있었다. 태희는 엘리베이터를 내 려 낡은 철문 앞에 섰다. 초인종을 눌렀다. 누구냐고 묻는 소리가 새나왔 다. 어머니의 늙고 쉰 목소리였다. 순간, 태희는 대답보다는 발길을 되돌 리고 싶었다. 어머니가 문을 열고 내다봤다. 그녀의 눈이 태희의 얼굴과 가방으로 눈을 오르내렸다.

"니가 웬일이냐?"

어머니는 오랜만에 찾아온 딸을 보고도 반기는 기색도 없이 말했다.

"잘 계셨어요?"

태희는 서먹한 얼굴로 현관을 들어서서 안을 둘러보며 물었다. 노인 혼자 사는 17평 실내는 정돈이 안 되어서인지 어머니가 집을 나왔던 작년 이맘때보다 더 낡고 작아 보였다. 손바닥만한 거실 너머로 미닫이창이 열린 널따란 방안에 29인치 텔레비전이 켜져 있고, 아랫목에는 후줄근한 이불이 깔려 있다. 태희는 심란하기가 여기나 저기나 마찬가지란 생각이 스친다. 그래도 꼴 보기 싫은 남편과 자식들이 있는 교회보다는 나을 것이다. 어머니랑 둘이서 생전 처음으로 오순도순 시간을 보내면서 앞날의 계획을 세우리라.

태희는 입던 옷을 개켜 가방에 넣었다. 친정이라고 찾아와 어머니와 불편한 생활을 한 지도 보름이 다 되어 가고 있었다.

태희는 가방을 들고 현관문을 열었다. 어머니는 말이라도 어디로 갈 거냐고 묻지도 않았다. 그저 귀찮은 혹이라도 떼버린 얼굴을 할 뿐이었다. 태희는 지난 보름 동안을 어머니와 함께 보내면서 식구들과 신도들이 복작거리는 교회가 얼마나 자유롭고, 마음이 편했는지를 깨닫고 있었다. 어머니의 조급증은 옛날 그대로였다. 그녀는 태희가 들어서자마자 앉아라, 일어나라, 물을 많이 쓰지 마라, 비누를 많이 쓰지 마라, 어둡지도 않은데 전기는 왜 켜느냐, 하루에 이를 두 번씩이나 닦으면 치약 값을 누가 다 대느냐, 사사건건 간섭을 하기 시작했다. 그리고는 옛날 어린 시절에 잘못했던 일까지 들춰내 가며 잔소리를 해댔다. 단지, 아들며느리의 흉을 볼 때만은 딸이 한 편이 되어 주기를 바라곤 했다. 태희는 자신과는 사이가 나쁘지도 않은 올케의 흉을 듣고 있으려니 그동안 아이들을 키우면서 조금이나마 이해가 되었던 어머니의 성격에 전보다 더한 회의가 들곤 했다. 집을 나와 달리는 버스에 앉아 있을 때만 해도 정 갈 곳이 없으면 어머니를 모시고 조용히 살면서 함께 늙어가리란 생각을 했었다. 어머니의 성격이 잊혀져서가 아니었다. 시골교회와 평생을 같이 하기보다는 그 편이 더 나을 거라는 생각에서였다.

밖으로 나온 태희는 하늘을 쳐다봤다. 따사로운 봄 아침햇살이 주차장을 겸한 아파트 마당으로 쏟아지고 있었다. 생각해보니 오늘이 일요일이었다. 지금 버스를 탄다면 잘하면 11시 예배시간이 되기 전에 집에 도착할 수 있으리라. 가슴이 답답해진다. 새삼 남편과 자식들에게 괘씸한 생각이 든다. 명색이 결혼생활 십 오 년째인 마누라가 잠깐 늦잠이 든 새에 집을 나갔는데도 정민은 그 날 밤 확인전화 이후로는 코빼기는커녕 두 번 다시 전화도 없었다. 남편은 그렇다 치고, 아이들도 마찬가지였다. 태희는 집을 나올 때만 해도 식구들 걱정은 절대로 안 할 것 같았다. 하지만 날이 가면서 슬슬 허물어지기 시작했다. 유독 느린 셋째 놈은 밥을 제대로 못 먹어 병이 났을 지도 모른다. 방안은 어질러지다 못해 수세미가 되어있을 게 뻔하고, 빨래를 못해서 아이들은 거지같은 차림으로 학교에 다닐 것이다. 걱정이 조금씩 늘어나고 있었기에 은근히 전화가 기다려지곤 했다. 하긴, 그만큼 자상한 남편이었다면 애초에 이혼을 생각지도, 집을 나오지도 않았을 거라는 생각을 하니 조금은 변명 같은 위로가 되기도 했다.

태희는 터미널 홀 안에 서 있었다. 이 좋은 봄날에 여행하는 사람들이 별로 없는지 매표소 앞은 한산했다. 갑자기 고아처럼 외로워졌다. 도착지 안내판을 쳐다봤다. 하나씩 천천히 읽어 내렸다. 대한민국 지명은 거의 다 나와 있었지만, 어디 한 군데 머무를 곳은 고사하고 잠시 들렀다올 곳도 없었다. 하릴없이 다시 한번 되풀이해 읽었다. 그나마 행여 그녀를 필요로 하고, 조금은 기다려줄 지도 모르는 곳은 땅 끝 군 소재지 한곳뿐이었다.

예배 시간인데도 누군가 남아 있는지 현관문이 열려 있었다. 태희는 눈을 감고 안으로 들어갔다. 보나마나 쓰레기더미가 앞을 가로막을 것을 차마 볼 수가 없어서였다. 정강이가 거실 문턱에 닿았다. 비장한 각오로 눈을 떴다. 실내는 그녀가 아침까지 집에 있었던 것처럼 별 이상이 없었다. 무슨 소리가 나는 성싶어 안을 기웃해봤다. 셋째가 거실 안쪽에 놓인 컴퓨터 앞에 앉아서 게임에 열중해 있었다. 태희는 아이의 얼굴부터 살폈다. 다행히 별로 초췌해 보이지는 않았다. 그녀는 소리가 나게 가방을 내려놓았다. 아이는 들렸는지 고개를 들었다. 순간, 벌떡 일어난 녀석이 태희에게로 돌진해 왔다.

"와, 엄마다. 보고 싶어서 죽는 줄 알았잖아! 외할머니는 다 나았어? 어젯밤에 우리 모두 외할머니 낫게 해주셔서 엄마 빨리 오게 해 달라고 하나님께 간절히 기도했는데, 빨리 들어주셨네!"

품으로 뛰어든 녀석이 좋알거렸다. 말수가 적어서 종일 가도록 한 마디 들을까말까 하는 성격에 꽤나 긴 말이었다. 아마도 정민은 영문 모를 아내의 가출을 임기응변으로 대책을 한 모양이다. 태희는 눈물이 쏟아지려 했다.

"엄마! 예배 끝나려면 아직 멀었어."

아이가 안방으로 뛰어들어가 태희의 성경을 가져다 주며 말했다.

교회 안은 물을 끼얹은 듯 조용했다. 그 위로 서정민 목사의 설교가 흐르고 있었다. 태희는 소리나지 않게 조심을 하며 맨 뒷자리에 가서 앉았다. 단 위에서 태희를 본 정민이 갑자기 설교 소리에 힘을 실었다. 김정민 목사의 축복 기도가 끝난다. 그는 성경책을 한 쪽에 단정하게 챙겨놓고는 단위를 내려간다. 그는 신도들의 웅얼웅얼 염원 어린 기도소리가 들리는 통로를 빠져나와 예배당 밖으로 나와 선다. 태희는 돌아온 탕자와는 달리 평소처럼 정민의 뒤를 따라나와 나란히 선다. 기도를 끝낸 신도들이 하나씩 나오면서 정민과 태희 앞에 구십도로 허리를 꺾는다. 정민은 전보다 훨씬 다정한 몸짓으로 한사람 한사람 손을 잡아 흔들어준다. 그네들은 감사와 은혜를 받은 듯 얼굴이 상기되어 태희 앞으로 밀려온다. 태희는 어색한 웃음을 담고는 그녀들에게 인사를 한다.

"워따메, 우리 사모님 은제 오셨당가? 글 안 해도 사모님이 안 기신 교회가 하다 썰렁해서 내내 하나님한티 우리 사모님네 친정엄니 병이 나서서 얼렁 오게 해주라고 기도를 했등마는……."

제일 먼저 다가온 팔순이 다 된 노 집사님 한 분이 태희의 손을 덥석 잡으며 말했다. 덩달아 늙고 젊은 신도들이 반가워서 어쩔 줄을 몰라하는 표정들로 손을 잡으며 어머니는 완쾌가 되었는지, 한마디씩 묻고는 물러간다. 태희는 목사님의 거짓말에 감쪽같이 속아넘어간 신도들에게 어색한 웃음으로 답례를 한다.

시끌벅적한 점심이 끝나고, 오후 예배도 끝이 났다. 신도들이 없는 교회가 갑자기 휑하다. 봄날의 따뜻한 햇빛이 넓은 마당에 가득 차 있는 데도 쓸쓸하다. 아이들은 금방 엄마는 늘 그 자리에 서 있었지 않았느냐는 얼굴로 돌아가서는 자기 할 일에 매달린다.

태희는 집안을 둘러보니 가슴이 찡해온다. 자신이 해 놓은 대로는 아니었지만, 그런 대로 빨래도, 설거지도 다 되어 있었다. 사방에 먼지가 쌓여 있는 것도 아니어서 오자마자 일을 시작하지 않아도 될 정도였다. 정민은 차가 없는 신도들을 승합차에 실어다 데려다주고는 들어왔다. 그는 점심을 먹으면서도, 오후 예배를 드리면서도 감추지 못하던 들뜬 표정이 아직까지 남아 있었다.

"이봐, 당신 피곤하잖아! 날씨도 거시기 하고 하니, 아이들 데리고 거시기 삼아 거시기나 갔다올까?"

그는 시동을 켜놓은 채 내려와서는 얼버무리듯 물었다.

"좋을 대로하세요."

태희는 픽 웃으며 대답했다. 정민은 날씨도 좋고 하니, 아이들 데리고

드라이브 삼아 진도 대교나 갔다 오자는 말을 마음이 너무 들떠서 단어들을 까먹은 모양이다. 아이들이 알아서 차 뒷좌석에 올라앉는다. 태희는 운전석 옆으로 올라앉아 안전벨트를 맨다. 태희는 어지러울 정도로 빨리 돌던 지구가 다시 천천히 돌아가고 있는 듯한 느낌이 들면서 온몸으로 해방감이 퍼진다.

아파트

아파트

　득희의 전화가 걸려오기 전까지 나는 결혼해서 십 오 년이 되도록 결혼 기념일이나 생일 같은 건 그냥 까먹어버리고도 전혀 미안해할 줄도 모르는 남편에, 거푸집에서 찍혀 나온 듯한 성격이나 얼굴이 그와 딱 닮은 중학교 일 학년인 아들을 그런 대로 사랑하면서 살았던 보통 여자였다.
　시부모님이 반을 보태주어 산 중형아파트 한 채와 전문직 공무원인 남편의 월급에 걸맞은 자동차가 한 대, 마누라보다는 영화를 더 좋아하는 남편의 취향에 맞는 벽걸이 텔레비전만으로도 더 이상 바랄 것도, 바라지도 않았던 단순한 여자였다. 고향이 타도인지라 친구가 없는 데다, 게으르고 붙임성 없는 성격으로 아래층이나 윗층, 심지어는 앞집에 누가 사는지 별 관심도 없이 아침이면 두 남자에게 밥을 먹여 내보내고는 설거지를 하고, 빨래를 하고, 거실과 네 개의 방, 앞 뒤 베란다를 뱅뱅 돌면서 청소를 하고, 그 일이 끝나면 거실 소파에 앉아 쉬면서 드라마 재방송이나, 지난밤 남편이 빌려와서 함께 본 외화 테이프를 틀어 다시 한 번 보고, 배가 고프면 혼자 점심을 먹고는 두 시간 정도 책을 읽고, 시장은 특별한 일이 없는 한 일주일에 한 번만 가고, 생활의 틀을 방해받고 싶지 않아서 친구도 사귀지 않고는 내 자신만의 공간을 철저하게 즐기며 살았던 여자였다.

득희에게서 전화가 온 건 지난 4월 말, 비 소식으로 오랜 봄 가뭄이 해소될 거라는 일기예보가 있고 다음날이었다. 그 날은 월요일이기도 했다.

그 날 비는 가뭄 끝이라 그랬던지 한여름의 소나기처럼 시작했던 걸로 기억한다. 아침부터 시커멓고, 낮은 하늘이 아파트 베란다 창문을 넘어왔고, 열한 시쯤에 장대비와 함께 몇 번의 천둥번개가 일었다. 그러다가 무등산 어디쯤이 벼락을 맞아 박살이 나는 소리에 이어 난데없이 아파트 마당에 주차되어 있던 어느 자동차에서 도난경보기가 시끄럽게 울려댔다. 나는 놀라서 이방 저 방으로 뛰어다니며 전기제품의 전원 코드를 뽑아내고는 거실 소파에 웅크리고 앉아있었다. 아무 것도 할 수 없는 상황에서 텔레비전까지 볼 수 없으니 무인도에 고립된 듯 갑갑했을 것이다.

그 때 갑작스런 전화벨소리가 우레에 섞여들고 있었다. 남편은 죽었다 깨나도 이런 날 아내를 걱정해 전화를 할 사람이 아니었다. 혹시, 아들아이의 학교에서? 가슴이 철렁해서는 수화기를 집어들자마자

"엄마, 빨리 안 오고 뭐해?"

하고 소리를 지르는 사람은 잔뜩 겁에 질린 앳된 여자 목소리였다. 아들아이의 학교에서 온 전화가 아닌 것에 안심이 된 나는 대신 이 겁먹은 상대에게 보호본능이 일고 있었다. 나는 전화가 잘못 걸린 것 같은데 몇 번에 전화를 했는가, 반말을 써서 물었다.

"어머 실례했습니다. 저의 엄마한테 전화를 한다는 게 그만 엉겁결이라 번호가 틀렸었나 봐요."

여자인지 애인지가 다급한 소리로 말했다. 그 때 수화기 안에서 초인종 소리가 들리는 것 같았다.

"아주머니, 엄마가 오시나 봐요. 전화 끊지 마시고 잠깐만 기다려 주세요."

여자애가 말했다. 나는 기다릴 의무라도 있는 사람처럼 수화기를 들고 서서 창 밖의 줄기차게 쏟아지는 장대비를 바라보고 있었다.

"실례지만 전화번호를 좀 가르쳐주시면 안 될까요?"

여자가 금방 다시 돌아와 말했다. 보통 사람이라면 이럴 때 남의 전화번호가 왜 필요한가부터 물었을 것이다. 하지만, 내 머리는 미련스러우리만큼 회전이 느렸다. 그래서 항상 사고와 상황판단이 늦어서 일은 먼저 저질러 놓고 후회는 나중에 하는 편이었다. 지금 이 고역을 치르는 것도 그 멍청한 머리 탓이다.

나는 우선 상대가 어린 여자아이라는 어림짐작에 무심히 우리 집 전화번호를 불러주고 말았다. 그쪽에서 받아 적는 것 같았다. 그제야 아차, 하는 생각이 들었지만 숫자는 이미 수화기 저쪽 누군가의 볼펜에 쓰여 보관되어 버린 뒤였다.

여자는 고맙다는 말을 하고는 전화를 끊었다. 나는 거실에 서서 소강상태로 접어든 비를 멍하니 바라봤다. 휘저어버린 듯 어수선한 머릿속에서 아주머니라는 호칭이 뱅뱅 돌고 있었다.

정확히 일주일 뒤인 월요일에 그녀는 잊지 않고 전화를 해왔다. 그녀는 일주일 전에 전화번호를 가르쳐 주셨던 아주머니를 찾고 있었다. 나는 여기 그런 사람 없다고 대답하려 했었다. 그러나 그녀가 먼저 내 목소리를 기억해내고는 지난번 비 오던 날에 전화를 잘못 걸었던 사람이라며 자기 소개를 했다. 그리고는 해명을 하듯 그 날 천둥소리가 하도 무서워서 자기 어머니가 아닌 누구라도 함께 했어야만 했는데, 전화를 끊지 않고 받아 준 게 너무 고맙기도 하고, 또 실례를 사과하고 싶어서 전화번호를 물은 거라 말했다. 나는 어이가 없어서 피식 웃었다. 사십 년을 살아오는 동안 잘못 걸린 전화에 번호를 물어 훗날에 다시 전화를 해서 사과를 했다는 말은 들어본 적도 없거니와, 아무리 예의가 넘쳐나는 사람이라도 그럴 필요까지는 없었으니 말이다.

다음 월요일에 그녀가 또 전화를 해왔다. 잘못 걸린 전화까지 합하면 세 번째였다.

그녀는 하늘이 하도 맑아서 같이 보고 얘기할 사람이 있었음 좋겠다는 생각이 들었는데, 아주머니가 떠올라 전화를 했노라 말했다. 어제도 따사로운 햇빛이랑, 달큼한 공기를 누군가랑 같이 느끼고 싶었는데, 그때도 아주머니 생각이 나더라고 말했다.

그녀는 첫날이나, 두 번째보다 훨씬 나이 들어 보이는 목소리였고, 윗녘 말씨를 쓰고 있었다. 나는 참 희한한 사람도 다 있다는 생각을 하며 밖을 내다봤다. 가로수의 초록색이 꽤 짙어져 있었고, 멀리 병풍 두른 하얀 아파트 숲에 무지갯빛 늦은 봄 햇살이 쏟아지고 있었다.

그 날 그녀는 종종 전화를 해도 되느냐고 물었을 것이다. 사실은 그 때 무슨 핑계를 대어서든 거절을 했어야 했다. 하지만 그녀의 목소리나 말투는 어디에 격리되어 있는 듯한 아니, 그보다는 안쓰러움 같은 묘한 게 담겨 있어서 허락을 해버렸다.

그녀의 다섯 번째의 전화를 받았을 때였다.

"아주머니, 오늘 보니 전화 국번이 우리 집 거랑 같네요? 어쩌면 우리 한동네 사는 지도 모르겠어요."

그녀가 말했다. 나는 무선전화기를 귀에 댄 채로 베란다로 나가 밖으로 고개를 내밀어 애매한 옆 동을 내다봤다. 그녀의 전화가 전에 없이 길어지고 있었다.

"아주머니, 저는 늘 베란다에 서서 바깥을 내다보면서 살아요. 사람들두, 자동차두, 나무숲두 한눈에 보여서 심심하지가 않거든요. 오늘은 구름이 무지 하얀데 내다보셨어요? 어쩜, 저 아래 한길에 어떤 여인이 진분홍빛 양산을 받치구 걸어가구 있네요. 하얀 레이스원피스를 입구 아장아장

걷는 귀여운 계집애 손을 잡구요."

그녀는 마치 나와 같은 장소에 나란히 서 있는 것처럼 내 눈 아래 풍경을 그대로 설명하고 있었다.

여섯 번째 전화는 시어머니 생신으로 월요일부터 사흘동안 집을 비웠기에 받지를 못했다.

초여름장마가 그치고 연일 살인더위에 열대야라는 뉴스가 나오던 7월 초순의 월요일이었다. 나는 선풍기 바람이 싫어서 온 몸으로 더위를 받아들이고 있었다. 그날따라 바람 한 점 들어오지 않는 거실은 그야말로 찜통이었다. 시원한 주스라도 한 잔 마실까 하고 냉장고를 열어보니 작은 우유팩이 반쯤 열려진 채 우유는 그대로 남아있었다. 지난 토요일에 슈퍼에서 천 미리 짜리 우유를 사면서 고객 사은품이라는 이름으로 따라왔던 걸 아이가 마시려다 그냥 두고 나간 모양이다. 그대로 두면 상할 것 같아서 물 대신 훌쩍 마셔버렸다. 우유에 물을 탔는지 물에 우유를 탔는지 맛이 밍밍했다. 이십 분쯤 지나자 속이 느물거리면서 자꾸만 입안에 침이 고이곤 했다.

어쩔 수 없이 뜨거운 커피를 타서 들고 소파에 걸터앉아서 개운치 않은 속을 다스리고 있었다. 그 때 전화벨이 울렸다.

"아주머니, 안녕하세요?"

그녀도 더위에 지쳤는지 힘이 하나도 없는 소리로 인사말부터 시작했다. 내 셈이 틀리지 않았다면 열 번째 전화였다. 나는 그동안 그녀의 목소리에는 늘 설명할 수 없는 안쓰러움이 담겨 있었기에 별 거부감 없이 전화를 받다보니 그런 대로 임의로워져 있었다. 나는 그녀에게 어디가 아프냐고 물었다. 그녀는 우유를 한 잔 마신 게 체한 것 같다고 대답했다.

"혹시, 고객사은품이라고 따라온 걸 마신 거 아냐?"

나는 동질의 병인 게 반가워서 물었다.

"어떻게 아셨어요?"

"나도 지금 그 공짠지, 뭔지를 마시고 속이 메슥거려서 이 한더위에 펄펄 끓는 커피를 마시는 중이거든. 누가 사은품 달랬나? 먹고 체할 것을 주게."

나는 약은 상술에 우롱 당한 기분이었던 터라 사뭇 비틀린 억양으로 짓뭉개듯 말했다. 그녀가 까르르 웃음을 터트렸다. 내 걸걸한 웃음이 거기에 섞여들고 있었다.

"아주머니! 저 십 년 만에 처음 웃었다는 거 아세요? 정말이에요."

웃음을 그친 그녀가 말간 그러나 어딘지 쓸쓸한 소리로 말했다. 순간, 약삭빠르지도 못한 내 머리에서 뭐야? 하는 의문이 튀어나오고 있었다. 나도 잘 웃지 않는 사람이지만, 일 년 동안 한 번도 웃을 일이 없다면 모르면 몰라도 미쳐버릴 지도 모른다. 하물며 십 년 동안이나? 얼굴은 보이지 않지만, 목소리로 봐서는 그녀의 나이 잘해야 스물 두셋일 것이다. 그렇다면 열 두어 살 때부터 혼자 어디 깊은 굴속에 들어가 도라도 닦다가 나왔다는 말인가? 퍼뜩, 처음부터 뭔가 이상했다는 생각이 들면서 울긋불긋한 옷을 입고 칼춤을 추는 무당이 스쳐가고 있었다.

그 날 이후부터 나는 조금씩 이상해지고 있었다. 먼저 그녀가 나랑 한 아파트에 살고 있을 지도 모른다는 의심이 들면서, 쓰레기봉지를 들고 승강기를 타고 내려갈 때 기다리고 있었던 듯 아래층에서 냉큼 올라타는, 버리고 돌아오는 길에 뒤따라오는 앳되고 가녀리게 생긴 낯선 여자를 보면 혹시나, 하는 생각에 몰래 위아래를 훑었고, 일주일에 한 번 나가는 시장길에서도 어쩌다 상상처럼 생긴 여자가 나를 쳐다보면 괜히 움찔해서 얼른 눈길을 피하곤 했다.

께름칙함을 견디지 못한 나는 소파에 파묻혀 차분히 그녀의 전화 내용들을 끄집어내어 정신분석을 해봤다. 비교적 짧고, 정연했던 말들에는 감성과 연민만 담겨 있을 뿐, 무당이나 점쟁이냄새는 찾을 수가 없었다. 잘못 걸린 전화에 굳이 번호를 물어 뒷날 사과를 한 거며, 꼭 월요일에만 전화를 하는 것을 보면 거의 병적으로 까다로운 성격으로 누구를 미행하거나 괴롭히는 짓을 할 여자는 더더구나 아닐 것 같았다. 베란다에서 내려다보이는 바깥얘기들 뿐인 게, 어쩌면 어떤 영화에서처럼 다리를 못 써서 휠체어를 타고 집안을 뱅뱅 도는 여자일지도 모른다는 결론이 나왔다.

8월로 접어들면서 베란다 창으로 시원한 바람이 들어와 더위를 몰아내주고 있었다. 그녀는 더위도 아랑곳없이 월요일 두 시쯤이면 어김없이 전화를 해오곤 했다.

"아주머니, 저는 가끔 아주머니께서 제 전화를 기다려주신다면 참 좋겠다는 생각을 한답니다."

그녀는 말간 소리로 응석을 부리듯 말했다. 내 귀는 이제 그녀에게서 나이 많은 여자 대접을 받는 게 익숙해져 있었다. 하긴, 반 년 전에 심한 후두염을 앓고 난 뒤부터 국악인처럼 탁해진 내 목소리가 전화선을 타면 나이를 분간하지 못하는 사람이 더러 있었다. 얼마 전에도 어떤 이가 전화를 해 남편을 바꿔달라면서 어머님이세요? 하고 물었으니 말이다.

"그동안 제 신상이 궁금하시지 않으셨어요?"

그녀가 말했다. 순간, 나는 그녀가 휠체어를 탄 여자가 아니기를 바라고 있었다.

"이제 밝혀도 될 만큼 우리는 친해졌으니 오늘은 말씀드릴게요. 나이는 서른 다섯이구요. 이름은 정득희에요. 얻을 득(得)에 기쁠 희(喜), 이름이 좀 특이하죠? 제 친정엄마가 아들 넷을 낳고는 막내로 저를 낳으셨는데요. 저의 아버지가 너무 좋아서 이름을 그렇게 지으셨대요. 하지만 저는 이름 값을 못해 드리고 말았어요."

나는 또 소파에 파묻혀서 그녀의 말들을 되새김했다. 우선 그녀의 하다만 얘기에 뭔가 덜 풀린 궁금증은 있었지만, 그녀가 기동을 못한다는 말은 없었기에 안심이 되었다. 다음은 생각보다 훨씬 많은 그녀의 나이에 조금

민망해지고 있었다. 스물 한두 살인 처녀인 줄 알고 계속 반말을 했으니 말이다.

여름의 끝인 8월 하순으로 하늘이 제법 멀어 보이던 날이었다. 오랜만에 남편이 출장을 갔던 날이기도 했다. 결혼을 해서 십 년 넘게 살고 난 여자라면 일 년에 한두 번 있는 남편의 출장은 그것도 딱 하룻밤만 집을 비운다 해도, 그 해방감은 만세 삼창을 부를 일에 속한다.

더러는 친구들을 만나 수다를 떠는 재미도 있겠지만, 친구가 없는 나로선 아들과 둘이서 자장면을 시켜먹고 설거지를 안 하는 재미가 보통을 넘는다. 다음은 남편의 훈수 없이 혼자 보는 영화. 자정이 넘은 뒤에 찻잔을 들고 베란다 창에 기대서서 오래도록 밤 정취를 바라보는 그 호젓함을 모르는 사람은 모른다.

나는 모처럼의 자유를 만끽하느라 오전부터 거실 소파에 누워서 남편이 자신의 빈자리를 매워주려고 빌려다 놓고 간 서너 개의 비디오 테이프 중에서 공포영화 하나를 골라서 보고 있었다. 어두운 화면에 음산한 배경음악이 흐르고 있었다. 하필이면 그 때 전화가 울렸다. 거실에 깔려 있는 분위기 탓인지 벨소리가 갈앉은 듯 무겁게 들렸다. 벽에 걸린 시계를 힐끗 쳐다봤다. 아직 오전이라 득희의 전화는 아닌 것 같았다. 설마 그럴 리는 없겠지만 어쩌면 잘 도착했다는 남편 전화일지도 모른다는 생각에 리모컨을 들어 전원버튼을 눌러 영화를 끄고는 수화기를 집어들었다. 득희의 스산함이 배인 목소리가 넘어왔다. 실망감과 함께 귀찮은 생각이 확 하고 달려들었다.

"오늘은 마음이 하두 심란해서 아주머니에게 속마음을 털어놓고 싶은데, 방해가 안 될까요?"

득희가 물어왔다.

"방해는 무슨, 별로 할 일도 없는 걸요."

　나는 너그러움을 가장해 말했다. 짜증이 나려던 내 심사가 그녀의 의지하고 싶어하는 말씨에 누그러져 버린 것이었다.

　"간밤에 귀신 꿈을 꾸고 나서부터 몸이 발발 떨리면서 자꾸만 눈물이 나오잖아요. 제가 결혼을 며칠 앞두고 실제로 봤던 귀신이거든요. 결혼식 끝나구 한 달쯤 후에 그게 꿈에 보였구, 다음날부터 이 같은 증세가 일었는데요. 며칠 후 제 친정아버지가 밤에 술을 드시구 집에 오시다가 언덕에서 떨어져 돌아가시고야 그 증세가 멈췄어요. 생각해보니 그 귀신은 저한테 일어나려는 불행을 미리 막아주려고 나타나는데, 제가 현명치를 못해서 그걸 깨닫지 못하는 거예요. 그런데 그 전조가 또 일어났으니 어떡해요?"

　득희가 걱정을 담은 소리로 말했다.

　"털어놔 버려서 이젠 별 일 없을 거야. 불길한 꿈은 남에게 말해버리면 액땜이 되고, 좋은 꿈은 말해 버리면 효험이 없다하잖아. 근데 그 귀신 어떻게 생겼어요?"

　나는 엉뚱한 말로 위로를 해주고는 공포영화를 보던 끝이어서인지 귀신에게 호기심이 끌려 물었다.

　"무섬증 드시면 어떡해요? 하지만 얘기해서 불길한 일이 막아지기만 한다면 말씀드릴게요. "

　"그래 해봐. 이 나이에 무서우면 얼마나 무섭겠어?"

　"제 결혼식 일주일 전이었어요. 그 때 저는 오랫동안 서울에 살다가 결혼식 때문에 부모님이 계신 고향집에 내려왔던 차였어요. 그 집은 아직도 시골인 저쪽 변두리에 남아있다는데요. 쓸모 없이 크기만 한 낡은 고택으로, 안채가 높다란 축대 위에 올라앉아 있어서 대문채부터 시작한 긴 담이 내려다보이는 집이었어요. 집 뒤로 무덤들이 많은 친정의 선산이 있었구요. 그 날은 식구들이 일이 있어 모두 나가고 없는 대낮이었어요. 혼자

방에 앉아서 혼숫감 정리를 하고 있는데 마당에서 누군가가 제 이름을 불렀어요. 저는 동네 어릴 적 친구인 줄 알구선 들어오라구 말했어요. 근데 아무도 들어오지 않구 계속 제 이름만 부르잖아요. 저는 신경질이 나서 방문을 확 열어젖혔어요. 아주머니! 그 때 제가 무얼 본 줄 아세요? 마당 건너로 내려다보이는 담 위에 새하얀 옷을 입은 남자가 걸터앉아 있었는데요. 몸뚱이랑, 머리는 분명히 사람 형상인데, 눈, 코, 입이 하나도 없는 밋밋한 얼굴이지 뭐예요? 묘한 건, 귀신이 아주 측은한 눈으루 저를 바라보고 있다는 느낌이었어요. 너무 놀라서 멍하니 바라보고 있는 동안에 그게 담 밑으로 서서히 꺼져버렸어요. 저는 그 날 밤부터 인사불성이 되어 삼 일동안을 깨어나지 못했는데요. 엄마가 점쟁이를 불러다 굿을 하구서야 겨우 깨어났대요. 정신이 몽롱한 채로 결혼식을 올렸구요. 사실은 그 때 좀더 오래 깨어나지를 못했어야 했어요. 그랬더라면 결혼식을 뒤로 미뤘을 테니까요.”

그녀는 언제나처럼 의문을 남기고 전화를 끊었다. 수화기를 놓고 돌아서는데 바람도 없이 베란다 빨래 줄에 널어놓은 하얀 수건 하나가 획 날아서 떨어졌다. 등골로 퍼지는 오싹함이 그 의문을 삼켜버렸다.

득희의 귀신 얘기에 정취고, 자장면이고 다 깨지고 말았다. 무섭증으로 베란다에는 얼씬도 못했고, 남편의 서재나, 남아서 쓰지 않는 방안에서 자꾸만 뭔가 희끗거리는 것 같아 움직일 수가 없었다. 저녁을 먹고 제방으로 들어가려는 아들아이를 거실에 잡아 두었다.

만날 공부하라, 씻어라 하는 소리만 듣고 자랐던 녀석은 같이 영화를 보자는 내 제안에 조금 얼떨떨해하면서도 좋아라했다. 우리는 사이도 좋게 소파에 파고 앉아서 어느 미국 작가의 아름다운 성장기 영화를 한 편 보고는 거기 그대로 누워 잠이 들었다.

다음날 아침 눈을 뜨자 갑자기 원인 모를 슬픔이 밀리면서 뭔가 불안했다. 오후가 되면서 그게 더 심해지고 있었다. 문득, 불행을 알려주는 전조라던 득희의 말이 떠오르면서, 그게 내게로 옮아왔다는 생각이 들고 있었다.

어렸을 때 친구 하나가 꿈에 쌀을 보면 재수 있다고 말해 준 적이 있었다. 그 뒤부터 어쩌다 쌀 꿈을 꾼 날은 뭔가 좋은 일이 생기곤 했다. 결혼한 뒤에 시어머니에게서 꿈에 쌀을 보면 다 된 일도 틀어진다는 말을 듣고 난 뒤부터는 꿈에 쌀을 보면 뒷날 영락없이 부부싸움을 하곤 했다.

나는 불안감을 없애려고 그 일을 떠올려 내가 얼마나 사사스러운 여자인가를 나 자신에게 일깨워주고 있었다. 그러나 허사였다. 불안감을 못 견뎌 남편 휴대폰에 전화를 해봤다. 그는 출장에서 돌아왔지만, 이따 직장회식이 있어서 늦을 거라 했다.

남편은 아홉시 뉴스가 끝나도록 소식이 감감했다. 그는 원래 회식자리에서는 전화를 받지 않았기에 초조함이 더했다. 베란다에 서서 밖을 내다봤다. 남편걱정 때문에 어젯밤의 무섬증 같은 건 떠올릴 겨를이 없었다. 하릴없이 아래를 내려다보고 있는 동안에 한길을 달리는 자동차가 뜸해지고 있었다. 가로등 아래서 연인인 듯 싶은 두 사람이 위에서 누가 내려다보고 있다는 걸 까맣게 모른 채 한 덩어리가 되었다가는 한참만에 풀려 다시 둘이 되곤 했다. 피식, 웃고 싶은데 눈자위가 경직이 되어 움직이질 않았다. 자동차 한 대가 아파트 정문으로 들어섰다. 10층 높이에서도 남편의 승용차는 금방 알아볼 수가 있었다.

전에 없이 득희가 매일 전화를 해오고 있었다. 별 일 없느냐, 확인만 하고는 바로 끊는 전화였지만, 그녀의 목소리에 묻어 있는 불안감이 즉시 내게로 옮아오곤 했다. 그녀는 이제 내 소중한 영역에 끼어든 정도가 아니었다. 졸음처럼 게을렀던 내 공간은 와장창, 시끄러운 소리를 내며 깨지고 있었다. 영화를 봐도 전처럼 재미가 없었고, 책은 단 두 줄을 읽어 내리기가 힘들었다. 찻잔을 들고 곧잘 무아지경에 빠졌던 그 즐거움은 다시는 되찾기 힘들 것이다. 십 년이나 웃지 않았다는 그녀에게서 아무것도 감지하지 못한 내 불찰이었다. 그 날 나는 퇴근해온 남편에게 그녀의 일을 털어놓고는 어떻게 하면 야박스럽지 않게 전화를 거절할 수 있는지를 물었다.

"발신자 번호를 뜨게 해서 세 번에 한 번씩만 받으면 자연히 멀어지지 않을까? 내 내일 당장 해결해주지."

남편은 대답하고는 그 길로 나가 발신자정보표시가 있는 전화기를 사왔다. 다음 날 오후에 득희의 전화가 왔을 때 전화기에 그녀의 번호가 찍히고 있었다.

이틀 후, 일요일이었다. 남편은 아침을 먹자마자 좁은 소파에 아들녀석하고 붙어 누워서는 범죄수사영화에 빠져 있었다. 하필 그 때 벨소리와 함께 득희의 전화번호가 뜨고 있었다. 전화는 받지 않아도 되었지만, 그녀답지 않은 일요일의 전화가 마음에 걸렸다. 점심 후에 그녀는 또 전화를 해왔다.

"그 여자 이상한 사람 아냐? 영화를 보면 무엇에 병적으로 집착하는 사람이 있던데."

화면에서 눈을 뗀 남편이 고개를 들어 나를 쳐다보며 말했다.

"내 나이가 오십이 훨씬 넘은 줄 알고 있는 사람인데, 집착은 무슨!"

나는 하루에 두 번이나 걸려오는 그녀의 전화에 신경이 발발거려 필요 이상으로 팩 쏘아붙였다.

월요일 아침에 눈을 뜨니 신기하게도 불안감이 싹 가셔져 있었다. 개운해진 마음 탓에 오랜만에 거울을 봤을 것이다. 며칠 동안 전화 때문에 신경을 써서인지 얼굴은 푸석푸석했고, 머리끝도 갈라져 엉성해 보였다.

"어이, 애기어매, 으디 가는가?"

엘리베이터를 나오자 통로 입구 시멘트 난간에 앉아있던 한 노인이 물었다. 한 달이면 두어 번 씩 통로에서 마주치는 이 노인은 결코 만만찮은 나이인 나를 가리켜 늘 애기어매라 부른다. 십 년 전, 나랑 같은 날에 이 아파트로 이사를 들어올 때만해도 지금 중학교 일 학년인 내 아들아이가 만 세 살이었으니 불러 내려온 습관일 것이다.

"안녕하세요? 미장원엘 가는데요."

나는 일부러 얼굴을 활짝 펴서 상냥하게 대답했다. 통로에 앉아서 아무나 잡고 함께 사는 며느리의 흉을 보는 이 말많은 노인에게 먹이는 일종의 약이었다.

"아이구매, 헛걸음했네. 엊지녁에 노인당회장이 죽어서 지금 미장원 문 닫었어."

"어머, 어쩌다가요? 엊그제까지 건강하셨던 거 아녔어요?"

나는 놀라운 눈으로 노인을 쳐다보며 물었다.

"노인들은 낼을 몰르는 것이어. 하기사 무담시 죽었겄는가? 어지께 늦게까지 노인당에 안 나오길래 열쇠 가질러 가봤드니 체했는가, 배가 아프닥하드라고. 그 노인이 아들이 닛인디, 싯은 서울서 살고 큰아들만 저 건네 동에서 어매랑 같이 살고 있었제. 그 안 날 반공일이어서 아들이 식구들을 죄다 델고 서울을 올라 갔닥 하드라고. 노인은 저 우게 사는 기동을 못하는 딸 땀세 못 따라 갔겄제. 저닉때 열쇠 갖다 주로 갔드니 그새 아들이 와갖고는 빙원엘 델고 가드라고. 들은께로 해필이면 어지께가 공일이라 수실할 의사가 없어서 죽은 모양이어. 그나저나 그 딸 못 잊혀서 어찌 갔는가 몰라?"

노인은 어디다 말을 못해서 입이 간지러웠던 차였던지 줄줄이 쏟아내고 있었다. 그 바람에 내 머리는 간밤에 일어난 노인의 죽음과 자고 일어나니 씻은 듯 가셔버린 내 불안감에 줄긋기를 해 연관을 짓고 있었다.

나는 돌아가신 이를 좀 알고 있었다. 이 아파트 상가에 있는 미장원 미용사의 이모이기도 한 그이는 자기 조카딸의 십 년 단골인 나를 꽤 다정하게 대해 주었던 이였다.

그이는 칠십 중반으로 곱게 늙은 노인이었는데, 조카딸의 미장원에 들렀다가 우연찮게 나를 만나면 딸의 얘기를 하소연하곤 했다. 지난 십 년 동안에 미용사와 그이에게서 들었던 말들을 조각보 잇듯 이어보면 그 딸은 아들 넷 속에서 늦둥이 막내딸로 식구들에게 귀염깨나 받고 자란 사람인 성싶었다. 시골 부자인 부모 덕에 고등학교도, 대학도 서울에서 나왔고, 좋은 남자와 사귀다가 졸업하자마자 결혼까지 했던 여자였다. 외국으로 신혼여행을 갔다가 돌아오던 길에 비행기사고로 신랑은 죽었고, 신부는 살았지만 얼굴에 심한 화상을 입어 몇 년에 걸쳐 수술을 세 번이나 받았는데도 흉터가 남아 십 년 동안이나 바깥 세상을 모르고 사는 여자라 했다.

미용사의 말로는 보통사람이라면 그런 대로 세상과 어울려 살 수도 있을 얼굴인데 본인의 성격이 하도 깔끔해서 사람들에게 혐오감을 줄까봐 누구를 만나는 걸 질색을 하는 모양이었다. 미용사의 생각은 그녀의 아버지가 아끼던 딸이 그렇게 되자 울화로 못 마시는 술을 마시고는 실족사를 했는데, 그걸로 죄책감이 들어 더구나 방안통수가 되어버린 듯싶다고 했다. 시댁에서 사 준 아파트도 있고, 오빠들이 동생의 장래를 생각해서 사고보상금으로 고향에 땅을 사 두었던 게 몇 배나 올라서 평생 먹고 살 걱정을 안 해도 되는 사람이라 했다.

그러고 보니 그이는 돌아가시기 이틀 전에도 시장에서 나를 만나 함께 돌아오면서 딸의 얘기를 했었다. 그이는 몸이 성치 못해서인지 신경이 말도 못하게 예민해 조금만 맘에 걸리는 일이 있으면 몇 날 며칠을 잠을 못 자는 딸, 종일 말 한마디도 않고 베란다에 서서 먼 산만 바라보다가는 지가 죽고 싶어도 엄마 때문에 못 죽는다는 말을 불쑥 내뱉는 딸, 갑작스런 기상 변화로 사고를 당한 탓에 소리에 그리 민감해서 텔레비전도 못 보고, 라디오도 못 듣고, 더구나 천둥이 칠 때는 무슨 짓을 할지 몰라 혼자 놔둘

수가 없는 불쌍한 딸, 좋아해서 결혼했던 남편을 살아보지도 못하고 그 지경으로 보내고는 몸도, 마음도 집 안에 꽉 가둬버린 그 안쓰러운 딸과 함께 하기 위해 자기는 아주 오래오래 살고 싶다고 말했을 것이다.

시월 하순이었다. 득희의 무소식은 한 달하고도 보름이 넘어 있었다.
내 일상의 틀을 깼든 말았든 말소리로 친해졌던 사람의 전화가 갑자기 끊겼으니 마음이 편했을 리가 없었다. 더구나 그녀는 그때 뭔가 심히 불안해 있었던 터이었으니 내내 마음이 켕겼던 것도 사실이었다. 그러나 한편으로는 내가 애쓰지 않아도 스스로 알아서 전화를 멈춰준 게 고맙기도 했다. 한 달이 넘어가자 득희는 아주 오래된 기억 속의 사람처럼 희미해져갔다.
열 시 연속극이 끝난 뒤 쓰레기를 버리러 밖에 나갔을 때였다. 무심히 하늘을 쳐다봤다. 제법 청명한 하늘에 별이 몇 개가 떠서 반짝였다. 무엇에 서글펐는지 갑자기 눈물이 핑 돌았다. 다음날 아침에 눈을 뜨자마자 어젯밤처럼 눈물이 나오면서 가슴까지 바르르 떨렸다.
날이 갈수록 노인당회장이 돌아가셨을 때보다 더 강도가 높은 불안 증세가 달려들고 있었다. 나는 아들아이와 남편이 직장에서 들어올 때까지 안절부절해야 했다. 득희는 거의 잊혀졌으니 그녀에게서 옮아왔다고 탓할 수도 없었다.
아침 설거지를 끝내고는 행주에 비누칠을 해서 가스 불에 올리는데 전화가 왔다. 들여다보니 득희의 번호가 찍혀 있었다. 하도 오랜만이라 반가움이 앞서 하마터면 수화기를 들 뻔했다. 그러나 발발거릴 정도로 밀려드는 불안감이 손을 막았다. 벨은 서너 번 더 울리고는 그쳤다. 청소가 끝났을 때 득희가 또 나를 찾고 있었다. 나는 따르릉 소리에 온 신경이 떨리고 있었지만, 고집을 부리듯 받지 않았다. 새삼스럽게 다시 시작하지 않으려면 조금은 잔인해질 필요가 있었다. 열 한 시쯤에 세 번째 전화가 왔다. 나는 어제부터 생각하고 있던 파마나 해야겠다는 핑계로 지갑을 챙겨들고는 내빼듯 현관을 빠져나왔다. 잠긴 문안에서 벨소리가 계속 들리고 있었다. 나는 내 야박스러움에 놀라면서 엘리베이터 안으로 훌쩍 뛰어 들어갔다. 문이 닫혔고, 벨소리는 그쳐버렸다.

미장원 문을 열고 들어서니 손님은 없고 미용사 혼자 소파에 퍼지듯 앉아있었다. 나는 피곤해 보인다는 인사말을 하며 거울 앞의 의자로 가서 앉았다.

"어제가 우리 이모 사십구재라 절에를 갔다와서 그런가 봐."

미용사가 대답했다. 그녀는 나와 동갑이었고, 둘 다 하나뿐인 아들의 유치원부터 중학교까지 같은 반 학부형 노릇 칠 팔 년째여서 서로 말을 놓는 사이였다.

"벌써 그렇게 됐어? 남의 일이라 빠르네. 참, 그 딸은 어째?"

나는 아직도 귀에서 울리고 있는 전화벨소리를 떨쳐내려고 별나게 관심 있는 척 말했다.

"어쩌긴! 뭔 소린 지는 모르겠는데, 지가 관심을 어만 데다 두느라 엄마를 죽게 했다면서 밥도 안 먹고, 잠도 안 자고 울고만 있어."

미용사가 대답했다. 거울 속의 내 얼굴은 불쌍해서 죽겠다는 표정을 하고 있었다. 미용사가 힐끗 돌아보고는 말을 이었다.

"그러다 지치면 말겠지. 엄마만 의지하고 살다가 갑자기 돌아가셨으니 하늘이 무너진 거지. 지금은 올케가 엄마를 대신해서 왔다갔다하는데, 벌써 귀찮은지 득희 시중을 언제까지 들어야 하느냐고 어제 내게 묻더라고."

미용사는 내 머리를 잡아 파마를 마는 손놀림과 말을 같은 속도로 하고 있었다. 거울 속의 내 눈이 커다랗게 열리고 있었다. 잘못 듣지 않았다면 방금 미용사가 득희라 했을 것이다. 나는 발발거리는 몸을 애써 진정시키며 득희가 누구냐고 물었다.

"누군 누구야, 우리 이모 딸이니까 내 이종사촌 동생이지."

미용사는 남 얘기할 때 졸고 있었느냐는 투로 말했다.

세상에!…. 최근에까지 그 딱한 여인의 얘기를 들었으면서도 남의 일에
는 워낙이 건성인 내 머리가 그저 일본이나 중국에 사는 어떤 여자 이야기
쯤으로 들어 넘겼으니 득희가 끼어들어 올 리가 없었다.

나는 가까스로 마음을 진정시키고는 득희가 어디서 사느냐고 물으려는
데 낯선 손님 하나가 들어왔다. 새로 이사를 온 모양이었다. 엔간히 수다
스러운 여자인가보다. 미용사와 몇 마디 오고가더니 금방 십 년 지기인 나
보다 더 친해져서는 남편과 자식들 자랑을 늘어놓기 시작했다. 내 머리에
서는 노인당회장과 미용사에게 들었던 얘기와 득희의 전화 내용들이 줄줄
이 연결이 되면서 물꼬가 터지듯 수수께끼가 풀리고 있었다. 얼마나 사람
이 그리웠으면?…….

미용사가 내 머리에 비닐을 씌우고는 그 위에 꽃무늬가 있는 머플러를
둘렀다. 소파에 앉아서 나불거리고 있던 낯선 여자는 내가 일어서는 걸 보
고는 쫓아와 의자를 차지해버렸다. 나는 집에 갔다오겠다는 말을 남기고
는 황급히 미장원을 나왔다. 오늘따라 엘리베이터가 지독히도 더디게 올
라가고 있었다.

들어오자마자 발신자 번호를 확인해봤다. 득희의 번호는 내가 나간 뒤
로도 두 번이나 더 찍혀 있었다.

나는 소파에 앉아서 득희의 전화를 기다렸다. 물어봐야 할 말이 있었다.
정확히 오십일 전 일요일 날, 내게 두 번씩이나 전화를 했던 이유를 꼭 알고
싶었다. 한 시간이 하루만큼이나 길었다. 조바심 때문에 입술이 마르고 있
었지만 내 쪽에서 전화를 해볼 생각은 전혀 못하고 있었다. 아둔하다 뻗친
내 머리통이 전화는 저쪽에서만 오는 걸로 단단히 굳어져버린 탓이었다.

시간이 되어서 다시 나가 파마를 끝내고 돌아왔다. 득희의 전화는 오전으로 그만이었다.

파마머리가 망가질까 봐 소파에 기대어 전화를 기다리다가 깜빡 졸았을 것이다. 무엇에 놀랐는지 화들짝 눈을 떴다. 온몸에 땀이 쫙 나면서 불길한 기운이 머리로 뻗쳐올라 폭발할 것 같았다. 벌떡 일어나 베란다로 나가 창문을 활짝 열어 젖혔다. 하늘과 스산한 바람이 동시에 들어왔다. 심란한 눈으로 멀리 산등성을 지른 바람꽃을 바라보다가 고개를 돌리는데 옆쪽에서 뭔가 하얀 물체 하나가 낙하를 하고 있었다. 허공을 잡으려고 허우적거리는 가느다란 팔과 팔랑거리는 흰 치마는 자세히 보지 않아도 젊은 여자라는 것을 금방 알 수 있었다. 그것은 순식간에 땅으로 떨어졌다. 퍽, 하는 소리가 내가 서 있는 10층 베란다까지 들렸다. 거의 무의식으로 머리를 내밀어 옆쪽 위를 쳐다봤다. 몇 층에서 떨어졌는지 확인하려 함이었다. 튀어나온 칸막이 벽 때문에 창문조차도 보이지 않았다. 다시 아래를 내려다봤다. 아파트 정문을 나가려던 남자 하나가 뭐라고 소리를 지르면서 달려들고 있었다. 경비아저씨가 뛰어오고, 어떻게 알았는지 사람들이 모여들기 시작했다. 나는 하도 놀라서 발발거리던 불안감이 말끔히 가셔졌다는 것을 알지 못하고 있었다. 아래로 떨어진 여자를 내려다봤다. 그녀는 땅에 옆얼굴을 대고 너부러져 있었고, 머리가 깨졌는지 시멘트바닥에 피가 흥건히 고이고 있었다.

"아이구, 이 일을 어째! 이년아! 왜 이리 독한 짓을 했어?"

뒤늦게 쫓아와 주먹으로 힘없이 너부러진 여자의 등을 두들겨 패면서 울부짖는 사람은 미용사였다.

"경찰이 올 때까지 시신에 손대면 안 돼요."

경비아저씨가 미용사를 끌어내며 소리를 질렀다.

나는 몸이 딱 굳어져서는 입을 반쯤 벌린 채 베란다 난간을 잡고 서 있었다. 그러잖아도 둔한 머리가 더 멍청해져서는 아무 생각도 나지 않았다. 누군가 하얀 보를 가져와서 시신을 덮었다.

"누구예요? 우리 통로에 사는 사람이에요? 몇 층에서 떨어졌어요?"

윗층에서 젊은 여인 하나가 재미있는 구경거리라도 난 듯 베란다 창문턱에 위태롭게 올라서서는 나를 내려다보며 연달아 물어댔다. 대답을 하기도 싫었지만 할 수도 없었다. 나는 득희가 아주 간절하게 마지막 인사를 하고 싶었던 사람이 나였다는 것을 미쳐 깨닫지 못한 채 거실 안으로 들어섰다. 이제 방해할 사람이 없어져버린 빈 내 영역이 휑뎅그렁하게 넓어만 보였다.

겨울 여정

겨울 여정(旅情)

하릴없는 사람처럼 바지 주머니에 양손을 찌르고 거실 창가에 기대선 나는 고층 아파트 베란다 아래 풍경을 멍하니 내려다본다. 삭풍에 휩쓸리는 한길 가의 가로수며, 달리는 자동차, 오가는 사람들은 눈에 스치기만 할 뿐, 머리 속은 엉뚱한 생각을 헤집고 있다.

"바리데기가 효녀 노릇을 한 건, 일종의 보상심리였을 거야."

옛 이야기 속의 주인공 하나를 끄집어다 심리 분석을 하던 나는 옆에서 다리미질을 하고 있는 아내를 향해 말했다.

"무슨 말이에요, 바리데기는 또 뭐구요?"

물뿌리개로 다리미질감에 물을 뿌리던 아내가 펌프질을 멈추며 물었다.

"왜, 있잖아. 옛날 얘기에 나오는 바리공주, 만약에 임금이 바리공주를 내다버리지 않았어도 효녀가 되었을까, 하는 의문이 생겨서."

"그게 갑자기 당신하고 무슨 상관이에요?"

"내일 시골 내려갈 일이 하도 심란해서 예를 들어본 거야."

"안 가면 되잖아요. 그리고 아버님이 당신을 특별히 미워한 적도 없다면서 무슨 보상심리씩이나요?"

"직접적인 학대를 받지 않아서 그 작용마저도 일지 않지만, 그이 때문에 내 유년기도, 성장기도, 증오스러울 만큼 불행했던 건 사실이야." 나는 아내에게 내 마음을 속속들이 이해를 시킬 수 없음이 심히 안타깝다. 피아노 학원 마크가 찍힌 가방을 든 막내녀석이 현관으로 나가다말고 베란다 쪽을 기웃거린다. 눈치가 할아버지를 찾는 모양이다.

"할아버지 안 계신다. 내일 아빠 고향으로 여행 가는데 너도 따라 갈래?" 나는 아이를 돌아보며 물었다.

"자식들 데려가서 못 보여 줄 것 보여주고 교훈을 남겨 대물림할 일 있어요?"

아이가 가부를 말하기도 전에 아내가 받아서 비아냥거린다. 나는 말문이 막혀 대답을 못했다.

아내는 벽 쪽을 향해 잠들어 있다. 벌어진 커튼 사이로 새벽 어스름이 들어온다. 주방에서 어머니가 도마에 마늘을 짓찧는 소리가 들린다. 심화를 난도질하는 것 같은 어머니의 저 도마소리는 위층 사람들의 새벽잠을 방해해서 가끔 항의를 듣는다. 머리맡을 더듬었다. 담뱃갑과 라이터가 한꺼번에 잡힌다.

"어휴, 내가 미쳐, 아버님은 관두고 어머니를 내려보내 버려야해."

자는 줄 알았던 아내가 신경질적으로 말하고는 이불을 끌어 머리 위로 뒤집어쓴다. 선생인 며느리가 모처럼 방학이라 늦잠을 즐길까봐, 시어머니가 의도적으로 심술을 부리는 소리로 들린 모양이다. 이럴 때 담배를 피우면 아내의 화만 돋군다. 슬며시 일어나 바지를 꿰고는 방을 나왔다.

아내는 눈을 감고 있다. 머리까지 뒤집어썼던 이불이 허리에 내려와 있는 것이 벌떡, 한 번 일어났다가 무너지듯 다시 누웠을 것이다. 재롱이라도 떨어서 아내를 달래야겠다는 생각이 들었다. 찬물에 세수를 해서 차가워진 손을 아내의 등덜미 속에 깊숙이 집어넣었다.

무슨 짓이에요! 아내가 내 손을 사정없이 뿌리치고는 상체를 일으켜 도끼눈으로 노려본다. 엇, 차거, 차가워! 호들갑을 떨며 이불 속으로 기어들면 싸안아 토닥여주려 했던 계산이 백팔십도로 빗나간다.

"모자가 합심해서 아버님 처단하듯 내려보내고 맘 편히 잘 먹고, 잘 살아봐요! 지독한 사람들 같으니라구. 하긴, 그 어머니가 그 아들을 낳았지, 뭘 낳았겠어!"

무안해서 돌아서는 내 뒤에다 대고 아내가 오금을 박듯 말했다.

"당신 잣대로 어머니를 재지 마! 잘 알지도 못하면서."

나는 퉁명스럽게 말하고는 옷장 문을 열었다. 추운 날씨와 먼길 운전여행을 감안한 옷과 모자를 챙겨서는 주방으로 나갔다.

"경태네 말로는 집이 좀 상했다더라만, 네가 가서 잘 살펴보고, 수리로는 안되겠다 싶으면 집을 다시 지어서라도 저 영감쟁이를 내려보내 다오. 글쎄, 저 인사가 그 나이를 하고도 나만 보면 음흉한 눈으로 몸을 더듬는다. 어이구, 징그러워라! 생각할수록 살아온 세월도 징그럽고! 저 인사랑 더 살다간 내가 지레 죽을 거야."

어머니는 굴비의 뼈를 발라서 내 앞으로 밀어주며 말했다. 환갑이 지난 지가 이태나 되었건만, 가녀린 여인처럼 상큼한 어머니의 목덜미가 진저리로 떨리고 있다. 나는 듣기 민망함을 감추려고 밥을 크게 한 숟가락 떠서 입에 넣었다.

어머니가 현관까지 따라나오는 바람에 아내의 얼굴을 보고 가기는 진작에 글러 있었다. 발뒤꿈치에 구두주걱을 꽂다말고 쳐다보니 휙 돌아서는 어머니의 뒷모습에서 파르르 소리가 난다. 약수터에 가려고 물통을 챙겨든 그이가 이쪽으로 나오고 있다.

"경태한티 안부 전해라."

그이는 나를 앞질러 현관문을 밀고 나가며 말했다. 막내녀석한테서 내가 시골에 간다는 말을 전해들은 모양이다. 나는 피가 굳어서 대답은커녕 다녀 오시라거나, 다녀오겠다는 말조차도 나오지 않았다. 그이는 원래 어머니에게서나, 내게서 그런 말 같은 건 기대하지 않는다. 상대가 경태 형이 아니었다면 내게 안부 전하라는 말도 하지 않았을 것이다.

호남고속도로 톨게이트에 이르러서야 해가 떴다. 차창에 햇살이 쨍하고 비치는 게 날씨가 맑을 모양이다. 이른 시간의 고속도로는 노래를 부르면서 가도 될 만큼 한산하다. 휴대폰을 꺼내서 한 손으로 번호를 눌렀다. 신호가 떨어지고 여보세요, 별나게 굵은 경태 형의 목소리가 넘어온다.

"형님, 저 출발했습니다. 쉬엄쉬엄 가면 오후에나 뵐 것 같은데요."

"그러냐? 이따 보자."

그쪽에서 먼저 전화가 끊긴다. 운전 중의 긴 통화를 염려해서는 아닐 것이다. 달랑 두 집뿐인 이웃에서 그이와 오랜 세월을 함께 한 경태 형은 여러모로 그이를 닮아 있었다.

서울을 벗어나자 차 틈새로 맑은 공기가 스민다. 비염으로 막힌 콧속이 펑 뚫린다. 확 트인 벌판에 파란 보리이파리와, 하얀 된서리가 어우러져 있다. 농사나 짓고 혼자 사시잖고!… 나는 듣는 사람이라도 있어서 그이에 대한 불만을 털어놓듯 중얼거렸다. 시골에서 십 년을 혼자 살던 그이가 올라온 건, 삼 년 전이었다. 어머니는 살갗이 떨리는 증오로, 나는 혐오와 적대감으로 각각 밤을 꼬박 지새웠다. 그 날 이 후, 나는 어머니의 구박을 앙버티듯 버티고 있는 그이를 철저한 무관심으로 대했다. 날이 흐르자 이상하게 아내가 그이를 싫지 않아 했다. 처음에는 시어머니를 향한 반발심이 아닌가 싶었다. 그러나 학교에서 돌아온 아이들이 할아버지를 먼저 찾는 걸 보면서 조금은 의아했다. 하긴, 종일 가야 말 한마디 없이 쓰레기를 버려 주고, 베란다의 유리창을 거울처럼 닦아놓고, 거기에 며느리가 좋아하는 화분을 사다가 정갈히 가꾸고, 게다가 제 날짜에 두 양주의 밥값을 꼬박꼬박 내놓고, 아이들의 용돈까지 책임져주는 시아버지를 싫어할 이유가 없었을 것이다. 아이들도 무엇이나 입만 벌리면 사주는 할아버지가 좋았을 것이다. 그 때문에 그이는 어머니의 모멸적인 구박이나, 아들의 무관심을 삼 년씩이나 버텨낼 수가 있었는지도 모른다.

백양사 휴게소라 쓰인 높다란 철탑이 보인다. 보니 기름이 어중간한 것 같다. 휴게소에 딸린 주유소에 차를 댔다. 미터기에서 숫자가 펄럭이고 있는 동안, 휴게소 화단에 서 있는 서향나무에 눈길이 닿는다. 여남은 살짜리 아이 키만큼이나 크다. 이파리 퍼짐으로 봐서 나이가 십 수년은 좋이 되었으리라. 영양이 풍부한 진초록 잎이 햇살을 받아 반짝인다. 어머니가 아버지의 매질을 피해 우리 내외와 합류하기 전, 아내는 학부형에게서 화분에 심어진 오륙 년 생 서향나무 하나를 선물 받았다. 그녀는 화분을 베란다에 놓고 키우면서 아침저녁으로 들여다봤기에 나무는 목마른 적이 없었다. 다음해 봄, 나무는 덩어리진 작고 흰 꽃망울을 터트렸고, 숨이 막힐 것 같은 향기를 내뿜었다. 꽃이 피어 있는 동안 아내와 나는 화분을 거실에 들여놓고는 와인 잔을 부딪치곤 했다. 그 나무는 어머니가 올라온 뒤로 아무도 돌보는 사람이 없어 말라서 죽었다.

이양면의 긴 다리를 지난다. 차창으로 오염되지 않은 맑은 강물이 들어온다. 세월의 흐름에서 제외라도 된 듯 예전 그대로인 동네와 아스팔트가 깔린 길이 대조를 이룬다. 중고등학교를 다니던 육 년 동안, 나는 매질을 당하는 어머니가 걱정이 되어 내내 그이가 논두렁에 미끄러져 죽었거나, 뱀에게라도 물려서 죽었기를 기대하면서 토요일이 되기가 바쁘게 버스 뒤로 흙먼지가 구름처럼 이는 이 길을 지나 집에 내려가곤 했다.

바람에 쓸리는 앙상한 가로수 속을 달리다 보니 장평이라고 쓰인 이정

표가 뒤로 밀린다. 오늘이 장평 장날인가보다. 보따리를 머리에 인 두 아낙이 앞을 다퉈 한길을 가로질러 달려간다.

"저런, 지에미 헐 놈의 망구탱이들이!"

찌익, 긁히는 소리와 함께 급정거를 한 트럭에서 수염이 텁수룩한 기사가 차창 밖으로 고개를 내밀며 소리를 지른다. 귀에 설지 않은 욕설로 인해 그이의 횡포에 망가진 유년의 기억 토막이 달려든다. 어머니에게 손을 잡혀 허둥거리며 걷던 산길, 다리까지 휘감겨오던 이슬, 쓰라릴 정도로 고프던 배, 몇 자 깨우친 글로 더듬더듬 읽었던 먹글씨로 내려 쓴 장평 면사무소 간판, 삥 둘러선 사람들.

나도 모르게 핸들을 꺾어 장으로 향했다. 회갈색 콘크리트 건물이 늘어선 한길가로 장이 들어서 있다. 한적한 곳을 찾아 차를 세웠다. 벌써 파장인 듯 장꾼들은 별로 없고 어수선함만 남아 있다. 채소 전 앞에 모닥불이 타고 있고, 빠글거리는 파마머리에 돈주머니가 달린 앞치마를 두른 늙수그레한 아낙들이 모여 갈퀴 같은 손을 펴서 불을 쪼이고 있다. 누군가 찐한 농담을 했는지 박장대소가 터진다. 고생에 찌든 얼굴들에 밝은 웃음이 서글프다. 모두 어머니와 같은 연배들이다. 어머니의 웃음소리를 언제 들었던가? 잠깐 더듬어본 기억에는 어머니의 웃음은 사라진 게 아니고, 처음부터 없었다.

눈을 들어 할매국밥집이라는 간판을 쳐다본 나는 유리문을 밀고 안으로 들어갔다. 점심때가 지나서인지 한산하다. 수더분한 아주머니가 자리를 안내하고는 곧 음식을 내온다. 시래기를 넣고 끓인 고소한 곰국 맛에 희미한 기억이 따라온다. 검정 고무신에 흙물이 튄 칙칙한 무명 바짓가랑이가 짝짝이로 걷어올려진 채, 눈을 부릅뜬 그이, 손에 든 지게작대기, 머리채를 잡혀 끌려가는 어머니의 정강이에 사정없이 내질러지던 그이의 발길질. 징하게 이쁜 각씨를 왜 저리 팬당가. 모냥새를 본께로 도망가다 잽

했능갑네. 시상에나, 저 얼굴에, 저리 얻어맞고 살먼 나라도 도망가제! 내가 커서 힘이 세지면 저 지게작대기를 뺏어서 그이를 힘껏 두들겨 패 주리란 생각을 했을 것이다. 그 날도 우리는 이런 국밥 집에서 밥을 먹고 나오다 그이에게 잡혔을지도 모른다는 생각이 들면서, 울컥 어머니가 가엾어 견딜 수가 없다. 어머니에게 전화를 해서 옛이야기를 하듯 그 날의 장소를 묻고 싶어진다. 주머니에서 휴대폰을 꺼내 번호를 누르려니 배터리가 다 되어 있다. 어젯밤 충전시키는 것을 잊은 모양이다.

음식값을 치르면서 보니 카운터에 눈을 부라리고 있는 부엉이 형상을 한 공중전화기가 놓여 있다. 부엉이 머리에 동전을 넣고 집 전화 번호를 눌렀다. 신호가 떨어지자 여보시오, 하고 느닷없는 그이의 목소리가 넘어온다. 마치 초등학교 때 소풍을 가서 본 보림사 절 문을 지키는 사천왕이 고함을 지르는 것 같다. 끓어오르는 적개심을 주체 못해 수화기를 던지듯 걸어버리고는 뒤로 물러섰다.

지방 도로 하나를 전세라도 낸 듯, 오가는 차도 없이 혼자 달렸다. 너무 신기해서 백미러로 돌아보니 뒤쪽이 황량하리만큼 비어있다. 잠재되어 있던 질식감이 도진다. 적막을 벗어나려고 속력을 냈다.

돌연 눈이라도 쏟아질 듯 하늘이 캄캄해진다. 휴게소마다 들러서 해찰이 길었나보다. 차안에 부착된 시계가 세 시가 다 되어간다. 산자락의 겨울 해는 짧다는 걸 상기하자 마음이 다급해진다. 잿빛에 덮인 탐진강 강변을 회한도 없이 지나서 길섶에 겨우살이풀이 파랗게 어우러진 좁은 농로로 접어들었다. 며칠 전까지 예서 살았던 사람처럼 막힘도 없이 차를 몰았다. 잠깐 사이에 억불산자락에 다다랐다. 언덕 위는 오솔길이라 아래에 차를 세웠다. 눈을 들어 언덕을 쳐다봤다. 여전히 텅 비어 있다. 학교에 들어가기 전까지는 경태 형네 식구말고는 다른 사람은 못 봤을 것이다. 아, 딱 한 사람 있다. 도망간 엄마를 찾아 강아지 복실이와 이 언덕을 내려갔다가 가방을 옆으로 맨 우체부 아저씨를 만났다. 커다란 가방이 하도 신기해서 입을 헤벌린 채 우렁이 속처럼 깊어진 눈으로 그를 쳐다봤을 것이다. 요 녀석, 부모님 말 안 듣고 함부로 돌아다니면 이 가방에 넣어서 데려갈 거 다. 아저씨가 눈을 딱 부릅뜨며 가방을 열어 보였다. 가방 속이 시커먼 동 굴 속 같았다. 기절 초풍을 해서 앙, 울음보를 터트리며 언덕으로 치올랐 다. 뒤에서 복실이가 죽어라 짖어대며 쫓아왔을 것이다.

모든 것이 너무 생생하고, 낯익어서 무슨 시간 반전으로 세월 저쪽에서 훌쩍 뛰어넘어 온 듯한 기분이 든다. 어딘가에서 복실이가 뛰어나올 것만 같다. 경태 형네 집자리는 밭이 되어 있다. 귀퉁이에 세워진 헌 비닐하우 스에서 찢어진 비닐조각이 바람을 타고 깃발처럼 날린다.

시든 억새 사이로 난 오솔길을 지나 사립도, 울타리도 없는 집 앞에 섰 다. 식구라고는 싸울 때 말고는 소죽은 귀신들처럼 입을 봉하고 사는 그이 와 어머니, 그리고 형제도 없이 달랑 나 하나 뿐이라, 늘 질식감이 감돌던 집이었다. 우선 지붕부터 쳐다봤다. 깨지고 금이 간 슬레이트가 시커멓게 썩어 있다. 키 높이로 자라 제풀에 부러지고 헝클어진 억새풀과 명아주 대 를 헤치고 안으로 들어갔다. 부엌 건넌방에 딸린 외양간 기둥에 등피가 깨 진 남포등이 걸려 있는 게 제일 먼저 눈에 띈다. 소가 새끼를 낳을 때 쓰려 고 큰맘 먹고 사왔다며, 그이가 경태 형네 어머니에게 자랑하던 그 남포등 이다. 어머니에게는 그리도 폭군인 그이는 작물과 가축들에게만은 그렇게 자애로울 수가 없었다. 가물어 논밭이 타면 냉수도 마시지 않았고, 소나 돼지가 새끼라도 낳을 기미가 보이면 저 남포등을 밝히고 막 앞에서 밤을 세웠다. 내가 젖 많이 나게 양껏 믹에줄 텐께로 새끼 잘 키어라 잉. 종일 가야 군입 한 번 떼지 않던 그이는 혀로 새끼를 핥고 있는 소나 염소를 흐 뭇한 표정으로 쓰다듬어 주며 말하곤 했다. 외양간 벽에 걸린 지게와 지게 발에 얌전히 걸쳐놓은 작대기, 손잡이에 남아 있는 반질반질한 윤기 흔적

에 증오가 인다. 그이가 노적가리만큼이나 아끼던 두엄자리에는 며느리밑
씻개 풀이 우북이 엉켜 말라죽어 있다. 돌쩌귀 하나가 빠진 방문이 비스듬
히 걸려 있는 툇마루 밑에 그이의 검정고무신 한 짝이 뒹군다. 돌연, 이런
곳에서 십 년을 혼자 산 그이의 외로움이 옮아오면서, 아무리 혐오스러운
그이지만, 이곳에 다시 내려보내 혼자 살 게 한다는 건 차마 못할 짓이란
생각이 든다. 흙먼지를 부옇게 뒤집어쓰고 있는 툇마루 앞에 섰다. 봄날이
면 이곳엔 종일 햇빛이 비쳤다. 나는 여기에 앉아서 해바라기를 하며 도망
간 어머니를 기다리곤 했다. 느그 엄니 도망 못 가게 옷구름 꼭 잡고 자그
라 잉. 경태 형네 어머니가 늘 내게 말했다. 어느 날, 아침에 깨어보니 어
머니가 또 없었다. 황급히 부엌 쪽으로 난 방문을 열어봤다. 냉기 도는 부
엌은 텅 비어 있었다. 무심히 내려다본 손에는 가위로 싹둑 잘려진 어머니
의 옷고름이 꼭 쥐어져 있었다. 그 날처럼 서러움이 밀리면서, 그이에 대
한 연민의 정이 싹 가신다. 하늘을 쳐다봤다. 시커먼 구름이 덮인 하늘에
서 눈발이 하나씩 날린다.

"워매, 여가 있구나! 그래도 지 탯자리라고 여그 몬차 왔능갑네. 느그
어매가 전화를 했드라. 당아 안 왔닥 했드니 폴시 다덧을 것인디, 먼 일이
다냐고 걱정을 하길래 혹시나 해서 올라와 봤다. 춥고 눈할차 온디 멋하고
서 있냐. 와서 본께로 으짜냐, 사람이 살겄냐?"

우렁우렁한 목소리로 속사포를 쏘듯 한꺼번에 말을 쏟아놓는 사람은
경태 형 어머니였다.

"아주머니, 그간 안녕하셨어요?"

나는 칠순을 코앞에 둔 할머니를 지금도 아주머니라 부르며 손을 덥석
잡았다. 서울에 다른 자식들이 살고 있어서 겸사겸사 가끔 올라오기 때문
에 그리 오랜만은 아니었지만, 그래도 반가웠다.

"안녕이고 멋이고, 얼렁 내려가서 느그 어매한티 전화 몬차 해라. 여그

올라오는 동안에 보트라져서 안 죽었능가 몰겄다."

아주머니가 걱정스러운 표정으로 말했다. 그 옛날, 어머니가 그이에게 매질을 당할 때마다 나는 이 아주머니에게 달려가곤 했다. 이상하게도 아주머니는 매질을 당하는 어머니보다는 매질을 하는 그이를 안쓰러워 했고, 편을 들어주었다. 그래서인지 성난 부사리처럼 날뛰던 그이는 그녀가 틀어잡고 살살 달래면 슬그머니 매질을 그치곤 했다. 아, 그때는 그러는 아주머니가 얼마나 미덥고 좋았던가! 나는 윗옷을 벗어 그녀의 앙상해진 어깨에 씌워 싸안고는 땅거미가 안개처럼 내리는 언덕을 내려왔다.

"우리 경태도 진작에 차 샀어야. 이런 차가 아니고, 농사짓는 사람이라 뒤에다 짐도 실을 수 있는 그런 차를 샀단다. 즈그 마느래는 잘 태야갖고 댕기드라마는 나는 잊어불 만하면 한 번씩 태야 주드라."

아주머니가 내 옆 좌석에 앉아서 자랑 겸 불만을 털어놨다.

"느그 어매, 아부지 시방도 그리 쌈을 하고 사냐?"

아주머니가 두 분 안부를 그렇게 물었다.

"늘 그렇죠 뭐. 아버지는 많이 수그러드신 반면에 어머니 쪽에선 기세가 등등해지신 것 같아요."

직업이 선생인지라 품위 있게 대답할 수밖에 없었다.

"니가 몰라서 그라제, 젊어서도 느그 어매가 아부지를 해냉기고 살았제 으쨌다냐."

나는 아주머니의 이해할 수 없는 말을 머리 속에서 굴려보느라 미쳐 대답을 못했다.

"저 집이 우리 집이다. 옛날에 오두막집이다 대면 대궐이지야?"

아주머니가 길가에 있는 붉은 벽돌집을 가리키며 말했다.

"그러게요. 집이 아주 크고 좋은데요."

나는 집 쪽으로 핸들을 꺾으며 대답했다.

"워따메, 멋을 이리 많이 사 보냈다냐!"

아주머니가 마당에 차를 대 놓고 뒤 트렁크에서 어머니가 사보낸 물건들을 꺼내고 있는 나를 보고 탄성을 지르듯 말했다. 소리가 들렸던지 시골여자 같지 않게 깔끔한 중년 여인이 현관문을 열고 나와서 머리를 숙여 인사를 한다. 결혼식 이후에는 못 봤지만, 경태 형의 아내라는 것을 금방 알 수 있었다.

아주머니를 따라 뒤란에 딸린 널따란 비닐하우스로 들어갔다. 눈발이 날리는 바깥 날씨와는 달리 늦은 봄날 같은 훈기 속에 어린 싹에서부터 어른 키보다 큰 나무들에 방울토마토며 오이, 고추가 주렁주렁 열려 싱싱함을 넘어 생명력이 넘쳐난다. 향수 같은 감개가 울컥하면서 여기서 저들과 함께 오순도순 농사를 짓고 싶은 부러움이 인다.

"윗집에 올라갔던가? 아제랑, 아짐은 안녕하시고?"

경태 형은 오느라 고생했다던가, 반갑다던가, 하는 수식은 생략한 채 간단한 안부로 인사를 끝내버린다.

저녁을 먹고는 경태 형의 안내를 받아 윗목에 곡식자루와 익은 호박이 쟁여진 방으로 들어갔다.

"섹우 금 올르고, 전기세 올라서 올 시한 으찌게 살랑가 몰겄다."

뒤따라오던 아주머니가 말했다.

"엄니는 쓸데없는 소리하지 말고 저 방에 가서 연속극이나 보소."

경태 형이 아주머니를 방문 밖으로 밀어낸다.

"놔라! 쇠털같이 많은 날에 연속극 그까진 것은 낼 보제 으째야. 반간 손님도 오고 했응께로 오늘 지녁에는 나도 느그랑 놀아야겄다."

"이 봐, 와서 엄니 좀 모셔가! 이따 우리 술 한 잔 할 건데, 노인네 걸리적거려서 안 되겠어."

경태 형이 필요 이상인 큰 소리로 말한다. 그의 아내가 안방 문을 열고 나와서 시어머니의 손을 잡아 이끌어 가는 걸보고 있노라니, 아늑함과 평화로움이 집안에 자욱히 깔리는 기분이 든다.

밝은 형광등이 괜히 낯설다. 싱싱한 푸성귀 반찬이 입에 맞아서 과식을 했는지 식곤증이 온다.

"먼 길 운전을 해서 피곤했나 보군."

하는 소리에 눈을 떴다. 그새 옆에 있는 나락가마에 몸을 기대고 깜빡 졸았던 모양이다. 경태 형은 그새 밖에 나갔다왔는지, 들고 들어온 검은 비닐봉지를 방바닥에 내려놓는다. 뒤따라 그의 아내가 소반에 삶은 닭을 얹어 들고 들어온다. 한여름 복날에 두 집 식구가 평상에 둘러앉아 먹었던 닭죽 생각이 나며 가슴이 뭉클해진다. 그 때는, 모기들이 먼 곳에서 들리는 아우성 소리처럼 앵앵거렸다. 별이 뒤덮인 하늘로 피어오르는 생풀 연기 속에서 들던 아주머니의 입담 구수한 옛이야기는 얼마나 재미있었던가!

"홍시랑 좀 내와. 우리 할 얘기 있으니 엄니 꽉 잡아 둬!"

경태 형이 소반을 놓고 일어서는 아내에게 말했다.

"긴한 말씀들 끝날 때까지만요. 서울 아짐 소식이 궁금하셔서 그냥은 못 주무실 거예요."

"형수님, 아주머니 오시라고 하세요. 제게는 고향 같으신 분인 걸요. 아주머니가 모르셔야 될 특별한 얘기를 나눌 것도 아니구요."

나는 문을 나가고 있는 경태 형 아내를 향해 말했다. 그녀는 대답 대신 고개를 살짝 숙여 보이고는 문을 닫는다.

"참, 아이들이 안 보이네요. 어디들 갔어요?"

나는 저녁 식탁이 단출했던 게 이제야 생각이 나서 말했다.

"대처에서 학교를 다니는데, 방학 동안에도 학원엘 다녀야 한대나? 그리 하라고 했어. 농사꾼들은 자기가 못 배운 한을 자식들한테 풀려 드는 거 알잖아."

“어디 농사꾼뿐인가요? 우리나라 사람들 태반이 그렇죠.”

“니 말이 맞다.”

아주머니가 작은 바구니에 연시를 담아 들고 들어오며 끼어들었다.

“앗따메, 기어코 나오시구먼! 이 봐, 빨리 와서 엄니 데려가.”

“장모가 따라도 여자가 따라야 술맛이더라고, 내가 술도 따라주고 그럴라고 왔다. 나도 한 잔 얻어묵고 너 보듬은 내 말이 더 조리가 있응께로 야한티 즈그 아부지 이약 조까 알어묵게 해 줘사 쓰겄고.”

어거지를 쓰듯 내 맞은편에 앉아버린 아주머니가 술부터 한잔 따라 마시고는 말했다.

“느그 어매가 아부지를 고향으로 도로 내러보내고 잡다는 말을 듣고 내가 넘이지만은 부애가 나서!…. 아무리 포원이 진 영감이라고 늙어서까장 그리 박대하면 못 쓴다. 인내라. 한 잔 더 묵자. 술이라도 묵어감서 야네 아부지 서런 이야기를 풀어야겄다.”

아주머니는 말을 그치고는 아들 앞에다 잔을 내민다. 경태 형은 포기를 했는지 나 참, 하면서 잔에 술을 따른다.

“느그 아부지는 낫 놓고 기역자도 모르는 사람이고, 어매는 많이 배운 사람이라는 것은 알지야? 너한테 이런 말하기 그렇다마는 느그 외할므니가 부잣집 늙은 영감 기생첩이었단다. 나는 쬐깐했을 때 그 집 담살이로 들어가서는 느그 어매랑 친동기간처름 살었다. 스무 살이 되든 해에 우리 친정 아부지가 나를 데려다가 저 너머동네 총각한티 시집을 보냄서부텀 넘으로 갈라졌지야. 경태를 낳든 해에 소식을 들은 께로 늙은 영감이 죽자, 전처 자식들한티 맨몸으로 쫓겨난 느그 외할므니가 여학교 댕기든 딸을 맬꼬는 친정 동네인 여그 장흥 읍내로 내려와서는 울홧빙이 나서 금방 죽어부렀다고 하드라. 나는 혼자 남은 느그 어매가 못 미더워서 경태 아부지를 졸라서 이 동네로 이사를 왔드니라. 느그 외숙모가 뭔 억하심정으로 열아홉, 꽃 같이 이쁜 조카딸을 금매, 산지기 아들로 가난하고 못 배와서 서른이 훨썩 넘드록 장개도 못 간 총각한티 여워 불고 난 뒤로였지야. 시상에, 임금님 딸 왔다가 울고 가게 호강스럽게 큰 가시나를 말이다. 넘인 나도 얼척이 없고 아까와서 죽겄든디, 당사자는 을매나 분하고 억울했겄냐? 느그 어매는 그 분풀이로 맨 손으로 소도 때려잡게 생긴 느그 아부지를 생홀애비로 늙혀불고 안 말었냐. 그래도 대는 이슬 팔자든가, 느그 아부지하고 나하고 짜서는 개짐머리가 와서 뉘 있는 어매한티 약에다 수민제를 섞어서 요사를 한 번 뀌민 것이 잘 되야서 니가 생겼지야. 그 뒤로는 당최 안 둘리드라. 느그 어매가 말없고, 얌잔해 뵈지마는 알고 보면 징하게 냉차고, 독하니라. 하기사, 그라고 산 본인은 더 불쌍하고 안 되았지마는 팔자로 타고난 것을 으짤 것이냐. 내가 하다 성가새서 점쟁이를 찾아갔드니라. 두 사람 사주가 공방살에, 원진살에 꼭 못 살겄는디, 합이 든 아들이 가운데 쪄서 갈라서도 못하겄다고 그라드라."

아주머니는 말을 그치고는 술잔을 들어 한 입에 털어 넣는다. 나는 어안이 벙벙해서 눈을 멀끔히 뜨고 그녀를 바라봤다.

"얼씬하면 도망가는 마느래, 시상없어도 그 마느래 없이는 못 살어서 으디까장 쫓아가서 잡어오고, 곁에 놓고 보는 것만으로 감지덕지해서 깨진 그릇 맹키로 우대다가도 한 번씩 술 묵고 징이 나면 잡어서 반 쥑에 놓기는 했어도, 그런 사람 밥 싸들고 댕김서 찾을락 해도 없다. 다 늙은 자석 앞에서 아니할 말이다마는 나도 마흔 줄, 젊다먼 젊은 나이에 과부 되야서 유제서 한 식구 같이 살었어도 여자 기리고 사는 느그 아부지 요상한 눈짓 한번 안 보낸 사람이다. 그란 아부지를 너까지 미워락하면 쓰겄냐?"

아주머니가 술잔을 들고 숨을 돌린다.

"내 말 멩심해라. 느그 아부지 도닦는 스님도 아니고, 마느래, 자석이 다 놔두고 그만치나 혼자 살었으면 전생에 지은 죄닦음도 했겄다. 혼자 삼

서 안 묵고, 안 입어서 모은 것이라고는 돈 베끼라, 죽을 때까장 용돈 도란 말도 안 할 것이고, 용하다 뻗쳐서 넘 듣기 싫은 소리 한 자리 안 할 것인 께로, 니 말이라먼 하늘에 빌도 따다줄 어매 살살 달래서 둘 다 모시고 살 어라. 어지러라. 술이 췌서 더 있자도 못 있겄네. 인자 느그들까장 더 놀다 가 자그라 잉.”

일어선 아주머니가 비틀거린다. 경태 형은 가만히 앉아서 큰 소리로 아 내를 불러댄다. 반사적으로 일어서는 나를 경태 형이 내 손을 잡아 주저앉 힌다. 그 사이에 며느리가 들어와 시어머니를 부축해 나간다.

“야박해 뵈나? 그래, 자네라면 누구 부를 시간도 없이 벌떡 일어나서 어머니를 모셔다 뉘이고도 모자라 한참을 지켜보고야 방을 나왔겠지.”

경태 형이 내 잔에 술을 따르며 말했다.

“어떻게 곁에서 지켜본 듯 말씀하시네요?”

나는 건성으로 대답했다.

“이 사람아, 안 봐도 비디오지. 나라고 젊어서 혼자 되어 큰아들인 나 만 의지하고 사신 엄닌데 왜 맘이 안 쓰이겠나. 그렇지만, 집안이 잘 돌아 가게 하려고 술책을 쓰는 거야. 그건 그렇고 엄니가 못다 한 아제 얘기나 더 듣겠나?”

술이 오른 경태 형이 말이 많아진다.

“얘기가 더 남았나요? 아주머니 얘기만으로도 얼떨떨해서 죄책감조차 도 못 느끼고 있는데요. 저는 그런 내막도 모른 채, 아버지를 얼마나 미워 하고 살았게요. 오죽했으면 의대에 떨어지고 재수를 하겠다며 집을 나와 서는 이제야 고향엘 왔겠어요! 결혼해서 어머니를 모시게 되면서부터 십 년 동안, 혼자 사시는 아버지의 외로움 같은 건 생각해본 적도 없습니다. 팔순을 넘겨 힘이 빠지고 기가 죽어서 어머니를 찾아오신 그분을 다시 쫓 아낼 생각에다, 포악한 사람은 명도 길다는 생각을 보태서는, 미움보다 더

한 무관심으로 일관하고 살았지 뭡니까."

"그건 좀 너무 했다. 하지만, 아직 가신 뒤의 후회가 아니니 늦지는 않았네. 이제라도 아제의 남은 생을 아짐 곁에서 사시다 가시게 해드리면 되잖아."

"그보다도 당장 내일 올라가면 아버지를 어떻게 대하죠? 수 십 년을 묵힌 앙금이 내막을 알았다고 해서 금방 희석이 될까요? 새삼 아버지 앞에 무릎이라도 꿇고 전 몰랐습니다, 이제 알았으니 잘 모시겠습니다, 할 수도 없구요."

내 말에 경태 형이 피식 웃는다.

"대신 내가 아들 노릇 톡톡히 해드렸잖아! 자네와는 달리 제일 필요한 나이에 아버지를 잃은 내게 그 빈자리를 채워주신 아제는 간섭이나, 대립이 빠져서인지 늘 친구처럼 다정하고 임의로운 분이었네."

경태 형이 술을 마시고는 끊었던 말을 이어간다.

"아제한테서는 배울 것이 하도 많아서 존경심이 절로 우러나곤 했지. 아제가 청명한 하늘에다 대고, 저녁에 비 오겠다, 비 설거지해라, 하시면 틀림없이 밤에 비가 왔고, 짐작으로 마른 고추를 한 부대 담아서는 아나, 닷 근이다, 하시면 저울에 달 것도 없이 다섯 근이었어. 오늘 장에 좋은 값으로 채소를 팔고 나면, 다음 장에는 어김없이 채소 값이 떨어졌고, 어찌 아시는지 남들이 너도나도 하는 작물은 잘도 피하셨지. 근면함이나 올곧음도 그 분 따라갈 사람이 없을 거야. 명절 때도 쉬는 법이 없으시고, 내자식한테 해로운 건 남의 자식한테도 해롭다며 화학비료나 농약대신 특별한 유기농법을 개발해내시고, 내가 이렇게 밥술이나 먹게 된 것도 다 아제의 가르침 덕이지. 근데 말야!"

경태 형이 말을 하다말고는 고개를 숙이고는 킬킬 웃는다. 나는 다음 말이 궁금해서 그가 웃음을 그치기를 기다렸다.

"미안하이. 난 그 일만 생각하면 지금도 웃음이 나와. 아제가 귀여워서 랄까, 친근감이랄까, 뭐 그런 비슷한 감정이니 무례라 생각하지 말게. 내가 군대 제대하고 돌아왔을 때였네. 어느 날 밤에 아제가 찾아오셔서는 날더러 글을 가르쳐 달라시는 거야. 표정을 보니 아주 진지했고, 또 어렵게 꺼낸 말씀 같았기에 바로 시작을 했지. 두 달째이던가? 그만 두셨어. 농사일에는 그토록 총명한 분이 끝내 당신의 이름 석자도 못 깨우치고 마셨네."

말을 마친 경태 형이 웃음 띤 얼굴로 나를 바라본다. 나는 울음이 터지려 해서 그를 마주볼 수가 없었다.

밖에서 두런두런 하는 소리에 잠이 깼다. 무슨 소린가 궁금하기도 전에 심한 갈증을 느꼈다. 몸을 일으켜 벽을 더듬어 불을 켜고는 보니 머리맡에 물주전자와 잔이 놓인 차반이 있다. 주량이 약해서 조금만 마셔도 왕창 취하는 게 내 버릇이었다. 깜깜한 유리창문 밖에서 며느리에게 뭔가 묻는 아주머니의 말소리가 들린다. 시계를 보니 새벽 네시가 조금 넘어 있다. 벌써 비닐하우스에 일하러 들어가는 모양이다. 물을 한 잔 따라 마시고는 앉아서 담배를 꺼내 불을 붙였다. 천장에 내뿜어진 연기 속에 어젯밤 아주머니가 들려주던 얘기가 떠오르며, 그이 앞에서 한번도 불러본 기억이 없는 아버지라는 인칭 대명사가 혀끝에서 굴려진다. 생각해 보니 어린 시절에 아버지는 부엌 건넌방에서 새끼를 꼬다가 거기서 그대로 주무셨다. 나도 한 번 그 방에서 잔 적이 있다. 어느 겨울 어머니가 집을 나간 날이었다. 외양간 옆의 커다란 가마솥이 걸린 그 방은 아버지가 아침저녁으로 쇠죽을 쑤기 때문에 뜨끈뜨끈했고, 그리고 흙 냄새가 났다. 나는 너만 있으면 된다. 그 날 아버지는 내가 잠든 줄 알고는 머리를 쓰다듬어주며 말했다. 눈물이 핑 돈다. 생각을 쫓으려고 재떨이를 찾아 담배를 비벼 끄고는 이불 속으로 기어들었다. 선생님이 되면 으짜겠냐? 못 배운 것이 한이 돼서 그란지, 선생님이 젤로 좋아 보이더라. 아버지가 내게 했던 몇 마디 안 되는 말에서 그중 길었던 말이 따라온다. 그 말을 거역하고 의대에 지원을 했다가 떨어졌던 참담함이 이제야 사그라지면서 새삼 선생이 된 게 천만 다행스러워진다.

탐진강 다리 입구에 공중전화부스가 보인다. 길가에 차를 대놓고 내렸다. 운 좋게도 아내가 전화를 받는다.

"나야, 별 일 없지? 지금 가고 있는 중이야. 아버지는 그냥 모시기로 했어. 두고 봐, 나 이제부터 아버지한테 아주 잘할 거다. 사랑해!"

"이 이가 갑자기 미쳤나봐! 미쳤어. 미쳤어."

아내의 어이없어하면서도 억양이 점점 녹아드는 미쳤다는 말을 거푸 들으며 수화기를 났다. 뭔가 좋은 일이 생길 것 같은 기분이다. 차에 올라 차창을 열고 억불산자락을 돌아봤다. 강아지 복실이와 달리기를 하며 뛰놀던 언덕에 안개가 걷히고 있다. 자고 일어나 눈을 비비며 방문을 열면 반가워서 죽을둥 살둥 모르던 복실이가 그리워 눈물이 나오려 한다. 그러고 보니 내 유년 시절이 꼭 불행했던 것만은 아닌 성싶다. 시동을 걸었다. 아침햇살이 퍼져 너울거리는 탐진강 물결이 뒤로 천천히 밀린다.

송산강

송산강

1

꽃샘바람에 송산강 강변의 버들강아지가 움을 틔운다. 제방 아래로 황량하게 펼쳐진 들판은 보리 싹이 어우러져 파랗다. 얼음이 풀린 송산강은 물이 하도 맑아 모래알갱이까지 환히 들여다보인다. 눈쟁이떼가 물줄기를 거슬러 오르다가 모래톱을 지나가는 들쥐 소리에 놀라서 방향을 튼다. 광주시에서 삼사십 리 가량 떨어진 외진 산골 동네였다. 송산리 앞을 가로질러 흐르는 송산강은 황룡강에서 갈라진 샛강으로 폭은 넓지만, 깊지는 않았다. 잔자갈이 깔린 강변을 따라 억새밭이 끝도 없이 이어져 있고, 강 위에 내동교(內洞橋)라는 긴 다리가 놓여 있다. 다리 건너로 야트막한 산자락 아래로 이백여 호의 초가집들 속에 기와집 몇 채가 쌀에 뉘처럼 섞여서 빈부의 조화를 이룬다. 산자락 중턱 외진 곳에 높다란 솟을대문을 단 기와집이 보인다. 제방 너머 벌판 주인 이도영의 집이다.

솟을대문을 열고 나온 이도영 씨네 집사 태수가 강 쪽으로 향한다. 송산강 다리를 건너 읍내 쪽으로 꺾은 그는 우울한 표정으로 제방 길을 반 달리다시피 걸어간다. 제방 아래 논보리 이랑을 뒤덮고 있던 까마귀떼가 놀라서 새카맣게 날아오른다. 까옥거리는 소리에 불길함을 느낀 태수의 발걸음이 빨라진다.

널따란 이도영 씨네 마당은 죽음 같은 질식감이 감돈다. 부엌 모퉁이에 있는 샘에서는 일곱 살 난 아들 천길이와 함께 이 집에서 담살이를 하는 벙어리 천길네가 드난꾼으로 날일을 하는 내동댁을 보고는 수화로 무슨 말인가를 주고받는다. 그녀의 얼굴은 몹시 걱정스러워 보인다. 내동댁이 알아들었는지 비슷한 손짓으로 답을 한다.

"아제가 큰 빙원에 간다고 도요 나갑디다."

밖에서 들어온 천길이가 샘으로 올라와 두 여인에게 수화를 섞어 말했 다. 천길이도 생긴 것은 멀쩡하지만, 발음을 못하는 반벙어리다.

안방 아랫목에는 여인이 죽은 듯 누워 있었다. 구석 쪽에는 갓난아기가 노란 비단강보에 싸여 있었다. 의식이 없어 보이는 여인은 도영의 아내 수 림이었고, 그녀는 세 시간 전쯤에 아기를 낳았고, 태가 나오지 않고는 출 혈만 심해서 의식을 잃은 상태였다.

"달리 지혈을 시킬 방법이 없는가?"

산모의 옆에 지키고 앉은 도영은 맞은 편에서 산모의 입에 억지로 약을 떠 넣고 있는 한의원 장용옥을 바라보며 초조하게 물었다.

"출혈이 다해서 지혈이 필요가 없네."

장 의원이 무겁게 말했다. 산모의 얼굴은 창백했고, 눈은 다시는 뜨지 못할 것처럼 감겨 있다. 새벽에 갑자기 산기가 있었다. 집안에서 아이를 낳 는 것을 듣지도, 보지도 못했던 도영은 산모의 비명소리에 우왕좌왕했을 뿐이었다. 혼자서 아이를 셋이나 낳은 안청댁이 자신의 출산 경험을 토대 로 아기를 받았다. 산모는 그런 대로 순조롭게 아기를 낳았다. 그러나 출혈이 멈추지를 않았다 심상찮음을 느낀 안청댁이 부랴부랴 남편 태수를 보내 읍내 한약방의 장 의원을 데려왔다. 산모의 맥을 잡은 장 의원은 얼굴이 새파랗게 질려서는 태수를 되돌려 시의 큰 병원으로 쫓았다.

"양의가 온다해도 늦은 성싶네."

장 의원이 약그릇을 내려놓으며 말했다. 그의 희끗거리는 반백의 머리가 진땀에 젖어서 이마에 엉켜 붙었다.

"그럼, 이 사람은 살 가망이 없고, 자네는 살릴 수가 없다는 말인가? 그럼 어찌하란 말인가?"

"미안하이! 받아들이게."

장 의원은 다시 의식이 없는 산모의 손을 들어 맥을 잡으며 말했다. 사색이 된 안청댁이 수건을 들어 산모의 이마를 닦아낸다.

"살려주게! 이 사람 나이 이제 겨우 스물 여섯이야."

도영은 울음을 섞어 애원을 했다. 갑자기 구석에서 강보에 싸인 갓난애가 자지러지게 울어댄다.

"재영아, 저걸 갖다가 송산강에다 내다버려라. 태어나자마자 제 어미를 잡으려 들질 않느냐."

이성을 잃은 도영이 강보에 싸인 아기를 손가락질을 하며 안청댁을 향해 소리를 지른다. 그의 얼굴빛은 아내의 죽음에 대한 공포와 갓난아기를 향한 증오가 엉켜 푸르죽죽하다.

"선생님도 참, 그리도 어렵사리 손을 점지해주신 삼신님 앞에서 무슨 말씀을 그리 하신다요? 가는 사람이 듣고 으디 편히 가겠소?"

안청댁이 못마땅해서 톡 쏘아버린다. 도영은 일어서서 갓난아기를 들어낼 듯한 몸짓을 한다.

"선생님, 아기가 왜 울죠?"

때를 맞춰 의식이 돌아왔는지, 가늘게 눈을 뜬 산모가 도영을 향해 겨우 알아들을 만큼 작은 소리로 말했다. 도영은 주저앉아 엉겁결에 잡아채 듯 산모의 손을 잡는다. 안청댁과 장 의원은 넋이 나간 듯 벙벙한 표정이 되어 서로를 쳐다본다. 갓난아기가 어미의 말을 알아들은 듯 울음이 잦아 든다.

"제수 씨 정신이 나세요?"

정신을 차린 장 의원이 도영의 손에서 수림의 손을 빼앗아 맥을 짚으며 말했다. 도영은 불안한 눈으로 장 의원의 표정을 훑는다. 장 의원은 얼굴 에 절망을 담아 고개를 두어 번 가로 저었다.

"선생님……"

수림이 도영을 불렀다.

"말하지 마라. 말하지 않아도 뭐든 다 안다."

도영은 수림을 들여다보며 안타까이 말했다.

"선생님, 저승은 시간이 아주 짧대요."

수림의 사력을 다한 말은 가늘지만, 또렷하다. 그녀의 손을 잡은 도영 의 목에서 비명 같은 울음이 터졌다. 수림의 백랍 같은 얼굴에 검은 죽음 이 내려 덮인다.

돌로 축대를 쌓고, 그 위에 지은 별채는 손바닥 위에 달랑 올려놓은 것 처럼 단아하다. 방 하나에, 아(亞)자 모양의 난간을 두른 마루 하나뿐이어 서, 언뜻 커다란 정자로 보인다.

초봄의 밝은 햇살이 난간을 넘어 윤기가 나게 닦인 마루바닥에 미끄러 진다. 방문을 열고 마루로 나온 도영은 몽롱한 눈으로 하늘을 쳐다봤다. 입고 있는 미색 명주 바지저고리가 남의 옷처럼 헐렁하다. 그는 일주일 동 안을 아무것도 먹지 않았다는 것도, 그 중에 나흘 동안을 계속 잠을 잤다 는 것도, 의식이 없는 동안에 태수가 수시로 미음이나 물을 가져다 떠 넣 어주어 탈수는 면했다는 것도 깨닫지 못하고 있었다. 위도, 머리 속도 비어서 허깨비처럼 가벼웠다. 하늘이 어지러울 정도로 푸르렀다. 그는 피로해진 눈을 내려 담 너머로 향했다. 송산강 검푸른 줄기가 한눈에 들어왔다. 가물가물 의식의 눈이 떠졌다. 막연하게 뭔가 소중한 걸 잃었고, 저 강줄기를 따라 한없이 가면 잃은 걸 다시 찾을 수 있을 지도 모른다는 생각이 들었다. 그는 주위를 둘러봤다. 그리고는 자신이 왜 서재인 별채에 내려와 있는지 의문스러워졌다. 서재에서 책을 읽고 있을 때마다 간식을 챙겨오던 수림이 보이지 않았다. 안채와 통하는 중문께로 눈을 돌렸다. 빗장이 가로질려 있었다. 그래서 수림이가 못 온 모양이다. 그는 문을 열어놔야겠다는 생각을 했다. 무중력 같은 걸음으로 마루를 내려와 마당을 지나 중문께로 향했다. 중문에 걸린 빗장을 빼고 안을 내다봤다. 안채의 마당은 휑뎅그렁하게 비어 있고, 대신 매운바람이 휘몰아 나왔다. 찬바람에 정신이 든 그는 세상이 텅 빈 듯한 공허감을 먼저 느꼈다. 수림이 죽어 누워 있는 안채와 어미를 죽게 한 갓난애를 떠올렸다. 수림을 묻어 주지도 않고, 별채로 내려와서는 혼절하듯 깊은 잠에 빠졌었다는 걸 깨닫는다. 순간, 다리에서 힘이 빠져나가며 쓰러지듯 주저앉았다. 사방이 이리 조용한 걸 보면 수림은 이미 땅에 묻혔거나, 묻으러 갔을 것이다. 허망감과 염세(厭世)감이 졸음처럼 몰려온다. 그는 차디찬 땅바닥에 등을 대고 누워 하늘을 바라봤다. 높푸름에 눈이 시려오면서 점점 의식이 멀어진다. 묽은 죽을 얹은 차반을 들고 중문을 들어오던 태수는 중문 아래 쓰러진 그를 발견했다.

　"선생님, 깨셨으면 저를 부르시지 않으시구요."

　손에 든 것을 아무렇게나 팽개친 태수는 도영 씨에게 엎드렸다.

　"이봐! 이리 좀 나와봐!"

　혼절해 축 늘어진 도영을 흔들어대던 태수는 혼자서 감당하기가 힘들었던지 열린 중문 사이로 머리를 디밀어 안채를 향해 큰 소리로 아내 안청댁을 불러댔다.

“괜찮다. 날 일으켜다오.”

가늘게 눈을 뜬 도영이 태수에게 손을 내밀며 말했다.

“선생님, 정신차리세요. 저희들은 어쩌라구 이러십니까?”

도영의 얼굴을 들여다보는 태수의 눈에 눈물이 고인다.

“걱정 마라. 나처럼 죄 많은 사람은 쉽게 죽는 게 아니다. 설령 무슨 일이 있다해도 너희들이 날 죽게 내버려두겠느냐.”

도영은 눈물이 그렁그렁한 태수의 눈을 멀거니 쳐다보며 말했다. 도영을 부축해 들어온 태수는 아랫목에 깔린 이부자리에 도영을 뉘이고는 이불의 주름을 반듯하게 펴놓고 일어섰다.

“경선아!”

도영이 나가려는 태수를 불렀다. 경선은 태수의 큰아들 이름이었다.

“네, 선생님!”

태수가 돌아서서 대답했다. 도영의 눈이 조금 치켜져 태수의 얼굴께로 옮겨갔다.

“그 사람은 잘 묻어 주었느냐?”

“선생님, 아무 것도 묻지 마시고, 아무 생각도 마시고 그냥 누워 계세요. 장 의원님이 곧 오실 겁니다.”

“혼을 잃은 사람이 무슨 생각을 하겠느냐!”

도영이 힘없이 말했다.

“예 말이요?”

죽 그릇을 얹은 소반을 들고 온 안청댁이 방안의 태수를 불렀다. 태수는 일어나 영창을 열고는 안청댁이 들고 온 소반을 받는다.

“선생님은 정신이 드셨소?”

안청댁이 걱정을 담은 눈으로 태수를 쳐다보며 물었다.

“너무 걱정 마! 아무 것도 안 드셔서 탈진을 하신 것뿐이야.”

태수가 낮은 소리로 말하고는 문을 가만히 닫았다. 도영은 태수의 부축을 받아 상 앞에 앉았다. 그는 아내가 세상에 없다는 걸 다시 한번 실감한다. 몸이 약했던 전처는 죽기 전부터 안청댁이나 태수로 하여금 그의 시중을 들게 했지만, 수림이는 아무에게도 남편의 시중을 허용하지 않았었다.

"내 생은 이제 없느니라."

죽 그릇을 비운 도영이 상머리에 꿇어앉은 태수를 향해 말했다.

"선생님, 어떻게 그런 말씀을?"

"두 번 말하지 않겠다. 난 죽었느니라."

도영이 다짐을 하듯 말했다.

"네, 선생님!"

태수는 고개를 숙여 보이고는 손을 들어 눈 밑을 닦았다. 올해 나이 서른다섯인 태수는 도영과는 사제간이었다. 이웃면인 안청에서 가난하지만 뼈대있는 집안의 장손이었던 그는 광주로 유학을 갔었다. 그는 어렸지만, 총명하고, 착실했다. 당시 중학교에서 역사(歷史)를 가르쳤던 도영은 그의 담임이었다. 겨우 일 년을 다니고는 가난 때문에 도저히 학교를 더 다닐 수가 없었던 그는 자퇴를 하기 위해 도영을 찾아갔다. 담임으로서 어린 태수의 됨됨이를 눈여겨봤던 도영은 태수가 졸업할 때까지의 모든 비용을 대주었다. 그가 졸업을 하자, 도영은 시내에서 상회를 하는 아버지 밑에 취직을 시켰고, 아버지가 상회를 치우자, 집으로 들어와 집사 일을 보게 했다. 그가 스무 살이 되던 해, 이 집에서 자란, 지금은 안청댁이 된 재영이와 한솥밥을 먹다가 눈이 맞아 혼인을 해서는 안팎으로 이 집 살림을 맡고 있었다.

봄 햇살이 따사롭다. 마루에 선 도영은 눈을 가늘게 떠서 부신 햇살을 바라본다. 입고 있는 구름무늬 미색 양단 바지저고리가 화사하다. 혈색이 돌아온 그의 얼굴에 면도자국이 파랗다. 올해 나이 쉰 셋인 그의 광대뼈가 나오지 않은 윤곽, 비애가 서린 깊은 눈자위, 반듯한 코, 알맞게 긴 인중에는 아직도 기품이 서려 있다.

대문에서 쥐색 양복을 입은 장 의원이 대문을 들어선다. 도영의 얼굴에 알게 모르게 반가운 표정이 번진다.

"살아난 걸 보니, 반가우이."

장 의원이 댓돌에 올라서며 말했다.

"자칭 명의인 자네가 있는데, 저승사잔들 도리가 있겠나?"

"비꼬는 겐가?"

"농일세! 들어오게."

도영이 방문을 열고 들어가며 말했다. 장 의원이 뒤를 따랐다. 밖에서 보기는 정자처럼 보였지만, 서재로 쓰다가 지금은 거처방이 되어버린 방 안은 혼자 쓰기에 버거울 만큼 넓었다. 벽을 꽉 채운 책꽂이의 잘 정돈된 고서와 신간들에서 도영의 학식과 성품이 드러난다. 서쪽 교창 밑에 놓인 푹신한 응접세트는 고풍스런 별채의 분위기와는 대조로 서양풍이었다.

"환절기라 환자들 많을 텐데 웬 나들인가?"

도영이 의자에 앉으며 물었다.

"지난 보름 동안 이십 리 길을 하루걸러 걸어서 왕진을 왔다는 걸 모르나? 정신 들었기에 대엿새 뜸했더니 한다는 소리하고는!"

장 의원이 마주 앉으며 대꾸를 했다. 장 의원 용옥은 도영과는 중학교 동창으로 허물없는 친구였다. 부유한 집 삼대독자로 귀공자처럼 떠받음만 받고 자라서 내성적인 도영이었고, 형제가 많은 집 아들로 외향적인 용옥이었지만, 학생시절에 그는 도영의 조용함을 좋아했고 도영은 그의 호탕함을 좋아하다 보니 여러 면으로 죽도 잘 맞았다. 술과 담배를 안 하는 게 두 사람의 공통점이었다. 젊은 날에 일본 유학을 하고 돌아온 도영은 교사가 되었고, 용옥은 약제와 침술을 익혀서 한의가 되어 서로 가는 길이 달랐었지만, 초로로 들어선 지금까지도 여전히 다정한 친구였다. 게다가 형제도 없이 팔자에 기복까지 심했던 도영은 용옥을 친구 이상으로 믿어 의지했다.

"내 의식 없을 때의 생색이야 태수가 어련히 전했을까."

도영이 살짝 비튼다.

"어쨌든 살아줘서 고마우이!"

"서둘렀더라면 충분히 살릴 수도 있었던 것을! 순전히 경험 부족으로 죽여놓고, 하 미안해서 감정을 딸려서 보내버리고는 육신은 남아서 숨을 쉬고, 밥을 먹으니 산 거겠지."

"운명이었네. 제수 씨 따라간 감정은 세월이 흐르면 돌아올 걸세."

두 사람은 동갑이었지만, 생일이 여덟 달이 빠른 장 의원은 따지기를 좋아해서 도영의 전처도, 수림이도 모두 제수 씨라 불렀다.

"나더러 세월에 흘려 잊으란 말인가? 자넨 내가 그 사람에게 지은 죄가 얼마나 큰지 몰라서 하는 소린가?"

"죄는 무슨! 우리 나이에 자네 같은 행운이 그리 흔한 줄 아나? 나도 자네와 제수 씨 같은 사랑을 할 수만 있다면 내 재산, 아니 내 나머지 생이라도 걸겠네."

"이런 결말을 알았다면 받아들이지 않았을 것을!"

"결말을 미리 안다면 그게 사람인가? 제수 씨 말로는 열 다섯 살 때부터 자네를 짝사랑했다니, 굳이 따지자면 십 년 세월로 여한 같은 건 없이 가셨을 거네."

장 의원은 둥글넓적한 얼굴에 홍조를 띠우며 말했다. 장 의원의 말에 도영은 수림의 기억을 쫓는다.

수림 또한 학교 제자였다. 그는 중년에 접어들어 여학교로 전근해서 담임을 맡았을 때, 수림은 열 다섯 살짜리 어린 여학생이었다. 특별히 예뻤

다거나 무슨 특징이 있는 아이도 아니었다. 단지 공부를 잘해서 반장을 했었기에 다른 학생들보다는 대면이 조금 잦았을 것이다. 학년이 채 끝나기도 전에 도영은 부친상을 당했다. 몇 대를 독자로만 내려온 고단한 집안인데다 아내마저 병중이라, 대농의 살림을 맡을 사람이 없었다. 도영은 할 수 없이 학교에 사표를 내고 집으로 돌아왔다. 일제 치하에서 해방이 되던 해였다. 다음 해 시름시름하던 아내마저 죽었다. 그리고 몇 년 후에, 육이오 동란이 났을 것이다. 외진 시골이라 별 탈 없이 전쟁이 지나가고, 이듬해 수림이 나이 스물 한 살의 전쟁미망인이 되어 도영을 찾아왔다. 도영은 처음엔 수림을 알아보지도 못했다. 그러나 안주인도 없는 집에서, 열 다섯 살 때부터 담임선생님을 혼자 좋아했었노라, 당당히 말하는 젊은 제자는, 세상에는 이미 죽고 없는 사람들의 업적을 더듬는 공부나, 그에 관한 책밖에 없는 줄 알고 덤덤히 살아온 마흔 여덟인 도영의 넋을 앗아갔다. 결혼을 해서 사 년이 나흘인 듯 순식간에 흘러가 버렸을 것이다. 수림은 아이를 낳던 중에 과다출혈로 거짓말처럼 죽어 버렸다.

2

　마당 한편에 낮게 담을 쌓아 만든 화단에 봄꽃이 화사하다. 덩어리져 흐드러진 서향 꽃이 짙은 향기를 발산한다. 꽃향기는 문틈으로 스며 방안까지 침범한다. 수림이 죽은 지, 벌써 이 년하고도 몇 개월이 더 흘러 있었다. 도영은 그 동안 이 별채 밖을 한 발짝도 나가본 적이 없었다. 그는 이 년 동안 내내, 밤마다 뭔가를 찾아 뫼나 강가를 헤매는 꿈을 꾸었고, 눈을 뜨면 꿈에서 본 산 속이나 강줄기를 헤집어보며 몽롱한 시간들을 보냈다. 그 동안 태수는 그의 명을 받아 장의원 외에는 아무도 집에 들이지 않았고, 조상의 제사까지도 별채의 대청에다 차렸기에, 그는 바깥은 고사하고 별채 중문조차도 나설 필요가 없었다.

도영은 읽던 책을 덮어 서안을 물리고는 마루로 나와 뒷짐을 지고 섰다. 오월은 그의 자미사 바지저고리에 부신 햇살을 끼었었다. 한낮의 훈풍을 타고 서향 향기가 숨을 막았다. 그는 눈을 가늘게 떠서 담 밖을 내다봤다. 무지개 빛이 서린 송산강 줄기가 시선을 붙잡았다. 멀리 겹겹인 산릉선에 낀 아지랑이가 저승을 연상케 했다. 그는 가슴이 휑하니 비면서 동공이 몽롱해지고 있었다.

상현을 업은 안청댁이 중문을 들어오다가 도영을 발견하고는 찔끔한다. 상현을 바라보는 도영의 눈빛에 순간적인 분노가 스친다. 눈치를 챈 안청댁이 들어오던 길을 되돌아 나간다. 그는 쉰이 넘은 나이에 얻은 어린 아들에게 어미를 죽게 한 죄를 물어 아직도 용서하지 않고 있었다. 안청댁은 그러는 도영에게 상현이 두 돌이 지났고, 튼튼한 유모의 젖을 먹고 자라고 있지만, 천성으로 병약해서인지 다리에 힘을 타지 못해 잘 걷지를 못한다고 일일이 보고를 했다. 그는 아들에 관한 말들을 모두 귓등으로 흘려버리고는 듣지를 않았다.

도영은 두 시간이 넘게 마루에 서 있었다. 마당 건너의 사랑채 지붕 위에 석양빛이 돌았다. 그의 몸을 싸고 있던 봄볕의 따사로움이 서서히 식어 외로움을 몰아왔다. 인기척이 들렸다. 그는 초점 잃은 눈을 대문께로 보냈다.

"날 마중 나온 게 고작 문턱 앞이던가?"

밝은 회색 양복차림인 장 의원이 마당으로 들어서며 농담을 했다.

"어서 오게. 얼마 만인가? 그러잖아도 궁금하던 차였네."

도영은 얼굴에 희미한 반색을 띠며 말했다.

"나야 자네가 아파야 오는 사람이니, 오랜만일수록 좋은 거 아닌가? 아주 안 보면 더욱 좋은 일이고."

"실없는 소리 그만 하고 올라오게."

도영이 방문을 열고 들어가며 말했다.

소파에 앉아서 태수가 날라 온 대추차를 마신 두 사람은 이내 바둑판을 벌였다.

"자네, 새장가 들 생각 없나?"

장 의원이 바둑판에 바둑알을 딱 소리가 나게 놓으며 말했다. 눈을 내리깐 채 바둑에 열중해 있는 도영은 못 들은 듯했다.

"좋은 여자가 있는데, 맞아들일 생각 없느냐고 물었네."

장 의원이 이긴 집에서 바둑알을 들어내며 재차 말했다.

"나보고 하는 소린가?"

도영이 눈을 들어 장 의원을 쳐다보며 물었다.

"여기, 자네 말고 또 누가 있나?"

"나하고는 상관없는 말인 듯싶어 하는 말이야."

"상관이 왜 없어? 남자 나이 오십 다섯이면 한창인데다, 안주인 없는 안채도 그렇고, 어머니 없이 크는 상현이를 생각해보게."

"태수 내외가 잘 하고 있으니 쓸데없는 걱정은 말게."

"남이 아무리 잘한들 마누라만 할까! 자네에게 딱 어울리는 좋은 여자가 하나 있어서 그러네."

장 의원은 바둑판에서 눈을 떼어 도영을 쳐다보며 말했다. 그는 이긴 집에서 바둑알을 들어내고 있는 도영에게 한 달 전에 학교에서 넘어져 다리를 삔 소녀를 데려왔던 김정순이라는 여인의 신상에 대해 설명을 했다.

"나이는 서른 넷이구, 찾기 힘든 미인이야. 전쟁통에 남편을 잃고는, 딸 하나를 데리고 친정살이를 한다는데, 얼굴만 예쁜 게 아니구, 교양이나 품위, 겪어볼수록 흠잡을 데가 없더군."

"누가 물어봤나?"

도영이 시큰둥한 표정을 하고는 설명에 열중하는 장 의원의 말을 막아
버린다.

"선생님, 물 건너 손지 죽은 것맹키로 왜 그르케 방안을 왔다갔다 하시
요?"

안청댁이 걸레로 마루를 닦다말고 고개를 들어 도영을 쳐다보며 말했
다. 손에 물을 묻히는 일을 거의 안 하는 안청댁이지만, 별채의 청소는 그
녀가 맡아서 했다. 도영이 수림이와 안청댁 말고는, 여자는 누구도 별채
마루를 올라서는 걸 허용하지 않았기 때문이었다.

흰 인조견 블라우스에 활짝 핀 장미꽃 무늬가 놓인 짙은 밤색 허리치마
를 입은 안청댁은 보통 키에 선이 좁고 가냘픈 편이었다. 이목구비가 뚜렷
한 얼굴은 남상(男相)을 질러 자세히 보면 도영과 닮은 듯한 인상이었고,
심한 사투리를 쓰고 있었지만 억양은 조용했다. 방안에서 뒷짐을 지고 왔
다갔다하던 도영이 걸음을 멈췄다.

"물 건너 손자가 죽으면 왜 방안을 왔다갔다한다던가?"

도영이 궁금하다는 듯 걸레질을 하느라 엎드려 있는 안청댁을 내려다
보며 물었다.

"물 건너에 사는 손지가 죽어서 딜다는 봐야겠는디, 물이 불어서 건너
갈 수가 없어서, 우두망찰해서 왔다갔다하지라."

손을 멈추고는 도영을 쳐다보며 말하는 그녀의 눈에 어리광기가 서려
있었다.

"자넨 어디서 그런 말들을 다 얻어들었나?"

도영이 픽 웃으며 다정한 소리로 물었다.

"돌아가신 큰마님한테서 들었지라. 그나저나 선생님이 지한테 또박또

박 말을 올리시는 것을 본께로, 지가 나이를 묵기는 묵었는 모양이네요. 생각해 본께로 나이는 지만 묵는 것이 아닌디, 선생님도 더 늦기 전에 새 장개를 드세야 할 것 같소. 크나큰 집안에 안주인은 없고, 객만 있으니 집안 살림이 뭣이 되겠소?"

"재영아, 이제 큰마님이니, 작은마님이니 그런 말은 쓰지 마라. 모르는 사람이 들으면 네가 이 집에 종인 줄 알겠다. 넌 호적상 내 동생이 아니더냐? 그리고 그 심한 사투리 좀 그만 쓰면 안 되겠니?"

도영은 아들 상현이가 없는 그녀의 등을 물끄러미 바라보며 말했다.

"버릇이 돼서 그라지라. 그라고 말투는 두루 격식을 안 차려도 되고, 편한께로 안 고칠라요."

안청댁이 얼굴에 행복한 웃음을 띠며 말했다.

그녀는 태생이나 나이가 정확하지가 않았다. 호적 나이로는 올해 스물아홉이고, 이도영의 여동생 이재영으로 올라 있다가, 지금은 태수의 아내가 되어 있다. 도영의 어머니 말로는 서너 살 정도의 계집애가 송산강 다리 밑에서 울고 있는 걸 주워왔다고 했다. 당시 방학 때나 집에 들르던 도영은 주워왔든 얻어왔든 조그맣고 사내처럼 생긴 계집애를 무척이나 귀여워했다. 그러나 도영의 어머니는 어린 재영이를 아들며느리의 근처에서 자주 얼씬거리지 못하게 막았고, 호칭도 엄히 선생님, 마님이라 부르게 했다. 그러면서도 비단옷을 입혀 키웠고, 좋은 음식을 골라서 먹였고, 부엌에는 얼씬도 못 하게 했다. 재영이 여덟 살이 되던 해에, 도영은 그네를 손수 데려다 동네에서는 이십 리나 떨어진 읍내의 소학교에 집어넣었다. 그러나 그네는 겨우 반년을 다녀, 심한 사투리만 배워오고는 학교를 때려치웠다. 도영이 그네를 불러다 호되게 야단을 치자, 학교는 멀기만 할 뿐 배울 것이라고는 씨도 없더라고 대답했다. 이미 도영의 아내에게서 언문과 일본글의 기초를 다 배우고 학교에 들어간지라, 그네의 말에도 일리는 있었다. 도영은 소학교를 졸업하면 여학교도 보내 주고 대학도 보내주겠다고 꼬드겼다. 그네는 공부를 많이 한 사람은 아이도 못 낳고 몸도 약해서 만날 아프기만 해서 안 된다고 대답했다. 도영의 처를 가리켜 말한 것이었다. 도영은 겨우 여덟 살짜리 계집애의 고집을 끝내 꺾지 못하고 말았다. 그네는 자라면서 동네의 또래들을 죄다 불러서 먹을 것을 주어가며 대장 노릇을 하면서 자랐다. 열대여섯 살이 되자, 앉아있는 시간보다 누워있는 시간이 더 많은 작은마님의 시중을 들면서, 한편으로는 도영의 어머니인 큰마님에게서 제사나 명절을 주관하는 것부터 시작해서 곳간 관리와 드난꾼을 부리는 법과 품삯을 계산해주는 것, 그리고 이렛날과 보름에 큰마님을 따라 절을 찾아가 시주와 불공을 드리고, 덕선으로 의지할 자식이 없는 동네 노인들을 보살피는 것을 배워나갔다.

재영은 열일곱인지, 여덟인지에 또래인 태수와 결혼을 했다. 그녀는 연년생으로 아들을 셋을 낳을 때까지 안청에서 혼자 시집살이를 했다. 그녀의 심한 사투리는 그 때 뿌리가 내린 것이었다. 사 년 후에 도영의 어머니 큰마님이 돌아가셨다. 재영은 이 집 살림을 떠맡기 위해 친정 아닌 친정으로 돌아왔다. 아이들을 시어머니에게 맡기고서였다. 자신이 태생을 몰랐기에 모성이 남달랐던 그녀였지만, 아이를 못 낳아 남의 아이라도 훔쳐오고 싶다고 말하는 도영의 부부 앞에서 차마 키울 수가 없어서였다. 다음해 시름시름하던 작은마님도 죽었다. 그녀는 스스로 안주인이 되어 생전의 큰마님 행적을 그대로 이행해나갔다. 도영의 두 번 째 처인 수림이는 그녀를 시누이나 친언니처럼 대했기에 군림은 계속되었다.

"선생님. 수림이는 인자 잊어분지시요. 하긴, 두 분이 나무칼로 귀를 비어가도 몰랐을 금슬이었는디, 그리 쉽게 잊어불든 못하겠지라. 생각해본께로 그 사람 일찍 갈라고 선생님을 그리도 좋아했든가비요."

안청댁이 도영의 상처를 건드린다. 주책으로 그러는 건 아니었다. 도영에게 수림이 어떤 사람이었는지 알고 있는 그녀인지라, 이를 악물어 참고 있는 그의 아픔 또한 모를 리가 없었다. 그러나 올해 나이 쉰 다섯이라지만, 아직은 젊고 건강한 그를 혼자 살게 한다는 건 안 될 일이었다. 더구나 이 한한 재산을 누가 쓴단 말인가? 만약에 새사람이 까딱 잘 못 들어오면 남편 태수나 자신이 설 자리가 없어질 위험이 아주 없는 것도 아니었다. 하지만, 안주인의 자리가 비어있는 한 집도, 사람도 바람막이 없는 한데가 서 있는 거나 마찬가지란 게, 그녀의 생각이었다.

무심한 표정으로 안청댁의 말을 듣고 있던 도영은 말없이 마루로 나와 시선을 멀리했다. 담 멀리 늦봄의 들녘이 한눈에 들어왔다. 억새풀이 송산 강 강변을 따라 끝없이 이어지고 있었다. 도영은 턱을 쳐들어 분홍빛 구름 이 흩어져 있는 하늘을 바라보며, 오래 전에 있었던 것 같기도 하고 없었 던 것 같기도 한 수림의 기억을 꿈속인 양 더듬었다.

"멧둥이라도 가까면 한 번 찾아가 볼 것인디."

도영의 심중을 읽은 안청댁이 수림을 그리워해 추모했다. 장 의원은 도 영이 혼수상태에 빠져 있는 동안 수림을 여간해서는 찾아갈 수 없도록 아 주 먼 곳에다 묻어버리고는 묘를 가르쳐 주지 않았다. 그가 묘에서 떠나지 못할 것을 염려해서였다. 울컥 그리움을 이기지 못해 마루를 내려선 그는 대문을 나와 송산강으로 향했다.

도영은 강둑에 섰다. 강둑을 덮은 삘기꽃이 바람에 살랑거렸다. 그는 자 신의 소유인 들판을 바라봤다. 못자리 판에 연둣빛 모가 옮겨 심어질 날을 기다리고 있었다. 초벌 쟁기질이 끝난 논에 물이 차 있었다. 그는 끝이 아득 한 자신의 논바닥에 지나간 생을 깔았다. 조상 덕에, 태어나서 늙도록 좋은 음식에, 좋은 옷에, 학식까지, 누릴 수 있는 건 다 누렸을 것이다. 그러나 행 복했었던 기억은 많지 않았다. 손자를 기다리는 부모님과 죄인으로 살아가 는 아내를 보는 삶은 불행이라면 불행이었다. 한 사람씩 죽어 가는 것을 보는 것은 슬픔이었다. 다 늦어서 얻었던 행복을 빼앗긴 건, 분노였다.

그는 자신의 들판이 싫어져서 강 쪽으로 돌아섰다. 뭐에 놀랐는지, 억새풀밭에서 참새떼가 날아올랐다. 잔물결에 미끄럼을 타는 환한 햇살 너머에 거지나 다름없는 차림의 개똥이가 양팔로 무릎을 싸안고는 바위처럼 앉아 있었다. 그는 눈을 가늘게 떠서 강변 저쪽의 개똥이의 표정을 살폈다. 언덕 벽을 파고, 그 앞에 움막을 치고 사는 그의 이름은 어려서도 개똥이었고, 환갑이 다된 지금도 어른아이 할 것 없이 개똥이라 불렀다. 동네 사람들은 까닭 없이 개똥이를 백안시했다. 명절에 공동우물의 밑바닥이나 시궁창을 쳐낼 때, 그리고 분뇨 처리나 임자 없는 시신을 거둬야 할 때만큼은 그를 찾곤 했다.

할아버지가 이곳에 집터를 잡아 이사를 왔을 때 도영의 나이 여덟 살이었다. 친구는커녕 그에게 말을 부쳐오는 사람조차도 없었다. 평생을 가난과 일 속에 파묻혀 살던 이곳 사람들은 생긴 것부터가 너무 다른 도영의 가족들을 이질감으로 바라볼 뿐, 가까이 다가오지 않았다. 방학을 하면 어린 도영은 이곳 송산강에 나와서 혼자 놀았다. 그 때 도영이보다 나이가 서너 살 위였던 개똥이가 가끔 강변에 나와 저런 모습으로 혼자 우두커니 앉아 있다가 돌아가곤 했다. 도영은 자기와 똑같이 친구가 없는 그에게 동질감을 느꼈을 것이다. 어느 날이었다. 심심했던 도영은 그를 향해 손을 까불었다. 같이 놀자는 뜻이었다. 도영의 손짓을 바라보던 개똥이가 벌떡 일어나 죽어라 도망을 갔다. 도영은 영문을 몰라서 그의 뒷모습을 멍하니 바라봤다. 세월이 흘러 도영이 대학에 다닐 때였다. 그는 할머니가 자신의 무병장수를 위해, 명절이면 개똥이네 움막에 곡식과 음식을 보낸다는 것을 알았다. 개똥이는 그게 고마웠든지, 방학이 되어 고향에 돌아온 도영과 길에서 마주치기라도 하면 황송해서 안 보일 때까지 고개를 숙이고 서 있곤 했다. 도영은 자신의 무병장수를 개똥이가 쥐고 있는 듯한 느낌이 들어 본체만체 해버렸다. 도영이 학교에 사표를 내고 집으로 돌아왔을 때였다. 아내가 죽어 상심으로 이 강둑에 서서 흐르는 강물을 우두커니 내려다보고 있었다. 맞은편에서 개똥이가 같은 자세로 서 있었다. 동네에서 소외되어 갈 곳이 없었던 모양이었다. 도영은 어린 날의 동질감이 되살아났다. 집으로 돌아온 그는 태수를 시켜 개똥이가 사는 형편을 알아 오라 했다. 아직도 움막에 살면서 싸리나무를 해다 비를 만들어 읍내에 내다 팔아서 근근히 살고 있더라고 했다. 주렁주렁했던 아이들이 영양 실조나 병으로 죽고, 평식이라는 아들이 하나 남았는데 올해 중학교에 들어갔다고 했다. 도영은 태수를 시켜 개똥이에게 몇 마지기의 소작을 떼어주고, 평식인가 하는 아이의 학비를 대주게 했다. 험난한 삶 속에서도 자식을 가르치는 개똥이가 대견해서였고, 가난으로 자식을 잃은 아비에게 표하는 조의이기도 했다. 도영은 개똥이가 오늘은 또 무슨 일로 저리 넋을 놓고 있는지 궁금해졌다. 자신과 같은 허전함으로 이곳에 나왔다면, 그에게 뭔가 덕을 한가지 베풀어주고 싶었다.

도영은 강물 얕은 곳에 놓인 징검다리를 건너 개똥이에게 다가갔다.

"안녕하세요?"

부르기가 난처한 개똥이란 이름말고는 달리 호칭이 없었기에 아주 가까이 다가간 도영이 인사말부터 했다.

"아이구 선상님, 웬일로 나오셨당가요?"

개똥이가 퉁기듯 일어나 허리를 굽실거리며 안절부절을 못했다.

"무슨 일로 그리 넋이 나가 있습니까?"

도영은 씻은 듯 깨끗한 잔자갈 위에 앉으며 물었다.

"아니라우."

개똥이는 한 발짝 물러서 읍을 하는 자세로 서서 머뭇머뭇했다.

"평식인가 하는 아이는 졸업을 했지요?"

도영이 개똥이를 쳐다보며 말문을 터 주었다.

"엊그제 군인에를 갔지라. 한나베끼 없는 자식놈이라 그란지 속이 떨어질락 해서 움막에 못 앉거 있겄어서 나왔구만이라."

그가 침통한 얼굴로 말했다. 도영은 움막이라는 말이 마음에 걸렸다.

"그러셨군요! 전쟁이 끝난 지 오래라 괜찮을 겁니다. 삼 년은 금방 흘러가지요. 그동안에 집이라도 하나 지어 두세요. 아들이 제대하면 며느님도 봐야하고, 손자도 봐야 할 텐데 언제까지 움막에 살 겁니까?"

"선상님, 이런 사람은 집짓기가 쉬운 일이 아니지라."

"저기가 우리 선산인 거 아시죠? 태수더러 필요치 않는 곳에 한 자리 떼어 드리라고 할 테니, 집을 지으세요. 목재도 필요하신 만큼 태수가 알아서 드릴 겁니다."

도영은 일어서서 손가락으로 산을 가리켜 말하고는 자리를 떴다. 그가 한 발짝을 뗄 때마다 뒤에서 개똥이가 절을 한 자리씩 했다.

도영은 동저고리 바람으로 휘적휘적 송산강 제방을 따라 걸었다. 싱그러운 바람이 그의 미색 자미사 저고리고름을 나부꼈다. 편하다는 이유로 한복만을 고집하면서도 조끼를 싫어하는 그는 웬만한 나들이는 동저고리 바람으로 했다. 훌쩍 큰 키에 대님을 치고, 흰 고무신을 신은 그의 촌스러운 그림자가 발아래 숨어들었다. 손목 시계를 들여다봤다. 열한 시 반이 다되어 있었다. 그는 열 두시 정각에 읍내의 다방에서 만나자는 장 의원의 전갈을 이행하러 가는 중이었다. 장 의원은 맞선 자리를 마련해놓고 먼길에 심부름꾼을 몇 번씩이나 보내왔지만, 도영은 묵살해 버렸던 터이었다. 장 의원은 그쯤은 각오했다는 듯, 물러서지를 않았다.

"고마우이, 역시 자넨 좋은 친구일세."

환한 창가에서 어느 여인과 탁자를 사이하고 마주 앉아 있던 장 의원이 반색을 하며 일어섰다.

"좋은 친구 되려고 나온 게 아니구, 먼 길에 몇 번씩이나 왔다갔다하는 자네네 어린 사환 녀석이 안 돼 보여서 나온 거야."

"어쨌든 반가우이! 이리 앉게. 아니, 아주 소개를 받고 앉게. 이 분이 전에 말했던 김정순 씨라네. 이 친구가 이도영입니다. 아직도 충분히 젊고, 미남이죠?"

장 의원은 느물거리듯 소개를 했다. 앞에 앉아있던 여인이 눈을 들어 도영의 바지저고리를 훑으며 고개를 까딱 숙여 보였다. 도영은 엉겁결에 인사를 받고는 여인의 맞은 편에 앉았다. 가르마가 하얀 여인은 그를 연신 흘끔거렸다. 도영의 눈이 여인의 얼굴에 잠시 머물렀다. 쪽을 찐 단정한 머리가 들어왔다. 화장기가 전혀 없는 조그맣고 갸름한 얼굴은 투명하리만큼 맑고, 깨끗하다. 창으로 들어오는 빛을 받은 분홍빛 뺨이 잘 익은 복숭아를 연상케 한다. 얇은 눈꺼풀을 한 적당히 큰 눈, 솜씨를 부려 깎아놓은 듯한 코, 선이 고운 도톰한 입술은 장 의원의 말대로 찾아보기 힘든 미인이었다.

"나는 환자가 있어 가봐야겠네. 자네는 정순 씨랑 점심이라도 같이 하면서 얘기를 좀 나눠보게."

장 의원이 일어서며 도영을 향해 말했다.

"내가 먼저 일어서려던 참이야."

도영이 덩달아 일어서며 말했다.

"앉게, 아무래도 내가 자네 때문에 오늘 하루를 제껴야겠군."

장 의원이 한심하다는 표정을 지으며 다시 앉았다.

"나이가 몇이세요?"

정순은 도로 주저앉은 도영을 훑어보며 물었다. 그녀는 도영이 장의원의 친구라는 것을 들어 알고 있었으면서도, 마흔도 못 된 전남편과 같은 또래의 남자를 상상하고 나왔던 터라, 바지저고리를 입은 중늙은이가 실망스러워서 물었다.

"이 친구는 나하고 동갑인 쉰 다섯이랍니다."

장 의원이 대신 대답했다. 정순은 자신과 이십 년 차가 나는 것에 또 한 번 실망을 하고 있었다.

"이 친구가 이래뵈도 우리 군내에서 제일가는 부자요."

장 의원이 말했다. 성질이 뻗쳐 자리를 박차고 일어서려던 정순이 부자라는 말에 다시 주저앉았다. 넌더리가 나는 친정살이와 눈치를 하는 올케에게 오기를 부리느라 중학교에 집어넣은 딸아이 명애의 학비가 떠올라서였다. 중늙은이가 어벙한 눈으로 그녀를 쳐다봤다.

"저 분은 말 할 줄 모르세요?"

정순은 턱으로 도영을 가리키며 물었다.

"말을 못하다니요? 정순 씨가 하도 미인이라 수줍어서 그러는 겁니다. 나중에 이 친구를 자주 만나보시고는 홀딱 반하지나 마세요."

장 의원이 괜히 신이 나서 떠들었다.

"아이들은 몇이나 되세요?"

"세 살 난 아들이 하나 있지요. 안청댁이라는 여자가 키워주기 때문에 아이 때문에 수고할 일은 없을 겁니다."

장 의원이 가로채듯 말했다.

"겨우 세 살짜리가 손자가 아니구, 아들이라구요?"

그녀는 눈을 동그랗게 떠서 도영을 쳐다보며 물었다. 중늙은이는 못 들은 듯했고, 대신 대답을 해주던 장 의원은 웃기만 했다.

도영은 자신을 위아래로 거침없이 훑어보며 장 의원과 얘기를 주거니 받거니 하는 정순을 멍하니 바라봤다. 몸이 약해서 장 의원과는 대면이 잦았지만, 깍듯한 예의로 대하던 전처와 도도하고 정숙해서 남편 외에는 자신의 수족인 태수라 할지라도 함부로 말을 붙이지 않던 수림이를 떠올렸다.

"선생님, 장 의원 댁에서 사람이 왔습니다."

마루에 잠시 서서 도영의 하는 양을 물끄러미 바라보던 태수가 말했다. 도영은 눈을 책에 둔 채, 서안 한쪽에 놓인 차반에 담긴 떡을 집는다는 게 애매한 곳에 헛손질을 하고 있었다.

"알았으니, 자네가 적당히 둘러대어 돌려보내게!"

정신이 든 도영이 태수를 쳐다보며 말했다.

"네. 선생님!"

태수가 대답하고는 마루를 내려섰다. 도영은 그제야 장 의원이 며칠 전에 본 아름다운 여인을 어떻게 생각하는가, 물으려고 사람을 보냈을 거라는 생각이 들었다.

"지난번에 어떤 부인을 만났지 뭔가."

태수의 의견을 듣고 싶어진 도영이 손에 떡을 든 채로 말했다.

"장 의원님이 말씀하신 그 분 말인가요?"

태수가 돌아서서 다시 마루로 걸터앉으며 물었다.

"자네도 알고 있었군. 그런데 말이야. 나이가 서른 다섯이라는데, 뛰어나게 미인이더라구!"

"장 의원님이 소개하신 분인데 어련하시겠습니까?"

"그런가? 집에 그런 미인하나쯤 있어도 괜찮겠다는 생각이 들었어!"

"잘 생각하셨어요. 선생님은 혼자 사시기는 아직은 젊습니다."

"이 사람아, 늙고 젊음을 떠나서 수림이한테 미안한 일이 아닌가? 나는 요즘 가끔 사람이란 얼마나 간사한가를 생각한다네. 내 혼은 수림이를 따라 이미 죽었다고 생각했기에 남은 생은 없는 줄 알았더니만, 어느새 다른 여자를 취할 생각을 하다니, 자네에게 부끄러우이."

"그런 말씀이 어디 있습니까? 사람의 감정이 한 곳에만 머물러 있다면,

세상은 오히려 뒤죽박죽이 되었을 겁니다. 그 쪽에서만 괜찮다 하시면 결정을 내리십시오."

"고맙네! 내 자네 생각을 따르겠네. 심부름꾼 아이에게는 그리 알아 전하게."

도영은 말했다. 행동이 빠른 태수는 대답과 동시에 마당을 질러 중문으로 나가고 있었다. 도영은 막상 마음을 결정하고 나니, 갑자기 머리 속에서 실타래 같은 것이 헝클어지는 지는 듯한 기분이 들었다. 방안이 답답했다. 그는 일어서서 마당으로 나왔다. 담 둘레로 심어진 밤나무에 하얀 밤꽃이 덮여 있었다. 정액 냄새와 비슷한 밤꽃 향이 마당을 덮었다. 벌 대신 쉬파리처럼 생긴 날벌레가 역겨운 냄새에 모여들었다. 그는 어수선함을 가라앉히려고 대문을 나와 송산강으로 향했다.

3

중늙은이는 정순의 의사는 묻지도 않고, 장 의원을 통해 그의 조상의 영가가 모셔져 있는 절에서 결혼식을 올릴 거라는 말을 전해왔다. 정순은 올케가 불쑥 디밀어주는 보퉁이를 풀었다. 남빛 갑사치마와 흰 저고리, 버선까지 들어 있었다. 올케가 시집올 때 혼수로 가져와 아까워 해 입지도 못하고 넣어 두었던 천으로 지은 모양이다. 하긴, 논이야 밭이야 일에 빠져서 언제 입을 틈도 없었다. 병 바닥에 붙은 크림과 부서진 분갑, 연지까지 들어 있었다. 시누이 모녀가 들일은 고사하고 부엌일 하나도 안 도와주면서 얻어먹기만 하는 게 미워서 칠 년 동안을 끼니마다 툴툴거리던 올케로서는 큰 선심을 쓴 셈이었다.

"망할 년! 입고 어서 나가라 그 말이지?"

의심이 많은 정순은 시누이를 내보내는 게 얼마나 시원했으면 아끼던 것을 모조리 내줄까, 하는 생각이 들어 올케의 마음 씀을 욕설로 답을 했다. 정순은 내키지 않는 마음으로 거울 앞에 앉았다. 한시라도 빨리 이 지겨운 집구석을 벗어나야겠다는 생각을 하면서도, 뭔가 심란함 때문에 몸놀림이 굼뜨기만 했다. 그녀는 열 시까지 역전으로 나오라던 장 의원의 말이 생각났다. 방문을 열어봤다. 알싸한 아침 공기가 아직 남아 있었다. 아이들은 학교에 가고, 어른들은 들일을 나가서 집안은 죽은 듯 조용했다. 그녀는 경대 앞에 앉았다. 크림을 찍어 바르고, 분을 발랐다. 헝겊에 침을 발라 눈썹에 앉은 분가루를 닦아냈다. 짙고 가지런한 눈썹이 제 모습을 드러낸다. 새끼손가락에 연지를 묻혀 입술에 발랐다. 도톰한 입술에 진분홍빛이 묻어 얼굴이 환하게 피어난다. 자신이 봐도 예쁜 얼굴이다. 정순은 억울한 생각이 들어 한바탕 들어 엎고 싶었지만, 싸울 상대가 없었다.

"그놈의 영감탱이 얼른 안 죽으며 어쩌지?"

그녀는 중얼거리며 옷을 입고 버선을 신었다. 조금 낡았지만 아직은 쓸 만한 진분홍빛 양산을 꺼내들었다. 문을 열고 어제 새로 산 흰 고무신을 토방에 내려놓았다.

"이놈의 집구석 다시 오나봐라."

그녀는 토방의 고무신에 버선발을 디디며 중얼거렸다.

"정말 고우십니다. 도영이 그 친구가 원래 복이 좀 많은 편이죠. 그런데 왜 혼자 오세요?"

역 마당에 택시를 대절하고 있던 장 의원이 혼자 나오는 정순을 쳐다보며 말했다.

"그럼 누구랑 와요?"

정순이 양산을 접어들고는 장 의원이 열어주는 택시 문안으로 몸을 디밀며 되물었다.

"친정 부모 형제분은 안 계시던가요?"

장 의원이 또 물었다. 혼자인 그녀가 걸리는 모양이다. 그녀는 대답을 하지 않았다. 농사꾼인 친정 식구들을 남에게 내보이고 싶지도 않았지만, 누구하나 따라오겠다고 나선 사람도 없었다.

달리던 택시가 멎었다. 한약방 앞이었다. 적당히 살이 붙은 귀부인 하나가 서 있다가 멈추는 택시로 다가왔다. 장 의원이 내려서 정순이 타고 있는 뒷좌석의 문을 열었다.

"우리 집사람이오. 오늘 정순 씨 들러리를 서달라고 부탁을 했어요."

장 의원이 여인을 부축해서 차에 밀어 넣으며 말했다. 정순은 여인을 향해 고개를 까딱해 보였다.

"이쁘다는 말은 들었지만, 이렇게 미인인 줄은 몰랐네. 어쩌면 살결이 저리도 고울꼬! 전생에 좋은 일을 많이 했나보네요."

여인이 낮게 탄성을 질렀다. 정순은 눈을 거만스럽게 떠서 차창 밖을 바라보고 있었다. 택시가 산길로 접어들었다. 한참을 울퉁불퉁 뛰면서 달리던 택시가 멎었다.

"오후 두 시까지는 여기 대절해 있어야 하네."

장 의원이 택시의 문을 열고는 내리면서 말했다. 정순은 여인을 뒤따라 차를 내렸다.

"어서 오게! 산길 오시느라, 고생하셨습니다. "

거기 서서 기다리고 있었던 듯, 어떤 노신사가 장 의원에게는 악수를, 그리고 부인을 향해서는 허리를 꺾어 정중하게 절을 했다.

"우리가 늦었나?"

장 의원이 그의 손을 놓으며 물었다.

"늦지도, 빠르지도 않았네."

노신사가 말했다. 그리고는 정순을 향해 가벼운 목례를 보냈다. 정순은 그를 훑어봤다. 좀 늙었지만, 늘씬하고 잘 생긴 남자였다. 값비싸 보이는 진회색 양복에 흰 와이셔츠, 옅은 감색 넥타이가 너무 잘 어울렸다. 정순은 기왕지사 나이든 사람과 결혼할 바에는 저런 사람이라면 얼마나 좋을까, 하는 생각이 들었다. 장 의원과 노신사가 앞장을 서고, 여인과 정순이 뒤를 따랐다. 골짜기에서 흐르는 내 위에 놓인 다리를 건너자, 절의 일주문 앞에 서 기다리고 있던 자주색 가사를 두른 스님이 합장으로 그들을 맞았다. 스님은 앞장을 서서 천왕문을 지나 법당으로 향했다.

주지스님의 주관으로 혼례절차가 끝나가고 있었다. 정순은 노신사와 나란히 서서 부처님에게 삼배를 올렸다. 장 의원 부인이 서너 차례 나 가르쳐 준 오체투지(五體投止)라고 부르는 절이었다. 합장을 하고 선 그녀는 먼저 무릎을 꿇었다. 오른 손을 땅에 대고, 왼손과 이마를 땅에 댔다. 손을 뒤집어 위로 올렸다. 오른 손을 들며 일어나 앉아서 다시 합장을 했다. 정순은 입 속으로 순서를 외우며 절을 올렸다. 귀에서 스님의 목탁소리와 염불소리가 뒤섞여 윙윙거렸다. 중늙은이가 노신사라는 게 너무 좋아서 몸과 마음이 붕 떠서 하늘로 오르는 것만 같았다. 절을 올리는 중에도 무슨 말이 하고 싶어 좀이 쑤셨다.

"이렇게 멋있는 옷을 놔두고 왜 늘 바지저고리만 입고 나왔어요?"

삼배가 끝나기도 전에 정순이 물었다. 도영은 더없이 경건한 얼굴로 왼손을 가슴에 대고 절의 마지막 부분인 고두(叩頭)의 격식을 따르고 있었다.

"왜 대답을 안 하세요?"

정순이 신경질이 묻어난 소리로 말했다. 도영은 정순의 높은 말소리가 목탁과 경소리에 묻혀주기를 바랐다.

"부처님께서 좋은 인연을 맺어 주셨습니다. 앞으로 새신랑께서는 늘 건강하시고, 새 신부께서는 항상 너그러움을 갖고, 덕을 베푸십시오."

법당을 나온 스님이 합장을 하며 덕담을 했다.

"지금은 너그럽지 못하다, 그 말씀인가요?"

정순이 주워담듯 스님의 말을 받았다.

"그런 뜻이 아니올시다. 점심이 준비되어 있습니다. 가시지요."

주지스님이 빙그레 웃으며 손을 들어 부엌이 딸려 있는 절간을 가리켰다. 도영은 정순의 입에서 허튼 말이 나올까봐 신경이 쓰여 줄곧 그녀의 입을 바라보고 있었다. 장 의원과 함께 두 번, 열 서너 살 된 그녀의 딸아이와 점심을 같이 하느라 도합 세 번을 만났다. 성격을 파악하기에는 모자란 시간이었다. 도영은 결혼 결정이 성급하지 않았나, 하는 생각이 들었다.

"기사양반, 멈춰주게. 우리는 여기서 내려 구경 삼아 걸어야겠어."

송산강 다리 어구에서 장 의원이 말했다.

"가는 길이 제방 길밖에 없습니까? 길이 좁긴 좁군요."

차를 멈춘 택시기사가 차창 밖으로 고개를 내밀어 주위를 둘러보고는 말했다. 뒷좌석에서 도영과 장 의원의 처, 셋이 나란히 앉아 있던 정순은 열린 차창으로 밖으로 얼굴을 내밀었다. 폭이 넓은 강 위로 다리가 놓여 있었고, 다리의 교각 너머로 길게 뻗은 좁은 강둑 길이 보였다. 장 의원이 내리자, 뒷좌석에 앉아 있던 일행도 따라 내렸다.

그들은 강둑 길로 들어섰다. 정순은 진분홍빛 양산을 높이 들고 걸었다. 앞장서가는 장 의원의 뒤에 바짝 다가선 그녀는 눈을 굴려 사방을 두리번거렸다. 삘기꽃이 하얗게 흐드러진 제방 아래로 손으로 떠서 마시고 싶을 만큼 맑은 강물이 흘렀다. 바닥에 깔린 작은 모래알까지 환히 들여다 보이는 물 속에는 송사리떼가 무리무리 센 물결을 거슬러 오르려다 떠밀려나곤 했다. 잔자갈이 밀려있는 강변을 타고 검푸른 억새 밭이 끝없이 펼쳐져 있었다. 강줄기와 맞닿은 하늘에는 하얀 솜구름덩어리가 뭉클뭉클 피어올랐다. 맞은편 들판 파랗게 어우러진 벼들에서 싱그러운 냄새가 넘쳐나고 있었다.

"어쩜, 너무 좋다."

정순이 들뜬 소리로 말했다. 들러리를 섰던 장 의원의 아내가 아까부터 계속 놀란 표정을 지어 정순을 쳐다보곤 했다. 정순은 못 본 척 양산을 내려 뱅글뱅글 돌렸다. 도영은 어린애 같은 짓을 하고 있는 그녀를 멍한 시선으로 바라봤다. 돌고 있는 양산에 부딪쳐 나선으로 퍼지고 있는 여름 햇살이 그녀의 얼굴에 반사되어 부시게 아름다웠다. 큰 키에 남빛 갑사치마와 하얀 저고리 또한 잘 어울렸다. 도영은 얼굴도, 옷차림도 수수하기만 하던 수림을 떠올린다. 죽은 전처의 옷을 그대로 입었던 그녀는 어떤 때는 노인네처럼 보이곤 했다. 그게 우스워서 얼마나 킬킬대며 좋아했던가!

도영 씨네 안채 부엌은 냄새로 잔치분위기에 싸여 있었다.

"천길네! 새댁 올 시간 다 되어 가는디, 신선로에 숯불 넣을 차비 다 되았능가?"

하늘빛 처네 포대기를 받쳐 상현을 업은 안청댁이 벙어리 천길네를 향해 손을 들어 수화와 말을 뒤섞어서 물었다. 집안 구석구석에 새사람에 대한 기대감과 반가움이 넘치고 있었다.

"천길아, 바쁠 때는 한쪽에서 조용히 놀아라."

안청댁은 손에 먹을 것을 잔뜩 들고 왔다갔다하는 다섯 살짜리 천길이를 불러 명을 내린다.

"야, 대문에 나가서 상현이 새엄니 온가, 봐도 되지야우?"

천길이 안청댁을 쳐다보며 말했다. 안청댁은 말없이 픽 웃는 걸로 허락을 했다. 천길이 아비는 벙어리하고 살기가 답답했던지, 천길이가 태어나던 해 어느 날 집을 나가서는 지금까지 소식이 없었다. 말을 못하는 대신 손끝이 야무진 천길네는 아들을 데리고 이 집 담사리로 들어와 대문간 행랑방에서 살면서 남편하고 살 때보다 더 배부르고, 더 따뜻이 살고 있었다.

안청댁이 부엌으로 들어가 장만해놓은 음식을 다시 한 번 점검했다. 교자상에 백지를 깔고 차려놓은 음식은 잔칫상의 양식을 골고루 갖추고 있었다.

"멜치젓을 더 넣고, 깨도 더 넣어야겠네."

안청댁은 새끼손가락으로 내동댁 숙이네가 버무리고 있는 김치의 양념을 찍어 맛을 보며 말했다.

"내 입에는 맞는디! 깨는 잔 많이 쳐도 숭이 아니지마는, 멜치젓은 비린내가 나서 안 돼야."

"숙이네 입에 맞으면 됐네."

안청댁은 숙이네의 음식솜씨를 인정한 듯 수긍을 했다.

"그나저나 안주인이 들어와서 안청댁 제치고 이 집 살림을 좌지우지해 불면 으짜꼬! 자네 푼한 심덕으로 난리 뒤에 그 징한놈의 숭년에도 안 굶고 살았는디, 좋은 시상 다 산 것 아닌가 몰겄네!"

숙이네가 걱정스런 투로 말하며 안청댁을 처다봤다.

"나 하기 나름이겄제."

안청댁이 숙이네를 안심시킨다. 그러나 말과는 달리 얼굴에 어둠이 스쳐간다. 내동댁 말마따나 새로 들어오는 안주인 맘먹기에 따라서 그녀의 위치가 뒤바뀔지도 모르는 일이기 때문이었다.

"안청아줌마, 시방 선생님이양, 새각씨양 별채요 드여어가요."

천길이가 부엌으로 들어오며 말했다.

"별채로 드시는 것을 보고 왔냐?"

안청댁은 부엌을 나오며 다급한 목소리로 물었다.

"음식 준비는 거지반 끝난 거야? 지금 막 선생님이 장 의원님 내외분이랑, 새신부 모시고 별채로 드셨는데."

천길의 뒤를 따라들어 온 태수가 안청댁을 보고 말했다.

"예 말이요, 상현이 새엄니 어쩝디여?"

안청댁이 섬돌 계단을 올라오는 남편 태수를 향해 새사람의 인품부터 물었다.

"몰라! 안채로 드시는 줄 알고 느긋해 있다가 불시에 들어오시는 바람에 허둥거리느라 쳐다볼 새도 없었어."

태수는 진짜로 정신이 나간 듯한 표정으로 대답했다.

"경선이 아부지! 선생님이 별채로 드신께로, 내 마음이 어째 이리 편한지 알다가도 모르겠소."

안청댁이 남편을 돌아보며 응석이 섞인 목소리로 말했다.

"쓸데없는 데다 신경을 쓰고 있었구먼! 내가 있고, 선생님이 계시는데 무슨 걱정인가? 음식상이나 어서 서둘러."

태수는 말을 안 해도 속을 훤히 안다는 듯 핀잔 반, 격려 반으로 안청댁을 재촉했다. 안청댁이 표정을 풀며 부엌으로 들어갔다. 등에 업힌 상현을 내려서 천길네에게 맡기려던 안청댁이 다시 업었다. 새댁과의 첫 대면에서 상 심부름이나 하는 여자로 보이고 싶지 않아서였다.

"숙이네, 별채 심부름은 자네가 잔 해줘사 쓰겄네."

깨끗한 앞치마와 새 버선을 꺼내온 안청댁이 숙이네를 불렀다.

"내가 내려가서 먼 실수나 안 할랑가 모르겠네."

버선을 갈아 신고 앞치마를 두른 숙이네가 말했다. 뛰어난 바느질 솜씨로 도영의 사철 한복 바느질을 책임지고 있는 그녀는 드난꾼치고는 용모나 행동거지가 미천해 보이지가 않았다. 그녀는 숭늉 주전자를 얹은 차반을 들고 조심스러운 걸음걸이로 교자상 뒤를 따라 별채로 내려간다.

"시상을 살다본께 별 희한한 일도 다 있네. 아이고 가심 떨려라."

별채에서 돌아온 숙이네가 파랗게 질린 얼굴로 앞치마를 벗으며 중얼거렸다.

"왜 그래? 누가 뭣을 잘못했다고 그러든가?"

안청댁이 눈을 동그랗게 떠서 숙이네를 쳐다보며 물었다.

"아니어, 그나저나 이 일을 혼자 가심에 품고 오늘 저닉에 잠이 올란가 몰겄네!"

"잠이 안 올만치 큰일이 뭣이간디?"

안청댁이 눈을 더 크게 뜨며 숙이네 눈치를 살폈다.

"이 집 선생님한테 비밀로 해 줄랑가?"

숙이네가 눈에 불안을 담으며 다짐을 했다. 귀가 들리지 않는 천길네가 두 사람의 표정을 훑으며 의아한 표정을 지었다.

"날 한두 해 겪었는가? 어서 말이나 해봐!"

"저그, 상현이 새엄니 말이어."

"새댁이 으쨌는디, 아는 여자어?"

"알다마다, 우리 친정 일가한테 시집왔다가 일년도 못 되야서 소박맞고 쫓게난 여자드라고."

"시상에, 왜 쫓게났어?"

안청댁이 달려들 듯 물었다.

"저 여자가 일을 내도 크게 냈제. 지금은 다 죽고 없제마는 우리 친정 동네가 자자일촌으로, 내노라하는 양반 촌이었다고."

"숙이네, 행신을 보면 뻘소리는 아니제."

"그런께로, 저 여자가 시집을 왔을 때, 내가 열 서너 살이었등가, 그랬을 것이여. 집안에 성님뻘이었는디, 시집 하나는 잘 왔었제. 부자에, 가풍 좋고, 신랑 헌칠하게 잘 생기고, 더구나 서울에서 전문학교를 댕겼응께로 더 바랄 것이 멋이 있겄능가? 시안방학 때 혼연을 해서 한 두어 달 둘이 좋게 산다고 동네에 소문이 쫙 났드라고. 신랑신부 둘이 나란히 산뽀 댕기는 것을 나도 여러 번 봤응께! 원체 이쁜 여자였어. 그러다가 신랑이 서울로 올라감서 델고 올라갔제. 그라고는 그 해 신랑이 저 쪽 머리에 물이 들었등갑드라고.”

“저 쪽 머리가 뭣이여?”

“거 안 있능가? 이북 사람들, 거 뭣이냐, 사회주의인가, 그런 거!”

“그것을 보고 저 쪽 머리라고 한당가, 그래서?”

“첨에는 안 그랬는디, 추석에 내려왔다가 간 뒤보틈 신랑이 밤마다 바깥 잠을 자고는 새복에 들어오드라네. 새댁이 신랑이 바람 난지 알고는 살짝 뒤를 뿕았든 것이 화근이 되았닥하드라고. 어른들 말로는 집회라는 것을 하는 장소가 따로 있었는디, 새댁이 뒤를 뿕아서 그것을 엿보고 간 뒷날, 일본 순사가 신랑을 잡으러 왔드라네. 새댁이 일본말을 잘해서는 신랑 있는 데를 갈쳐줘부렀디야. 내 눈으로 본 것은 아니제마는 소문을 들은께로 약돈가 뭣인가까지 기레서는 일본 순사를 줬닥 하드라고. 순사가 그것을 들고 가서는, 그물로 물게기 잡디끼 젊은 학생들을 모다 잡어가부렀닥 하데. 집안 어른들이 면회를 가본께로 신랑이 얼매나 매를 많이 맞었든지, 눈뜨고는 못 보겄드라네. 시아부지가 하도 속이 상해서 메느리를 나무란께로, 모르고 그란 것을 으짤 것이냐며, 대려 거품을 물고는 대들었다는 소문이 났드라고.”

“시상에나, 장 의원님, 우리 선생님한티 뺨을 석 대 맞는 거 아닌가 몰것네! 그래서 으쨌어?”

안청댁이 아연해 하면서도 뒷이야기를 궁금해 한다.

“시아부지가 짐이랑 다 싸서 새댁을 델고 내려왔는디, 그 뒤로부텀 소문이 안 좋게 나기 시작하드라고! 여자가 서울서 산지 일 년도 못 되았음서도 서울말만 하고, 멋을 너머 많이 알어서 나설 데나 안 나설 데나 쑥쑥이 난방이고, 없는 사람 깔보고…….”

“여자가 많이 배웠능가?”

“아니, 포로시 보통학교만 나왔단 말이 있드라고. 그도 못 배운 이런 사람한테 대면 많이 배운 셈이겄제마는 거그 시가집 시누들은 웃학교까장 댕겠거든. 그런 사람들한티 대고 있는 대로 안다니 노릇을 하다가, 되려 당했제.”

“그래서?”

“시어므니나 시누들이 졸 때는 좋아도 틀렸다 하먼 엄한 사람들이라, 메느리를 방에서 못 나오게 해부렀등갑드라고. 아무리 똑 소리나게 야무져도 방에 가만히 앉어서 밥 얻어묵기가 그리 쉬운가? 새댁이 시댁 식구들을 휘어 잡을라고 그랬등가 서울서 싸갖고 내려온 짐을 당아 풀도 안 했는디, 그것을 마당에다 내다 놓고 불을 질러 불고는 고무신을 꺼꿀로 신고 나가부렀닥 하드라고.”

“시상에나, 고무신은 왜 꺼꿀로 신고 나갔당가?”

“소박맞은 메느리가 신을 꺼꿀로 신고 나가먼 집안이 풍지박산이 난다네. 그래서 그랬등가 전쟁통에 그 집이 쑥밭이 돼부렀제.”

“새댁한티 열 서너 살짜리 딸이 있다고 하든디, 누구 딸이여?”

“내가 알기로는 그 집이서는 딸린 자석이 없었어. 다른 데로 시집을 한 번 더 갔으까? 아 참, 그라고 본께 한 번 왔었구나! 그 이듬해 봄에 신랑이 감악소에서 나오고 가을에 새장개를 가부렀제. 신행을 갔다가 오는 질에 본댁하고 맞딱뜨렸다는 소문이 났드라고. 신랑이 본께로 본댁이 와서는 대문 안을 찌웃찌웃 하드라네. 신랑신부 나란히 들어오는 것을 본 본댁이 새장개를 간 것을 알고는 대번에 새댁 머리끄뎅이보틈 잡드레여. 신랑이 새댁을 띠어내고는 본댁을 잡어서 뺨떼기를 불나게 때렀닥 하드라고. 마느래 땀세 친한 친구들을 다 잽해가게 해서 안 죽을 만치 고상을 시켰웅게로 밉기도 했겄제. 본댁은 본댁대로 이 년 전까지만 해도 서로 죽고 못 살었든 사람한티 맞었으니, 을마나 기가 맥혔겄능가? 더구사나 새댁 앞에서! 거그다가 신랑이 새댁을 댈꼬 대문 안으로 들어가불기할차 했으니 눈에서 불이 안 났겠능가? 대문 안에다 대고 악담이라는 악담은 죄다 쏟아 붓드라네. 누구 한나 내다보는 사람도 없을께로 그냥 가불고는 그 뒤로는 소식이 끊어졌은께로 몰르제. 으쨌든 이 집 선생님한테는 비밀 지케야 되네."

얘기를 끝낸 숙이네가 손가락을 입에 댄다.

"일이 나도 크게 난 성싶은디, 이 일을 으쩌사 쓰꼬!"

안청댁은 자기 걱정만 한다.

"숙이네, 기왕지사 이르큼 된 일, 밖에다 발설하면 안 되네잉! 혹여 선생님이 아시는 날에는 너나 할 것 없이 이 집하고는 인연이 끝난다는 것을 명심해야 써."

안청댁이 숙이네를 향해 표정을 굳히고는 비밀은 이쪽에서만 지킬 것이 아니란 뜻을 밝힌다.

숙이네가 가고, 문간방에서 자는 천길네도 피곤했던지 일찍 불이 꺼졌다. 차를 마시며 오래도록 담소를 하다 일어선 장 의원 내외를 송산강 다리 건너 큰길까지 배웅을 하고 돌아온 태수는 안채 마당으로 들어섰다.

"놀래라. 인기척도 없이."

적막에 쌓여 있는 마당에 상현을 업고 서 있던 안청댁이 질린 소리로 말했다.

"이 사람아! 크나큰 집에 우리만 살면서 서로한테 놀랬던 게 어디 한두 번인가? 손님들 가셨으니 우리도 좀 쉬자구."

태수는 다가가 안청댁의 등에서 상현을 빼내서 보듬고는 안채 섬돌을 올랐다. 상현은 품이 바뀌어도 칭얼대지 않았다. 안청댁은 포대기를 개켜서 들고는 남편을 뒤따랐다. 두 사람은 툇마루에 걸터앉았다. 처마에 달린 풍경이 바람도 없이 흔들려 처량한 소리를 내고 있었다.

"그새 무슨 걱정이라도 생겼는가?"

태수는 마루 천장에 달린 촉수 낮은 백열등의 어스름 불빛에 깊은 생각에 잠겨 있는 안청댁의 얼굴을 살피며 말했다.

"걱정은 먼, 으찌게 하면 새사람하고 잘 지낼까, 그 생각이제."

안청댁은 남편에게 혼자 알고 있기가 버거운 속마음을 감췄다.

"별 걱정을 다 하고 있군."

속을 모르는 태수가 픽 하고 웃었다. 안청댁은 상현이와 자신의 식솔들을 지켜야할 일이 생길지도 모른다는 생각에 골똘하고 있었다.

별채에서는 아무런 기척이 없었다. 하늘 가득히 깔린 은하수가 마당으로 와르르 쏟아질 것 같았다. 동산에서 들리는 귀곡새 울음소리가 적막을 깨뜨렸다. 뒤이어 여우가 캐앵캐앵 짖으며 멀어졌다.

"해필이면 새사람 들어온 날 재수 없이 여시새끼가 울고 자빠졌네!"

마음이 개운치가 않은 안청댁이 동산 쪽을 향해 중얼거렸다.

"하필은 무슨 하필, 동산에 사는 놈이라 저 울고 싶을 때 우는 것을 새사람에게 찍어다 붙이면 돼나?"

"저 여시새끼가 울면 집에 초상났든 것을 몰라서 그라요? 하여간에 여시새끼 우는 것도 그렇고, 인연이 안 맞는 사람이 들어온 것 같소."

안청댁은 편들어 주지 않는 남편을 불만스럽게 쳐다보며 말했다.

"안채를 내 주려니 심술이 난 모양이로구먼. 그건 그렇고, 어쩌면 선생님은 안채로 안 올라오시고, 그대로 별채 거처를 고집하실 모양이야. 우리도 오늘밤까지는 건넌방에서 자자구!"

태수가 문단속을 하기 위해 안청댁에게 상현을 내밀며 말했다. 상현을 등에 업고 포대기를 두른 안청댁은 마루로 올라가 안방 문을 열어본다.

"생전 수림이만 생각함시로 살 것 맹키등마는!……."

안청댁이 캄캄한 안방을 주시하며, 자신은 도영의 재혼을 전혀 원하지 않았던 것처럼 중얼거렸다.

"암만 생각해도 새댁하고 사이 좋기는 폴세 틀린 것 같어라우."

안청댁이 대청마루 건넌방으로 향하는 남편의 뒤에다 대고 중얼거리듯
말했다.

늦은 아침이었다. 정순은 남편의 눈치를 살폈다. 남편은 일어나서부터
지금까지 말을 한마디도 하지 않았다. 그렇다고 어젯밤에 정순을 냉랭하
게 대한 건 아니었다. 온화한 얼굴로 한 이불 속에 들었고, 아침에 일어나
서 뒤꼍에 있는 조그마한 옹달샘으로 데려가 세수도 함께 했다. 단지 말을
안 했을 뿐이었다.

선생님, 진짓상 가져왔습니다, 하는 소리가 들렸다. 정순은 영창을 열
었다. 새하얀 앞치마를 두른 젊은 여자가 밥상을 들고 서 있었다. 남편이
손수 밥상을 받아서 방 가운데다 놓았다. 밥상을 들고 온 사람은 이 방에
들어오는 걸 금지한 모양이었다.

밥상은 어젯밤 교자상과는 달리 깔끔하기만 할 뿐, 검소했다. 국만 육
개장이고는, 새로 버무린 겉절이와 구운 생선, 그리고 두어 가지의 나물이
놓여 있었다. 밥상에 마주앉은 남편은 앞에 사람이 없는 것처럼 말없이 육
개장을 떠먹고, 겉절이를 집어 올리곤 했다. 그녀는 어제 절에서도 남편이
된장국과 나물만으로 밥을 한 그릇 거뜬히 비우던 것이 생각났다.

"반찬이 왜 이래요? 이 집은 부자라 했잖아요?"

그녀는 불만스러운 소리로 말했다.

"필요 없는 반찬을 놓지 않아서 그런가 보오."

"그래도 내가 싫어하는 것만 놨잖아요. 나는 국도 싫구요. 푸성귀도 싫
어요."

"아침은 그냥 들구려. 안에다 식성을 얘기하면 점심때는 맘에 든 반찬
을 먹을 수 있을 거요."

도영이 말했다. 정순은 이 사람이 말을 시키니 하는구나, 하는 생각을
하며 밥을 먹었다. 식사가 끝나자 밖에서 기다리고 있던 여자가 도영이 들

어내 주는 밥상을 받아갔다. 그리고는 곧 차를 들여왔다. 모든 일이 그림자처럼 조용히 행해지고 있었다.

"우리 이 방에서 살아요?"

정순이 찻잔을 든 채 남편을 향해 물었다. 남편은 찻잔을 들어 입으로 가져갈 뿐 대답을 하지 않았다. 차가 끝나자, 그는 열린 영창 밖을 향해 경선아! 하고 불렀다. 곁에 있는 사람을 부르듯, 아주 낮은 소리였는데도 네, 선생님! 하는 대답과 함께 중키에 탄탄한 체격의 젊은이가 섬돌을 올라왔다. 정순은 방문턱에 한 손을 짚고는 상체를 내밀어 경선이라 불리는 젊은 사내를 내다봤다. 어젯밤 교자상을 들여오던 사내였다. 그렇다면 이 집에서 부리는 하인일 것이라는 생각이 들었다. 정순은 얼굴 가득 거드름을 담아 그를 쳐다봤다. 그의 깨끗한 옷차림에서 당당함이 풍겼다. 부름에 빠른 대답이나 날랜 몸과는 달리 그의 긴 인중과 오뚝한 코에 함부로 대할 수 없는 무게가 실려 있었고, 사람을 정면으로 바라보는 눈은 맑아서 더없이 미더운 인상이었다.

"안채로 데려다주게."

남편이 그를 향해 밑도 끝도 없이 말했다. 그렇다고 누구를 가리키는 몸짓이나 표정을 보이는 것도 아니었다.

네, 선생님! 사내는 무슨 말인지 모를 소리를 금방 알아듣고는, 대답과 동시에 정순을 향해 한 손을 뻗어 밖으로 나오라는 시늉을 했다.

"나 혼자 가요? 영감은요?"

정순은 눈을 동그랗게 떠서 남편을 쳐다보며 커다란 소리로 말했다. 그녀가 스스럼없이 부르는 영감이라는 호칭에 놀란 도영과 태수가 동시에 어이없는 표정을 지어 서로를 쳐다봤다.

"영감은 언제 오실 건데요?"

두 사람의 표정을 못 읽은 그녀는 재차 물었다. 도영은 못 들은 듯한 얼굴로 일어섰다.

"안채로 드시죠. 안살림을 맡아하는 안청댁이 있으니 걱정 마세요. 말씀만 하시면 모든 시중을 다 들어 드릴 겁니다."

태수가 대신 대답을 했다. 정순은 잠시 머뭇거리며 남편의 대답을 기다렸다. 그는 마치 방안에 아무도 없는 것처럼 책이 꽉 들어찬 책장을 향해 돌아서 있었다.

"저도 책을 좋아하는데요."

정순은 남편의 뒤에다 대고 말했다. 남편에게 뭔가를 인식시키고 싶은데, 못 들은 듯해서 자꾸만 안타까웠다. 봐야할 책을 고르고 있는 도영은 얼굴은 예쁘지만 인격형성이 좀 모자란 듯싶은 이 사람을 어떻게 하나, 생각하느라 정순의 말을 듣지 못하고 있었다. 정순은 할 수 없이 태수를 따라 밖으로 나왔다. 별채 중문이 열리자, 넓은 마당 건너의 축대 위에 육중하게 올라서 있는 안채가 보였다. 마당으로 들어선 정순은 눈을 굴려 집안을 둘러봤다. 말끔히 쓸어놓은 넓은 마당에 아침나절의 햇살이 쏟아져 넘치고 있었다.

안청댁은 남빛 갑사치마를 거머쥐고는 남편을 따라 중문을 들어서는 정순을 보고 마음이 놓였다. 첫날밤을 안채가 아닌 별채에서 보낸 것도 모자라 명색이 새신부를 혼자서 안채로 들여보내는 건, 그녀를 향한 도영의 관심이 적다는 증거였다. 안청댁은 이 집에서의 자신의 위치를 당장은 내놓지 않아도 되겠다는 생각이 들었다. 어젯밤부터 바위를 얹고 있는 듯 무거웠던 긴장이 조금은 풀어지고 있었다. 안청댁은 정순을 힐끗 쳐다봤다. 희고 맑은 피부가 눈에 확 들어온다. 갸름한 윤곽에 눈, 코, 입은 기가 죽을 만큼 미인이다. 안청댁의 눈빛이 정순의 복숭아 빛 볼에서 멈췄다. 얼굴에 도화색 지른 것이 팔자가 드시게도 생겼구만! 안청댁은 어젯밤 숙이네의 얘기를 떠올리며 중얼거렸다.

"댁네가 이 집의 살림을 맡아하는 아낙인가?"

정순이 목소리에 오만함을 담아 말했다.

"당아 통성명도 안 했는디, 누군지 알고 초면보틈 말을 내리는가 몰겄네, 글고 같은 말이면 아낙이라니?"

정순의 경솔한 말투에 비위가 거슬린 안청댁이 첫말부터 쏘아댄다.

"아낙을 아낙이라고 하지, 사내라고 할까! 앞으로 내 시중을 들어야 할 사람인데, 초면이면 어떻고, 구면이면 어떤가?"

정순은 심한 사투리를 쓰는 무식한 여자는 관심 없다는 듯, 옆눈질로 안청댁의 위아래를 훑어보고는 무시하는 투로 말했다.

"누가 재게 시중을 든답디여? 어지께 시집온 새댁이 식구들하고 첫 대면에서 말하는 뽄새하고는!"

안청댁이 눈을 치떠 달려들 듯 말했다.

"이 사람아! 뭐 하는 거야? 아주머니를 안방으로 드시게 하지 않고."

태수가 안청댁을 막아서며 말했다.

"냅 두시요. 말하는 것을 본께로 안 갈쳐줘도 혼자 열 번도 더 잘 들어가게 생겠소. 오늘부텀은 안채가 쪼까 시끄럽고, 안 펜할 것 같은디, 당신은 간섭을 마시요잉."

이미 새 안주인에게 대한 경외심이 없어져버린 안청댁이 태수를 돌아보며 대답했다.

"댁네, 말하는 것을 보니, 보통이 아니구먼! 안채가 안 편할 것 같다니? 담살이 주제에 나하고 맞상대라도 하겠다, 그 말인가?"

정순이 안청댁을 쏘아보며 말했다.

"들은 대로, 소문 대로라, 맞상대 못할 것도 없겠소. 담살이 주제?…. 생각해 본께 부애가 나네."

"당신 갑자기 왜 이래?"

안청댁의 말대꾸에 겁이 난 태수가 눈살에 잔주름을 모으며 말했다.

"아닌게아니라 자네하고 나하고 안 편할 조짐이 훤히 보이네."

정순이 비웃는 듯한 표정으로 말하고는 툇마루를 올라서 안방 문을 드르륵 열고는 문턱을 넘어섰다.

"안청아줌마, 벼체에서 선생님이 부으이시오."

천길이가 안청댁의 치맛귀를 잡아 흔들며 말했다.

"아제가 아니고, 나를?"

안청댁이 괜히 찔끔해서 천길이를 내려다보며 물었다. 천길이는 손가락을 입에 문 채 고개를 끄덕였다.

"선생님, 지를 부르셨다요?"

별채 뜰 아래에 선 안청댁은 문이 열린 방안에 대고는 볼멘소리로 말했다.

"그래서 온 게 아니던가?"

서안 위에 책을 놓고 앉아있던 도영은 밖을 내다보며 말했다. 그는 안청댁의 심드렁한 얼굴을 바라보며 빙긋이 웃었다.

"야단을 치실라먼 얼렁 치시제 먼 뜸을 그리 드리시요."

안청댁이 퉁명스런 소리로 응석을 부리듯 말했다.

"부른 용건은 말하지도 않았는데, 벌써 무엇에 틀렸나?"

"뻔하지라! 새아짐한티 버릇없이 대했다고 야단치실라고 부르신 것 아니요?"

안청댁이 다리를 모아 마루에 걸터앉으며 말했다.

"허허, 그리 생각했구나! 설마, 내가 그런 일로 너를 부르겠느냐? 우리 재영이가 그 사람을 그리 대했다면 그럴 만한 이유가 있었겠지."

도영은 귀여운 막내동생의 투정을 받아 주듯 더없이 자애로움을 담아 말했다.

"그러면 먼 일로 부르셨다요?"

"저 사람 말이다. 입은 옷 말고는 빈손으로 왔더구나. 네가 알아서 옷을 몇 벌 장만해 주거라. 그리고 달리 필요한 것도 다 사주어라. 자존심이 상할 지도 모르니, 내가 시켰다는 말은 안 했으면 좋겠구나."

"아이고매, 지가 새아짐 트집만 잡니라고, 그 생각을 미처 못했구만이라! 지금 가서 숙이네를 불러다 아짐 몸 칫수를 재라고 시켜야겠소! 선생님 뜻은 잘 알았응께로, 지는 그만 가볼라요."

안청댁은 활짝 밝아진 소리로 말하고는 일어섰다.

"지가 아까 새아짐한티 쪼까 대들었고, 앞으로도 그럴 성부른디, 선생님은 신경 쓰지 마시요잉. 그 대신 뭣이든지 아짐 불편하지 않게끔 해 디릴께라우."

섬돌을 내려온 안청댁이 두어 발 떼다말고 도영을 돌아보며 어리광이 섞인 목소리로 말했다.

"알았느니라."

도영은 대답을 하고는 빙그레 웃었다.

4

정순은 책장에서 책을 빼서 두어 줄 읽고는 다시 꼽기를 반복한다.

"읽을 만한 책이 있거든 안채로 가져가서 읽구려."

서안에 책을 놓고 앉아있던 도영이 신경이 쓰이는지, 뒤를 돌아보며 말했다.

"영감, 나는 시를 좋아하는데, 책은 많아도 시집은 하나도 없네요?"

정순이 선 채로 도영을 돌아보며 말했다. 도영은 젊고, 아름다운 아내

가 영감이라 부를 때마다 자신이 칠십 노인이 된 것 같아서 등이 서늘해지
곤 했다. 수림이는 원래 제자였기에, 죽을 때까지 선생님이었다. 일본을
오고가는 길에서 만났던 전처는 몇 달의 연애기간을 거쳤지만, 부르기를
몹시 어려워해 보이는 곳으로 다가와 용건을 말하곤 했다.

"여기는 전문서적밖에는 없소. 시가 읽고 싶거든, 태수에게 좋아하는
시인의 이름을 말해주면 광주에 나가는 날 서점에 들러 사다 줄 거요."

도영이 부드러운 소리로 말했다. 그는 아내가 시를 좋아한다는 말에 대
견해 하는 얼굴이었다.

"영감도 참, 태수가 시를 어떻게 알아요? 안청댁을 보면 그 남편도 촌
무지렁일 게 뻔하지 뭐."

정순은 얼굴에 비웃음을 흘리며 말했다.

"서로 안지, 열흘도 채 안 지났는데, 함부로 판단하지 말구려."

"영감도, 그런 천한 사람들은 행동거지가 다 똑같아서 첫눈에 알아볼
수 있다구요."

"태수 부부가 왜 천한 사람들이오? 태수는 내 제자고, 안청댁은 호적상
으로 내 동생이니, 다시는 그렇게 말하지 마오."

도영은 낮은 소리로 나무라듯 말했다. 정순은 샐쭉해서는 고개를 돌렸
다. 토라짐이 어린애처럼 천진해 보였다. 도영은 웃음 띤 눈으로 그녀의
옆얼굴을 바라봤다. 귀밑이 너무 희고 맑아 정결해 보였다. 속눈썹이 부챗
살처럼 펴져서는 불만을 가득 담고 있는 눈매며, 터트리고 싶어하는 듯한
뾰로통한 입술도 예뻤다. 거기에 옥빛 모시치마에 흰 저고리가 청초함을
보탰다.

"이리 앉으시오. 시를 그리 좋아한다면, 내 알고 있는 한시를 한 수 읊
어 주리다."

도영은 응접소파로 옮겨 앉아서는 맞은편 자리를 가리키며 말했다.

"무슨 신데요?"

의자에 앉은 정순이 도영을 말끄러미 쳐다봤다.

"들어 보시오. 나는 시를 잘 모르지만, 당신이 좋아한다니, 이제부터 관심을 두고 좀 읽어두어야겠소."

도영은 싱긋이 웃고는 낮은 소리로 시 한 수를 해설을 붙여 읊는다.

浣紗溪上傍垂楊　완사제 위에 수양버들 곁에서
執手論心白馬郎　님과 손을 맞잡고 사랑을 속삭였네.
縱有連簷三月雨　비록 석달 동안 잇따라 비가 내린다 한들
指頭何忍洗餘香　손가락에 남은 향기 어찌 씻으랴.

"오래 전에 외워둔 거라 맞는지는 모르겠소."

도영이 쑥스러운 표정으로 말했다. 정순이와 결혼하기 전 가끔 떠오르던 시였다. 누구에게 이걸 읽어 주리라고는 생각도 못했던 터였다.

"어머, 너무 좋아요. 언젯적 시예요? 나 적어 갈래요."

시를 좋아하다 보니 이해가 빠른 정순이 감탄을 한다.

"나도 언젯적 시인지, 작자가 누구인지도 모르오! 우연히 접했는데, 좋은 것 같아서 두 세 번 읽었더니 외어진 거요."

도영은 환해지는 정순을 건너다보며 말했다. 수림이 죽고 얼마 후였다. 그녀의 유물을 정리하다가 책갈피에 끼워진 이 시를 발견했었다. 무심히 한번 훑어봤었다. 지금 자신의 심경 그대로여서 두세 번 더 읽었더니 외어져버렸다. 시를 좋아하는 아름다운 새 아내를 위해 뭔가를 해주고 싶은데 아는 거라곤 그것밖에 없었다. 수림이 저승에서 듣는다면 서운해하리라.

정순은 절절히 가슴에 와 닿는 사랑의 시에 가슴이 시려온다. 애절하게 사랑했고, 사랑을 받았던 전남편이 그리워진다.

"시가 옛일을 생각나게 하네요. 예전에 내가 우리남편을 그렇게 사랑했어요. 그 사람도 나를 무지무지 사랑했거든요. 우리남편하고는 처음 만나서 반년 동안 연애를 했는데, 나한테 매일 시를 적은 편지를 보내주었고, 시를 읽고 이해하는 법도 가르쳐 주었어요. 지금도 눈에 보이는 것마다, 귀에 들리는 것마다 우리남편 생각 안 나는 것이 없어요. 아마도 죽을 때까지 그럴 거예요."

정순이 서글픈 표정을 지으며 말했다. 도영은 정순이 생각과 동시에 입으로 말하는 버릇이 있고, 그녀도 자신이 수림을 생각하듯 전남편을 못 잊어한다는 것을 알았다. 도영은 부부가 되어 각자 생각하는 사람이 따로 있다면, 그보다 더한 불행이 어디 있겠느냐는 생각이 들었다. 그는 오늘을 끝으로 전처나 수림의 생각을 가슴 저 밑바닥에 묻어버려야겠다는 생각을 했다.

명애는 열린 대문 안을 기웃거렸다. 높다란 솟을대문 안에 있는 기와집은 외갓집 동네에 있는 제각을 연상케 했다. 명애는 뭔가 섬뜩해서 대문 안으로 들어갈 수가 없었다.

태수는 별채 중문을 나와 마당을 건넜다. 대문에서 누군가가 움칠해서 숨는 듯한 느낌이 들었다. 그는 대문 밖을 내다봤다. 온통 초록의 들판이 들어올 뿐, 아무도 없었다. 한발 더 나와서 담 모퉁이를 기웃이 내다봤다. 후줄근한 검정 플레어 스커트에 흰 옥양목 반소매 교복을 입은 어린 여학생 하나가 담에 기대어 서 있었다. 그네는 태수를 보자 얼굴이 벌게져서 고개를 숙였다. 지나가던 길은 아닌 성싶었다

"너 누구냐?"

태수는 그네를 향해 짧게 물었다. 그네는 대답도 없이 시선을 아래로 떨어뜨렸다. 태수는 옴지락거리는 그네의 발치를 바라봤다. 감추려고 애

를 쓰는 검정 운동화에는 흙먼지가 하얗게 앉아 있었고, 벌어진 발부리에 발가락이 내다보였다.

"혹시, 이 집에 엄마가 계시냐?"

태수는 새로 들어온 안주인에게 딸이 하나 있다는 말을 들었던 터이어서 넘겨짚어 물었다. 그네는 팔을 뒤로하고 등을 담에 부친 채 긍정도, 부정도 아닌 표정을 하고 있었다. 태수는 더 이상 묻지 않고 안으로 들어갔다.

"아이구, 우리 명애가 용케도 찾아왔구나. 들어가자."

하는 소리에 명애는 고개를 들었다. 곱게 화장한 얼굴에, 날아갈 듯한 연보랏빛 깨끼치마저고리를 입은 엄마가 앞에 서 있었다. 명애는 울음이 터지려 하는 걸 이를 악물어 참았다. 정순이 명애의 손을 잡아끌었다. 명애는 뒤로 버티는 몸짓으로 정순의 손에 이끌려 대문을 들어섰다. 밖에서 볼 때와는 달리 집안은 밝고 깨끗해서 무섭지 않았다. 넓은 마당은 햇빛이 환했다. 집안은 엄마 혼자 사는 것처럼 조용했다. 문이 활짝 열린 안방에는 매화꽃 무늬가 그려진 문발이 반쯤 내려와 있었다. 섬돌에 올라서서 반지르르 윤이 나게 닦여 있는 넓고 긴 툇마루를 본 명애는 되돌아서 도망가고 싶었다. 외갓집 사립을 나올 때만 해도 엄마를 만나면 품으로 뛰어들어 울음을 터트릴 생각이었다. 그리고는 응석을 부리며 엄마가 없는 동안 외숙모와 외사촌들에게 얼마나 구박을 당했는지, 지금도 아침부터 굶어서 배가 얼마나 고픈지 일러바치고는 한시라도 빨리 그 집에서 벗어나게 해달라고 조를 생각이었다. 그러나 막상 혼자서만 호사를 하는 엄마를 보니 노여움이 치밀었다. 명애는 입술을 뾰족이 내밀고는 높다란 마루에 몸을 기댔다.

"방학동안 여기서 지내라. 이 방은 부엌 방이지만, 넓고 시원하니 시집 갈 때까지 니가 써라"

정순은 안방 옆에 붙은 방문을 열어 보이며 자랑을 했다. 명애는 대답을 하지 않았다. 엄마에게 보란듯이 벌어진 운동화 코로 댓돌만 차고 있었다.

"방학 끝나면 아까 그 아저씨에게 부탁해서 학교도 시내로 옮기고 하숙을 시켜 줄게, 그때까지만 참아라."

정순은 근 한달 만에 만난 딸에게 될 수 있으면 부드럽게 말하려고 애를 썼다. 그러나 명애는 입이 점점 튀어나올 뿐 대답이 없었다.

"뭐라고 대답 좀 해라. 사람 답답해서 미치게 하지 말고."

정순은 명애의 고집에 비위가 상해 큰소리가 튀어나왔다. 명애는 여전히 들은 체 만 체였다.

"이년아! 어깃장 놓으려고 왔니? 내 꼴이 그렇게 보기 싫으면 외숙모한테 천덕꾸러기 노릇이나 더 하고 있을 것이지, 먼 길을 뭐 하러 찾아왔어?"

"외갓집은 인제 안 갈 거야."

명애가 느닷없이 울음을 터트렸다.

"엄마 없는 동안 외숙모가 내게 어떻게 했는지 엄마가 알기나 해? 난 지금도 배가 너무 고파서 울 기운도 없단 말야."

명애의 눈에서 굵은 눈물이 흘러 턱을 타고 떨어졌다.

"엄마가 다시 가라고 하면 송산강에 빠져 죽어버릴 거야. 내가 죽으면 엄마도, 외숙모도 속이 시원하겠지?"

명애는 엄마가 외가로 다시 가라고 하면 진짜로 송산강에 빠져죽어야겠다는 생각을 했다.

"저 오기스런 년, 말하는 것 좀 봐라! 이년이 어린것한테 어떻게 했기에……."

속이 상한 정순은 이를 뽀드득 갈며 양쪽에다 욕을 해 부쳤다.

정순은 높다란 안채의 안방에서 미닫이창을 열고는 바깥 전망을 바라봤다. 담 밑으로 한낮의 짧은 그림자가 기어들었다. 검불 하나 없는 마당은 휑하니 넓었지만, 평화롭고 아늑했다. 마당 건너에 대문이 활짝 열려 있고, 그 너머로 싱그러운 들판이 햇살아래 너울거렸다. 들 건너에는 가난한 사람들이 사는 초가집들이 다닥다닥 붙어 있어서 심난해 보였다. 담 둘레에 늘어선 서너 그루의 백일홍 나무에 흐드러진 진분홍 꽃이 눈에 시렸다. 담을 넘어오는 바람이 정순이 앉아있는 안채를 안고 공중으로 포르르 날아오를 것만 같았다. 그녀는 꿈만 같은 생각이 들었다. 끼니때마다 올케와 싸웠던 친정살이가 까마득한 옛날 일처럼 멀게 느껴졌다. 돌아가신 할머니에게 이렇게 사는 모습을 보여드리고 싶어졌다. 그녀는 할머니의 추억을 떠올렸다. 욕심이 많고 기가 드센 할머니였다. 이웃이나 집안 식구들, 특히 며느리를 패악으로 괴롭혔고, 욕심나는 게 있으면 수단과 방법을 가리지 않고 차지하는 성미였다. 그러나 맏손녀인 정순을 무척이나 아끼고, 사랑했다. 그이는 지나가는 스님에게 손녀딸의 관상이 귀하게 타고났다는 말을 듣고는 가벼운 부엌일조차도 시키지 않고 키웠다. 정순은 자신을 남다른 부유층으로 착각을 하면서 자랐다. 여자는 배우면 안 되는 걸로 알던 시절에, 가난한 동네에서 유일했던 소학교 졸업은 그녀에게 오만함과 방자함을 보태 자신이 몸담고 있는 가난과 천대에 적응할 수 없는 불구로 만들어버렸다.

열일곱 살이 되던 해에, 볼 일이 있어서 송정리 역에 나갔다가 전남편을 만났다. 전문학교 일 학년 학생이었던 그는 고을에서 알아주는 부호의 아들로 방학을 해서 고향에 나려오던 차였다. 그는 정순의 미모에 홀딱 반해서는 내일 이 시간에 한 번 더 나와줄 것을 요청했다. 어려울 것도 없어서 나갔었다. 방학동안 내내 그를 만났을 것이다. 개학을 해서 서울로 올라간 그는 하루가 멀다하고 사랑의 시를 베낀 편지를 보내왔다. 그리고는 겨울방학 때, 시댁 어른들의 결사반대를 이겨내고는 결혼을 했다. 겨우 밥이나 굶지 않는 농사꾼의 딸이었던 그녀는 어느 스님의 예언대로 귀한 집 며느리가 된 것이었다. 신랑을 따라 서울로 올라가 열 달 동안을 꿈처럼 살았을 것이다. 그러나 그 꿈은 하찮은 일 하나로 인해 끝이 나고 말았다. 할머니는 사랑하는 손녀딸이 일 년도 못 되어 소박을 맞고 돌아오자, 충격으로 쓰러져 사흘 만에 죽고 말았다. 정순은 소박에, 바람막이인 할머니까지 잃고는 그이에게서 이어받은 드센 성격으로, 십 칠 년이라는 짧지 않은 세월을 사방을 향해 좌충우돌하면서 살아야만 했다.

그녀는 생각을 멈추려고 허공에 고정시켰던 초점을 거뒀다. 널따란 마당으로 시선을 돌렸다. 땅에 떨어진 나뭇잎 하나를 가만가만 희롱하던 솔바람이 무엇에 놀랐는지 회오리를 치며 일어나 담을 넘어 별채 쪽으로 달아나고 있었다. 들에서 후여, 소리에 쫓겨온 참새떼들이 마당에 내려앉으려다 말고 덩달아 날아올랐다. 그녀는 갑자기 별채에 있는 남편이 보고 싶어졌다. 오전 중에는 책을 봐야하니, 내려오려거든 오후 시간을 이용하라는 남편의 부탁이 있었기에 참아야 했다. 상현을 업은 안청댁이 마당 옆의 댑싸리 울타리 문을 열고는 남새밭으로 들어가고 있었다. 그녀가 입은 하얀 인조견 블라우스의 무늬가 햇빛에 반짝였다. 울타리 너머로 천길네의 흰 머리수건이 움직이고 있었다. 무료해진 정순은 방을 나와 툇마루를 내려섰다. 그녀는 마당을 건너 문이 열린 광을 내다봤다. 아름드리 오지항아리가 광의 벽 양쪽에 일렬로 줄서 있었다. 안으로 들어간 그녀는 항아리의 뚜껑을 열어봤다. 기제사나 명절에 필요한 마른 과일이며, 건어물이 그득그득했다. 정순은 항아리 열기를 계속했다. 쌀이며 찹쌀, 밀가루, 그 밖의 잡곡들, 몇 년 동안 안주인이 없었던 광치고는 질서정연하고, 넉넉했다. 전남편과 살았던 일 년만 빼고는 가난만 보고 살았던 그녀는 가슴에서 갑자기 오만이 뻗쳐올랐다. 광을 나온 그녀는 장독대 계단을 올라섰다. 이 집은 모든 게 높았다. 안채도, 별채도 한길 높이의 축대 위에 지어져 있어서 집안 어디를 봐도 음습하거나 지저분한 곳이 없었다. 뚜껑이 열려서 햇빛을 받고 있는 장독대의 크고 작은 질그릇들은 반질반질 윤이 흘렀다. 된장이며 고추장, 간장, 젓갈 그릇들은 벌레가 생기지 않게 망이 씌워져 있었다. 집에 들어와서 살고 있는 천길네 말고도 고정적으로 드나드는 두세 사람의 드난꾼을 부리고 있는 눈치였지만, 진자리에서 어미를 잃었다는 아이까지 키우면서도 어디 하나 손볼 데 없이 살림을 하는 안청댁의 인성과 여무진 손끝을 알 만했다.

"여편네가 어그덕대기는 해도 살림 하나는 잘 하구만."

정순은 장독대를 내려오며 중얼거렸다. 시집을 왔던 날, 태수의 말로는 안청댁이 시중을 들어줄 거라 했다. 그러나 시중은커녕 가만히 앉아서 손가락 하나로 사람을 부리면서 안주인노릇을 하고 있었다. 정순은 갑자기 이 집 진짜 안주인으로서 권리행사를 하고 싶어졌다. 품삯이 적지 않을 것이다. 드난꾼도 줄이고, 밥도, 빨래도 안청댁 그 여편네가 할 일이라는 생각이 들었다. 한 달에 식량을 얼마나 먹는지, 생활비는 얼마나 들며, 쓸데없는 낭비나 어디로 빼돌리는 곳이 없는지도 알아봐야 했다. 마침 안청댁이 천길네가 씻어서 내미는 푸성귀 바구니를 받아들고 부엌으로 들어가고 있었다.

"안청댁, 거기 서게! 내 오늘은 내 살림에 간섭을 좀 해야겠네."

정순이 한껏 거만을 담아 큰소리로 말했다.

"뜬금없이 뭔 소리여? 살림을 으디서 하가니, 재게가 간섭을 해? 그라고 으서 귀먹은 사람하고 살다 왔능가? 그놈의 악 쓰는 소리에 누가 지내가다 듣고 쌈 난지 알겠네."

안청댁은 경멸을 담아 정순을 돌아보며 말했다. 연줄을 통해 정순이 그동안 친정에서 구박덩이 노릇을 하고 살았다는 것까지 다 캐내 버린 그녀는 정순을 향한 안주인 대접은 이미 저만치 멀어져 있었다.

"내 이놈의 여편네 입버릇부터 고쳐 놔야겠다. 네 이년! 네가 이 집에서 살기 싫은 모양이로구나. 차차 알게 되겠지만, 나는 너 따위가 벗하러 들만큼 수준 낮은 사람이 아니야! 쉽게 말해서 네년보다 신분이나 배움이 월등한 사람이라 그 말이다. 그리고 나는 이 집 안주인이다. 부엌데기 천한 주제에 감히 어디를 기어오르려 드는 거냐?"

정순은 소리를 더 크게 질러 당당하게 호통을 쳤다.

"하이고, 그까진 것도 공부라고! 누구는 그만 못 배웠으면 설어서 으디 살 것능가? 돌아가신 우리 마님은 시내에서 손꼽히는 부잣집 외딸로, 일본 유학 시절에 이 집 재산 반을 갖고 시집을 와서는 학교 졸업하던 질로 선생을 하셨어도, 남편을 하늘 같이 떠받듬서 죽은데끼 사셨고, 상현이 엄니는 에지간한 사람은 쳐다 보도 못할 일류 여학교를 나왔어도, 거만 떠는 것을 못 봤구마는, 하찮은 보통학교 조까 댕기고는 많이 배웠다고 자랑을 하다니, 소가 웃겠네."

안청댁이 하늘을 향해 헛웃음을 웃었다.

"이년이 웃어? 그래, 웃어라. 원래가 무식하면 통이 크니라."

정순은 안청댁이 남편의 쟁쟁한 전처들을 나열하는 바람에 대꾸할 말을 잃고는 비아냥거림으로 얼버무리고 있었다.

"흥, 으서 하던 행신을, 살림 간섭?…. 좋아하시네."

생각보다 쉽게 숙어버리는 정순의 기세에 어이가 없어진 안청댁이 부엌으로 들어가며 앙알거렸다. 정순은 안청댁의 드센 성깔을 자신의 힘으로 꺾을 수 없다는 것을 알았다. 그녀는 이따가 별채로 내려가 남편에게 일러바쳐서 오늘내일 사이로 저들 부부를 내쫓아야겠다고 벼르고 있었다. 천길네가 밥상을 들고 와서 마루에 놓았다. 깨끗한 앞치마를 두른 드난꾼 하나가 별채로 나갈 밥상을 들고 모퉁이를 돌아 나왔다. 그 뒤를 안청댁이 숭늉 주전자를 얹은 차반을 들고 따라나왔다.

"안청댁, 별채로 내려가는 밥상에 내 밥도 얹어 가져오게. 내 오늘 낮에는 영감이랑 겸상을 해야겠네."

정순이 앞서서 별채로 내려가며 오만스레 소리를 질렀다.

"그런 말은 천길네한티 해사제, 번지수가 틀렸소."

안청댁이 팩 쏘아버렸다.

"네 년의 그 잘난 상판 안 볼 날도 멀지 않았다, 이년아! 내 내려가서 영감한테 다 이를 테니 두고 봐라."

정순이 비아냥대듯 말하면서 중문으로 사라졌다.

"흥, 내 설자리가 재게 손에 달렸음사 죽어사제, 뭣 할라고 살어?"

안청댁이 정순의 뒤에다 대고 코방귀로 응수를 했다.

마루에 뒷짐을 지고 서 있던 도영은 미색 생노방 치맛자락을 휘날리며 중문을 들어오는 정순을 멍하니 바라봤다. 다가온 그녀의 얼굴은 투명해서 풋과일처럼 싱싱해 보였다. 짙은 눈썹과 붉고 도톰한 입술이 흰 얼굴과 조화를 이룬다. 화가 잔뜩 난 듯한 표정이 매혹적이다.

"올라오구려. 마루가 시원해서 좋소."

도영이 웃음 띤 얼굴로 말했다.

"영감, 안청댁 그 여편네 때문에 내가 못 살겠어요. 오늘 당장에 내보내 주세요."

정순은 마루로 올라와 화를 터트렸다.

"앉읍시다. 안청댁이 뭘 어쨌기에 그리 화가 났소?"

먼저 앉은 도영이 물으며 정순의 하얀 버선발을 바라봤다. 큰 키에 비해 작고 볼이 좁아 귀여운 발이었다.

"그 여편네가 나를 이 집에 빌붙으러 온 사람 취급을 하잖아요. 자기가 이 집 안주인이라도 된 것처럼 마른 자리에 앉아서 드난꾼이랑, 천길네를 맘대로 부려먹고는, 내 살림 내가 간섭하겠다는데, 코방귀를 뀌구요."

"그럴 리가 없소. 태수 부부는 정직하고 사리에 어긋나는 일은 하지 않는 사람들이오."

"그럼, 나는 정직하지 못해서 거짓말을 하고 있다는 말이에요?"

“내 말뜻은 그게 아니오.”

“아니면요? 그 여편네가 내게 어떻게 하는지 알기나 하세요? 날마다 무식하게 찍어대는 소리로 나를 얼마나 약올리는데요? 영감이 안청댁을 안 내보내시면 내가 나갈 거예요.”

“그런 말이 어디 있소? 태수 부부는 내보내고, 들이고 그런 사람들이 아니오. 그들 부부가 없으면 이 집에 딸린 모든 것은 그 날로 멈춰버리고 마오. 나도 그렇지만, 김서방이나 천길네, 이 동네 가난한 사람들 몇몇은 태수나 안청댁이 없으면 손발을 움직이지를 못하오. 당장에 먹을 수도, 입을 수도 없다, 그 말이오. 그리구 그들 부부가 하는 살림은 나도 간섭할 수가 없소. 간섭하려 들면 오히려 틀이 깨진다는 걸 명심하시오. 그들이 정 당신 말을 듣지 않는다면, 안주인의 위엄과 체통으로 잡아버리면 되잖소?”

“나는 재주가 없어서 그 여편네를 못 잡겠으니, 영감이나 체통으로 휘어잡아서 천년만년 데리고 사세요.”

정순이 파르르 해서는 발딱 일어난다.

“철없는 어린애 같구려! 앉아요. 점심상이 금방 올 텐데 같이 먹읍시다. 그리고 내 아직 귀먹을 만큼 늙지 않았으니, 앞으로는 말소리를 좀 작게 하고, 안청댁의 좋은 점을 보도록 노력해 보시오.”

도영이 정순의 손을 잡아 앉히려 들었다.

“별별 트집을 다 잡아서는 사람 열불 나게 해놓고는 같이 점심을 먹자구요? 영감 혼자 많이 먹으라구요. 많이 배웠다고 사람을 무시하는 모양인데요. 옛날에 우리남편도 많이 배운 사람이었지만, 말소리가 크다는 말은커녕, 세상에서 내가 제일 예쁘다는 말만하면서 나만 위해 주었다구요.”

마루를 내려선 정순이 눈살을 꼿꼿이 세워 도영을 향해 소리를 지르고는 마루를 내려서는 신발을 끄집으며 마당을 질러가고 있었다. 도영은 아내의 타고난 아름다움 뒤에 숨어있는 몰지각에 허전해졌다.

"선생님하고 겸상해서 밥 갖고 왔는디, 왜 그냥 가부요?"

고기를 좋아하는 정순을 위해 밥상을 다시 차리느라 늦어진 안청댁이 의아한 눈으로 그녀의 뾰로통한 입술을 바라보며 말했다.

구름도 없는 하늘이 잔뜩 흐려 있었다. 방안의 공기도 후덥지근했다. 멀리 겹겹을 이룬 산릉선에 구름이 가로질러있었다. 능선에 구름이 질리는 건 기상 주의보였다. 착 가라앉은 대기 속에 까딱도 않고 차려 자세로 서 있는 나무들이 큰비를 예시했다. 도영은 찌뿌드드한 몸을 가눌 수가 없었다. 여간해서 눕기를 싫어하는 그는 마루를 내려와 대문을 나섰다. 흐린 하늘이 손에 잡힐 듯 가까웠다. 큰비를 염려해, 삽을 들고 물꼬를 보러나 가는 농부들이 눈에 띄었다. 송산강 제방에 올라선 그는 강을 따라 천천히 걸었다. 자신의 넓은 땅을 밟고 가는데도 기분이 좋아지지 않았다. 지레 놀라서 터진 괭이밥풀씨앗이 멀리 흩어지곤 했다. 오가는 사람들의 발에 밟혀 부러지고, 꺾여진 냉이꽃대가 상처마디에 옹이가 진 채로 삼각형의 씨앗을 주렁주렁 달고 있었다.

하찮은 잡풀의 생명도 저리 질긴 것을!…. 도영은 촛불이 꺼지듯 쉽게 죽어버린 수림을 생각하며 중얼거렸다. 꽤 멀리까지 왔을 것이다. 쇠똥인 듯싶은 물컹한 덩어리가 발에 밟히려 했다. 그는 움칠 발 아래를 내려다봤다. 칭칭 똬리를 튼 구렁이가 발에 거의 닿아 있었다. 유독 뱀이 싫은 그는 기절초풍을 해서는 껑충 한발 뒤로 물러섰다. 구렁이가 머리를 쳐들고는 빨갛고, 가느다란 혀를 날름거렸다. 마치 내가 그렇게 무서우냐며 비웃는 것 같았다. 멎어버릴 것 같은 숨을 고르고 있는 사이에 구렁이는 똬리를 풀어 제방 아래로 슬슬 내려가 버렸다. 되돌아선 그는 정신 없이 송산강 다리를 건넜다. 사방의 풀숲들이 구렁이로 득시글거리는 것 같아서 걸음이 빨라졌다. 그는 정신이 나간 채로 별채 대문으로 들어섰다.

"영감, 어디를 갔다 오시는 거예요? 아까부터 와서 기다렸잖아요."

연보라빛 깨끼한복을 입은 정순이 마루에 앉아 있다가 일어서며 말했다. 흐린 날씨 때문인지 보랏빛이 칙칙해 보였다.

"무슨 일이 있는 거요?"

도영이 그녀를 지나치며 물었다.

"부부간에 무슨 일이 있어야만 찾나요? 하도 심심해서 내려와 봤더니 없잖아요. 어딜 다녀오세요?"

"송산강엘 나갔었소."

"강가엘 나가려면 나도 데려가지 않구요. 예전에 우리남편은 나를 자랑하고 싶어서 어디든 데려갔는데!"

"그렇게 좋은 사이였으면 왜 헤어졌소?"

기분이 엉망인 도영은 마루를 올라서며 말했다.

"육이오 때 죽었지요. 안 그랬으면 내가 뭐가 아쉬워 당신처럼 늙은 영감한테 시집을 왔겠어요?"

정순은 아무런 표정도 없이 말했다. 도영은 대꾸를 하지 않았다. 정순은 힐끗 도영을 쳐다봤다. 그는 다시는 웃지 않을 것 같은 싸늘한 얼굴이 되어 방으로 들어가고 있었다. 갑자기 회오리바람이 몰아쳤다. 담에 늘어선 나무들이 잡아 뜯기듯 몸살을 쳤다. 하늘이 새카매지면서 우두둑 툭툭 소나기가 쏟아졌다. 빗줄기가 점점 거세졌다. 번개가 번쩍했다. 뇌성소리가 천지를 뒤흔들었다. 그래도 남편은 들어오라는 소리를 하지 않았다. 정순은 서운한 마음이 들어 방안을 내다봤다. 도영은 정순은 안중에도 없다는 듯 왕골을 씌운 퇴침에 몸을 비스듬히 기댄 채 책을 읽고 있었다.

"늙은 주제에 속은 좁아 터져서…… 나한테서 우리남편 자랑이 듣기 싫으면 영감도 똑 같이 하면 될 거 아녜요!"

화가 뻗친 정순은 방안을 향해 악을 쓰고는 마루를 내려와 장대비속으로 들어섰다.

추석 전날이었다. 천길네가 샘에서 추석 제물로 쓸 어물을 씻고 있었다. 부엌에서는 송편을 빚는 드난꾼들의 말소리에 도마소리가 섞였다. 김 서방이 나뭇단을 들고 부엌모퉁이를 돌아가고 있었다. 집안 곳곳이 술렁거리고 바빠 보이는데 막상 안주인인 정순은 할 일이 없어 무료하기만 했다. 삯바느질하는 내동댁 딸 숙이가 보퉁이 하나를 들고 마당을 건너왔다.

"저게 뭔가?"

높다란 방문턱에 팔을 얹어 손으로 턱을 괴고 있던 정순이 물었다.

"작은아짐 추석 옷인갑소."

안청댁이 섬돌을 내려가 숙이의 손에서 보퉁이를 받아 올라오며 대답했다.

"그걸 언제 떠다 만들었는가?"

정순의 얼굴이 활짝 피며 반겼다.

"바느질쟁이 숙이네가 광주까지 나가서 떠다 맨들었다요."

마루로 올라온 안청댁이 말했다. 보퉁이를 풀자, 가을 색이 도는 연한 녹두색 치마와 같은 색 반회장을 한 하얀 저고리가 나왔다.

"숙이네 말이 작은아짐은 하늘보라가 잘 어울리는디, 그런 색 옷은 쌨응께로, 요번에는 이 색으로 했다고 합디다."

안청댁이 방에서 옷을 갈아입고 있는 정순을 내다보며 말했다.

"어떤가? 내 맘에는 쏙 드는데!"

정순이 옷을 입고 앞으로 나오며 물었다.

"사람이 이뻐서 옷이 훨썩 돋보이요."

안청댁이 정순의 위아래를 훑으며 말했다.

"시상에나, 잠자리맹키 날아가불까 무섭네! 꼭 선녀가 하강한 것맹키

네! 으짜먼 한 반데 빠진데도 없이 저리도 이쁘게 생겼을까? 거그다 말소
리만 잔 작으면 부잣집 마님으로 딱이구마는!"

안청댁 옆에 서서 정순을 쳐다보던 열일곱 살짜리 숙이가 입을 헤벌리
고는 부러움을 담은 목소리로 말했다.

"저놈의 가시나가 버르장머리 없이! 심부름 끝났으면 어서 가거라."

도끼눈을 떠서 숙이를 노려보며 쏘아대는 정순의 말소리에 너그러움이
배어 있었다.

새벽이었다. 정순은 세수를 하고 화장을 끝냈다. 안청댁이 가져다준 한
복을 떨쳐입었다. 벽에 붙어있는 긴 거울에 전신을 비춰봤다. 자신이 봐도
갓 시집온 새색시처럼 고왔다. 그녀는 추석 제사를 올리려 올라오는 남편
에게 고운 옷 입은 모습을 보여주고 싶어 마음이 급해졌다.

"경선이 아부지, 제사상 다 채려졌는디, 별채에 내려가서 선생님 모시
고 오실라요?"

태수와 함께 상을 차리고 있던 안청댁이 속삭이듯 말했다. 안청댁에게
서 제사 음식을 받아 홍동백서(紅東白西) 어동육서(魚東肉西)의 격식에 맞
는 자리를 찾아 놓던 태수가 일어섰다. 마당에 새벽달이 가득했다. 밝음에
나뭇잎에 내린 이슬이 반짝였다. 빛을 잃은 은하수가 마당을 가로지르고
있었다. 귀곡새가 청승스럽게 울었다. 정순의 우아한 자태가 대청으로 들
어왔다. 도영이 별채 중문을 나오고 있었다. 발 밑에 달고 오는 검은 그림
자가 깡충거렸다. 정순은 가슴이 설레었다. 그녀는 손을 들어 잘 빗어진
머리를 다시 한번 쓰다듬었다.

"오매, 우리 선생님 오시네. 안채를 몇 년만에 올라오신다냐!"

안청댁이 감탄사처럼 말했다. 도영은 대청으로 올라왔다. 그가 입고 있
는 고사(庫紗) 회색 바지와 흰 저고리가 나이를 훨씬 웃돌아 보이게 했다.
그는 잘 차려진 젯상을 휘둘러보고는, 차반에 놓인 잔을 집어들었다. 태수

가 술병을 들어 술을 따랐다. 그는 마련되어 있는 자리에 술잔을 놓고는
절을 올렸다.

"수고했네."

도영은 뒤에 서 있는 태수 부부를 돌아보며 말했다. 한쪽에 정순이 날
아갈 듯 서 있었지만, 웬일인지 돌아보지도 않았다.

"수고는이라, 뭣을 잔 잡수시고 내려가시게 상을 봐 올게요."

안청댁이 얼굴에 수줍음을 담은 웃음을 펴며 음식상을 차리려 했다.

"됐네! 이 시간에 뭘 먹는단 말인가?"

도영은 낮게 말하고는 대청을 나갔다. 자신의 고운 모습을 보이고 싶어
이제나저제나 남편의 시선을 기다리고 있던 정순의 성질이 머리끝으로 뻗
쳐올랐다.

"영감, 나는 안 보이세요? 나 참, 기가 막혀서! 저런 놈의 영감탱이한테
새옷 입고 자랑하려는 내가 미쳤지! 만약에 우리남편이 이리 고운 내 모습
을 봤다면, 나를 업고 마당을 열 번은 돌았을 거라구요. 하긴, 늙어 꼬부라
진 주제에 예쁜 마누라가 당키나 하나?"

화가 터진 그녀는 무슨 소리를 하는지도 모르고 소리를 질렀다. 도영은
들은 척도 않고는 별채를 향해 성큼성큼 걸어가 버렸다.

"아니, 작은아짐은 지금 뭔 소리를 하시요? 잘난 본남편 자랑은 때와
장소를 봐감서 해사제라."

"사실을 사실대로 말했는데 뭐가 잘못이야? 영감탱이한테 무시당한 것
도 분해 죽겠는데, 이놈의 여편네까지 새벽부터 생트집을 잡네?"

정순은 진노해서 소리를 질러댔다.

"명절날 새복인께로 그만 합시다. 그래도는 날 밝으면 별채로 내려가
서 지금 한 소리, 손이 발이 되로록 빌어야 할 것이요. 안 그라면 선생님
외곬 성질에 아짐을 두 번 다시 안 볼 지도 모르요 잉."

"내가 미쳤는가? 우리남편이 잘해 주었다는 말만하면 샘을 내는 영감탱이한테 빌게?"

"아이고 가슴이야! 천길이 속아지만도 못한 저 화상을 으째사 쓰까?송진 범벅에 나무 숟구락 꼽아논 것맹키 빡빡해서 뭔 말이 믹해사제!"

안청댁이 한심하다는 표정으로 가슴을 두어 번 두드리고는 부엌으로 나가고 있었다.

어느새 추석이 지난 지 열흘이었다. 정순은 안방 미닫이창을 열어놓고 마당을 내다봤다. 마당 끝에 담 둘레로 핀 진분홍빛 백일홍이 서글픔을 몰아왔다. 따가운 가을볕이 마당에 가득했다. 담 아래 멍석에 가득 널어놓은 끝물 고추가 밝은 햇살아래 홍자(紅紫)빛으로 반짝였다. 그녀는 방을 나와 마루에 섰다. 담 너머로 익기 시작한 벼들로 온통 연둣빛인 들판이 들어왔다. 허수아비 하나가 헌 밀짚모자를 쓰고 논 귀퉁이에 서 있었다. 왜 서 있는지를 모르는 듯한 우스꽝스러운 표정이었다. 정순은 무엇을 봐도 좀체 언짢은 기분이 가라앉질 않았다. 이제 차츰 이 집의 안주인으로서 권위도 잡혀가고, 가난으로 상실했던 자존심도 되찾았는데, 마음이 왜 이리 허전한지 알 수가 없었다.

끄르륵 억지트림이 나왔다. 얼굴에 피가 가시고 소름이 쫙 돋았다. 그녀는 요즘 들어 한기가 잦아 소름이 자주 일곤 했다. 소화도 안 되는지, 억지트림이 나왔다. 방정맞은 안청댁 말로는 안채의 터가 세어서 그동안 안방을 거처한 여자들은 오랫동안 아프다가 죽어나갔다고 했다. 아닌게 아니라 남편의 할머니까지 합해서 여자 넷이 죽어 나갔다는 안방은 해질녘이면 하도 조용해서 괴기가 흘렀다.

천길네가 샘에서 솎음배추를 씻고 있었다. 상현을 업은 안청댁이 장독으로 올라가고 있었다. 상현을 본 정순은 적개심이 끓어올랐다. 그녀는 눈을 돌려 남편의 거처인 별채 쪽을 바라봤다. 별채와 사이를 가른 담에 남편의 쌀쌀한 눈빛이 걸렸다. 추석날 새벽 이후, 정순은 안청댁 성화에 시달려야 했다. 그러나 정순은 고집을 꺾지 않았다. 한때 사랑하고, 사랑 받았던 사람을 그리워하는 게 뭐가 나쁜지 알 수가 없었고, 전남편 자랑만 하면 입에 못 담을 욕설과 함께 발길질을 하고, 머리채를 잡아끌던, 가난하고 못 배운 두 번째 남편이나, 일본 유학까지 갔다와서 선생질을 십수년이나 했다는 영감이나, 별로 다를 게 없다는 생각에 오기가 나서도 빌 수가 없었다. 보다못한 안청댁이 대신 빌었노라 했다. 어쨌든 남편은 그 뒤로 좀 차가워지긴 했어도, 막대하지는 않았다.

안청댁이 멸치젓 항아리를 열고는 수저로 젓갈을 퍼서 보시기에 담는다. 고소한 비린내가 마루까지 풍겨왔다. 정순은 갑자기 답답하던 속이 휑하니 비면서, 멸치젓에 버무린 솎음배추 겉절이가 간절하게 먹고싶어졌다.

"안청댁, 그 멸치젓에 겉절이 버무려서 밥 좀 가져오게."

정순은 도도한 목청으로 안청댁을 향해 다급한 명을 내렸다.

"푸성구 반찬에는 손도 안 대등마는 뜬금없이 뭔놈에 겉절이여?"

"내 말 못 들었나? 겉절이에 밥 가져오란 말이야."

"작은아짐도 참, 뜨건 것 집어내디끼 하는 성질 잔 죽이시오. 고치 따다가 확독에 갈아사 쓰고, 겉절이 묵을라먼 당아 멀었소."

"이 여편네야! 겉절이 가져오라면 가져오면 됐지, 무슨 잔말이 그리 많아?"

"저리 급한 성질에, 어매 뱃속은 깝깝해서 열 달을 어찌 다 채우고 나왔능가 몰라?"

안청댁은 한껏 오만해진 정순을 무시하듯 쳐다보지도 않았다. 얼굴은 그림처럼 예쁘지만, 소리를 꽥꽥 질러대고, 할 말인지, 안 할 말인지 구별도 못하는 데다가, 오만하고 잘난 척해서 점잖은 이 댁 선생님의 품격을 깎아 내린다고 생각한 안청댁은 그녀의 호칭도 후처란 뜻을 담아 작은아짐이었다.

"이 여편네야, 찍는 소리라면 나도 한가락하는 사람이야."

정순이 엄포를 놓듯 말했다.

"작은아짐이사 아는 것이 석곡 면장인디, 찍는 소리라고 못 하겠소?"

야유로 받아버린 안청댁은 천길네가 텃밭에서 방금 따온 반 붉은 고추의 꼭지를 떼어내는 일을 돕고 있었다.

"내 저놈의 여편네를 그으냥."

한 마디도 그냥 넘어가 주지 않는 안청댁이 얄미워진 정순은 쫓아 내려올 태세를 취했다. 안청댁은 미동도 않고 자기 할 일만 했다. 화를 못 참아 가슴이 답답해진 정순이 땅이 꺼질 듯 트림을 해댔다.

"작은아짐, 요새 하는 짓을 본께로 태기가 분명하요. 손 귀한 집에 들어와 그새 용 알을 품었다믄, 앞으로 어사또 사우 본 월매맹키로 거만깨나 떨게 생겼구만은 받아 줘사제 으짤 것이여!"

안청댁이 다 다듬은 고추 바구니를 천길네에게 내밀며 말했다. 야유가 아닌 설렘과 기대에 찬 목소리였다.

안청댁의 말을 들은 정순은 머리를 한 대 얻어맞은 듯 멍해서 주저앉아 버렸다. 가슴이 울렁거리면서 얼굴로 뜨거운 피가 모여들어 화끈거렸다. 와중에도 손가락을 꼽았다. 칠 월부터 시월 사이를 더듬던 정순은 손으로 가슴을 눌렀다. 짐작도 못한 일이었다.

5

음력 사월로 접어들면서 날씨가 갑자기 써늘해졌다. 하늘은 검은 구름에 덮여서 금방 눈이라도 내릴 것 같다. 샘물을 퍼서 시금치를 씻고 있는 천길네의 얼굴이 추위에 쌍그렇다.

"보리 누름에 설늙은이 얼어 죽는다드니, 사월 날씨가 왜 이리 춥다냐. 김서방, 장작 한 짐 갖다가 정게다 부레놔 주시요. 천길네는 안방에 군불 잔 때야겄네."

안청댁이 축대 위에 서서 마당을 쓸고 있는 김서방과 샘에 있는 천길네에게 말과 수화를 함께 한다.

"그러잖아도 몸이 무거워서 끼니에 밥하는 불로도 더워서 미치겠는데, 군불까지 때면 누구 열불 나서 죽는 꼴을 보려고 작정했는가?"

정순이 미닫이창을 열고 내다보며 소리를 지른다. 그녀는 당산이어서 부를 대로 부른 배를 두 손으로 싸안고 있었다.

"작은아짐은 태교라는 말도 들어 못 봤소? 전에 상현이 엄니는 상현이 가졌을 때, 묵는 것, 말하는 것, 앉고, 서는 것까장 조심 안 하는 것이 없등마는, 날마다 귀먹은 사람하고 쌈하는 것맹키로 소리를 꽥꽥 질러대고, 악에 받친 소리로 누구를 찍어서 욕을 하고, 걸신들린 것맹키로 묵어대고."

안청댁이 안방 쪽은 쳐다보지도 않고 혼잣말처럼 말했다.

"얼씬하면 상현어미를 끌어들여 성질을 돋구어놓고는 태교가 어쩌?"

신경이 있는 대로 날카로워진 정순이 소리를 지르며 일어선다. 문턱을 넘던 그녀는 갑자기 허리를 구부리며 얼굴을 찡그린다.

"아짐 왜 그라요?"

안청댁이 언제 아웅다웅했느냐는 듯 긴장해서 물었다.

"몰라, 갑자기 배가 뒤틀리네. 이젠 괜찮구먼."

"한 번만 더 그라면 선생님한테 말씀 디레서 빙원 갈 차비 합시다."

안청댁은 긴장을 늦추지 않으며 말했다. 일어서려던 정순이 다시 한번 배를 움켜쥐고는 신음소리를 냈다. 안청댁은 더 묻지 않고 별채 중문을 향해 반 달려나갔다. 태수가 대문으로 뛰어나가고, 뒤따라 나온 안청댁이 안방으로 들어왔다.

"아니, 저놈의 영감은 나보고 혼자 애를 낳으라고 할 참인가봐?"

멀쩡해진 정순이 별채를 향해 소리를 지른다. 그녀는 임신을 한 뒤부터 한결 다정해진 남편인지라, 병원에도 따라올 걸로 믿어 의심치 않는다.

"경선이 아부지보고 이장댁에 가서 전화로 택시 불르라고 했응께로 택시만 오먼 금방 따라 나오실 것이요."

안청댁이 보자기를 펴서 이것저것 챙겨 싸며 정순을 안심시켰다.

대문 밖에서 자동차 경적 소리가 들렸다. 태수가 뛰어나가고 있었다. 안청댁이 정순을 부축해서 마루를 내려와 대문으로 나갔다. 태수가 택시 문을 열어 잡고 서서 기다리고 있었다. 정순은 와중에도 자꾸만 별채의 대문 쪽을 돌아봤다. 문은 굳게 닫혀 있고, 남편이 나올 기미는 전혀 보이지가 않았다. 그녀는 성질이 있는 대로 나면서 배도 함께 뒤틀렸다.

정순은 눈을 감았다. 병원에서의 죽을 것 같은 통증과 침대의 불편함의 기억들이 녹아들며 편안함과 안도감이 온 몸으로 퍼졌다. 기분 좋은 피로에 졸음이 겹쳐들었다. 그러나 아들을 낳았다는 충만감과 집안 사람들의 관심사인 상현을 밀어냈다는 승리감으로 자꾸만 벌어지는 입이 잠을 밀어냈다.

"시상에, 깟난이가 이레가 다 간 애기맹키로 크네. 생긴 것은 영락없는 어매 판박이로 징하게는 이쁘다."

산모의 미역국을 들고 들어온 안청댁이 강보에 쌓아 옆에 뉘어놓은 갓난이를 들여다보며 말했다.

"아들은 대개 아버지를 닮는다는데, 즤아버지 판박이겠지."

정순이 한껏 오만해져서 대답했다.

"하기사, 상현이는 그랍디. 탯줄을 짤름서 본께로, 선생님하고 똑 같이 생겼등만이라우."

"저 여편네 말하는 것 좀 보게! 그러면 내 아들은 그 인간 씨가 아니고, 다른 씨란 말이냐?"

"아이고, 아짐 생각해본 께로 내가 말을 잘못한 성부르요. 참, 사월 초파일이 낼 모랜디, 선생님한티 깟난이 이름 지어주시락 해 갖고 절에다 올려서 등을 달아야겠소."

안청댁이 사과를 하고는 산모를 부축해서 일으켜서는 미역국이 놓인 소반을 놓아주었다.

"이 놈의 영감탱이는 아들이 어떻게 생겼는지 보고싶지도 않나?"

아기 이름 얘기가 나오자, 금방 마음이 풀린 정순이 안청댁에게 푸념을 했다.

"진자리서 상처를 한 양반이 무서와서 빙원에를 어찌 오신다요. 아들이면 됐제, 선생님 오시고, 안 오신 것이 뭣이 그리 크요. 내가 지금 내러가서 이름 지어주시라고 말할라요."

안청댁이 산모의 비위에 거슬리지 않게 조심을 하며 말했다.

"병원은 그렇다 치더라도 안채가 천리야, 만리야? 이런 독종 같은 인사가 불혹이 다 된 나이에 지 자식 낳느라 죽을둥 살둥한 여편네한테 수고했다는 말 한 마디면 될 것을!"

"쉰 넘어서 얻은 첫아들도 한 집에 삶시로도 안직까지 얼굴을 모르고 사시는디, 산청을 딜다 보겠소? 무심하신 것 같아도 아들 낳니라고 애쓴지 다 아시고는, 나를 불러서 산모 수발에 돈 애끼지 말라고 당부하십디다."

안청댁이 진심이 담긴 위로의 말을 남기고는 문을 열고 나갔다. 정순은 화가 풀려 살포시 눈을 감았다. 송산강 제방 아래 들판이 방안으로 들어왔다. 남편이 죽으면 모두가 내 아들 것이 되리라. 얼굴에 미소가 번졌다. 상현이가 걸림돌이 되어 앞을 막았다. 내 이놈을! 미움이 뻗쳐오른 그녀는 벌떡 몸을 일으켰다가 다시 누웠다.

안청댁은 중문을 열고 별채로 나갔다. 화단에 활짝 피어 향기를 발산하고 있는 치자나무 앞에 서있던 도영이 안청댁을 돌아본다.

"선생님, 마침 나와 계시네요. 낼 모래가 초파일인디, 깟난이를 절에다 올릴랑가 물어보로 왔구만이라."

안청댁이 도영의 눈치를 살피며 가만가만한 소리로 말했다.

"절에다 올리려면 이름이 있어야 하지 않나?"

도영은 마치 기다리고 있었다는 듯 말했다.

"그래서 이름을 지어주시락 할라고 왔소. 그라고 이참에 전화도 하나 놔사 쓰겠습디다. 가난한 집도 아님서 먼 일만 생기면 이장 집으로 전화하러 댕기기도 넘 부끄럽소."

안청댁이 무리한 부탁이라도 한 듯 멋쩍은 표정을 하며 말했다.

"그러잖아도 태수더러 전화 신청을 하랄 참이었다네. 아이 이름도 지어놨어. 상(相)자가 항렬인데, 그냥 어질음을 이어 받으라는 뜻으로 승현(承賢)이라 지었네."

"선생님도 참, 그런 에러운 말씀을 하셔봤자 지가 알아들을 수가 있어야지라."

"그래서 내 뭐라던가? 공부를 했더라면 지금쯤 내가 자네한테 뭘 물어가며 살지 않겠나? 고집을 부릴 걸 부렸어야지."

도영은 못내 아쉬워하는 표정으로 말했다.

"선생님도, 일 분 전에 한 일도 되돌릴 수 없는 것이 시상 이치라요. 옛날, 옛적 철없을 때 잘못 생각한 것을 인자사 야단을 맞은들 뭔 소양이 있다요? 글않고도 선생님이 시킨 대로 지가 대학공부라도 했드라면, 시방 이 집 살림은 누가 해 주겄소?"

"예나, 지금이나 자네의 이론은 당연했지! 내가 그 달변에 져서 평생 가슴 한쪽을 앓고 있는 것 아닌가.”

“다 지 팔잔께로 가슴은 그만 아프시고, 깟난이 한 번 안 보실라요? 을
마나 이쁘든지, 딱 반하겄등만이라.”

“놔두게. 상현이도 안 보고 사는 마당에 누구를 보겠나?”

도영이 끊어내듯 말했다.

담 밖에 초록색 위로 쏟아지는 하얀 땡볕이 졸음처럼 평화롭다. 하늘빛
얇은 포대기에 싸인 아기가 새의 날갯짓처럼 푸드득거린다. 젖살이 오른
아기의 볼은 잘 익은 복숭아 빛이다. 하얀 레이스가 달린 백일 복을 입고
있는 아기는 그림 속의 천사를 연상케 한다. 아기를 안고 마루로 나온 정
순의 얼굴은 행복이 가득하다.

“아이고 승현아, 메주뎅이 같이 생겼어도 암샷도 안하고, 사방디서 귀
해락 할 것인디, 뭣할라고 이르큼 이쁘게 생게부렀냐?”

안청댁이 정순이 안고 있는 아기의 볼을 꼬집은 시늉을 하며, 이를 악
물어 발발 떤다.

“이 여편네야, 나하고, 우리영감한테서 메주덩이가 왜 나오는가?”

“아따메, 그냥 조까 넘어갑시다.”

“기저귀 젖었으면 갈아주게. 별채 영감에게 데려갈 거네.”

정순이 안청댁에게 아기를 내밀며 말했다.

“별채 내러가고 잡으면 승현이 나한테다 맽기고 혼자 갔다 오시요.”

안청댁이 아기를 받아 대청으로 데려가며 말했다.

“아들 자랑하려고 가는 거지, 그 영감탱이 보고싶어서 가는가?”

“내가 시키는 대로 하시요. 암 때라도 선생님이 승현이 델꼬 오라고 하
면 글 때 델고 가시요.”

안청댁이 기저귀를 갈다말고 발끈해서 소리가 조금 높아졌다.

“이 여편네가, 자네가 내 상전인가? 이래라저래라 하게.”

"이 에펜네, 저 에펜네 그 소리 잔 그만 못 하겄소? 내가 성질대로 하면 아짐 입에서 그 말이 다시는 못 나오게 해불 수도 있다는 것을 왜 모르요? 남편한티 정도 못 받는 사람이 분풀이 할 데라고 있어야겄다 싶어서 참고 있었등마는 한도 끝도 없구만! 사람이 뭔 말을 하먼 귀담어 듣는 것도 조까 있어야제, 저리 뿌사리 고집으로 또 한번 신세 망칠 일 있능가 몰라?"

안청댁이 정순에게 안겨주며 나무라듯 말하고는 마루를 내려갔다. 모퉁이 그늘에서 상현이가 천길이와 놀고 있었다. 상현의 깔깔거리는 웃음 소리에 팔월의 한더위가 멀리 달아나고 있었다. 안청댁이 소리를 따라 달려가서는 아이의 얼굴을 닦아주고 볼을 비비대곤 했다.

"망할 놈의 여편네! 날 약올리고 싶으면 상현이놈을 예뻐하는 척을 하지. 천한 것들끼리 잘들 놀아라. 우리 승현이는 아버지한테 갈 거다."

정순은 야유를 던지고는 포대기에 싼 아기를 안고 별채로 내려갔다. 뒷짐을 지고 마루에 서 있던 도영은 중문을 나오는 정순이와 아기를 번갈아 훑어봤다. 정순이 자랑스러운 얼굴로 남편을 쳐다봤다. 도영은 마루를 내려와 신발을 신었다. 정순은 남편이 아기를 마중 나오는 줄 알고는 득의에 찬 미소를 보냈다. 도영은 말없이 정순의 곁을 지나쳐가고 있었다. 그의 눈빛은 힘이 실려 먼 곳을 향하고 있었다. 정순의 얼굴에 파르르 독기가 퍼지고 있는 사이에 도영은 대문을 나와 농로로 접어들었다. 시멘트 길 위에 땡볕이 쏟아졌다. 하늬바람이 지나가며 이마의 땀을 말려주었다. 그는 멀리 보이는 송산강 다리를 향해 터벅터벅 걸었다. 잠깐 스친 레이스에 쌓인 아들을 떠올렸다. 돌아가신 부모님과 죽은 전처의 염원이던 아들을 다 늙어서 둘이나 얻었는데, 기쁘지 않을 까닭이 있겠는가? 하지만, 아무리 분노뿐인 상현이라 해도 두 아들을 편애할 수는 없었다. 상현을 위해서가 아니라 자신을 용서할 수가 없을 것 같아서였다.

6

명애는 기승을 부리는 한더위를 못 견뎌 방을 나왔다. 여름 땡볕이 마당 가득 일렁거렸다. 눈에 들어오는 것은 모두가 횅뎅그렁했다. 그네는 이런 집에서 방학동안 내내 빈둥거릴 일을 생각만 해도 갑갑했다. 그렇다고 어디 갈 곳이 있는 것도 아니었다. 그네는 대청으로 들어가 마루바닥에 배를 깔고 엎드렸다. 마루 밑을 통과하는 바람이 틈새로 올라와 금세 시원해졌다. 그네는 손을 뻗어 머리맡에 놓인 책을 집어들었다. 어머니가 읽다가 덮어둔 시집인 성싶었다. 책장을 펼쳤다. 사랑이 어쩌고, 그리움이 어쩌고 하는 구절들이 눈에 들어왔다. 마흔이 다 된 여자가 이런 유치한 시들을 읽어서 무슨 감동을 받는지 모르겠다는 생각을 한 명애는 시집을 들어 벽을 향해 힘껏 내던졌다. 심술이 이글거리는 눈으로 안방과 대청 사이의 틈새 문을 들여다봤다. 정순이 깨끼한복을 입고는 경상 앞에 책을 펼치고 앉아 있었다.

"상것이 아전에게 시집을 가면 유기 그릇이 아니면 밥을 안 먹는다더니, 어이휴, 내가 저 꼴 보기 싫어서도 얼른 가야지!"

명애는 야유를 던지고는 발소리가 들리지 않게끔 고양이 걸음으로 대청을 나왔다. 어머니와 얼굴을 맞대면 트집을 잡히거나, 잡아서 늘 큰 소리로 싸워서 서로의 체면에 손상을 입히기 때문에 그네는 될 수 있으면 정순을 피해 다녔다. 반바지에 만화 그림이 그려져 있는 러닝셔츠만 입은 승현이 안 방을 나오다가 명애를 보고는 입을 짝 벌려 환하게 웃었다. 사람의 손에서만 자란 토실토실 귀여운 사내아이였다. 명애는 겨우 네 살짜리 이복동생에게 적개심이 일었다. 그네는 이를 악물고는 주먹을 휘두르며 콱, 하고 아이를 위협했다. 놀란 아이는 겁에 질려서 뒷걸음질을 쳤다. 명애는 몸을 숙여 아이의 포동포동한 양 볼을 두 손으로 잡아 옆으로 쫙 늘였다. 아픔을 못 참은 아이의 입에서 괴상한 비명이 터져 나왔다. 그네는 손에 힘을 더했다. 아이가 괴로움에서 벗어나려고 버둥거렸다. 너무나 재미가 있었다. 이상한 소리에 정순이 앞문에 쳐진 발을 걷어올리고 마루를 내다봤다. 명애는 얼른 손을 놔버렸다. 힘에 쓸려 나가떨어진 아이가 양손으로 볼을 누르며 으앙, 하고 울음을 터뜨렸다.

"저런, 베라먹을 년이!"

정순이 욕설을 하며 쫓아 나왔다. 어머니의 편애가 미워진 명애는 승현의 작은 몸뚱이를 움켜잡아 벽에다가 사정없이 패대기를 쳐버린다. 기겁을 한 아이가 자지러졌다. 발끈한 정순의 손이 명애의 머리께로 올라갔다. 명애는 어머니에게 머리칼을 내맡겨 한바탕 난리를 쳐버리고 이 집을 벗어날까, 하는 생각을 했다. 퍼뜩, 학기가 끝나면 공과금도 있고, 이것저것 살 것도 많아서 어머니의 비위를 더이상 건드리면 안 될 것 같았다. 그네는 잽싸게 정순의 손을 피해 마루를 내려섰다. 땅바닥의 뜨거운 훈김이 다리를 타고 올라왔다. 그러잖아도 흉가처럼 조용한 집안에 식구들이 낮잠들이라도 자는지 아무도 보이지 않았다. 하긴, 사람이 북적거려도 혼자 고립되기는 마찬가지였을 것이다. 그네는 한 달에 한 두 번이나 방학에 단며칠 동안뿐이지만, 이 집 대문에만 들어서면 숨이 막혀왔다. 그래서 특별한 이유도 없이 어머니에게 소리를 지르며 신경질을 부리곤 했기에 넉살좋은 안청댁도 말을 붙여오지 않았다.

넓은 집 안팎을 돌다 보니 울화가 조금 갈앉았다. 마음 붙일 곳이 없어 무료해진 그네는 디딤돌 하나를 주어다 담 밑에 놓고 별채를 넘어다봤다. 돌을 쌓아올린 축대 위에 날아갈 것 같은 기와집 한 채가 덩그렇게 올라앉아 있었다. 집 전체가 여름 땡볕의 일렁임에 싸여 있었고, 깨끗하게 닦인 마루에는 빛살이 미끄러져 흘렀다. 축대 밑에는 누가 심었는지 빨간 꽃을 조롱조롱 매단 봉숭아가 한낮의 뜨거움을 못 이겨 축 늘어져 있었다. 넓은 마당 건너 같은 구조에 대문 칸이 하나 더 딸린 사랑채에도 사람이 사는지 방문이 이쪽을 향해 열려 있었다. 집을 둘러싼 담 둘레로 풋감이 주렁주렁 열린 감나무며, 밤송이가 달린 밤나무, 석류나무가 띄엄띄엄 심어져 있는 속에 진분홍 프릴 같은 백일홍 꽃이 끼어 있었다. 돌로 낮게 담을 쌓아 만든 화단에는 자줏빛 달리아 꽃이 나무들과 키 재기를 하고 있었다. 모든 게 조름처럼 평화롭고, 아늑해 보였다. 명애는 실망스런 얼굴로 별채의 마루를 멍하니 쳐다봤다. 상상대로라면, 눈앞에 철창이 있는 감옥이 있어야 했고, 어지럽게 널린 쓰레기 더미 속에서 머리를 풀어 산발한 여인이 담을 내다보는 그네를 향해 살려달라고 울부짖어야 했다. 이 집에서 사는 사람들 누구하고도 얘기를 한 적이 없었기에 별로 아는 게 없었지만, 살림을 맡고 있는 안청댁과 태수 아저씨, 김서방 내외, 그리고 천길이라는 아이와 그의 벙어리 엄마가 밥상이나 간식을 얹은 소반을 들고 수시로 중문을 드나드는 것을 볼 때마다 그런 상상이 떠오르곤 했다. 발돋움을 해서 방 쪽을 바라봤다. 방은 네 짝의 띠살문 중에 두 짝이 걷혀서 서까래에 매달려 있고, 미닫이로 된 완자창도 하나가 열려 있는 걸 보니 우선 사람이 살고 있다는 생각이 들었다. 호기심이 발동한 명애는 별채를 들어가 보고 싶었다.

서안을 물린 도영은 마루로 나왔다. 등이 굽는 것을 방지하기 위해 팔을 뒤로 돌려 뒷짐을 졌다. 땡볕에 달구어진 섬돌의 훈김이 마루로 올라온다. 더위가 바람까지 잠재워버렸는지, 사위가 적막강산처럼 고요했다. 그는 눈의 피로를 풀려고 먼 곳을 바라봤다. 하늘이 하도 멀어서 눈이 더 시렸다. 구불거리는 송산강 줄기에 여름이 쏟아져 반짝이고 있었다. 온통 초록인 들판에 밀짚모자를 쓴 농부들이 얼쩡거렸다. 논두렁인지, 어느 집 어귀인지 까마득히 큰 버드나무 두 그루가 멀대처럼 서서 그를 내려다보고 있었다. 그는 한더위의 목가적인 풍경이 쓸쓸해졌다. 갑자기 동산에서 담의 나무로 마실을 온 듯 한 접동새가 두어 번 울고는 푸드득 날아오랐다.

도영의 고개가 새를 좇아 뒤로 제쳐졌다.

키가 훌쩍 큰 여학생 하나가 살금살금 대문을 들어왔다. 땋은 갈래머리를 앞으로 늘어뜨리고는 눈을 이리저리 굴려 눈치를 살피며 들어오던 여학생은 마루에 서 있는 그를 보고는 놀라서 움츠러들었다. 그와 시선이 마주치자 당황한 그네는 나가지도, 들어오지도 못하는 어정쩡한 모습으로 멈춰 섰다. 갸름한 얼굴에 이목구비가 뚜렷했다. 살결은 희고 투명했지만, 예쁘다기보다는 선머슴처럼 야무져 보였다. 하늘빛 원피스가 큰 키와 흰 얼굴에 잘 어울린다. 예전의 수림이와 비슷한 모습이라는 생각을 한 도영은 여학생을 내려다보며 빙긋이 웃었다.

걸음을 멈춘 명애는 몸 둘 바를 몰라했다. 방금 담을 넘어다 볼 때만 해도 집안에 사람의 기척은 없었다. 중문이 닫혀 있어서 대문을 나와 담 모퉁이를 돌아오는 시간은 길어야 이삼 분이었을 것이다. 그동안에 마루에는 초로의 남자가 서있는 것이다. 머리를 풀어헤친 여자가 아니어서 다행이긴 했다. 그러나 뭘 훔치러 들어오다가 들킨 것처럼 난처한 입장에 처해진 것만은 확실했다.

“누군가?”

도영은 오도가도 못하고 쩔쩔매는 명애를 구해주기라도 하듯 짧게 물었다. 낮고 부드러운 목소리였다. 명애는 무안해서 돌아서려는데 헛것을 본 듯 발이 떨어지지를 않았다.

“누군지 이제야 기억이 나는군! 기왕에 들어왔으니 잠시 올라오게.”

도영은 명애의 큰 키를 존중해 하게체를 써서 말했다. 명애는 대답을 못하고는 고개를 숙여 발 아래를 내려다봤다. 입으로 훅 불어놓은 듯 깨끗한 마당 바닥에는 송곳으로 뚫어놓은 것처럼 개미귀신 집이 널려 있었다. 눈 깜짝할 사이에 작고 시커먼 물체가 치솟아 지나가던 왕개미 하나를 채어 사라졌다.

“그 동안 키가 많이 자랐군.”

도영은 얼굴에 웃음을 띠어 꼼짝 않고 서 있는 명애를 보며 말했다. 찰나에 발아래서 벌어진 벌레들의 생존경쟁이 하도 신기해서 마음이 열린 명애는 관심이 들어있는 그의 말에 끌리듯 섬돌 계단을 올랐다.

“몇 학년인가?”

도영은 선 채로 마루 끝에 걸터앉는 명애를 향해 물었다. 자식을 몹시도 원했던 시절에, 특히 딸 하나가 소원이었던 때가 있었다. 동료 교사들의 딸 자랑이 그렇게 부러울 수가 없었고, 장 의원의 첫딸이 여학교에 입학했을 때도 마찬가지였었다. 결혼을 하기 전 처음 명애를 소개받았던 날, 도영은 예쁘게 생긴 그네를 눈여겨보면서 친딸처럼 잘 키우리란 생각을 했었다. 도영은 그동안 명애를 왜 그리도 까맣게 잊고 있었는지 알 수가 없었다.

“고등학교 이 학년이에요.”

“처음 본 날은 중학교 일 학년이었지?”

도영이 고개를 갸웃하며 말했다. 명애는 대답 대신 고개를 숙였다.

도영은 공부는 잘하는가, 하숙집 주인은 좋은 사람인가, 학교는 가까운 거리에 있는가, 짤막짤막하게 물어왔다. 그네는 아까 어머니와 대립하던 때와는 달리 얌전한 얼굴로 예, 아니에요, 감사합니다, 라며 공손히 대답을 했다. 처음 상면하던 그 날, 열네 살짜리 사춘기 소녀였던 명애는 수염이 더부룩한 얼굴에 한복바지저고리를 입고는 화난 사람처럼 묵묵히 앉아만 있는 엄마의 남편 될 사람이 하도 맘에 들지 않아서 쳐다보지도 않았다. 오늘 보니 생각보다 좋은 사람이라는 생각이 들었다. 저렇게 괜찮은 남자의 사랑을 받지 못하는 어머니가 한심하다는 생각이 함께 들었다. 적잖은 세월이 흐른 지금까지 안채에서는 물론이고, 그 어디에서도 도영을 본 적이 없는 명애의 당연한 생각이었다.

"대학 진로를 생각해 봤나?"

도영이 담임선생님 같은 말투로 물었다.

"어머니가 대학 말씀은 안 하셨어요."

"그랬군! 성적이 우수하다니 사범대학을 한 번 생각해 보게. 가르친다는 게, 적성에만 맞는다면 좋은 직업이지."

도영이 오랜 생각 끝의 견해처럼 꽤 긴 말을 했다.

"고맙습니다." 명애는 얼굴이 홍당무가 되어서는 일어서서 고개를 숙여 절을 했다.

"그만 가보게."

도영이 부드럽지만, 쫓아내듯 말했다. 마음이 부풀은 명애는 도영의 말이 서운하게 들리지가 않았다. 그네는 대문을 나와 팔랑개비처럼 달려서 순식간에 송산강 다리 난간에 기대섰다. 강물 위를 훨훨 날고 있는 듯한 기분이었다. 생각도 못했던 대학이었다. 더구나 사범대학은 그네의 막연한 꿈이었다. 명애는 다리 아래로 고개를 내려 흐르는 물을 들여다 봤다. 불거진 바위를 돌아 나오는 무지갯빛 나선의 물보라에 어지럼증이 일어 진짜로 날아 오르는 것 같았다.

7

도영은 무료한 몸짓으로 방문을 열었다. 봄날의 부신 햇살이 훈풍에 밀려 방안으로 들어왔다. 눈으로 나른함이 밀려들었다. 그는 일어서서 마루로 나왔다. 그는 마루에 서면 버릇처럼 뒷짐을 지고 먼 곳을 바라본다. 무지갯빛 아지랑이가 일렁이고 있는 송산강 물줄기에 무상이 서려 있었다. 여기 서서 저 들판만 바라보며 보낸 날들이 얼만가! 그는 강변 쪽에 동공을 고정시킨 채 중얼거렸다. 세상은 온통 밝음뿐인데도 외로움이 등골을 타고 흘렀다. 느닷없이 동창들, 적잖은 제자들, 동료들이 생각났다. 그는 이쪽에서 멀리한 게 아니고, 그쪽으로부터 잊혀진 듯한 소외감이 밀렸다.

토방의 땅바닥에 주저앉은 평식은 우체부가 던져놓고 간 노란 봉투의 앞뒤를 살폈다. 허울 좋게도 송산리 4H클럽 회장님 귀하였다. 평식은 올 것이 왔구나 하는 생각에 가슴이 덜컥했다. 조심스럽게 내용물을 꺼냈다. 예감했던 대로 공금상환 공문이었다. 저지난달에는 상환 고지서였고, 지난달과 이번 달은 독촉장이었다. 다음에는 법을 집행하겠다는 경고가 올 것이다.

도영은 책장에서 고서들을 빼냈다. 햇볕을 쏘이기 위해서였지만, 사실은 긴긴 봄날의 무료를 달래기 위해서였다. 어떤 책은 너무 오래되어 헐어 있었지만, 다시 구하기 힘든 거라, 조심스럽게 털고 닦아서 마루에 가지런히 놓았다. 책이 많아서 한나절이 걸렸다. 그는 일 년에 한 번씩 책에 바람을 쏘이는 일만은 태수에게도 맡기지 않았다. 자칫 섞일까 하는 염려에서였다. 방으로 들어온 그는 뻐근해진 어깨를 뒤로 젖혔다. 응접 탁자 위에 밍밍하게 식어버린 차와 다식(茶食)이 놓여 있었다. 천길이를 불러 차를 다시 가져오게 하려고 문을 열었다.

"선생님, 안녕하세요?"

언제 들어왔는지, 일본 군복과 비슷한 옷을 입은 스물 두셋쯤 되어 보이는 청년이 어정쩡한 자세로 서서 허리를 꺾어 보인다.

"누군가?"

도영은 속눈썹을 펴서 눈을 치뜨며 청년을 바라봤다.

"저, 평식입니다."

도영의 물음에 청년은 대답하며 상체를 한 번 더 숙여 보인다. 도영은 그를 한참 바라보고야 그가 개똥이의 아들이라는 것을 기억해냈다. 청년에게는 언젠가 개똥이가 학비를 대 주어 고맙다는 인사차 데려왔던 소년의 모습이 남아 있었다. 식구를 제외한 누구도 방으로 들어오는 걸 허용하지 않는 도영은 마루로 나왔다.

"웬일인가?"

도영은 뒷짐을 지며 평식을 내려다 봤다.

"지나가다가 들렀습니다."

그가 대답했다. 평식은 입에서 저절로 나가버린 엉뚱한 대답에 얼이 반쯤 빠져나가고 있었다. 어젯밤 밤새워 속으로 연습했던 말은 이게 아니었다. 도영 씨 앞에 무릎을 꿇고 앉아서 자초지종을 얘기하고는 도와달라고 부탁을 하려 했었다. 어린 날에 봤던 도영 씨는 생판 모르는 사람에게도 공짜로 공납금을 대주는, 인자하고 소탈한 사람이었다. 그러나 마루 위에서 그를 내려다보고 있는 도영 씨는 무심한 듯한 깊은 눈매에 서린 위엄만으로도 사람을 압도하고도 남았다. 기회가 주어진대도 자신의 용기로는 도저히 그의 앞에 무릎을 꿇을 수가 없을 것 같았다.

"요즘 뭘 하고 지내나?"

도영은 쩔쩔매는 듯한 몸짓을 하고 있는 평식을 내려다보며 말했다. 평식은 끊어내듯 짧은 도영 씨의 말에 더 기가 죽었다.

"제대를 한지가 얼마 되지 않아서요. 우선 4H클럽 회장을 맡고 있습니다. 세상이 변했거든요."

"그렇던가?"

도영은 별채 마루에서 보이는 세상만 필요한 터여서 청년이 말하는 변한 세상에는 관심이 없었다. 도영은 느닷없이 찾아온 청년이 어딘가 넋이 빠져 보이고, 말투가 불안정해 보임을 느꼈다.

"선생님, 4H 클럽을 아시죠?"

평식은 입에서 엉뚱한 말이 나가버릴 때마다 아차, 하면서도 대문 밖으로 되돌아나갈 구실을 찾지 못하고 있었다. 도영은 무표정한 눈으로 평식을 내려다봤다.

"무슨 어려운 일이 있는 겐가?"

"아니요, 선생님!"

평식은 당황해서 손을 들어 저었다. 그리고는 고개를 까딱 숙여 보이고는 대문을 향해 뛰쳐나왔다. 그는 걸음을 빨리 해 농로를 건너 산으로 오르는 논두렁길로 들어섰다. 너무 부끄러워 다리가 후들거렸다. 이십 오 년을 살아오는 동안 동네 사람들에게 원인 모를 천대를 받은 그였다. 자기랑 엇비슷한 가난한 사람들까지도 그의 식구들을 보면 지은 죄도 없이 미워하곤 했다. 그가 제대를 하고 돌아왔을 때 5, 16 혁명이 일어났다. 산아래 동네가 새마을 운동이라는 캠페인을 내걸고 술렁거리기 시작했다. 젊은이들은 일찍 일어나 골목 쓸기부터 시작해서, 길을 넓히고, 헐어진 곳을 쌓았다. 바깥의 문물이 들어오고, 사람들은 무지에서 점점 깨어나고 있었다. 동네 청년들이 4H라는 클럽에 가입을 해서는 광주로 뻔질나게 교육을 받으러 다녔다. 희망이 손에 잡히는 것 같았다. 동네 청년들은 중학교도 나오고, 군대도 갔다왔다는 이유로 평식을 클럽 회장으로 내세웠다. 도외시 속에 살던 평식은 느닷없이 동네청년들에게서 회장님으로 내세워져 떠받음을 받는 바람에 얼떨떨해서 주제를 넘고 말았다. 국가에서 마을 사람들의 재산을 증식시키라는 취지로 국고금을 내주었다. 돼지나 닭, 오리, 토끼를 키워 새끼를 쳐서 이득을 남기고, 원금은 상환하라는 뜻이었다. 그러나 집에서 키우는 짐승들로는 재산을 증식시킬 수 없다는 걸 잘 알고 있는 청년들은 돈을 가져가려 하지 않았다. 가져간 몇 몇 사람들은 다른 곳에 써버렸거나 짐승을 사왔지만, 거의 죽었다. 그들은 가난해서 원금을 상환할 형편도 못되었다.

사립도 울타리도 없는 집으로 돌아온 평식은 토방에 퍼질러 앉아서 일어날 줄을 몰랐다. 사립도 울타리도 없어서 진달래의 연분홍이 화사한 산자락이 곧 마당이었다. 풀숲에서 병아리를 거느린 닭이 긴 발톱으로 땅을 파헤치고 있었다. 따사로운 햇빛이 작고 평화로운 초가집을 몽땅 들어낼 듯 감싸고돌았다. 그는 관목들의 연둣빛 움을 멍하니 바라봤다. 흐린 초점을 나무에 고정시켰을 뿐, 아무것도 보이지 않았다. 태어나서부터 돈을 써본 일이라고는 학교에다 바친 공납금이 다였다. 삼 년 전, 손에 적잖은 공금을 받아든 날부터 지금까지 그는 깊은 잠을 자본 적이 없었다. 갉아먹듯 조금씩 공금을 쓰면서 뒤숭숭한 꿈에 시달렸고, 분수에 넘치게 썼다 싶으면 그 날은 자다가 가위눌리곤 했다. 하지만, 돈은 어디다 이름해서 쓴 곳도 없었다. 소작 논이지만, 먹는 식구가 없어서 식량 걱정은 안 하고 살았으니, 먹고사는 데 썼던 것 같지는 않았다. 깁다 뻗친 무명치마를 걸치고 다니는 어머니에게 치마저고리 한 벌 해 준 적도 없었고, 가끔 소증에 시달리는 아버지에게 고기 한 근 떠다 준 적도 없었다. 그렇다고 자신이 술을 진탕 마신 것도 아니고, 노름을 한 것도 아니었다. 공금은 일 년 동안에 자신보다 더 가난한 사람들을 위해 시나브로 없어졌다.

평식은 하늘을 쳐다봤다. 칙칙했다. 아니, 막막했다. 팔아서 갚을 땅도 없었고, 뉘라서 나중에 갚으라며 뒤를 대줄 사람도 없었다. 집을 휘둘러봤다. 휑한 산자락에 담도 사립도 없이 달랑 집 한 채 뿐이었다. 그나마 건물만 자기 집이고, 바닥은 건너편 동산에 사는 이도영 씨네 땅이었으니, 팔 수도 없으려니와, 살 사람도 없었다. 평생을 움막에서 살았던 아버지는 그가 군대에 가있는 동안에 이 집을 지어준 이도영 씨 은혜에 늘 백골난망이라 했다. 무슨 일인지는 몰라도 빙충맞고, 어눌한 아버지의 어려움을 들어주는 유일한 사람이었다. 그래서 어쩌면 이 번 일도 도영 씨가 해결해 줄 수도 있을지 모른다는 생각으로 찾아갔다가 오히려 일을 그르치고 말았다.

도영은 평식이 다녀간 후로 며칠동안을 뭔가 찜찜한 기분을 떨쳐버릴
수가 없었다. 그 아비는 어려운 일이 있을 때마다 송산강에 나가 우두커니
서 있곤 했다. 무슨 운명이었던지, 그때마다 도영에게 들켜서 일을 해결하
곤 했다. 청년도 틀림없이 어려운 일로 그를 찾아왔으리라. 도영은 무슨
일인지, 그의 아비를 도왔듯이 청년을 돕고 싶었다.

손바닥만한 뒤창에 석양이 비쳐들었다. 종일 방에 누워서 생각에 잠겨
있던 평식은 벌떡 일어났다. 도영 씨가 말하기 곤란한 볼일이 있느냐, 하
고 물었을 때의 기회를 잡았어야 했다. 몇 날을 두고 후회를 했지만 이미
늦어버린 일이었다. 그러나 한 번 더 찾아가면 도영 씨 쪽에서 눈치를 채
고 다시 물어올 지도 모른다는 생각이 들었다. 그는 산자락을 타고 내려와
동네의 긴 생울타리 골목으로 들어섰다.

반쯤 열려진 솟을대문 앞에 여섯 살 정도의 사내아이가 혼자서 땅바닥
에 그림을 그리며 놀고 있었다. 물어보지 않아도 아이의 깨끗한 모습이 다
늙어서 얻었다는 도영 씨의 아들이라는 것을 말해주었다.

너, 이름이 뭐니? 평식은 아이에게 말을 붙였다.

승현이. 아이는 평식을 쳐다보며 대답했다.

심심하지, 형이 좋은데 구경시켜줄까? 평식은 아이를 꼬드겼다.

정말? 아이가 일어서며 물었다.

평식은 아무 생각 없이 아이의 손을 잡았다. 새끼줄에 울긋불긋한 천
조각을 달아놓은 성황당나무며, 다리 아래로 흐르는 강물이며, 동네를 한
바퀴 돌 때까지 그들을 눈여겨보는 사람은 아무도 없었다.

인제 집에 갈 거야. 아이가 울상을 했다. 순간, 평식의 눈이 우렁이 속
처럼 깊어졌다.

"그래, 저기가 우리 집인데, 잠깐 들렀다가 가자. 다리 아프면 형이 업
어 줄게, 자."

그는 승현에게 등을 내밀었다. 아이는 순순히 업혔다. 들일을 나간 아버지는 아직 돌아오지 않았고, 어머니는 부엌에서 밥을 하느라 내다보지도 않았다. 아이는 많이 걸어서 피곤했는지 등에서 금방 잠이 들어버렸다. 평식은 방으로 들어가 아랫목에 요대기를 깔고는 아이를 내려 눕혔다. 엄마아, 아이는 한 번 부르고는 조용해졌다.

늦은 저녁상을 손수 들고 온 안청댁이 수심에 가득 차서는 승현이 어디로 갔는지 보이지 않는다고 말했다.

"승현이가 누군가?"

도영은 수저를 들어 된장국에 적시며 안청댁을 쳐다본다.

"아이고, 선생님도 참, 상현이, 승현이, 아들들 이름을 누가 지었간디, 그리 물어보시요? 저리 무심하신 것을 보면, 우리 아짐이 앙잘거리게도 생겼지라. 선생님 작은 아들 승현이가 해가 졌는데도 집안에서 안 보인다, 그 말씀이요. 안즉도 뭔 말인지 못 알아 들으셨소?"

안청댁이 답답하다는 표정으로 도영을 쳐다보며 말했다.

"경선이를 부르게."

도영은 표정을 굳혀 수저를 놓으며 말했다.

"승현이 찾으로 가고 없지라. 암만 생각해도 승현이 야가 첨으로 바깥에를 나가서 질을 잊어분 성부르요. 경선이 아부지가 금방 찾아서 델꼬 올 것인께로 선생님은 진지나 잡수시요."

안청댁이 도영을 안심시키려 들었다. 그러나 여간해서 심각하지 않는 그녀의 얼굴이 걱정으로 어두웠다. 식구들은 승현이 언제 없어졌는지, 아무도 몰랐다. 다 저녁 때 안청댁이 승현이가 보이지 않는다고 말했을 때, 정순은 퍼뜩, 요즘 라디오에서 떠들썩한 유괴사건을 떠올리고는 집안을 미리 발칵 뒤집어놓았다. 식구들은 설마 하는 생각으로 정순의 조급함을 탓했다. 그러나 승현은 진짜로 집안에 없었다. 그제야 태수와 천길이가 밖으로 찾으러 나갔지만 아직 돌아오지 않고 있었다. 밖에서 대문을 부서져라 열어 제치는 소리가 들린다.

"경선이 아부지요?"

안청댁이 미닫이를 열며 밖을 기웃거렸다. 대문을 박차고 어둑신한 마당으로 들어선 사람은 정순이었다. 영창 너머로 밥상을 마주하고 앉아 있는 도영과 안청댁을 본 그녀의 얼굴이 퍼렇게 질렸다. 찾으러 나간 사람들까지도 돌아오지 않자 마음이 조급해진 정순은 남편에게 위로 받고 싶어 찾아온 터였다. 그러나 남편은 무심해 보일 만큼 침착해보였다. 조강지처가 낳은 아들이 없어졌대도 저리 차분할까, 하는 생각과 함께 진한 소외감이 밀렸다. 자신을 내쳐 재취를 만들어준 전남편이 원망스러워지며, 주체할 수 없이 악이 받쳤다.

"이놈의 영감탱이야! 자식은 생사가 묘연한데 밥이나 꾸역꾸역 처먹는 아비가 세상 천지 어디에 있다든!"

소매를 걷어올린 그녀는 성급한 성격을 들어내서는 남편에게 삿대질을 하며 막말로 악을 써댔다.

"경선이가 찾아올 테니 염려 마오."

도영이 일어서서 마루로 나오며 말했다. 억양은 차분했지만, 서까래에 매달린 삼십 촉 백열등에 비치는 그의 얼굴은 흙빛이었다.

"염려어, 염려 말라? 이놈의 영감탱이야, 그걸 말이라고 하는 거냐? 승현이가 데리고 들어온 자식이드냐? 오라, 그 아들 아니라도 상현이놈이 있다 그 말이로구나. 내 아들한테 무슨 일이 생기면 그 놈이라고 성할 성 싶으냐? 내가 이런 일이 아니라도 그놈을 잡아먹을 참이었다."

남편의 냉정한 목소리에 눈이 뒤집힌 그녀는 나간 김에 막나가듯, 앞뒤를 가리지 않고 악을 써댔다. 하지만, 아무도 없는 들판에다 악을 쓰고 있는 것처럼 마음이 더 횅해졌다.

"작은아짐, 말레로 올라앉으시요. 부부간에 머리를 맞대고 승현이를 찾을 방법을 구해사제, 악만 쓴다고 먼 해결이 나겄소?"

안청댁이 손으로 마루를 가리키며 조용조용 정순을 타이른다.

"시끄럽다, 이년아! 두 지붕 덮고 사는 부부가 무슨 의논이고, 무슨 방법이냐! 이 통에 내 아들이 아주 없어지기를 바라는 이 집구석 연놈들의 뱃속을 내가 모를 줄 알았드냐? 아무리 이녁 자식 아니라고, 그러는 거 아니다. 만약에 내 아들을 못 찾으면 상현놈도 성하지 못할 것이니, 두고봐라."

정순은 모두를 싸잡아 욕을 해 부쳤다. 안청댁이 대꾸를 하려다가 도영을 한 번 쳐다보고는 그만 두었다. 도영은 정순의 악 쓰는 소리는 아랑곳하지 않고 깊은 생각에 잠겨서는 대문만 응시했다. 평식의 얼굴이 떠올랐다. 잡힐 듯한 실마리가 자꾸만 그 쪽으로 향했다. 정순이 두서 없는 악다구니를 퍼붓고 있는 동안에 누군가 대문을 들어섰다.

"거기 누군가?"

묻는 도영의 언성이 다급했다.

"선생님, 접니다. 동네 사람들이 승현이 얼굴을 모르기 때문에 봤는지, 못 봤는지도 모른답니다. 강으로 불을 가져갈까 하는데요."

"강에 갈 필요가 없네."

도영은 어두운 소리로 말했다. 그는 마루를 내려 태수에게 다가갔다.

"평식이라는 청년에게 가보게."

"뭐 짚이시는 거라도……."

도영의 가라앉은 음성을 따라서 태수가 속삭이듯 물었다.

"혹여 잘 못 짚었을 수도 있으니 신중히 하게."

도영이 겨우 들릴 만큼 작은 소리로 말했다.

"네, 선생님, 그럼 다녀오겠습니다."

태수는 침통한 소리로 대답을 하고는 휑하니 대문을 나갔다.

"두 놈이 나 모르게 속닥거리는 것을 보니 내 아들한테 변이 생긴 게 분명하구나. 이놈들아, 내 아들 내 놓아라. 이 집사람들 모조리 작살을 내 버리고, 집구석에 불을 싸지르기 전에 어서 내 아들을 내 놓으란 말이다."

아들을 못 찾을 거라는 불안보다는 자신의 지난날이 억울해진 정순은 하늘에 대고 손뼉을 치며 절규하듯 소리를 질렀다. 마루로 올라선 도영은 안청댁에게 정순을 데리고 나가라는 손짓을 했다.

"아짐, 안채로 갑시다. 경선이 아부지가 승현이 델고 올 것이요."

안청댁이 정순을 타이르며 잡아끌었다.

"이놈의 영감탱이야, 그 아들이 어떤 아들인지 알기나 하냐? 내가 늙어 냄새나는 영감탱이 뻗어 자빠지면 송장 쳐주려고 들어온 년이라고 착각하 지 마라. 나는 쓸 사람도 없는 이 집 재산, 감 홍시 빨아먹듯 한꺼번에 빼 돌려서 나가려고 들어온 년이다. 그런 내가 이 집 귀신이 되려고 맘잡은 것은 다 내 아들 덕인 줄을 몰랐구나."

"누가 들으까 싶으네."

안청댁은 거의 울상이 되어 말했다. 도영은 뒷짐을 지고 서서 아수라장 을 바라보듯 눈살을 찌푸려 정순을 내려다봤다. 저고리 고름은 풀어져 있 고, 치마는 끈이 느슨히 풀려서 마당에 끌리고 있었다. 머리카락이 흘러내 린 얼굴은 독기가 번져 푸르스름했다. 입가에 거품을 물고는 손뼉을 치며 악을 쓰고 있는 그녀의 모습은 마치 발광을 한 사람처럼 보였다. 도영은 악을 모르는 동네사람들의 인심을 믿으면서도 정순의 광적인 모습에 불안 이 일었다.

날이 어두워지자 평식은 겁이 덜컥 났다. 아이를 이용해서 돈을 만들어 낼 생각은 순간에 불과했다. 그러나 일이 감당할 수 없이 커져 있음을 느 꼈다. 그는 우두커니 서서 아이의 잠든 얼굴을 내려다봤다. 아무도 본 사 람이 없었다는 생각과 함께 잔인한 상상이 떠올랐다. 등골로 전율이 흘렀다. 그는 잠든 아이를 일으켜 등을 들이대서 업고 밖으로 나왔다. 밤 대기는 싸늘했다. 그는 아이가 춥지 않게 엉덩이에 받친 손을 꼭 죄었다. 양쪽으로 생울타리가 우거진 긴 고샅으로 들어섰다. 어두운 길을 빠져나온 그는 거의 뛰다시피 다가오는 남자와 마주쳤다. 이도영 씨네 집사 태수였다. 평식은 다리가 떨려 주저앉고 싶은 것을 가까스로 참았다.

"자네, 평식이로구먼!"

"아, 아제, 여긴 웬일이세요?"

"업은 애가 혹시…… 아이구, 승현이구나! 애를 왜 자네가 업었나?"

태수가 평식의 등에서 승현이를 내려 업었다. 눈을 떠서 칭얼대려하던 승현이 태수임을 알고 다시 엎드려 잠들어버렸다.

"아제네 아들이에요? 아까 바람 쐬러 나오다보니 웬 아이가 저기서 울고 있더라구요. 집을 찾아주려고 가는 길이에요."

평식은 입에서 나오는 대로 둘러대고 있었다. 온 몸이 떨려서 용케 속 아넘어갈 것인가, 의심을 받을 것인가, 생각할 겨를도 없었다.

"고맙네. 아이를 잃어버린 줄 알고 걱정이 많았다네."

태수가 별 의심 없이 말하고는 급히 어둠 속으로 사라졌다. 평식은 긴 한숨을 내쉬고는 오던 길로 되돌아섰다. 아이를 내려놓은 등이 그렇게 가벼울 수가 없었다.

정순의 울부짖는 목청이 갈라지기 시작했다. 그때 승현을 업은 태수가 대문을 들어섰다.

"경선이 아부지, 야를 으디서 찾았소? 시상에, 그새 잠이 들었네."

안청댁이 달려가 태수의 등에서 승현을 안아 올리며 말했다. 정순이 딱, 소리가 나듯 포악을 멈췄다. 안청댁에게로 달려가 승현의 얼굴을 확인하고는 가슴에 받아 안았다. 승현이 몽롱한 눈을 떠서 정순을 쳐다보고는 그녀의 목에 두 팔을 감았다. 정순은 승현을 껴안으며 엉엉 울음을 터트렸다. 승현이 따라 울고, 안청댁도 코를 훌쩍였다. 도영과 태수는 숙연한 표정을 하고 서서 두 모자를 바라보고 있었다. 정순은 아이를 어디서 찾았느냐고 묻지도 않고 중문 안으로 사라졌다.

"우리 선생님, 진지도 못 잡수시고! 지가 상 다시 봐 올게라잉."

안청댁이 방으로 들어가 밥상을 들며 말했다.

"입맛을 잃었으니, 그만 두게나."

도영이 안청댁을 향해 손을 젓는다.

"지가 알아서 할 틴께 선생님은 조까 쉬고 계시요."

안청댁이 말하고는 중문으로 나갔다. 천길이가 도영이 손을 대다가 만 밥상을 들고 안청댁의 뒤를 따른다.

"골목에서 승현이를 업고 나오는 평식이와 마주쳤습니다. 그 친구 말로는 바람을 쐬러 나오다 보니 승현이가 골목에서 울고 있더랍니다. 선생님께서는 평식이가 승현이를 데려갔다는 걸 어떻게 아셨습니까?"

태수가 갑자기 조용해진 빈 마루에 걸터앉으며 말을 꺼냈다.

"접때 그 청년이 찾아왔는데, 찜찜한 뒷맛을 남기고 갔지 뭔가. 의심이 적중해서 좋은 것인지, 불행을 초래할 것인지 알 수 없는 일이야. 한 젊은 이의 신상이 걸린 일일세. 아이가 무사하니 안에서 캐물어도 덮어버리게."

"알겠습니다. 선생님, 그럼 쉬십시오."

태수는 일어서서 고개를 숙여 인사를 하고는 안채로 들어간다. 혼자가 된 도영은 방으로 들어가 아랫목에 깔린 보료 위에 목침을 베고 누워 생각에 잠겼다. 미욱하고, 착한 그 아비가 못된 자식을 두었을 리가 없다는 생각이 들었다. 평식이 승현을 데려갔다면 뭔가 피치 못할 이유가 있을 것 같았다. 그는 밝는 대로 태수를 보내 원인을 알아다 해결을 해주어야겠다는 생각을 했다. 그는 어미의 목을 감고 안기던 승현에게로 생각이 옮겨갔다. 촉수가 낮은 백열등 불빛이라 자세히는 못 봤지만, 어미의 사랑으로

구김살 없이 잘 자란 아이 같았다. 그는 외로울 때 감겨들 어미도 없는 상현을 떠올렸다. 아이에게 너무 무심했다는 생각에 가슴이 저렸다. 그러나 지금이라도 불러서 보고 싶은 생각은 일지 않았다. 이리 마음이 어수선한 때에 상현을 보면, 수림을 향한 보고픔을 감당할 수가 없을 것이다.

"선생님, 잣죽을 쒀 왔구만이라."

밖에서 안청댁의 목소리가 들렸다. 도영은 몸을 일으켰다. 태수가 잣죽과 두어 가지 반찬을 얹은 소반을 들고 들어오고, 안청댁이 뒤를 따라 들어왔다. 그녀는 상을 내려놓느라 몸을 굽히는 태수의 어깨 너머로 도영의 얼굴을 살폈다. 처마의 희미한 백열등과는 달리 밝은 형광등 아래 앉아 있는 도영의 표정은 아무런 내색도 없었다.

"누구한티 저만치 비키라는 말 한자리도 안 듣고 사신 선생님이신디, 아짐이 막말을 쏟아서 많이 놀래셨지라? 대문 밖 구경도 못해본 금댕이 같은 아들이 해가 져도 안 들어왔으니, 그 속이 온전했겠소? 우악을 떤 그 말들은 입에서 나왔제, 맘에서 나온 말이 아닐 것이요. 선생님이 이해를 하시고 다 잊어부시요잉."

안청댁이 소반 앞에 엎드려 반찬을 이리저리 바꾸어 놔주며 수저를 드는 도영을 향해 어리광스럽게 말했다.

"이 사람이 지금 무슨 소리를 하는 거야? 선생님 불편하셔서, 우리 나가자구."

태수가 열린 미닫이창 밖으로 안청댁의 등을 밀고 나가서는 창을 소리 나지 않게 닫았다. 도영은 그들의 몸짓과 마음 씀씀이가 하도 정겨워서 씩 웃음이 나왔다. 그는 수저로 죽을 뜨면서, 자신의 후반생에 저들이 차지한 비중이 얼마나 큰가를 생각했다.

태수는 정순에게 불려가 안채 뒷마루에 걸터앉았다.

"우리아들 말을 들으니 대문간에서 놀고 있는데 어떤 형이 와서 좋은

데 구경시켜 준다고 데려갔다는데, 경선이 아버지는 모르세요?"

정순은 우리아들이라는 말에 힘을 주어 말했다.

"아니에요. 동네에 사는 평식이라는 청년이 저녁 먹고 바람 쐬러 나오는데 승현이가 고샅에서 울고 있었대요. 누군 지를 몰라서 집으로 데려가서 달랬다고 하더라구요. 어려서부터 지켜봤지만, 착하고 건실한 청년인데, 승현이를 고의로 데려가다니요?"

"근데, 엊저녁에 우리 영감하고 뭘 속닥거렸어요?"

정순이 파고들었다. 의심이 많은 그녀였다. 거짓을 모르는 태수의 동공에 동요가 일었다.

"선생님께서 아이가 처음으로 밖을 나가서 길을 잃었을 테니, 동네에 폐가 되지 않도록 시끄럽게 떠들지 말라 하셨어요."

"잘도 꾸며대시네요, 내가 바본 줄 아세요? 우리아들한테 자초지종을 물어서 유괴인지, 아닌지를 내 기어코 캐내고 말 거예요. 신문에서 유괴가 어쩌고저쩌고 하니, 촌 것들이 흉내를 내서 남의 간을 태우다니, 내 이놈을 가만 두나 봐라."

정순은 태수가 평식이라도 되는 것처럼 노려보며 말했다. 태수는 섬뜩한 생각이 들었지만, 어설픈 웃음으로 얼버무리고는 일어섰다.

정순은 승현을 앞세우고 대문을 나섰다. 사실 승현은 어떤 형이 업어주었다는 말밖에는 할 줄 몰랐다. 나머지는 정순이 상상으로 만들어낸 말들이었다. 정순은 별채로 내려와 마침 토요일이라 학교가 일찍 파해 돌아오는 천길이에게 평식의 집을 묻고 있었다. 마당에서 정순과 천길의 대화를 들은 태수는 도영 씨에게 알려야 하나, 말아야 하나 고민을 하고 있었다. 마침 방문을 열고 마루로 나오던 도영은 천길이를 다그치는 정순의 말을 듣고는 사색이 되었다.

"그만 두시오. 그 집을 찾아가서 뭘 어쩌겠다는 거요?"

　도영이 노기 띤 소리로 말했다. 도영을 힐끗 쳐다본 정순은 얼굴에 비웃음을 흘리며 밖으로 나갔다. 이십 년이 다 되도록 도영의 시중을 드는 동안에 평정을 잃은 모습을 처음 본 태수는 정순을 쫓아나갔다.

　"왜요, 뭔가 찔리는 게 있으세요? 영감이 평식인가, 뭔가 하는 놈에게 우리 승현이 유괴하라 시키셨어요?"

　태수에게 끌려온 정순은 남편이 쳐다보며 어긋난 소리를 했다.

　"함부로 말하지 마오. 어제는 자식을 염려한 어미의 마음을 헤아려 탓하지 않았지만, 오늘은 다르오."

　"아이구야, 우리 영감 차분하기도 하셔라. 내 아들 유괴한 놈 잡으러 가는데, 점잖은 체면이라 앞장은 못 설망정 막으러 드는 이유가 뭔지, 그리고 오늘은 어떻게 다른지, 내 좀 알아야겠네."

　"철모르는 아이의 말을 듣고 앞길이 구만리 같은 젊은이 하나를 망칠 셈이오?"

　도영이 엄하게 말했다.

　"오라, 결국 그런 뜻이었구먼! 내 영감탱이 미워서도 그놈을 잡아 치도곤을 내서 경찰서에다 고발을 해버릴 거예요."

　정순의 오기 찬 말소리가 높아졌다. 자기에는 그토록 냉소적이고, 인정머리 없는 남편이 다른 사람에게는 정이 넘치는 것에 질투심이 인 그녀는 여봐란 듯이 일 하나를 저질러버리고 싶어졌다. 그녀는 승현의 손을 잡아 끌고는 대문을 박차고 나갔다.

　평식은 골짜기에 흐르는 차가운 물로 세수를 했다. 내친김에 웃통을 벗어 몸을 씻고, 머리도 감았다.

　죽어야할 이유는 충분했다. 순간의 유혹으로 아이를 데려온 것이 첫 번째 이유였고, 정순에게 수도 없이 뺨을 맞고, 발길에 채이고, 입에 못 담을 악담과 욕설을 들은 부끄러움이 두 번 째였다. 국가의 공금을 갚을 길이 없어 감옥에 가게 생겼으니 열 번 죽어 마땅했다.

그는 짧은 자신의 인생을 떠올렸다. 가난해서 멸시는 당하고 살았을망정 남의 오이 한 개도 훔친 적이 없어서 뺨을 맞거나 욕을 당한 일은 없었다. 더구나 치고 받고 싸울 만큼 가까운 친구가 있었던 것도 아니었다. 죽는다면 부모님에게 죄스러울 뿐, 남에게 걸리는 것은 아무것도 없었다.

그는 앉은뱅이 책상 서랍에서 작년 겨울에 자신을 회장님으로 떠받들어준 동네 청년들이랑 재미로 꿩을 잡을 때 쓰고 남은 청산가리를 꺼냈다. 환갑이 넘은 부모님을 떠올렸다. 중학교에 입학하던 날도, 졸업하던 날도 흐뭇해서 어쩔 줄을 모르면서도 아들이 창피해 할까봐 따라오지도 못하던, 군대를 보내면서도 서운한 내색도 못하던 미욱한 부모님은 집에서 무슨 일이 난 줄도 모르고 논에 나가고 없었다. 죄송하다는 말을 남기고 싶어도 두 분 다 글씨를 모르니, 부질없는 일이었다. 다음 날 아침, 천길이가 숨이 턱에 닿아서 별채로 뛰어들었다.

"아제, 평식이 성이 싸이나으이 묵고 죽었다요."

천길이가 다급한 소리로 말했다.

"그 말을 어디서 들었냐?"

싹이 파랗게 어우러진 대추나무에서 죽은 삭정이를 끊어내고 있던 태수가 놀란 망아지 같은 천길이의 얼굴을 쳐다보며 물었다.

"친구 집에 갔드니 동네 사람드이 그엽디다."

숨을 돌린 천길이가 차분히 대답했다. 반대로 하얗게 질린 태수는 할 말을 잃고는 마침 방문을 열고 나오는 도영을 쳐다봤다.

"내 그걸 염려했더니만!"

뒷짐을 진 도영이 높다란 하늘 저쪽에 눈을 주며 탄식처럼 말했다. 아들이 하나 남았었다니, 늙은 개똥이는 절손이 되어버린 것이리라. 그는 마음이 아파 눈을 감았다. 오래 전에, 할아버지의 상을 당해 삼우제를 지내고 부모님과 아내, 모두 함께 산을 내려오다가 송산강 다리에서 개똥이 아낙을 봤었다. 무명옷을 누덕누덕 기워서 입고, 벼이삭을 담은 바구니를 머리에 인 그녀는 두세 명의 아이들을 치마폭에 매달고 있었다. 그들과 마주치자 아낙은 한쪽으로 비켜서서 고개를 숙였다. 어린애들이 까만 눈망울에 겁을 잔뜩 머금고는 상복차림의 어른들을 쳐다봤다. 아내의 얼굴이 파랗게 질리고 있었다.

어쩜, 복도 많아라! 어머니가 아낙에게 말했다. 그 말을 들은 아내의 숙인 고개가 더 숙여져서는 들지를 못했다. 그 날 어머니는 머슴이 지고 뒤따르는 삼우제 음식에다 곡식을 한 말이나 보태서 개똥이의 움막으로 보냈었다. 오늘 개똥이 부부에게 닥친 불행은 곡식이나 돈을 가지고 위로가 될 문제가 아니었다. 도영은 가슴이 답답해서 하늘을 쳐다봤다.

"왜들 넋이 빠져 있냐? 별채에 무슨 좋은 일이라도 생겼냐?"

정순이 중문으로 들어오다가 멍하니 서 있는 천길이를 향해 물었다.

"평식이 성이 싸이나 묵고 자사으이 했다요."

"하이구머니나, 그거 참 잘했네. 그런 놈은 죽어도 싸지. 천길아! 너는 그놈 부모한테 가서 내가 잘 죽었다고 하더라고 전해라. 하긴, 그런 천한 것들 열 명이 죽은들 누가 왼눈이나 깜짝 하겠냐?"

정순은 얼굴에 비웃음을 가득 담아 말했다. 도영은 느닷없이 언젠가 송산강 제방에 똬리를 틀고있던 구렁이가 떠올랐다.

"영감은 서운하시겠구려?"

정순이 마루에 서 있는 남편을 쳐다보며, 도톰한 입술을 실룩여 비웃음을 흘렸다. 머리를 쳐들고 비웃는 것처럼 혀를 날름거리던 구렁이와 흡사해 보였다. 순간, 몸이 오싹해지며 싸느란 피가 등골을 타고 흘렀다. 정순은 조용해진 남편 쪽을 힐끗 쳐다봤다. 처마 아래다 눈을 고정시킨 채 서 있는 남편은 오른손 가운데 손가락을 들어 이마에 대고는 왼쪽으로 천천히 밀어가고 있었다. 그 모습은 마치 선 채로 얼음덩어리로 변하고 있는 것 같았다. 정순의 등에 업혀 있는 승현이 도영의 모습을 유심히 바라보고 있었다. 자신이 내뱉은 말은 모두 옳고, 당연하다고만 생각한 그녀는 남편을 향한 비웃음을 멈추지 않았다. 정순의 시선을 견디지 못한 도영은 방으로 들어가 철커덕 소리가 나게 문고리를 걸어버렸다.

정순은 잠이 오지 않았다. 엊그제 자신이 남편에게 무슨 말을 했는지도, 평식이의 죽음에 다소 책임이 있다는 것도 느끼지 못한 그녀는 마음이 자꾸만 별채로 쏠리고 있었다. 남편이 불을 켜놓고 기다리고 있을 것만 같았다. 이불을 젖히고 벌떡 일어났다.

정순은 마당을 건넜다. 어스름 달빛이 깔린 집안은 죽은 듯 조용했다. 늦은 봄의 훈훈한 밤바람이 볼을 쓸었다. 뒷산에서 수리부엉이가 울어 고요를 깨뜨렸다. 중문을 밀고 안으로 들어갔다. 생각대로 남편의 방에는 불이 켜져 있었다. 기분이 좋아진 그녀는 마루로 올라서서 문고리를 잡아 흔들었다. 안에서는 아무 소리가 없었다. 남편은 책을 읽다가 잠이 든 모양이다. 그녀는 손가락에 침을 발라 창호지를 뚫었다. 다행히 영창이 열려 있어서 방안이 내다보였다. 남편은 보료 위에 누워서 책을 읽고 있었다. 정순은 문고리를 흔들었다. 문구멍으로 내다보이는 남편의 얼굴은 무표정이었다. 성질이 난 정순은 부서져라 문을 발로 찼다. 무반응이었다.

"이놈의 영감탱이야, 이젠 귀까지 먹은 거냐?"

분통이 터진 그녀는 있는 대로 소리를 지르면서 창호지를 와드득 찢어내렸다. 남편은 여전히 책에서 눈을 떼지 않고 있었다. 밝고, 푸른 기가 도는 형광등 불빛을 받은 남편의 얼굴은 싸늘하다못해 창백했다. 철저히 무시당하고 있다는 생각이 든 정순은 발로 문을 사정없이 차기 시작했다. 장살대가 나가고, 동살대가 나가고, 문골만 남았다. 남편은 미동도 없었다.

그때 사랑채 방문이 열리고는 잠옷차림인 안청댁이 신발도 신지 않고 뛰어올라왔다.

"아짐, 그만하고 나랑 안채로 올라갑시다."

안청댁은 무슨 내막인지 묻지도 않고 정순의 손을 잡아끌었다.

"놔라, 이년아! 제 서방 찾아온 것도 죄냐?"

"아먼이라. 아짐은 잘못한 것 없소. 이 지경에서 화가 안 날 사람이 으디가 있겠소? 이만이나 분풀이했으니, 인자 그만 올라갑시다."

안청댁이 방안에 있는 사람에게 들으라는 듯, 정순을 달래서는 마당으로 내려섰다.

9

정순은 도영의 마음을 돌려보려 애를 썼지만, 그의 외곬인 성격은 한 번 틀어지니 그만이었다. 안청댁의 어리광 섞인 사정도 통하지가 않았다. 그녀는 말소리만 들어도 사랑으로 가슴이 울렁였던 전남편에게 소박을 당했을 때의 하늘이 무너짐 같은 아픔에 비하면 늙은 남편의 냉대쯤은 아무 것도 아니란 생각을 하며 마음을 달래다가도, 남편이 변한 건, 죽은 상현 어미를 못 잊어서라 밀어붙여서는 밤마다 이를 갈아 증오와 독기를 키워 가고 있었다.

정순은 경상에 팔을 세워 손등으로 귀밑을 받치고는 화를 끓이고 있었다. 때마침 학교에서 돌아온 상현이 마당으로 들어섰다. 목과 다리가 길다란 아이였다. 하얀 얼굴과 긴 속눈썹을 한 검은 눈자위가 병약함을 보탰다. 그것은 부잣집 아이들 특유의 깨끗함과 오만함, 그리고 몸에 배인 기품으로 보인다. 상현은 등에 멘 란도셀을 벗으며 다녀왔습니다, 하고 대상도 없이 인사를 했다.

"저 웬수 놈은 누가 반가워한다고 또박또박 인사를 하는가 몰라!"

정순은 쌓인 분통을 엉뚱한 곳에 터트리듯 욕설을 해 부쳤다. 안청댁이 상현을 싸고돌면서 정순과 멀리 떼어놨기에 서로 부딪힐 일이 많지는 않았다. 하지만, 어쩌다 눈에 띄는 게 미움을 더 키우고 있었다. 상현은 마루 끝의 건넌방에 가방을 두고 우물가로 나갔다. 담 밑에서 개미들과 놀고 있던 승현이 우물가에 있는 상현을 보고 쫓아왔다. 아까부터 상현이가 오면 싸우려고 벼르고 있던 차였다. 승현은 일곱 살로 나이보다 키가 크고, 튼튼했다. 아이는 바가지로 샘물을 퍼서는 세숫대야에 담아 손을 담그는 상현에게 시비를 걸었다.

"내가 기다렸는데 왜 늦게 오는 거야? 오다가 어디서 놀았지. 그치."

상현은 들은 척도 않고는 세수를 하고, 손을 씻고는 목에 걸고 나왔던 수건을 벗어서 물기를 닦아낸다.

"새끼야. 왜 아무 말도 안 해. 사람 말이 말 같지가 않아?"

승현이 상현에게 발길질을 하며 말했다. 안청댁과 정순의 툭탁거리는 말싸움 속에서 자란 아이는 말투도, 몸짓도 어른들을 닮아 있었다. 상현은 동생의 발길질에 자존심이 상했던지 눈을 치떴다. 방안에서 내다보는 정순은 아들이 자신을 대신해 상현을 늘씬하게 패주었으면 하는 생각이 들었다. 상현은 키는 훨씬 컸지만, 다부진데다 친어머니가 뒤에서 받쳐주고 있어서 자신만만한 승현의 적수가 못 되었다. 싸움을 거는 것도, 치고 받는 것도 승현의 몫이었다. 안방을 힐끗 쳐다본 상현은 승현의 발길질에 몸을 내맡겨버린다. 영악한 승현은 어머니의 속셈을 알아차리고는 상현을 땅바닥에 밀어서 자빠트리고는 가느다란 몸통에 올라타서 얼굴, 머리 할 것 없이 작은 주먹으로 사정없이 내려쳤다. 코피가 터진 상현의 얼굴이 피범벅이 되었다. 승현이 겁이 났던지 주먹질을 멈추고 일어섰다. 속이 후련

해질 때까지 계속 패주기를 바랐던 정순의 얼굴에 실망의 빛이 드러났다. 남새밭 울타리 밖에서 천길네에게 저녁반찬거리를 지시하던 안청댁이 상현의 얼굴을 보고 달려왔다.

"시상에나, 승현아, 상현이는 넘이 아니고, 니 성인디, 이래 놓으면 쓰겄냐?"

안청댁이 승현을 타이르듯 말하고는 상현의 손을 잡아 우물로 데려갔다. 승현은 상현의 코피를 터트린 건 잘못했지만, 안청댁이 상현이만 예뻐하는 게 샘이 났다. 아이는 어머니가 상현이를 패준 걸 잘했다고 칭찬을 해 줄지도 모른다는 생각이 들어 섬돌을 뛰어올랐다.

정순은 우쭐해서 들어오는 승현을 냉랭하게 바라봤다. 그녀는 남편이 미우면 자식도 밉다는 말을 실감하고 있었다. 방으로 들어오는 아들을 잡아 상현을 패는 심정으로 실컷 두들겨 패주고 싶어졌다. 그녀는 칭찬을 기다리는 아들의 교활한 눈을 남편을 향한 증오심으로 쏘아봤다. 승현은 실망과 무서움으로 구석 벽에 얼굴을 묻었다.

"얼씬하면 귓구멍을 틀어막는 것이 이가네 종자들 버릇이냐?"

정순은 발작처럼 악을 쓰면서 경상 위에 사기대접을 집어들었다. 하필이면 그때 한 쪽 코를 솜으로 틀어막은 상현이 건넌방을 향해 마당을 질러가고 있었다.

"이 웬수 놈아! 내가 니놈부터 시작해서 아비고, 종년이고 차근차근 다 잡아먹을 것이다."

정순은 소리를 지르며 손에든 그릇을 상현을 향해 힘껏 집어던졌다. 그릇은 상현의 머리를 아슬아슬하게 비켜서 옆으로 떨어져 깨졌다.

"놀래라. 글 안해도 재게 아들이 분풀이를 다 해주등마는 뭣이 모질해서 저 지랄이여?"

곳간에서 나오던 안청댁이 하마터면 큰일 날 뻔한 날벼락에 혼이 나가서 두서 없는 말을 하며 달려왔다. 정작 상현은 영문을 몰라서 어리둥절한 눈으로 양쪽 여자들을 번갈아 쳐다봤다.

"상현아, 안 다쳤제? 느그 어매 죽고 십 년이 다 되도록 혼이 반이나 나가신 느그 아부지, 어매 반쪽인 너한티 뭔 일이 생겼으먼, 아조 돌아가시고 말 것이다."

안청댁은 정순의 약을 올리려고 작정을 한 듯, 죄인 취급을 해서 십 년이 다 되도록 아들의 얼굴도 안보고 사는 도영과 수림을 들먹인다.

"제발 덕분에 다들 죽어 없어지라고 해라. 죽으면 몽매에도 못 잊은 사람들 서로 만나서 좋고, 나는 이 집 재산 내차지 되어서 좋고, 양쪽으로 득인데 그 짓을 왜 못해?"

정순이 비아냥거리듯 말했다.

"엿장시 맘대로 하래아직에 재게 발등에 그 한한 재산이 뚝 떨어질까만! 사람은 성질대로 사는 것이라, 재산이 다 내것이 됐다고 작은 아짐이 별안간에 요조숙녀가 되겠소, 인생이 달라지겠소? 또 누구한티 뭔 트집을 잡든지, 잡어서는 벼락치듯 악 쓰고, 펄펄 뛰고, 집안을 쏘시개를 맨들어서는 안 편하게 살 것이 뻔한디, 뭣할라고 천지 개벽을 원하요? 밤낮이로 누구를 죽이네, 잡어묵네, 하늘이 안 무서운가 몰라? 얼굴 이쁜 것으로 봐서는 전생에 공덕도 쌀 만치 싼 성부르구마는!"

안청댁이 따지듯 나무란다.

"이런, 오뉴월 똥파리 같은 년이 끝까지 물고늘어지기는!"

안청댁의 차분히 뇌까리는 듯한 말에 분통이 치민 정순은 소리를 지르며 맨발로 마루를 뛰어 내려와 섬돌을 퉁퉁거리며 내려왔다. 몸으로까지는 부딪치기가 싫은 안청댁이 상현의 손을 잡고는 대문을 나가버렸다. 정순은 되돌아와 신발을 신고는 대문으로 나가 빗장을 질러 버렸다. 그러나 얼굴은 이미 화가 다 풀린 듯 숨이 고르게 돌아와 있었다. 정순은 안청댁과 한바탕 싸우고 나면 마음이 평온해지곤 했다. 원래 고집이 센 데다, 어린 나이에 과분한 결혼이 몰고 온 불행, 못 다 한 사랑, 두 번째 남편의 매질, 친정의 눈칫밥, 도영의 무관심에서 생긴 심리적인 정서불안에서 오는 오기와 우악, 조급증, 거기에다 나이가 네다섯 살이나 아래면서도 함부로 할 수 없는 힘을 지닌 안청댁은 열등감과 신경질을 보태고 있었지만, 자신이 부리는 사람이라는 멸시감이 있었기에 맘대로 휘두르고 깎아내려 분풀이를 할 수는 있었다.

10

한길가로 초라한 한옥을 가게로 개조해서 올려붙인 서점이며, 분식점, 사진관의 간판들이 즐비하다. 버스를 기다리던 명애는 승강장 뒤에 있는 사진관을 쳐다봤다. 문득, 며칠 전에 친구들과 교정에서 찍은 사진 현상을 맡긴 게 궁금해졌다. 그네는 돌아서서 사진관 유리창을 열었다. 카운터에 서서 가위로 증명사진 가장자리의 흰 선을 자르고 있던 남자가 힐끗 쳐다봤다. 가게 안으로 들어선 명애는 구석을 기웃거렸다. 필름을 맡겼던 나이가 지긋한 사진사가 보이지를 않아서였다.

"무슨 일로 오셨죠?"

카운터에 서서 일에 열중해 있던 남자가 물었다.

"필름을 맡겼는데, 사진이 나왔나 보려구요."

명애는 남자의 눈을 쳐다보며 대답했다.

"언제 맡겼는데요?"

남자가 계산대 서랍을 열며 또 물었다.

"며칠 됐어요. 김명앤데요."

“김명애, 김명애라!…. 아, 여기 있네, 가만있자.”

남자는 출납 노트를 들여다보며 혼자서 중얼거리더니 작은 종이봉투가 세워진 틀을 뒤적여 그중 하나를 뽑아냈다. 남자는 봉투에서 사진 한 장을 꺼내 영애의 얼굴과 대조해 보고는 내밀었다. 명애는 남자의 조금 벌어진 입술 사이로 내다보이는 희고 쪽 고른 이를 바라보며, 그가 내미는 사진을 받았다.

“예쁘게 나왔죠? 카메라가 서툰 사람이 찍었는지 배경은 형편없는데 워낙이 예쁜 얼굴이 들어 있어서 괜찮네요.”

남자는 활짝 웃어 보였다. 사람을 녹일 듯한 환한 눈웃음이었다. 사기성이나 바람기가 들어있지 않은 깨끗한 웃음이었다. 명애는 그의 위아래를 훑었다. 제대군인 같은 상고머리에 크지도 작지도 않은 키, 스물 다섯 살 정도나 되었을까? 까무잡잡한 피부, 부드러운 눈, 튀어나온 이마, 잘 생기거나 귀공자는 아니었지만, 어딘가 봄날의 훈풍 같은 그런 인상이었다. 명애에게서 사진을 돌려 받아 봉투에 담은 그는 출납부에 기입부터 했다. 명애는 갑자기 난처해졌다. 지나던 길이라 핸드백도, 지갑도 없이 손에 달랑 책 한 권만 들고 있었던 터였다. 남자가 워낙 예쁘다는 말만 안 했어도, 아니, 그의 인상이 그렇고 그렇기만 했어도 내일 오겠다며 그냥 나와도 될 일이었다. 문득, 만약을 몰라서 들고 다니던 책갈피에 천 원짜리 한 장을 끼워 두었던 게 생각났다. 책장을 뒤적였다. 당황했던지, 분명히 넣어둔 돈이 보이지를 않았다. 다시 한 번 꼼꼼히 뒤적였다. 없었다. 창피해서 얼굴이 빨개진 명애는 책을 거꾸로 쥐고는 흔들어댔다. 갈피에서 훌렁 빠져나온 뺏뺏한 지폐는 땅으로 떨어지지 않고 카운터에 서 있는 남자에게로 팔랑팔랑 날아갔다. 눈가에 잔뜩 주름을 잡아 웃으며 명애의 하는 양을 바라보고 있던 남자가 손을 뻗어 날아오는 돈을 받았다.

토요일이었다. 다음주부터 기말 시험이었다. 명애는 오전 내내 도서관에 앉아 있었다. 갑자기 배가 고파졌다. 손목시계를 들여다봤다. 두 시가 다 되어가고 있었다. 책과 노트를 대강 챙긴 명애는 아침에 집을 나올 때 하숙집 아주머니가 일부러 챙겨주던 도시락을 꺼내 들었다. 구내 식당에 가면 물과 자리를 얻을 수가 있었다. 의자를 빠져나와 몸을 돌리는 순간, 뒤에서 누군가가 사정없이 부딪쳐왔다. 손에 들고 있던 도시락이 저만치 나가 떨어졌다. 반찬그릇이 열려서는 김치랑, 멸치볶음, 서너 가지의 반찬이 타일바닥에 쫙 흩어졌다.

"어이구, 미안, 미안해서 어쩌죠?"

어떤 남학생이 흩어진 도시락을 내려다보며 쩔쩔매고 있었다.

"야이, 멍청한 자식아! 눈은 뒀다…."

소리를 꽥 질러 욕설을 내뱉던 명애는 갑자기 말끝을 자르고는 멍해져 버렸다. 심한 욕설에 놀라서 눈을 동그랗게 뜨고 쳐다보는 남학생은 사진 관에서 봤던 그 남자였다.

"어이구, 우리 만난 적 있죠? 덕분에 합의가 쉬워졌으면 좋겠는데."

그는 와중에도 농담 같은 소리에 진지함을 담아 말했다. 당황한 명애는 대답을 할 수가 없었다. 어디로 달아나고 싶었다. 마치 잘 보이고 싶은 사 람에게 큰 실수를 저지른 듯한 기분이었다. 상황이 상황인지라, 급한 대로 손수건을 꺼내서는 엎드려 흩어진 반찬을 쓸어모았다. 그가 가까이 있는 화장실로 뛰어가서 누런 화장지 뭉치를 풀어왔다. 명애는 말없이 화장지 를 받아서 타일바닥을 훔쳤다. 그는 부지런히 뛰어다니며 빗자루와 쓰레 받기까지 찾아와서는 그네가 모아둔 것을 쓸어 받아서 쓰레기통에 버려주 었다. 일이 끝나자 그들은 정원에 설치된 수돗가에 나란히 섰다. 명애는 괜히 가슴이 떨렸다.

"말이 좀 심했다는 거 알죠? 예쁜 사람은 예쁜 말만 하는 줄 알았더니 아니네! 난 이 학교 복학생이고, 이름은 정우진이요."

그가 환히 웃으며 씻은 손을 내밀었다. 세상의 법이란 법은 하나도 필요 없을 것 같은 선량하다 뻗친 웃음이었다.

"미안해요. 성질이 좀 못 됐거든요. 사범대학 영문과 이 학년이에요. 이름은 알고 계시죠? 손은 잡은 걸로 해주세요."

명애는 애써 담담한 척 말했다.

"이 학년? 그럼 나는 군대에서 삼 년을 묵혔으니, 선배로 치자면, 그 쪽의 할아버지뻘이네! 앞으로 자주 볼 테니 미안한 건 두고두고 갚으면 되겠지? 아참, 그 사진관 우리 아버지거지만, 사진을 공짜로 찍어 주면 어떨까? 난 사진을 아주 잘 찍는데."

손을 내린 우진이 갑자기 말을 놔버렸다. 농담 섞인 말과는 달리 얼굴은 진지했다.

11

장 의원은 도영의 집 앞에서 택시를 내렸다. 뒤에서 중학생이 된 천길이가 따라 내렸다. 생전 처음으로 택시를 타본 천길이는 기분이 너무 좋아서 싱글벙글하며 안채로 뛰어들어가고 있었다.

"아줌니, 장 의원님 모세 왔구만이아우."

천길이가 손에 들고 들어온 꾸러미를 마루에 놓으며 말했다.

정순이 반쯤 열린 영창으로 밖을 내다봤다. 마당으로 들어오는 장 의원을 보자 표정이 뾰로통해졌다. 그녀는 남편의 냉대를 참다못해 중신아비에게 책임을 물으려고 천길이를 시켜 장 의원을 데려오게 했다. 그녀는 일어서서 머리를 쓰다듬으며 마루로 나와 앉았다.

"제수 씨, 이 몸 대령했습니다. 그간 안녕하셨는지요?"

장 의원이 홍안에 웃음을 가득 담아 농담을 섞어 말했다.

"안녕하면 사람을 보냈겠어요?"

정순이 얼굴을 펴지 않은 채 샐쭉한 목소리로 대꾸를 했다.

"어디가 편찮으세요?"

장 의원이 정색을 하고는 마루에 걸터앉으며 물었다.

"몸이 아픈 게 아니고, 의원님이 중신을 잘못하신 바람에 내가 이렇게 고단하고, 살기 싫은 세상을 억지로 살고 있잖아요."

"저 친구가 제수 씨에게 죽을죄라도 졌습니까?"

장 의원이 여전히 빙글거리며 물었다. 정순은 묻기를 기다렸다는 듯이 목소리를 높여 도영의 험담을 늘어놓기 시작했다.

"마흔 네 살의 한창 젊은 년을!⋯. 차라리 뒈지고 없으면 과부니, 포기라도 하고 살죠. 남편이 미우니, 상현이놈은 더 미워서 죽겠어요. 처음부터 재산을 보고 온 시집이니, 둘 다 죽어 없어지면 재산차지는 되겠다 싶어서, 자나깨나 두 것들 죽기 기다리는 재미로 살고 있다구요. 장 의원이 중신을 잘못 서서 내 신세를 이리 만들어 놨으니 이제 어쩌실 거예요?"

"제수 씨, 이게 파두(巴豆)라는 거요. 그 친구가 젊은 시절부터 변비가 심해서 백약이 무효인데, 이걸 먹어야만 변이 통하지요. 독성이 좀 강합니다. 그 친구가 그리도 미우면, 이걸 물에 불려 생으로 갈아서 그 친구가 잘 먹는 육개장에 타서 먹이세요. 그러면 파둣독으로 한 열흘 줄줄 하다가 제수 씨를 과부로 만들어 줄 거요."

빙글빙글 웃으며 정순의 어이없는 푸념을 다 들어주고 난 장 의원이 농담을 던지고는 일어섰다.

"아이고, 장 의원님 오셨네요. 안채는 웬일이시당가요?"

밖에서 들어오던 안청댁이 장 의원을 향해 허리를 나붓이 굽혀 절을 하며 말했다.

“잘 있었나? 파두를 좀 가져왔네. 별채 친구가 약 먹기를 그리 싫어한
다니, 이제부터는 가루를 내지 말고 밥에다 한 줌씩 놔주게. 이래 익히나,
저래 익히나 익히기만 하면 독이 없어질 테니 괜찮을 걸세.”

“예, 오늘 저녁부텀 그리 하겠구만이라.”

안청댁이 허리를 한 번 더 꺾어 보이고는 파두 꾸러미를 받아들고 곳간
쪽으로 간다.

마루에 초가을 석양이 드리운다. 도영은 뒷짐을 지고 서서 하늘을 쳐
다봤다. 하늘 저편에 분홍빛을 띤 구름의 모양이 여러 모로 바뀐다. 담을
둘러싼 과일나무에서 철늦은 쓰름매미가 악을 쓰듯 쫄어댄다. 그는 배롱
꽃 진분홍이 이리 서글픈 것을 보니 가을로 접어든 모양이라고 생각한다.

키로 봐서는 열 두어 살쯤 되어 보이는 사내아이가 대문으로 들어온다.
태수네 거처인 사랑채에 볼일이 있는 모양이다. 아이는 신발을 신은 채 마
루에 한 쪽 무릎을 꿇고는 방문을 가만히 열어보고는 다시 닫았다. 팔다리
가 기다란 말라깽이 아이는 주말이면 오는 태수의 아들들 중 하나는 아닌
것 같았다. 도영은 눈을 가늘게 뜨고 아이를 바라봤다. 마루에서 무릎을
내린 아이는 도영에게 옆모습을 보인 채 잠시 서서 생각에 잠겨 서 있었
다. 도영은 누가 말해주지 않아도 아이가 상현이라는 걸 알았다. 대문간으
로 나간 아이는 뒷짐을 지고 서서는 바깥을 바라보고 한참 서 있다가 가버
렸다. 도영은 부자간에 대면도 없이 자랐으면서도 자신과 똑같은 몸짓을
하는 어린 아들을 보니 씁쓸한 기분이 들었다. 그는 아들의 나이를 헤아려
봤다. 수림이 죽은 지 벌써 만 십일 년째이니 우리 나이로 열두 살이 되었
을 것이다. 도영은 십 수년 세월을 담을 넘듯, 훌쩍 뛰어 넘어버린 듯한 기
분이 들었다. 어미 없이 저만큼이나 자란 아들에게 연민이 일었다. 그는
오랜만에 수림을 떠올려봤다. 어제 만나서 오늘 죽어버린 것처럼 무엇을
함께 했는지 기억나는 게 하나도 없었다. 아니, 애써 쫓아버린 기억들이라

모두 잊혀지고 노여움만 생생했다. 녀석은 왜 태어나 가지고! 명치끝이 아린 그는 노을진 하늘에다 대고 중얼거렸다.

"뭘 그리 골똘히 생각하나."

마당에서 들리는 소리에 도영은 고개를 돌렸다. 장 의원이 마당으로 들어서며 하는 소리였다. 그의 질감 좋은 춘추복에 노을이 비켜간다.

"왜 그리 소원했나?"

도영은 탁자를 마주하고 앉은 장 의원을 향해 말했다.

"이 사람아, 나야 환자를 보느라 바빠서 못 왔지만, 할 일 없는 자네는 왜 못 나오는가?"

"자네는 여기가 지척이지만, 난 거기가 천리 아닌가!"

도영이 오랜만에 온 친구가 반가웠던지 농담을 한다.

"자네가 내세우는 원리는 늘 자네 편이었지."

장의원이 히죽 웃으며 도영의 농담에 대꾸를 한다.

"요즘 건강은 어떤가?"

장 의원이 탁자 위로 손을 내밀어 도영의 팔목을 잡으며 물었다.

"건강이야 나이가 있는데 팔팔할 수가 있나! 변비가 좀 심한 것 빼고는 그냥저냥일세."

도영은 장 의원에게 손목을 내맡기며 말한다. 그는 맥을 짚다 말고 손으로 도영의 얼굴을 옆으로 돌려 들여다본다.

"변비가 심한 거야 어디 어제오늘 일인가. 그러잖아도 파두를 두어 되 구해서 안채에 두고 왔네. 저녁부터 밥에 한줌씩 놓으라고 안청댁한테 일러 두었으니, 변비는 곧 괜찮아질 걸세. 얼굴 색을 보니 오장은 정상인 것 같고, 내일 아침에 갈 때 천길이를 데려가서 보약이나 한 제 지어 보내겠네."

"보약은 무슨, 밥 잘 먹으면 그게 보약이지. 늙도록 한없이 보약만 먹어대면 언제 죽으란 말인가? 어찌됐던 잘 왔네. 그러잖아도 자네와 바둑한 판 생각이 간절했었는데.”

장 의원이 내일 간다는 말에 도영이 반기는 표정으로 말했다.

“그러면 그렇지! 바둑이 아니었다면 자네가 날 반기겠나? 바둑은 천천히 두기로 하고, 실은 제수 씨가 천길이를 보냈기에 따라왔네. 안채에 먼저 들러 제수 씨와 상담부터 했는데, 요즘 자네 양기가 많이 부실해졌다더군!”

장 의원이 놀리듯 히죽히죽 웃는다.

“허헛, 망신살이 고을 밖까지 뻗쳤구면.”

“아직도 상현이 생모가 문제인가?”

“환갑이 넘어 양기 부족은 기정 사실인데, 거기에 잊은 지 오랜 사람을 왜 끼어넣나?”

“잊기는, 자넨 죽으면 그 제수 씨부터 찾으려고 온 저승을 샅샅이 뒤지고 다닐 위인이야.”

“어디 그 사람뿐이겠나? 뒤지는 김에 역사적 인물들 모조리 찾아서 잘잘못을 따져 묻고, 특히 이조 말엽의 이완용을 찾아서 나라를 왜 팔아먹어서는 역사를 부끄럽게 만들었나 물어야지.”

“참, 죽은 사람들의 과거를 캐서 철없는 아이들 머릿속에다 집어넣는 게, 왕년의 자네 직업이었지? 그런데 그 속에 조강지처는 왜 없나?”

“그 사람 서열이 역사의 인물보다 훨씬 뒤쪽인가 보이.”

도영은 농담처럼 말했지만, 속으로는 뜨끔했다. 서로 정이 없이 살았던 것도 아니면서도, 지난 십여 년 동안에 전처 생각은 거의 잊혀져 있었다. 그는 두 사람 사이에 자식이 있었더라면 이리도 쉽게 잊혀지지는 않았을 거라는 생각이 들어 연민이 일었다.

“참, 자네 상현이를 아직도 안 보고 사나?”

“좀 전에 그 녀석을 봤어. 많이 컸더군!”

"한 십 년 집을 비운 사람처럼 말하네 그려."

"그러잖아도 그 비슷한 느낌이 들었네. 하지만, 그 녀석을 용서하려면 아직 멀었다는 생각이 들었어."

"자네의 논리대로라면 제수 씨를 죽인 건, 상현이가 아니라, 그 아이를 만들어낸 자네야."

"거슬러 올라가면 그렇기도 하겠군."

도영이 픽, 하고 자조의 웃음을 웃으며 말했다.

"제수 씨하고는 왜 틀어졌나?"

"틀어지긴! 처음부터 틀어질 만큼 좋은 사이도 아니었네."

도영은 말하고는 탁자 위에 마시다 둔 찻잔을 내려다본다. 나이답지 않게 짙은 속눈썹이 눈자위에 그늘을 만들어 고뇌를 드러낸다.

"내가 그 동안 자네에게 먹인 보약들은 진시황(秦始皇)의 불로초에 버금가는 것들이었네. 나이든, 세월이든 간에 자네가 양기 부족이라면, 나는 꼼짝없는 돌팔이지! 그게 아니고 제수 씨와 틀어져서라면 이건 중신아비의 책임감으로 말하는데, 한창 나이의 여인에게 남편의 무관심은 학대일세! 오뉴월 서리를 불러올 수도 있다는 걸 명심하게."

정순의 악의에 찬 푸념들이 마음에 걸린 장 의원은 도영의 깊은 눈을 향해 진지하게 말했다.

"알았네. 내 풀도록 노력하지."

도영은 장 의원의 말을 순순히 받아들인 척을 한다. 그러나 이 년 전, 평식의 죽음 앞에서 흘리던 정순의 비웃음과, 송산강 제방의 구렁이의 혀가 겹치며 등골이 써늘하게 식는다.

"선생님, 저녁 진짓상 들여올까요?"

밖에서 태수의 목소리가 들린다.

12

　승현은 눈을 두리번거려 상현을 찾는다. 남새밭에도, 우물에도, 뒤꼍에도 상현은 보이지 않는다. 보나마나 송산강 제방으로 나갔을 것이다. 상현은 승현의 발길에 채일 때마다 송산강 제방으로 나갔다. 그는 강둑에 앉아서 강물만 바라보다가 해거름에 찾으러간 안청댁의 팔에 매달려서 무슨 얘긴가를 다정하게 나누며 들어오곤 했다.

　승현은 학교에서 돌아오자마자 느닷없이 화를 내는 어머니가 무서워서 밖으로 나왔다. 아무데도 갈 곳이 없었다. 섬돌 계단에 앉았다. 이럴 때는 상현이처럼 혼자 쓰는 방이 있었으면 좋겠다는 생각을 한다. 안청댁이 텃밭 울타리 밖에 서서 수화로 안에서 푸성귀를 솎아내고 있는 벙어리 천길네에게 뭔가를 지시하고 있었다. 승현은 안청댁에게 상현의 행방을 묻고 싶었다. 그러나 안청댁은 상현이 편으로 자신을 미워하는 것만 같아서 말을 붙일 수가 없었다. 그는 양손으로 턱을 괸 채 하늘만 쳐다보고 있었다. 다시 눈을 내려 마당을 바라봤다. 하늘이 마당만큼 좁다는 생각이 들었다. 대신 마당은 하늘만큼이나 넓었다.

　"니가 심심한갑다. 동네에 너하고 놀만한 친구도 없냐?"

　안청댁이 먼저 말을 붙여왔다. 안청댁의 말이 간섭처럼 들린 승현은 슬그머니 일어서서 대문으로 나왔다. 해거름이 되려면 아직 멀었다. 아래로 동네가 한눈에 들어왔다. 동네에는 같은 반 아이들이 더러 있었지만, 안청댁 말대로 같이 놀아줄 친구는 하나도 없었다. 어머니는 늘 가난한 집 아이들과는 놀아서는 안 된다고 가르쳤다. 아이들이 먼저 그의 비싼 옷이나 가방, 학용품들에 거부반응을 일으키고는 가까이 다가오지 않았다. 그래서 학교에서도 늘 혼자였다. 승현은 발길을 강 쪽으로 향했다. 다리 중간쯤에서 발길을 멈춘 그는 철제 난간을 잡고 서서 아래를 내려다봤다. 강물은 불거진 바위를 돌아 작은 소용돌이를 만들며 흐르고 있었다. 거울처럼 맑은 물에 심술이 난 그는 입안에 침을 모아 탁 소리를 내며 뱉었다. 물 위에 떨어진 침은 거품처럼 둥둥 떠서 흘렀다. 저 아래서 작은 꼬마 아이들 서넛이 침이 떠내려 오는 줄도 모르고 물장구를 치고 있었다. 여름 내내 웃통을 벗고 다닌 아이들의 몸뚱이는 잿불에 구워진 감자처럼 새까맸다. 석양이라 강물이 식어서 추웠던지, 갑자기 꼬마들이 우르르 강가로 몰려 나온다. 자갈밭에 벗어놓은 아랫도리를 주워든다. 이 동네 꼬마들은 추석 이 지나야 윗도리를 입었다. 꼬마 하나가 귀에 물이 들어갔는지 강변의 돌 멩이 하나를 주워서 귀에 대고는 고개를 옆으로 젖히고 깡충깡충 뛰었다. 찬 물 속에 오래 놀아서 오그라든 꼬마의 고추가 덩달아 달랑거린다. 승현 은 빙긋이 웃고는 다리를 건넜다. 제방을 거슬러 오르자 짐작대로 상현이 강둑에 앉아있었다. 승현은 괜히 반가웠다. 늦여름의 뉘엿거리는 햇살이 온통 상현에게로 내리비쳤다. 반바지 아래로 드러난 무릎을 양팔로 싸안 고 앉아서는 어딘가 먼 곳을 바라보고 있는 상현은 얼굴도, 팔도 하얗다. 승현은 괜히 불쌍한 생각이 들었다. 아까 어머니의 비위를 맞추려고 상현 을 발로 차서 쓰러트렸던 게 후회가 되었다. 둑 아래로 길게 뻗은 기차 레 일이 가늘어진 햇살을 받아 반짝였다. 상현의 눈은 레일 끝의 산모롱이에 머물러 있었다. 승현은 그의 곁에 일부러 털썩 소리가 나게 주저앉았다. 승현을 본 상현이 움찔 놀라는 기색이었지만, 일어서진 않았다.

"기차 지나갔어?"

승현은 상현에게 말을 부쳤다.

"아니, 곧 올 거야."

상현은 별다른 내색 없이 대답했다. 상현은 동생이 싸움을 걸어 올까봐 조심스러웠다. 그는 아무도 없는 곳에서 동생과 싸워 이기고 싶지가 않았 다. 멀리서 기차가 기적을 길게 뽑으며 달려왔다. 상현은 승현이 곁에 앉아 있다는 것을 깜빡 잊고는 벌떡 일어섰다. 승현은 엉겁결에 따라 일어섰다. 기차는 순식간에 그들 앞으로 다가왔다. 기차에 탄 사람들의 얼굴이 보였다. 상현이 손을 흔들었다. 승현이 따라했다. 기차는 금방 멀어져서 산모롱이로 사라졌다.

"왜 기차한테 손을 흔들어?"

승현은 기적의 여운이 남아 있는 들판을 바라보며 물었다.

"기차가 아니라, 사람한테야. 집을 떠나서 어디론가 멀리 가고 있는 사람들이라, 외로울까봐서 손을 흔들어주는 거야."

상현이 강 쪽으로 몸을 돌리며 대답했다. 승현은 갑자기 상현에게서 근접할 수 없는 위엄이 느껴졌다. 승현은 상현을 따라 강물을 바라보고 섰다. 노을 빛에 물들어 붉어진 강물에서 뱀 한 마리가 지그재그로 헤엄을 쳐 건너왔다. 보고 있는 사이에 뱀은 둑으로 올라왔다.

"형, 뱀이야! 뱀이 이리로 올라왔어."

승현이 엉겁결에 상현의 팔을 잡으며 소리를 질렀다.

"괜찮아. 저 뱀은 독이 없는 보통 뱀이야."

승현의 느닷없는 행동과 형이라는 호칭이 생경해진 상현이 의아한 표정을 지으며 말했다.

"형이 그걸 어떻게 알아?"

"보면 알 수가 있어. 독이 있는 뱀은 머리가 크고 꼬리가 뭉툭해서 보기만 해도 본능적으로 소름이 돋아."

평정을 되찾은 상현이 의젓하게 말했다.

"본능적이란 게 뭐야?"

"사람에게 나타나는 심신의 반응이야."

상현은 승현의 어깨에 팔을 얹으며 말했다. 승현은 상현의 말이 아까보다 더 어려웠지만, 꼬치꼬치 물을 수가 없었다.

"형, 나 이제부터 형 안 때릴게, 우리 같이 놀자."

승현은 팔로 상현의 허리를 감으며 말했다.

"힘이 없어 맞은 게 아냐, 임마!"

상현은 손바닥으로 승현의 머리통을 쓸어 비비며 말했다. 승현은 어리광을 부리듯 상현에게 매달려서 다리를 건넜다.

"시상에나, 저것들이 별안간에 먼 짓이다냐? 윤기는 못 속인다고 하등마는, 옛말 그른 거 없네."

상현을 찾아 다리를 건너오던 안청댁이 하도 어이가 없어서 입이 딱 벌어졌다.

13

명애는 책상 앞에 앉아 있었다. 아까부터 책은 펼쳐 놓고 있었지만, 페이지는 그대로였다. 벌떡 일어난 명애는 벽에 걸린 카디건을 걷어 걸치고 밖으로 나왔다. 방풍 창이 달린 마루를 내려와 마당으로 내려섰다. 마당 앞으로 대문이 딸린 연탄 창고가 있고, 그 위는 장독대였다. 명애는 좁은 시멘트 계단을 올라 장독대로 올라갔다. 장독대 난간 앞에 놓여 있는 의자에 앉았다. 하숙집 주인 아저씨가 여름 내내 부채를 들고 앉아서 한길을 오가는 사람들을 즐겨 감상하던 의자였다. 명애는 한길을 바라봤다. 어쩌다 자동차가 지나갈 뿐 한길은 적막했다. 밤바람이 써늘해서 몸이 떨렸다. 저 아래로 도시에 편입은 되어 있지만, 아직은 농사를 짓고 사는 마을에서 불빛이 귀신불처럼 깜박였다. 통행금지 시간이 임박했을 것이다. 집 앞 길 건너에 이 동네의 단 하나 뿐인 가로등이 부연 빛을 발하고 있었다. 가로등 아래 누군가 서서 장독대 위를 쳐다보고 있는 것 같았다. 명애는 어쩌면 우진이가 왔을지도 모른다는 생각이 들었다. 그녀는 아니면 말자는 생각으로 장독대를 퉁퉁거리며 내려와 대문을 열었다. 대문 천장에 켜진 백열등 불빛아래 서서 건너편을 바라봤다. 가로등 아래 서있던 사람이 좁은 한길을 뛰어서 건너왔다.

"텔레파시가 통했구나. 간절한 소망은 이렇게 이루어지는가보다."

명애 앞에 선 우진이 말했다.

"형이 웬일로!"

명애는 눈물이 나오려고 해서 말끝을 이을 수가 없었다.

"무지무지 보고 싶어서 아무 것도 할 수가 없지 뭐니! 이제 가서 자든지, 공부를 하든지 해야겠다. 근데 어떻게 알고 나왔니?"

"간절한 소망은 이렇게 이루어진다면서요."

명애는 우진을 쳐다보며 말했다. 우진이 눈가에 주름을 있는 대로 잡으며 웃었다. 하늘에서 무수한 별들이 두 사람을 내려다봤다.

"별 일 없으면 우리 내일 놀러가자."

우진이 느닷없는 말을 했다.

"어디루요?"

"그런 데가 있어. 버스 노선이 있어서 그리 멀지는 않아. 고등학교 때 걸어서 거기로 소풍을 갔는데, 너무 아름다워서 나중에 애인이 생기면 같이 와야겠다는 생각을 했었거든."

"그럼 아껐다 애인 생기면 같이 가지 그러세요?"

"통금 시간 다 됐어! 쓸데없는 소리하지 말고 갈 건지, 말 건지 그것만 말해."

"별일이 없긴 한데요."

명애는 마지못한 듯 반만 허락을 하고 있었다. 심장 뛰는 소리가 밖으로 새나올 것 같아서 숨을 제대로 쉴 수가 없었다.

"됐어, 그럼 내일 열 시까지 학교 앞 승강장으로 나와라. 강을 낀 산이라 추울 거야. 따뜻하게 입고 나와, 나 갈게."

우진은 말을 끝내고는 손을 번쩍 들어 흔들면서 멀어졌다.

명애는 우진이 이끄는 대로 버스에 올랐다. 늦가을 날씨치고는 따뜻했다. 버스가 도심을 벗어났다. 차창 밖을 내다본 명애는 깜짝 놀랐다. 버스는 송산리 가는 길로 접어들고 있었다. 우진에게 송산리 얘기를 한 적이 있었나 생각해봤다. 안 했을 것이다.

"어디루 가는 거에요?"

명애는 겁을 잔뜩 담은 눈으로 버스의 손잡이에 매달려 있는 우진을 쳐다보며 물었다.

"지금 얘기해 줘도 모를 거야. 내가 가는 대로 따라오기만 해."

우진은 손잡이에 흔들리는 몸을 버티며 싱긋이 웃었다.

버스는 송산강 다리 입구에서 커브를 꺾어 오른편으로 돌고 있었다. 명애는 멀어지는 제방을 바라보며 후유, 안도의 한숨을 내쉬었다.

우진이 한 손을 뻗어 명애에게 일어나라는 신호를 보냈다.

"우리 내릴 거요."

우진이 자주색 윗도리에 빵모자를 쓴 열 대여섯 살 정도의 여자 차장에게 말했다.

"내리실 분 있슴다."

여자애가 끝 발음을 잘라먹으며 소리를 질렀다. 버스가 멈췄다. 어느 동네 입구였다. 명애는 우진에게 손을 잡혀서 끌려나오듯 내렸다. 그들 뒤로 시골 아낙 두엇이 더 내려서는 근처의 동네로 향하며, 손을 잡은 처녀 총각을 흘끔거렸다.

저기야. 우진이 손가락을 들어 앞의 야산을 가리켰다. 그의 손가락 끝에는 야트막한 야산의 산봉우리가 있고, 거기에 우거진 소나무 사이로 작은 정자의 지붕이 보였다. 아래로 난 가파른 길에는 층계 대신 디딤돌이 규격을 맞추어 촘촘히 놓여 있었다.

"저걸 보러 이 먼 데까지 왔어요?"

명애는 어이없는 표정으로 우진을 쳐다보며 물었다.

"올라가 보면 알아."

우진은 명애의 손을 잡고는 징검다리를 건너듯 마른 풀 속의 디딤돌을 하나씩 밟아가며 산길을 올랐다. 하늘은 깨질 것처럼 맑았다. 대기는 그보다 더 맑았다. 양쪽 길섶에 마른 억새가 서걱거렸다. 마른 풀 속에서 다람쥐 한 마리가 두 발로 도토리를 쥐고 귀여운 이빨로 속을 파먹고 있었다. 발길을 멈춘 명애는 쭈그리고 앉아 숨을 죽였다. 우진이 허리를 굽혀 명애의 어깨 너머로 신기한 정경을 들여다봤다. 다람쥐가 까만 눈망울을 들어 두 사람을 쳐다봤다. 명애는 너무 귀여워서 몸이 오그라들었다. 고개를 들어 우진을 쳐다봤다. 우진이 입술에 검지손가락을 대고는 눈을 있는 대로 감아 웃었다. 두 사람은 숨을 멈춘 채 한참이나 다람쥐와 눈맞추기를 했다. 뒤늦게 놀란 다람쥐가 바스락 소리와 함께 잽싸게 나무숲으로 숨어버렸다. 섭섭해진 명애가 우진을 돌아보며 울상을 지었다.

"좋지? 올라가 봐, 진짜로 절경이야."

우진이 싱긋 웃으며 말했다. 명애는 산바람에 시려오는 귀를 손으로 싸며 산 위로 올랐다. 마른 숲에서 멧새 떼 지저귀는 소리가 시끄럽게 들렸다. 봉우리 위에 구부러진 늙은 소나무 사이로, 마루에 난간을 두른 정자가 한 채 서 있었다. 유영정이라는 현판이 붙은 정자는 낡을 대로 낡아서 볼품이라곤 없었다.

"도토리 까먹는 다람쥐하고, 새소리가 절경이에요?"

명애가 불만스러운 듯 물었다.

"이리 올라와서 저 아래를 내려다봐!"

우진이 신발을 신은 채 정자의 아름드리 기둥에 기대서서 아래를 내려다보며 말했다. 명애는 정자로 올라섰다. 추수가 끝난 황량한 들판 한가운데로 강폭이 넓은 송산강이 유유히 흐르고 있었고, 검푸른 물줄기에 늦가을 햇빛이 쏟아져 반짝였다. 강 건너에 겹겹으로 병풍을 두른 산자락에 담으로 둘러 싸인 이도영 씨네 집이 보이지만 않았다면 탄성이 저절로 나왔으리라.

"아름답지 않아?"

"그러네요."

"근데, 명애는 왜 감탄사가 없지? 여자들은 조그마한 일에도 쉽게 감탄하고, 슬퍼하고 그러는 것 같던데."

"여자들을 얼마나 많이 겪어 봤는데요?"

명애가 아래를 멍하니 내려다보며 풀죽은 소리로 말했다.

"머잖아 선생님이 될 아가씨의 말투가 그게 뭐니?"

우진이 딱하다는 듯 말했다. 명애는 생각 없이 불쑥 불쑥 튀어나오는 천한 말투는 모두 어머니 탓이라 생각하며 얼굴을 붉혔다.

"농담이야. 심각하게 받아들이지 마. 우리 저기로 한바퀴 돌자."

우진이 멋쩍게 웃으며 손을 들어 숲을 가리켰다. 시든 맹금 가시가 두 사람의 옷자락을 잡아뜯었다. 우진이 앞장을 서서 숲을 헤쳐나갔다. 우듬지가 까마득한 소나무 숲을 빠져나왔을 때였다.

"발령 받으면 우리 결혼하자."

갑자기 멈춰선 우진이 홱 돌아서며 말했다.

"결혼이라니요? 그런 농담은 우습지도 않아요."

명애는 덩달아 멈춰 서며 싸늘하게 말했다. 뒤따라 성씨가 다른 남동생, 은둔자 같은 의붓아버지, 어머니의 드센 성깔과 욕설, 어린 날 외갓집에서 받았던 멸시와 수모들이 쏟아지듯 눈앞으로 달려들었다.

“농담으로 들렸니?”

우진이 눈을 치뜨며 물었다.

“형이 제 신상에 대해서 뭘 알기나 해요?”

명애는 우진의 눈을 똑바로 쳐다보며 말했다.

“만난 지 이 년째야. 둘 다 처녀, 총각이 분명하고, 성격 알면 됐지, 뭘 더 알아야 하니? 무엇보다도 확인한 적은 없지만, 우리 서로 사랑하잖아!”

우진이 영문을 알 수 없다는 표정으로 말했다.

“어쨌든 난 형하고는 결혼 안 해요. 아니, 못 해요.”

“나한테서 내가 미처 모르고 있는 결함이라도 발견한 거니?”

“결함은 형한테 있는 게 아니구, 저한테 있다구요.”

“그게 뭔데?”

“말할 수 없어요. 이제부터 형 안 만날래요. 앞으로는 도서관에서 만나도 아는 체하지 마요.”

명애는 하얗게 질려서는 디딤돌이 깔려 있는 언덕을 단숨에 달려 내려왔다. 마침 저쪽에서 버스가 오고 있었다. 뒤에서 우진이 달려 내려오며, 같이 가, 하고 소리를 질렀다. 명애는 못 들은 척 마침 모퉁이를 돌아나오는 버스를 향해 손을 번쩍 들었다.

“뭐가 잘못 된 거야?”

숨을 가라앉힌 우진이 옆자리에 앉으며 물었다. 명애는 차창 밖에다 눈을 준 채 대답을 하지 않았다. 자꾸만 눈물이 나오려 했다. 우진을 못 본다면 온 세상이 캄캄할 것이다. 하지만, 수치스러운 자신의 과거나 현재를 알고 실망하는 그를 보느니 차라리 지금 헤어지는 게 나을 거라는 생각이 들었다.

14

상현은 너무 떨려서인지 배가 심하게 뒤틀렸다. 어제부터 조금씩 아프던 배였다. 자세를 틀어 가까스로 통증을 가라앉히고는 게시판을 쳐다봤다. 번호와 이름이 쓰인 종이가 나붙어 있었다. 하늘에 별 따기보다 어렵다고, 담임선생님이 누누이 강조하던 일류 중학교 합격자 명단이었다. 상현은 가슴을 두근거리며 이름을 차근차근 훑어 내렸다. 이상현이라는 이름이 눈에 들어왔다. 행여 잊어 먹을까봐 손바닥에 적어온 번호와 이름 옆에 쓰인 번호를 맞춰봤다. 합격이었다. 기쁨과 안도의 숨을 내쉬며 돌아섰다. 여기저기 희비가 엇갈린 표정들이 눈에 들어왔다. 아버지, 어머니가 함께 와서 아들의 합격을 축하해 주는가 하면, 떨어진 아들을 위로하는 어머니도 보였다. 어떤 어머니는 눈물을 줄줄 흘리며 웃었다. 동생의 합격을 축하해주는 형들이나 누나들도 있었다.

담임선생님이 미리 가르쳐 준대로 교무실로 들어가 합격 증서를 받아 들고 교문을 나섰다. 매운 바람이 볼을 에었다. 하늘이 너무 맑아서 더 추운 것 같았다. 상현은 목도리로 귀를 감쌌다. 갑자기 고아처럼 외로워졌다. 안청고모가 바람막이처럼 가로막고 서서 어머니의 싫은 소리를 대신 들어주었기에 슬프거나 외롭지는 않았다. 친어머니가 언제 죽었는지를 몰랐기에 그리움도 없었다. 하지만, 오늘, 저토록 슬퍼하고, 저토록 기뻐하는 어머니들을 보니, 부러운 생각이 들었다. 상현은 아버지의 얼굴을 떠올려봤다. 어느 명절 날 새벽에 화장실에 갔다 오다가 제사상에 절을 올리고 있는 아버지의 뒷모습을 딱 한 번 본 적밖에 없었으니 얼굴이 떠오를 턱이 없었다. 오늘만큼은 합격의 기쁨을 안청고모를 거치지 않고 직접 아버지를 찾아가 알리고 싶어졌다. 상현은 아버지가 있으면서도, 없는 이유를 물을 때가 되었다는 생각을 하며 버스 승강장으로 향했다.

"어머, 상현이 오빠네! 어느 학교에 합격했어?"

승강장에서 버스를 기다리고 있던 아직 초등학생으로 보이는 단발머리 소녀가 상현에게 다가오며 반겼다. 방긋 웃는 소녀의 양쪽 볼에 볼우물을 옴폭 패이고 있었다. 상현은 누군 지를 몰라서 머뭇거렸다.

"나 송산리 사는 담희야! 아침마다 학교 가는 길에 우리 봤잖아. 근데 오빠 어디 아파?"

소녀가 배가 심하게 뒤틀려 얼굴을 찡그리는 상현의 팔을 잡아 부축하며 물었다.

우진은 주머니에서 명애의 주소가 적힌 종이를 꺼냈다. 송산면, 송산리라 적혀 있었다. 교무실을 찾아가 명애의 학적부에서 따온 것이었다. 우진은 버스 승강기 쪽으로 나가 차장 옆에 다가섰다. 많아야 열 대여섯 살 정도의 어린 차장이 경계의 눈빛으로 그를 쳐다봤다.

"여기서 내릴 건데, 아직 멀었어요?"

우진은 빤히 쳐다보고 있는 차장아이에게 종이쪽지를 내보이며, 일부러 정중하게 물었다.

"저 동네가 송산린데요. 저기 다리 건너에서 내려 둑을 타고 쭉 가시면 다리가 또 하나가 나오는데요, 다리 건너가 송산리에요."

경계심이 풀린 차장아이는 동네를 잘 아는 듯, 손가락으로 차창 밖을 가리켜 내릴 곳과 동네로 들어가는 길을 자세히 가르쳐 주었다. 마른 억새가 서걱거리는 강둑을 타고 걷던 우진은 퍼뜩, 발길을 멈췄다. 고개를 옆으로 들어 강 건너 야산을 쳐다봤다. 소나무 숲 사이로 유영정이 보였다. 얼마 전에 명애와 유영정에 올라 아래 경치를 내려다봤을 때, 명애는 그곳이 생판 낯설다는 얼굴이었고, 바로 아래가 자기네 동네라는 말은 비치지도 않았다. 우진은 고개를 갸웃하면서 생각에 잠겼다. 그러고 보니 명애에게 비밀스러운 데가 한두 가지가 아니었다. 남자형제뿐인 우진은 형들의 얘기로 여간해서 웃지 않는 명애를 웃기곤 했다. 그 웃음 끝에라도 얼마든지 나옴직한 가족 얘기를 명애는 한 번도 들먹이지 않았다. 어쨌든 명애를 만나야겠다는 생각을 하며 다시 걸었다. 차장 아이의 말대로 그리 길지 않은 다리가 나왔다. 난간 끝의 교대에 내동교라는 이름이 새겨져 있었다. 송산리라면 송산교라야 맞을 것이다. 지나가는 사람이 없어서 누구에게 물어볼 수가 없었다. 다리 아래를 내려다 봤다. 맑디맑은 강물이 물소리를 내며 세월처럼 흐르고 있었다. 꽤 추운 날씨였는데도 강폭 저쪽에 낚싯대를 드리우고 앉아 있는 강태공이 보였다. 다리를 건너간 우진은 난간을 잡고 몸을 아래로 내리며, "아저씨, 이 강 이름이 뭐에요?" 하고 물었다. "송산강이오." 아래서 대답이 올라왔다.

"그런데 왜 다리 이름이 내동교죠?"

"동네 안에 있다고 내동교라고 했을 거요."

"그럼 송산교는 어디에 있는데요?"

"앗따메, 거 누군가, 궁금한 것도 많네. 양쪽에서 악을 써대니 고기가 다 달아나겠소. 들어오다가 큰 다리 못 봤소? 그게 송산교요."

강태공은 대답은 끝났으니 더 묻지 말라는 듯 퉁명스럽게 말했다. 우진은 농로를 따라 동네 안으로 들어갔다. 추운 날씨 때문인지 골목마다 들여다봐도 사람이 보이지 않았다. 길가에 있는 초가집의 사립을 밀고 안으로 들어섰다. 토방에서 앞다리 사이에 입을 묻고 있던 바둑무늬 개 한 마리가 굼뜨게 일어섰다. 개는 짖지도 않고 그에게 다가와 킁킁 냄새를 맡는 시늉을 하더니 발 앞에 천연덕스럽게 앉아버렸다. 우진은 개의 머리를 한 번 쓰다듬고는 인기척을 했다. 곰방대를 든 노인 하나가 방문을 열고는 삐뚜름히 내다봤다.

"저, 말씀 좀 묻겠습니다."

우진은 얼굴에 민망한 표정을 띠며 말을 꺼냈다.

물어보시오. 노인이 눈곱이 낀 듯한 눈을 끔뻑거리며 말했다.

"이 동네에 김명애라는 학생이 살고 있는지요?"

"김맹애, 맹애가 누구더라? 그런 사람 모르겠는디."

"스물 세 살 난 처녀고, 대학 졸업반 학생인데요."

"대학생? 이 동네 대학 댕기는 가시나가 있다는 말은 못 들었는디."

"그러면 529번지가 어디쯤이죠?"

"나는 그런 것 몰라. 저그 고샅 끝에 지와집이 이장 집인디, 거그 가서 물어 보드라고,"

노인이 말하고는 추웠는지 문을 닫아버렸다. 아쉬움이 남은 우진은 닫힌 방문을 한참이나 바라봤다. 개가 앉은 채로 그를 빤히 쳐다보며 꼬리로 땅바닥을 쓸었다. 그는 사립을 나왔다. 갑자기 산 속에서 길을 잃은 듯 막막해졌다. 개가 일어서서 어슬렁어슬렁 따라나왔다. 멀리서 빨간 자전거를 탄 우체부가 다리를 건너는 모습이 보였다. 이장 집을 찾아가려고 골목으로 꺾어들던 그는 발길을 멈췄다. 우체부가 페달을 힘껏 밟으며 가까워졌다. 우진은 무의식중에 손을 번쩍 들었다. 우체부가 농로를 꺾으며 급정거를 했다.

"무슨 일이요?"

"안녕하세요. 529번지가 어디쯤입니까?"

"저 집이요."

우체부가 검지손가락에 힘을 주어 콕 찌르듯 어딘가를 가리켰다. 우진은 우체부의 손가락 끝을 바라봤다. 그가 가리키는 곳은 산자락에 둥그렇게 담에 둘러 쌓인 기와집이었다. 거리가 먼 탓인지 집이 아니라 향교나, 제각 같아 보였다.

"저게 사람이 사는 집입니까?"

"살죠! 이도영 씨라고, 아마도 군내에서는 제일 부잘 거요."

“김씨가 아니구 이씨라구요? 혹시 잘 못 알고 계신 거 아니세요?”

“내가 이래뵈도 전쟁 전부터 쭉 이 동네 소식통지기요. 지나가는 개도 누구네 집 갠지 훤히 아는데, 저 집 성씨를 모르겠소?”

우체부가 자랑처럼 말했다.

“그럼 그 집에 김명애라는 학생이 있어요? 여대생인데요.”

“김명애?…. 내가 알기로는 그 집에 박씨는 있어도 김씨는 없어요. 더구나 이 동네에 둘도 없는 여대생을 모를 리가 없죠.”

그는 자신 있게 말하고는 멈췄던 페달을 밟으며 멀어졌다.

상현은 담희의 부축을 받아 버스에 올라 자리에 앉았다. 송산리 앞을 지나가는 버스였다. 담희가 상현의 찡그리는 표정을 따라 같이 찡그리곤 했다. 동네에서 몇 번 봤음직한 중학생 서넛이 우르르 올라와 맨 뒷자리로 가서 앉았다. 작년부터 사방으로 도로가 나면서 동구 앞으로 버스가 지나다녔다. 그 통에 광주에서 자취를 하던 학생들은 집으로 들어와 통학을 했다.

“저 자식, 동산 위에 기와집 아들 맞지?”

상현의 너무 깨끗함에 선망과 적개심을 품은 한 학생이 옆의 친구에게 속삭였다.

“맞는 것 같은데?”

“부잣집 아들이 왜 저리 말랐냐?”

“내가 그걸 어떻게 알아. 니가 가서 물어봐라”

“근데 옆에 앉은 저 가시나 담희 아니냐? 저것들이 언제부터 짝짜꿍이 됐냐?”

누군가 말했다. 킬킬대는 소리가 어우러졌다. 그들은 상현에게서 꼬투리를 잡은 게 너무 즐거워서 계속 떠들어댔다.

우진은 마치 전용 길처럼 일직선으로 뻗은 농로를 따라 걸었다. 따라오던 개가 되돌아서 가버렸다. 우체부가 가리키던 집 앞에 섰다. 차마 대문

안으로 들어갈 용기가 없었다. 우진은 반쯤 열린 대문 사이로 몸을 살짝 디밀어서 기웃이 안을 들여다봤다. 길어야 오륙십 년 안팎에 지어진 것으로 보이는 한옥은 가까이서 보니 옛날 양반의 종택처럼 위풍이나 기세가 당당해 보이는 집은 아니었다. 문외한의 눈으로 봐도 좋은 목재로 튼튼하게 지은, 크고 넓지만, 아늑한, 이런 시골에 있기는 아까운 집인 것만은 확실했다. 그리고 한 번 살아보고 싶은 집이기도 했다. 우진은 장가도 못 간 형제들 넷에다, 부모님을 합해서 여섯 식구가 오글오글 살고 있는 자기 집을 떠올렸다. 그나마 몇 년 전까지 초가집이던 것을 개조해 안채는 살림집으로, 문간채는 사진관으로 둔갑시킨 것으로 이 집과는 감히 비교할 수조차 없는 집이었다. 우진은 명애의 결혼할 수 없는 이유가 빈부 격차 때문이 아닌가 싶어서 조금은 실망스러웠다.

우진은 차마 들어갈 엄두가 나지를 않아 대문 밖에 우두커니 서 있었다. 자꾸만 뭔가에 위축이 되고 있었다. 담배라도 한 대 피워야 긴장이 풀릴 것 같았다. 주머니에서 담배를 꺼내 물고 성냥을 찾아 바지 주머니를 뒤졌다. 누군가 대문을 나왔다. 우진은 입에 물었던 담배를 빼들었다. 여남은 살 정도의 시골 아이치고는 너무 깨끗한 사내아이가 깡충거리는 듯한 걸음으로 대문을 나왔다. 명애와는 전혀 닮지 않은 아이였다. 아이가 집 위쪽으로 뻗은 길을 살폈다. 길은 비어서 아무도 없었다. 아이는 손으로 나팔을 만들어 입에 대고는 안쪽을 향해 안청고모, 빨리 나오세요. 하고 말했다. 거의 속삭임에 가까운 소리였다.

“너, 이 집에 사니?”

우진은 아이에게 말을 붙였다. 휙 돌아본 아이가 까닭 없이 파랗게 질렸다. 우진은 아이의 반응이 좀 의아했지만, 다시 물었다.

“너, 혹시 김명애라는 사람 아니?”

“우리 누난데요.”

아이는 눈에 경계의 빛을 가득 담은 채 말했다. 듣고 보니 희고, 맑은 피부말고도 어딘가 명애와 닮은 듯했다.

"지금 집에 있니?"

"아니요, 광주에 있어요."

"넌 이름이 뭐니?"

우진은 필요 이상의 것을 묻고 있었다. 성씨가 알고 싶어서였다.

"이승현이에요."

"누나는 김명앤데, 친누나가 아냐?"

"친누나는 친누난데요오. 에이, 나도 잘 몰라요."

아이는 고개를 갸웃 하더니 잘래잘래 흔들며 대답했다. 경계의 빛은 사라지고 없었다.

"승현아, 어서 가자. 근디, 저 사람은 누구다냐? 느그 엄니가 모르는 사람하고는 말하지 말라고 안 그라든?"

안에서 심한 사투리 억양이 들렸다. 이어서 까만 모직바지에 하늘빛 앙고라 털스웨터를 받쳐입고는 위에 같은 색상의 카디건을 걸친 중년 여인이 밖으로 나왔다. 파마기가 없는 머리를 땋아서 올린 여인은 이런 집에 사는 사람답게 촌티가 전혀 나지 않았다.

"저 아저씨가 명애 누나가 친누나냐고 물었어."

아이가 여인에게 말했다.

"그것은 알아서 뭣 할라고?"

차림새와, 말투가 너무 다른 여인이 우진의 얼굴을 빤히 쳐다보며 물었다.

"안녕하세요. 명애랑은 같은 학교 친굽니다. 명애를 찾아왔다가 얘가 동생이라는데, 성이 다르기에 이상해서 물었습니다."

"그것이사 그럴 만한 사정이 조까 있제! 요새는 남자랑 여자랑도 친군가비네이? 그나저나 명애는 시방 광주에 있는디. 둘이 친구람서 으디가 있는지도 모르고, 으째 말이 앞뒤가 안 맞는 것 같네?”

“저도 그럴 만한 사정이 있습니다. 그런데 명애랑은 어떻게 되시죠?”

“으찌게 되기는 뭣이 으찌게 되야?”

“아주머니랑 명애는 어떤 사이시냐구요.”

“사이는 뭔 사이? 명애는 명애고, 나는 나제.”

여인이 시침을 떼듯 애매한 대답을 했다. 보고, 들을수록 뭔가가 안 맞는 기분이 들었고, 그러면서도 어딘가 호감이 가는 여인이었다. 우진은 싱긋이 웃었다.

“관상을 본게로 명애랑 으뜬 사인지, 대강 짐작이 가네! 총각 웃는 모습이 봄날 훈풍 같은 것이 명애가 사람 한나는 잘 골른 성부르구만.”

여인이 의문이 풀린다는 듯 말했다. 먼 곳을 바라보고 있던 아이가,

“안청고모, 저기 형이 와요.”

하고 말했다. 아까 대문 안을 향해 속삭이던 것과는 달리 크고 활발한 목소리였다. 아이는 말이 끝남과 동시에 여인을 남겨두고 윗길 쪽으로 달려가기 시작했다.

“워따매, 넘어질라, 찬찬히 가그라.”

여인이 아이의 뒤에다 대고 말했다.

버스를 내린 상현은 동구로 접어들었다. 담희가 옆에서 쫄랑거리듯 따라왔다. 뒤에 탔던 학생들이 함께 몰려서 버스를 내려서는 서로 치고 받는 장난을 하며 멀어졌다. 저 앞에서 승현이 넘어질 듯 달려오고 있었다.

“형, 어떻게 됐어어?”

승현이 그새를 못 참아 달려오면서 소리를 질렀다. 상현은 승현을 향해 손가락 두 개를 들어 보였다.

“와, 우리 형, 축하해. 버스 내리는 데서 기다리려고 했는데, 어떤 아저

씨가 자꾸 뭘 물어서."

승현이 상현에게 달려들며 말했다.

"괜찮아. 여기서 만나니 훨씬 더 반갑잖아. 추운데 웃옷을 입고 나오지 그랬어?"

"웃옷을 입고 나오면 엄마가 어디 가냐고 물을 거 아냐?"

승현이 찔끔하는 몸짓을 해 보였다. 상현이 목도리를 풀어 승현의 목에 감아준다. 승현은 그제야 뒤에 부축하듯 따라오는 담희를 발견하고는 의아한 얼굴이 되어 형을 쳐다봤다.

"너네 형이 아파서 내가 잡아주었어."

담희는 볼우물을 깊이 패며 말하고는 동네를 향해 달려 가버린다.

"누구야? 와, 이쁘다. 그치?"

신기한 눈으로 담희의 뒷모습을 바라보던 승현이 상현을 돌아보며 말했다. 상현은 고통스럽게 허리를 뒤트느라 대답을 못했다.

형, 진짜로 아픈 거야? 승현이 울상을 지으며 상현을 부축했다.

이젠 괜찮아. 상현은 승현의 목에 팔을 감으며 말했다.

너 아버지 봤어? 상현은 동생을 안심시키려고 엉뚱한 걸 물었다.

응, 봤어! 승현이 쉽게 대답을 했다. 상현은 괜한 걸 물었다는 생각과 함께 진한 소외감이 밀렸다.

"아버지랑 얘기도 해 봤어?"

"아니, 아까 형이 없으니 너무 심심해서 담 너머로 별채를 내다봤는데, 마루에 어떤 할아버지가 뒷짐을 지고 서 있었어. 천길이 형한테 저 할아버지가 누구냐고 물었더니, 우리 아버지랬어."

"그랬구나. 나도 이따가 담 너머로 아버지를 한 번 봐 볼까?"

상현은 빙긋이 웃으며 말했다. 오늘 내내 밀려들던 외로움, 소외감, 그리움들이 한꺼번에 싹 가시는 듯했다. 대신 배가 아까보다 더 심하게 아팠다.

"어서 오니라. 학교 들었담서야? 우리새끼 장하기도 하다. 느그 어매가 살았으면, 아부지가 동네 잔치할 것인디…… 근디 으디가 아프냐?"

기분이 엇갈린 안청댁이 상현의 얼굴을 들여다 봤다.

"괜찮아요. 배가 고픈가봐요."

상현이 머리를 저었다.

자그마한 방이었다. 아랫목에 한 소년이 누워 있고, 흰옷을 입은 여자가 곁에 앉아서 소년의 이마에 난 땀을 수건으로 닦아주고 있었다. 도영은 얼굴을 안 보고도 그녀가 수림이란 생각이 들었다.

수림아, 그 동안 어디에 있었기에 그리도 소식이 없었니? 도영은 다급하게 말하며 여인에게 다가가려 했다. 몸을 돌린 수림이 그를 쳐다봤다. 원망이 가득한 눈이었다. 그리고는 홀연히 사라져버렸다.

수림아! 도영은 자신의 소리에 놀라 퍼뜩 잠을 깼다. 몽롱함이 조금씩 풀리고 있었다. 도영은 몸을 틀어 벽에 붙은 스위치를 눌러 불을 켰다. 방 안이 밝아졌다. 휑하니 넓은 방과 벽에 질서 정연하게 배치된 책들이 드러났다. 도영은 천장을 쳐다보며 생각에 잠겼다. 꿈에 수림이를 봤던 것 같았다. 십여 년이 넘도록 꿈에 수림이를 봤던 기억은 없었다. 뭔가 불길한 예감이 스쳤다. 그는 기를 모아 희미한 꿈속을 더듬어갔다. 자그마한 방과 아랫목에 누워 있는 소년이 떠올랐다. 상현이가 탈이 났구나! 중얼거린 그는 상체를 일으켰다. 아까 저녁 밥상머리에서 안청댁은 상현이 아무나 들어갈 수 없는 중학교에 붙었다는 말과 시험공부에 지쳤는지 아프다는 말을 했을 것이다. 무심히 듣고 대수롭지 않게 넘겨버린 말이었다. 수림이 상현의 병세를 알려주러 왔다면, 예사로운 일이 아니라는 생각이 들었다. 그는 벌떡 일어나 자리옷을 갈아입었다. 방문을 열고 마루로 나왔다. 한겨울의 찬 공기가 청량음료처럼 목을 쏘아 숨쉬기가 버거워졌다. 그는 잔기침으로 목을 트고는 마루를 내려섰다. 중문을 거쳐 안채로 들어갔다. 담 둘레에 서 있는 백일홍 나무가 앙상한 가지를 하늘로 치켜들어 만세를 부르듯 그를 맞았다. 넓은 마당으로 들어섰다. 캄캄한 마당 저쪽에서 낯선 안채가 그의 앞을 막았다. 그는 어느 방으로 찾아가야 할지를 몰라 잠시 멈춰 섰다. 검은 하늘에 무수한 별들이 얼어붙어 있었다. 순간, 수림의 원망 어린 얼굴이 생생하게 떠올랐다. 뭔가 다급해졌다. 안채의 긴 툇마루 끝에서 불빛이 새나왔다. 어린 시절에 자신이 거처했던 방이었고, 결혼 전에 수림이 잠시 거처했던 건넌방이었다. 도영은 발소리가 나지 않게 조심을 했다. 정순에게 들키면 오해를 살 소지가 있기 때문이었다. 불빛이 내리는 댓돌을 내려다봤다. 남자아이들이 신는 운동화 한 켤레와 여자들이 신는 비닐 신발이 놓여 있었다. 도영은 신발을 벗고 툇마루로 올라섰다. 방안에 아무도 없는 듯 조용했다. 그는 낯설어진 문고리를 잡아당겼다. 문이 쉽게 열렸다. 그는 방안을 들여다봤다. 꿈에서처럼 방 아랫목에 사내아이가 이마에 물수건을 얹은 채 웅크리듯 누워 있고, 옆에는 안청댁이 잠들어 있었다. 문턱을 넘은 도영은 아이에게 다가가서 이마에 얹은 물수건을 젖히고 얼굴을 들여다봤다. 아이는 눈을 감고 있었지만, 잠들지 않은 듯 얼굴을 잔뜩 찡그려 괴로워했다. 도영이 묻혀온 바깥바람이 아이의 예민함을 건들었나보다. 아이가 눈을 위로 치떴다. 아이는 흰옷차림의 낯선 남자를 보고 기겁을 해서는 안청고모! 하고 불렀다. 잠귀가 밝은 안청댁이 엉, 소리와 함께 몸을 일으켰다. 그녀는 잠결에 엉거주춤한 자세로 아픈 아이의 얼굴을 들여다보고 있는 덩치 큰 남자를 보자마자, 엄마야, 경선이 아부지이! 하면서 뒤로 벌렁 나자빠졌다.

"재영아, 나다. 떠들지 마라."

도영은 갈앉은 소리로 말했다.

안청댁은 자신의 이름이 불리자, 몸을 일으켜 도영을 쳐다봤다.

"아이구매, 놀래라. 지는 저승사잔 줄 알았구만이라. 상현이가 아프다고 해도 뜰썩도 안 하시드니, 오밤중에사 먼 정신이 드셨다요? 죽은 상현이 엄니가 씌어댄 것 아닌가 모르겄네."

"그래, 아이가 어디가 어떻게 아픈 거니?"

도영은 상현이를 지켜주는 안청댁이 너무 고맙고 미더운 나머지 옛날의 말투로 돌아가 있었다.

"지도 으찌게 아픈지 잘 모르겄소! 야 말로는 어지께보틈 쪼까씩 아펐는디, 시험 발표도 있고 해서 참었닥하요. 저닉때는 열이 오르고 배도 많이 아프고, 저녁밥도 안 묵었는디도 배가 부르고 그랬다요."

"장 의원이 아직 안 내려왔을 텐데!…."

도영이 혼잣말처럼 중얼거렸다.

"안 그래도 장 의원님한티 전화를 했드니, 서울 딸네 집에 일 보러 가서 내일 모래나 오신닥하요."

"진작에 병원으로 데려갈 걸 그랬구나."

"누가 선생님 아들 아니라고 하까만이 야가 말을 해야지라. 아까 합격자 발표를 보고 오는디, 얼굴이 틀리길래 으디 아프냐고 물은께로 배가 고파서 그란다고 합디다. 늦은 점심을 묵고는 눈이 빌개서 누워 있길레, 또 물었드니 그찌게사 배가 아프다고 합디다. 배고파서 급히 묵은 밥에 체했는가 싶어서 경선이 아부지가 읍내 약국에서 열 내릴 약하고 소화제를 사다가 믹였는디도 당최 안 좋아지요. 안 그래도 경선이 아부지가 날새면 빙원에 델꼬 간다요. 그란께로 진작에 아들을 찾았으먼 이런 일이 없었지라. 상현이 어매가 얼매나 서운했으먼 꿈에 다 찾아왔으까."

한없이 주워섬기던 안청댁이 상현에게로 몸을 틀어 이마에 수건을 걷어냈다. 상현은 찡그린 눈으로 도영을 바라보고 있었다.

"상현아, 느그 아부지시다. 생전 첨 보는 분이지야?"

안청댁이 눈으로 도영을 가리키며 말했다. 상현이 몸을 조금 일으켜 도영을 향해 고개를 꾸뻑 숙여 보였다. 도영은 어린 날의 자신을 그대로 닮은 듯한 상현을 안쓰러운 눈으로 바라봤다. 상현이 이를 악물어 신음을 참고 있었다.

"잠시만 참아라. 대학병원에 전화를 해서 구급차를 불러야겠다."

도영은 말하고는 급히 방을 나왔다.

정순은 자동차 경적소리에 잠을 깼다. 잠결인가 싶어서 고개를 들고 귀를 세웠다. 밖은 조용했다.

"선생님, 상현이가 춥것는디, 오바를 입해사 쓸랑갑소."

안청댁 목소리가 두런거림처럼 들렸다. 상현이가 아프구나, 하는 생각에 정신이 번쩍 들었다. 몸을 일으켜 문을 반쯤 열어 건넌방 쪽을 내다봤다. 상현이 방에 불이 환하게 켜져 있고, 남편이 상현이를 들어 안고 마루를 내려가고 있었다. 그녀는 승현을 낳을 때, 나 몰라라 하던 남편이 번개처럼 스쳐가면서, 질투심으로 눈이 확 뒤집혔다. 도영이 마당을 질러가고 있었다. 그녀는 아랫목에서 자고 있는 승현을 잡아 일으켰다. 깊은 잠에 빠져있던 승현이 정신을 차리지 못하고 자꾸만 거꾸러졌다. 정순은 승현의 멱살을 쥐고 마루로 질질 끌고 나왔다.

"이놈아! 너랑 나랑은 이 집구석의 천덕꾸러기 노릇 그만 하고 송산강에나 빠져 죽자아."

그녀는 온 집안이 떠나가라 악을 썼다. 도영이 무의식으로 뒤를 돌아봤다. 정순은 멱살이 잡혀 캑캑거리는 승현을 보란듯이 마루 밑에다 팽개쳤다. 댓돌 옆으로 떨어진 승현은 또 한번 굴러서 마당으로 떨어졌다. 아이는 비명도 못 지르고 버둥거렸다. 도영의 뒤를 따르던 태수와 안청댁이 기절초풍을 해서 승현에게로 달려왔다. 도영은 황급한 걸음으로 대문을 나가고 있었다. 정순은 이를 부득부득 갈았다.

"가다가 차나 엎어져서 이 집구석 사람들 오늘밤에 다 죽어라."

정순이 하늘에 대고 손뼉을 치며 악을 썼다. 태수가 승현을 들쳐업고 급히 대문으로 나가고 있었다.

"하여간에 보다가도 첨 보겠소! 승현이는 내가 델고 빙원으로 갈 틴께로 굿보는 사람도 없이 펄펄 끓든지, 뛰든지 아짐 혼자 다 하시요."

안청댁이 기어코 한마디하고는 뒤따라 대문을 나갔다.

"상현이 방에 군불을 충분히 지폈나?"

"네, 선생님! 이따 퇴원하면서 집사람에게 전화를 해서 식지 않게 한 번 더 지피라고 부탁을 해야겠습니다."

"장 의원에게 보약을 부탁해 놨으니, 오다가 들러서 가져오도록 하고, 감기에 걸리지 않토록 각별히 조심하게."

도영은 들뜬 사람처럼 아침부터 태수를 불러서 이것저것 지시를 내렸다. 상현이 맹장수술을 받고 퇴원하는 날이었다. 태수도 전에 없이 부산하게 대문 밖으로 나갔다. 빈 마루에 뒷짐을 지고 선 도영은 대문 밖의 황량한 겨울 들판을 바라봤다.

하마터면 아드님을 잃을 뻔하셨습니다. 보아하니 몽매한 분도 아니신 것 같은데, 왜 그리 무모하셨습니까?

도영은 상현을 진찰하지도 않고 수술 준비를 시키며, 한심하다는 투로 자신의 위아래를 훑어보던 의사의 얼굴을 떠오른다. 위험천만이 전율이 되어 등골이 오싹해진다. 지난 며칠을 아들의 병실에서 브낸 그는 부모의 보살핌 없이도 의젓하게 자란 아들에게 엎어지듯 반하고 있었다.

점심때가 다 되어서야 대문 밖에 상현을 태운 택시가 멎었다. 태수가 먼저 내려서 택시 트렁크에서 짐들을 내려 대문 밖에 놔둔 채 상현을 부축해 데리고 별채로 향했다.

"선생님, 상현이가 왔습니다."

태수가 닫혀 있는 미닫이문을 향해 고했다. 안에서 가벼운 기침소리가 들렸다. 들어오라는 뜻일 게다. 상현은 태수의 부축을 받아 마루로 올라섰다. 태수가 미닫이문을 열었다. 상현은 긴장이 되어 태수의 등뒤에 달라붙었다. 누가 시키지는 않았지만, 그에게는 이곳이 철저한 금지구역이었고, 아버지라는 호칭 또한 금지 인칭 대명사였다.

"들어오너라."

도영은 온화한 빛을 띤 얼굴로 서안을 옆으로 밀며 말했다. 상현은 태수의 뒤를 따라 방으로 들어갔다. 널찍한 방안은 따뜻하고, 쾌적했다. 벽을 몽땅 차지한 책장에는 책들이 가득 꽂혀 있었다. 상현은 아랫목의 보료 위에 앉아 있는 아버지를 바라봤다. 앞의 서안 위에 갈피가 펴진 채 놓여 있는 낡은 고서 한 권이 아버지의 인격을 말해주었다. 상상했던 대로 아버지는 대단한 사람일 지도 모른다는 생각이 들었다. 상현은 그의 앞에 너부죽 엎드려 큰절을 올렸다.

"허헛, 갑자기 하늘에서 아들 하나가 뚝 떨어진 기분이구나."

도영이 벙긋 웃으며 말했다.

"선생님, 저도 이렇게 좋은데요. 외람된 말씀이지만, 저 그동안 많이 안타까웠습니다."

"둘을 모르는 미욱함이었네. 참, 자네 내일부터 운전을 배우게, 상현이를 등교시키려면 자가용을 사야겠네. 이 녀석 몸이 약해서 하숙도 못 미덥고, 버스 통학은 더구나 안 되겠어."

도영이 파리한 얼굴로 무릎에 두 손을 얹고 앉아 있는 상현을 바라보며 말했다.

"예 선생님, 오후에 광주에 다시 나가겠습니다."

태수가 대답을 하고는 상현의 손을 잡아 일으켰다.

정순은 문틈으로 밖을 내다봤다. 상현이 마당을 들어서고 있었다. 그녀는 방문을 겹겹이 닫았다. 아랫목에서 방학숙제를 하던 승현이 슬며시 일어서서 대청으로 나가고 있었지만, 거기에 신경을 쓸 겨를이 없었다.

"아주머니, 상현이가 왔는데요."

밖에서 태수의 목소리가 들렸다. 정순은 남편이 상현의 병실에서 보내는 동안 뿜어대던 불이 아직도 타고 있었다. 안청댁마저 병원에 가있었기에 분풀이 할 곳도 없었던 터이었다.

"아주머니, 상현이 그냥 들여보낼까요?"

태수는 상현이 추울까봐 걱정하는 투로 말했다.

"내가 지금 누구 인사 받게 생긴 속인 줄 알았더냐?"

정순은 밖에다 대고 소리를 질렀다. 태수가 손을 들어 상현의 귀를 막았다. 그리고는 마루 아래 서 있는 안청댁을 향해 고개를 살래살래 흔들어 보였다. 대꾸를 하지 말라는 뜻이었다. 승현이 대청 문을 열고 밖으로 나왔다. 태수는 상현을 부축해서 건넌방 앞의 마루에 올라섰다. 형아, 승현은 소리를 지르며 상현에게로 달려들었다.

"형, 이제 아프지 마. 형이 병원에 있는 동안 얼마나 보고 싶었는지 알아? 안청고모 따라서 병원에 한 번 더 가보고 싶은 걸 참았어."

승현이 뼈가 드러난 상현의 손을 잡으며 말했다.

"나도 네가 보고 싶어서 혼났어. 임마!"

상현이 승현의 목을 껴안아 귀에다 대고, 우리 집에 자가용 산댄다. 하고 속삭였다. 자가용이 뭐야? 승현이도 같이 속삭여 물었다. 자동차! 자동차?…. 와하, 쉿, 아직은 비밀이야, 소리가 너무 커.

"너희들 우애가 보기 좋구나."

태수가 승현에게서 상현을 떼어내 아랫목에 깔린 이불 속으로 밀어 넣으며 말했다.

명애는 책장에 꽂인 책을 빼서 상자에 담았다. 성적이 우수했기에 어쩌면 새학기에 발령이 날 거라 했다. 그 동안은 싫어도 송산리 집에서 지내야 한다. 먼지 때문에 열어놓은 창으로 꽃샘바람이 휘몰아왔다. 명애는 일어서서 창문을 닫다말고 밖을 내다봤다. 한길 건너의 가로등 밑은 텅 비어 있었다. 실망과 안도가 엇갈렸다. 그네는 자리로 돌아와 잡동사니가 든 책상 서랍을 빼서 신경질적으로 방바닥에 쏟았다. 서랍 바닥에 깔린 종이가 따라나오면서 사진 한 장이 떨어졌다. 우진이와 함께 찍은 사진이었다. 언제 넣어두었는지는 기억에 없었다. 수도 없이 찍은 사진들은 모두 태워졌는데도, 한 장이 남은 건 미련일 것이다. 유영정에서 청혼을 받은 뒤로 그녀는 우진과 진짜로 만나지 않았다. 영문을 몰라, 해명이라도 들으려고 애를 쓰는 우진을 줄곧 피해 다니는 동안, 세상에 혼자 있는 것처럼 쓸쓸해서 먹을 수도, 잘 수도 없었지만, 고집스러움이 그네를 버텨내게 했다. 명애는 사진을 들여다봤다. 사진 속의 우진은 찡그린 표정으로 멀대처럼 서 있었다. 그는 다른 사람의 포즈는, 특히 명애의 포즈는 잘 잡아주면서도 정작 자신은 이렇게 엉성한 모습으로 찍히곤 했다.

명애는 어디론가 뛰쳐나가고 싶어졌다. 아니, 급히 나가야만 될 것 같았다. 안 그러면 이 방에 영영 갇혀버릴 것이다. 어질러진 방을 그대로 두고는 옷장에서 웃옷을 꺼내 걸치고는 밖으로 나왔다. 날씨가 몹시도 추웠다. 무작정 시내로 들어가는 버스에 올랐다. 이른 시간인데도 추위 때문인지 버스는 거의 비어 있었다. 충장로 입구에서 버스를 내렸다. 수많은 사람들이 추위는 아랑곳없이 휘황한 불빛을 받으며 밀리고 있었다. 그네는 사람처럼 인파에 떠밀려 아래로 내려갔다. 하릴없어 다시 위로 올라왔다. 우체국을 지나 한적한 가게 앞에 발길을 멈췄다. 무심히 앞쪽의 가게를 들여다봤다. 각종 카메라가 진열되어 있는 가게였다. 명애는 윈도우 한쪽에 카메라를 들고 눈웃음을 활짝 웃고 있는 외국 배우 사진을 바라보고 있었다. 우진이와 닮은 웃음이었다. 명애는 울음이 터지려했다. 억지로 참아내려니 목덜미가 절절거렸다. 저림은 등골을 타고 팔다리로 흘러내렸다. 오늘밤에 우진이를 못 보면 미칠지도 모른다는 생각이 들었다.

"뭘 그렇게 열심히 보고 있어?"

누군가 어깨를 탁 치며 말했다. 홱 돌아봤다. 울 듯한 표정으로 웃고 있는 사람은 우진이었다. 명애는 힘없이 그의 가슴으로 무너졌다.

15

배동을 트고 나온 탐스러운 억새꽃이 강줄기를 따라 끝없이 이어지고 있었다. 오랜만에 밝은 회색 양복차림을 한 도영은 두 아들을 데리고 제방길을 걸었다. 해마다 혼자 다녀오던 성못길을 작년부터 상현이를 데려갔는데, 올해는 승현이까지 따라왔다. 아버지를 따라온 게 아니고 형을 따라온 것이다. 그것도 정순을 모르게 따돌리고서였다. 새벽에 상현을 깨워서 명절 제사상 앞에 섰을 때였다. 잠이 덜 깬 승현이 잠옷바람으로 나와서 함께 참석하려 했다. 기다릴 테니 옷을 입고 나오라며, 상현이 승현을 돌려세웠다. 그 때였다. 정순이 우르르 달려 와서는, 네놈이 무슨 자격으로 남의 제사상에 절을 올리려 하냐며, 승현의 멱살을 잡아서는 안방으로 끌고 갔다. 승현이 목이 막혀서 캑캑거리는 소리가 들렸고, 뺨을 맞는 소리가 여러 번 들렸다. 상현이 어쩔 줄을 몰라했다. 도영은 자식을 편들어 구해주고 싶었지만, 어미 자식 사이에 나서기에는 아버지로서 권리가 상실되어 있었다. 그는 승현이 곧 정순의 인생이라는 것도, 사랑을 주지 않는 남편에게 배참으로 자신의 생명인 승현에게 모진 매질을 한다는 것을 알고 있었기에, 못 들은 척 젯상에 절을 올리고는, 상현에게도 잔을 들려서 제주를 올리게 했다. 승현은 끝내 제사에 참석하지 못했다. 그런 아이가 형과 잠시도 떨어지기 싫어서 대문간에 숨어 있다가 따라나선 것이다. 도영은 데려오긴 했지만, 기분이 울적했다.

하늘이 드높았다. 강둑의 경사에 조롱조롱 열매를 매단 잡풀들이 바람에 나부꼈다. 둑 아래 드넓은 벌판에는 익어 가는 벼들이 고개를 떨구고 있었다. 도영과 상현은 나란히 걸었다. 승현은 상현에게 허물없는 친구처럼 엉켜 붙었다가 떨어지고, 떨어졌다가 또 엉켜 붙기도 하고 둑길에 널려 있는 작은 돌멩이를 주워서 강물에 물수제비를 뜨기도 하느라 떨어져서 걸었다. 어느새 달려와 승현이 상현의 귀를 잡아끌어서 귓속말을 속삭이기도 했다. 상현은 귀찮은 내색 없이 동생에게 몸을 내맡기고 있었다. 승현은 발 하나가 떨어져서 사람들 발길에 밟힐 염려가 있는 방아깨비를 잡아서 풀숲에 놓아주느라 뒤처져 있었다.

"아부지! 돌아가신 어머니 예뻤어요?"

상현이 도영을 쳐다보며 물었다. 기대감과 어색함으로 상기된 얼굴이었다.

"원래 죽은 사람은 예쁘고, 착하단다. 오늘 보니 네가 어미를 많이 닮았구나."

도영은 상현의 느닷없는 물음에 대처를 못해 얼버무렸다. 잊어서 모르겠다고 대답하면 아이가 섭섭해 할 것 같았다.

"안청고모는 제가 얼굴도, 성격도 아버지를 그대로 닮았대요."

"차분하고 조용한 성격은 네 어미 쪽이 맞을 거다. 공부를 잘하는 것도 그렇고."

"어머니가 공부를 잘 하셨다는 걸 아버지가 어떻게 아세요?"

상현이 속눈썹을 쫙 펴서 도영을 쳐다보며 거푸 물었다.

"안청고모가 네 어미 얘기를 전혀 안한 모양이구나! 떠난 지 오랜데 시

시콜콜 알아서 뭘 하겠느냐. 그냥 예쁘고, 너무 착해서 명이 짧았고, 아비가 몹시도 아꼈던 사람이라는 것만 알고 있거라."

도영은 아들의 말을 잘라버렸다. 상현이 엄마 얘기를 듣고 상처를 받을까봐, 사려 깊은 안청댁이 수림에 대한 얘기를 아예 묻어버렸으리란 생각이 들어서였다.

"형, 내가 다리 한 개가 없는 방아깨비를 풀 속에다 놔주고 왔어."

승현이 숨이 차게 달려와서는 상현의 어깨를 틀어잡으며 보고했다.

잘 했다. 상현의 짧은 대답에 정이 흘렀다.

"형, 곤충은 다리가 떨어지면 다시 생기는 거야?"

"아니, 한 번 떨어지면 그만일 거야."

"그럼 너무 불쌍하잖아! 어떡하지?"

"어떡하긴, 우리 승현이가 방아깨비에게 휠체어를 사 주어야지."

도영은 새벽에 그 일을 당하고도 밝기만 한 작은 아들이 안쓰러워서 농담으로 받아주었다. 승현은 아버지의 관심을 받자, 좋아서 배를 움키며 과장되게 깔깔거렸다. 벼들이 익어 가는 넓은 들판과 구만리로 먼 하늘, 선들바람, 둑 아래로 흐르는 맑디맑은 강물, 연보랏빛의 긴 억새꽃 행렬, 도영은 들판 가득 넘치는 풍요로움이 서글프기만 했다.

승현아아! 멀리서 단발머리 소녀 하나가 달려오며 불렀다. 짙은 감색 플레어 스커트가 바람에 팔랑거렸다. 홱 돌아본 승현의 얼굴이 활짝 밝아졌다. 소녀는 몰아쉬는 숨소리가 들릴 정도로 가까워졌다. 도영은 교복이 몸에 붙는 걸로 봐서 중학교 이 학년쯤 되어 보인다는 생각을 하며 소녀를 바라봤다. 까무잡잡한 얼굴의 소녀였다.

"아이 숨차라! 강변에서 보고 계속 불렀는데, 그냥 가잖아."

담희가 허리를 굽혀 숨을 몰아쉬며 말했다.

"우린 못 들었어! 형, 그치?"

“들었으면 기다렸지.”

상현이 반가운 눈으로 소녀를 바라보며 말했다. 소녀가 활짝 웃었다. 양쪽 볼에 보조개가 옴폭 패어 귀염성스러웠다. 말하는 투가 중학교 일 학년인 승현이랑도, 고등학교 일 학년인 상현이랑도 모두 같은 친구로 보였다.

“안녕하세요? 제 이름은 윤담희구요. 중학교 이 학년이에요. 저희 아버지는 성자 일자에, 광산군청에 다니는데 아시죠?”

소녀가 낮춰야 할 말과 높여야 할 말을 가려서 어른스럽게 자기 소개를 했다

“오, 그렇구나. 알다마다. 내가 담임이었을 때 너희 아버지는 지금의 너만 했었지.”

도영은 소녀의 머리를 쓰다듬으며 말했다.

“그럼 아부지 제자였어요?”

승현이 대신 활짝 반기며 물었다.

“그렇단다. 공부도 잘 하고, 운동도 잘하는 학생이었지.”

“아부지! 담희누나랑 우리가 친한 건요. 날마다 우리 차를 같이 타고 학교에 다니기 때문이에요.”

승현은 남자애가 여자애랑 친하다는 게 어색한 듯 변명처럼 말했다. 상현은 거의 표정을 드러내지 않고 있었다.

“오빠, 오늘밤에 우리 달구경하러 강에 나오자. 저기 다리 난간에 서서 달을 보면 위에도 달, 아래도 달, 달이 두 개여서 더 밝을 거야!”

담희가 상현의 곁으로 다가서며 말했다.

“나도 끼어 줘. 나도 달구경하고 싶어.”

“상현오빠가 너를 떼어놓고 혼자 나오겠냐?”

담희가 승현에게 핀잔을 주듯 말했다. 도영은 환하게 피는 승현의 얼굴을 보며 혼자 웃었다. 동네에 들어서자 담희가 도영을 향해 꾸뻑 인사를

하고는 옆의 긴 골목으로 들어가서는 손을 들어 뒤에다 대고 흔들며 달려
갔다.

"밝고, 구김살이 없는 아이로구나."

도영이 상현을 돌아보며 말했다.

"공부도 잘하고, 책도 많이 읽어서, 같이 얘기하다 보면 답답하지가 않
아요."

상현이 아버지에게 속을 털어놓듯 말했다.

세 사람은 여름 땡볕에 하얗게 바랜 농로를 나란히 걸었다. 승현은 아
버지가 듣지 못하게 형의 귀에다 대고 오늘밤에 달구경을 갈 거냐고 살짝
물었다. 상현이 자그마한 소리로 그래, 하고 대답했다. 도영은 두 아들의
하는 양이 너무 흐뭇해서 끼어들고 싶었다. 집이 가까워지자 승현이 갑자
기 조용해졌다. 도영은 아이의 표정을 살폈다. 집이 가까워 올수록 얼굴이
굳어지고 있었다.

"승현이는 어디가 불편하니?"

도영은 낮은 목소리에 다정함과 염려를 담아 물었다.

"괘 괜찮아요, 아 아부지!"

승현이 말을 더듬었다. 그는 아버지 앞에서 말을 더듬은 것에 대한 부
끄러움과 집이 가까워짐에 두려움이 뒤섞여 얼굴이 창백해졌다. 도영은
아이가 어미에게 주눅이 들어 있음을 느꼈다. 자식에 대한 정을 알고 난
뒤부터 두 아들 똑같이 소중했지만, 단지 어미 없이 자란 상현에게 좀더
애잔한 마음이 가는 건 어쩔 수가 없었다. 하지만, 어미에게 주눅이든 어
린 아들을 보니 자신의 외곬수인 성격 때문에 어린것이 희생을 당하고 있
다는 생각에 가슴이 아팠다. 도영은 아들을 위해서 조만간에 안채에 들러
정순을 다독이리라 맘먹었다.

대문 앞에 소매를 걷어붙인 정순이 서 있었다. 아침에 도영을 배웅 나

왔던 태수가 성묘를 따라가는 승현을 봤으니, 아이를 잃었을까봐 겁이 나서는 아닐 것이다. 머리에 뿔이 돋아 있는 정순을 본 승현이 상현의 뒤로 숨어들었다.

"이놈아! 네놈이 이 집구석하고 무슨 상관이 있다고 저것들을 따라 갔다 오는 거냐!"

정순은 솔개가 병아리를 채가듯 승현을 낚아채서 땅바닥에 패대기를 치며 악을 썼다. 도영은 어찌해야 좋을 지를 몰라서 가만히 서있었다. 상현이 승현을 일으켜 막아섰다.

"이 늙은 화자 놈아! 승현이가 이녁 아들인 줄 알고 조상한테 데려간 모양인데, 천만에 말씀이다. 길을 막고 물어봐라. 화자가 자식 낳는 것 봤냐고, 내 아들이 니놈의 씨가 아니듯, 상현이 놈도 어느 놈의 씬지 알아봐야 할 것이다."

정순은 소리를 고래고래 지르면서 승현의 멱살을 잡아끌고는 대문 안으로 들어갔다. 상현은 질질 끌려가는 승현을 보호하려고 따라가고 있었다. 정순은 상현에게 발길질을 해댔다. 도영은 수치스러워 눈을 감았다. 안에서 정순의 포악스런 매질 소리와 함께 승현의 비명 섞인 울음소리가 점점 크게 들려왔다.

"그놈의 성질이 팔자라고, 생각하기 나름이제. 속아지 모질해서 남편 눈밖에 난 것은 이녁이 책임질 일이고, 뭣하나 아순 것이 있소, 누가 집에서 건들기를 하요? 이만한 시상도 없을 것인디, 뭣을 더 얻자고 날마다 제게 마음 볶아, 자식 지지고, 볶아, 옆에서 보는 사람이 더 징해서 죽겠소."

안청댁이 매를 빼앗으며 정순을 나무라는 소리가 들렸다. 도영은 안도의 숨을 내쉬며 별채로 향했다.

16

"자네 이걸 간수해 두게."

보료에 앉아 퇴침에 몸을 비스듬히 기댄 도영 씨가 태수에게 종이봉투 두어 개를 내밀며 말했다.

"이게 뭡니까, 선생님?"

태수는 의아한 눈빛으로 도영 씨를 쳐다본다.

"논문서야! 재산 정리를 하다보니, 이게 나오더라구! 아버님이 돌아가시기 전에 자네 부부 몫으로 안청에다 논 스무 마지기를 사 놓으셨던 걸, 내가 무심해서 이제야 찾아낸 거야. "

"무슨 말씀인지……."

태수가 어안이 벙벙해서 말끝을 흐린다.

"말 그대로네. 아버님이 자네 부부에게 남긴 유산일세. 그리고 이건 내가 자네에게 주는 거라네. 이것저것 합하면 사십 마지기는 되는데, 이삼년 후면 자네 막내 놈까지 대학을 졸업해서 자기들 앞가림해서 나갈 것이고, 내가 죽은 후에 일이 생겨 이 집을 떠난다 해도 자네 부부는 그 땅하고, 광주에 있는 집만 가지고도 궁색하지는 않을 거네."

"선생님, 갑작스럽게…… 그리구 그동안 제게 베풀어주신 은혜에 보답하려면 아직 멀었는데, 저더러 어찌 감당하라 이러십니까?"

"부담 갖지 말게. 아버님의 유산에 조금 보탰을 뿐일세. 자네는 내 집 일을 안 보고 하다 못해 면서기를 했어도, 알뜰한 자네 안사람이 진작에 그 정도의 땅은 장만하고도 남았겠지. 이제 와서 생각해보니 재영이는 내 친동생이었던 것 같애! 그러지 않구서야 아버님 호적에 올라 있는 것도 모자라 유산을 남겨줄 이유가 없질 않나? 질투심 많으신 어머님이 끝내 아버님의 자식임을 거부하셨을 테고, 어쩐지 어릴 때부터 남다른 정이 가는 아이였어. 세상에 둘도 없는 남매였으니 그럴 수밖에! 진작에 알았더라면 매를 때려서라도 공부를 시킬 걸! 힘들게 일만 시켜서 미안하이.”

“구정물에 손을 담그지도 않았고, 값싼 옷을 입지도 않았습니다. 공부를 많이 했더라면 제 사람이 안 되었겠지요.”

“새삼스레 그런 걸 따져 무얼 하겠나? 어차피 자네들만 의지하고 살아온 세월이었네. 유산 얘기는 당분간 재영이가 모르는 게 좋을 걸세. 자네만 알고 있어야 할 일이 몇 가지가 더 있네. 내 며칠 동안 바깥나들이가 잦았던 건, 만약을 몰라서 재산 정리를 했다네. 전 재산을 상현이 앞으로 이전을 해버렸어.”

“아주머니나, 승현이는 어쩌시구요?”

태수가 도영 씨의 말을 자르고 끼어든다.

“자네답지 않게 성급한 걸 보니, 파격인가 보이. 내가 결정한 게 아니야! 저 사람의 포악함을 눈치 챈 장 의원이 그리하라 시킨 거라네. 장 의원 말이, 상현이가 재산을 모두 쥐고 있으면, 내가 없더라도 저 사람이 상현이에게 함부로 대할 수 없을 거라, 말하더군. 작은애가 커서 재산이 필요할 나이쯤 되면, 상현이는 재산 없이도 제 몸을 보호할 수 있을 테고, 그 아이 마음 씀씀이로 봐서 계모나 동생에게 섭섭찮게 나눠줄 거라 말했네. 만약에 생각이 못 미친다해도 자네가 있으니 걱정 말라 하더군. 일리가 있다고 생각했기에 그대로 해버렸어. 자네 생각은 영 아닌가?”

도영 씨는 자신이 없는 표정으로 태수를 쳐다봤다.

“장 의원님이 옳은 판단을 내리셨을 겁니다. 상현이는 재산보다는 공부에 욕심이 많은 아이니까요.”

“그렇게 말해주어서 고맙네. 이 통장도 자네가 간수하게. 시내에 있는 가게 하나를 처분했으니 꽤 넉넉한 돈이야. 만약에 내게 무슨 일이 생긴 뒤에 상현이가 서울로 대학을 가게 되면, 서울에다 집을 하나 장만하게.

그리고 이건 시내에 있는 가게문서야. 세를 받아서 두 녀석들 학자금으로
써 주게. 승현이 앞으로 이전은 되어 있네만, 그 애가 아직 어리니, 자네
가 관리를 하다가 크면 돌려주게. 이런 큰일을 자네도 모르게 추진한 걸
섭섭해하지 말게나. 장 의원 동생이 복덕방을 하는 데다, 내가 죽고 나서
이 일이 터지면 시끄러울 것은 뻔한 일인데, 자네가 관여했다면, 저 사람
이 가만있겠나? 자네는 그저 모르는 일이라고 잡아떼기만 하면 책임은
면할 걸세.”

“선생님은 건강하시고, 연세 아직 칠순도 안 되셨습니다. 왜 그리 서두
르세요?”

“자고로 사람이 칠십을 넘기기가 어려운 법이라 했는데, 내일 일을 어
찌 알겠나? 조부모님도, 부모님도 환갑을 겨우 넘기고 돌아가신 걸 보면
단명한 내림인데, 이만하면 오래 산 거야. 다행히 자네가 있어 상현이를
맡기고 맘 편히 갈 수가 있어서 좀 좋은가. 이걸 가지고 그만 나가게. 요즘
들어 자주 피곤해지곤 한다네.”

“제가 어찌 감히, 당분간은 선생님께서 맡아두십시오.”

“자네가 간수하게. 만사 불여의라 했네. 언제 짬을 내어 집이 아닌, 은
행 같은 곳에다 맡기는 게 좋을 걸세.”

도영 씨는 문서가 든 봉투와 도장이 든 통장을 집어 태수에게 내밀며 말
했다. 태수는 영창을 열고 밖으로 나왔다. 도영 씨가 재영이는 내 친동생일
지도 모른다고 말했을 때, 태수는 하마터면 가슴속에 깊이 묻어둔 비밀 하
나를 털어놓을 뻔했다. 그는 결혼 첫날밤에 도영 씨의 부친이 거처하던 이
별채로 불려왔었다. 그는 태수에게 술 한잔을 따르게 하고는 말했다.

재영이는 둘도 없는 내 딸이다. 그러니, 너 또한 내게 귀한 사람이 되었
느니라. 어미는 천한 사람이 아니었으니 그 점은 염려 마라. 그 아이 오라
비도 언젠가는 알아야겠지? 하나, 저절로 알아질 때까지는 누설치 말거라.

태수는 그 일을 아내에게조차도 털어놓은 적이 없었다. 워낙이 자존심이 강하고, 드센 성깔인 아내가 스스로 자신의 위치를 지키고 있었기에 말할 필요가 없었는지도 모른다.

태수는 손에 쥔 땅문서를 내려다봤다. 갑자기 횡재를 한 듯 얼떨떨했다. 뒤따라 막연한 불안이 일었다. 과분한 행운이 화근을 몰아올 지도 모른다는 불안심리가 아니었다. 그가 겪어본 정순은 조급하고, 과격한 성격이었다. 게다가 증오심과 오기가 남달라서 말과 행동을 억제하지 못하는 사람이기도 했다. 그러한 정순이 전 재산이 상현에게 돌아간 사실을 미리 안다면, 모르면 몰라도 누구 하나쯤 명대로 살지 못할 게 불을 보듯 뻔했다.

한여름의 석양 햇살이 뉘엿거린다. 자갈이 하얗게 깔린 신작로에 버스가 지나가고, 그 뒤를 구름처럼 인 흙먼지가 기를 쓰고 따라가고 있었다. 도영 씨가 다리미질이 고운 한산모시옷을 입고는 농로를 걸어왔다. 그는 한길이 잘 보이는 곳에 멈춰 섰다. 산책을 나왔다가 오늘이 토요일이고, 태수가 아들 경선이 일로 서울에 다니러 갔다는 걸 상기한 그는 버스를 타고 학교에 간 두 아들들을 기다리려는 심산이었다. 승현은 고등학교, 상현은 대학입시를 앞두고 있어서 방학중인데도 학교에 다니고 있었다.

버스에서 내린 승현은 뒤에 내리는 형을 잡아 부축했다. 오랜만에 탄 버스라 몸이 약한 형에게 보호본능이 일어서였다. 같이 내린 서너 명의 학생들이 두 형제를 본체만체 하고는 먼저 가버렸다.

"형, 가방 이리 줘. 내가 둘 다 들게. 무겁잖아."

승현이 형의 가방을 빼앗으며 말했다.

"무겁긴, 팔씨름하면 내가 이겨 임마."

상현은 가방 대신 팔을 들어 승현의 목덜미를 감으며 말했다.

"형, 저기 아부지 나와 계신다. 우리 아부지는 꼭 할아버지 같지?"

"우리를 늦게 나셔서 그런 거야."

"형, 우리 아부지 빨리 돌아가시면 손자도 못 보시겠다. 그치?"

"그러니까 니가 얼른 결혼해서 손자를 낳아 드려라."

"형은 뭘 하고 나더러 그러래?"

"난 할 일이 많아서 안 돼."

"뭘 할 건데?"

"아주 많아. 대학도 가야하고, 유학도 가야하고, 공부도, 읽어야 할 책도 산만큼 많아서 결혼 같은 건 할 틈이 없어."

"그럼 난 대학도 가지 말고, 책도 읽고 말고, 결혼해서 아이만 낳으란 말야?"

"어이구, 그러면 안되지! 넌 뭐든 나하고 똑같이 하는데, 결혼만 너 혼자 하는 거야."

"치, 그런 게 어딨어? 형도 담희누나랑 결혼해야지. 누나가 형을 얼마나 좋아하는데."

승현이 시무룩한 빛을 감추지 못하며 말했다.

"담희는 니가 좋아하잖아! 아버지 기다리신다. 우리 달리자."

상현이 말하고는 승현의 손을 잡고 달려간다.

도영은 달려오는 두 아들들을 바라본다. 승현은 건강해 보여서 안심이지만, 상현의 그늘진 검은 눈자위를 보면 괜히 가슴이 서늘해진다. 얼굴이며, 성격까지도 자신과 너무나 닮은 아들이 기구한 인생 또한 닮아서 앞날이 평탄치 못 할 것 같은 예감이 들어서다.

"아부지, 학교에 다녀왔습니다. 힘드신 데 왜 나오셨어요?"

상현이 가방 끈을 두 손으로 모아 잡고는 고개를 숙여 인사를 했다. 도영은 아들의 염려에 콧날이 찡했다.

"고맙구나, 어서들 들어가자."

상현의 웃음을 본 도영 씨는 측은함에 가슴이 아팠다. 세 사람은 나란히 대문을 들어섰다. 여전히 들이비칠 것 같은 살결이지만, 악만 남은 여자처럼 눈에 독기가 흐르는 정순이 아들들과 헤어져 별채 중문으로 사라지는 남편을 쏘아봤다. 서로가 관심 밖으로 밀려난 지 오래인 부부였지만, 얼굴을 보니 새롭게 화가 나는 모양이었다.

바깥에서 굿을 해도 모르는 주제가 꼴에 아들들 마중을 갔다오는 모양이네! 그녀는 비아냥거리는 투로 중얼거렸다.

"학교에 다녀왔습니다."

정순을 본 형제가 한 목소리로 말했다.

"너는 일찍 와서 공부나 할 일이지, 어떤 놈 꼬봉 노릇 하다가 이제야 기어 들어오는 거냐?"

그녀는 상현의 뒤에 숨듯 서 있는 승현을 향해 버럭 소리를 질렀다.

"그 그런 게 아 아니구……."

승현이 더듬거리던 말끝을 그나마 맺지도 못했다. 그는 밖에서는 밝고, 건장하다가도 어머니 앞에만 서면 말더듬이가 되었다.

"이놈아, 멀쩡한 그 등치가 아깝다, 어이구, 내가 전생에 이놈의 집구석에다 무슨 죄를 얼마나 졌기에, 이가네 것들이라면 이놈이나, 저놈이나 이가 갈려서."

형제를 번갈아 쏘아보던 정순이 몸을 떨어 진저리를 한 번 치고는 방으로 들어가 버렸다. 어머니의 화가 그만큼으로 끝이 난 게 안심이 된 두 형제의 입에서 후유, 하고 한숨이 새나왔다.

일요일이었다. 도영 씨는 오랜만에 아들들과 별채 마루에서 밥상을 받았다. 대문 밖으로 내다보이는 풍경이 땡볕에 졸고 있었다. 도영 씨의 젓가락이 막 버무린 듯한 싱싱한 푸성귀 겉절이로 가고 있었다. 상현은 반찬에는 손도 대지 않고 국에다 만 밥만 먹었다.

"상현이도 반찬을 좀 먹어라. 국하고 밥만 먹는 사람이 어디 있니?"

도영 씨가 상현의 밥그릇을 넘어다보며 말했다.

"예, 안청고모가 끓여주는 육개장이나 된장국은 다른 반찬이 필요 없을 만큼 맛있어서 그래요."

"그래도 각각 영양소가 달라서 골고루 먹어야 몸이 튼튼하단다."

도영 씨가 걱정을 담은 표정으로 말했다.

"아부지, 태수 아저씨가 어제 냉장고랑, 텔레비전이랑 사다가 안방에 놨는데요. 텔레비전에서는 사람이 직접 나와서 노래도 부르구요. 냉장고는 이렇게 더운데도 얼음이 언대요. 아세요?"

승현이 형이 반찬을 안 먹어 아버지에게 야단을 맞는 줄 알고는 화제를 다른 곳으로 들리고 있었다.

"그래, 이렇게 좋은 세상이 올 줄 누가 알았겠느냐. 너희들이 어른이 될 때쯤이면 만물이 어떻게 변할지 궁금하구나."

"아부지, 궁금해하실 거 없어요. 오래오래 사셔서 직접 보시면 되잖아요. 우리는 부자니까 좋은 건 모두 사버리면 되구요."

승현이 해답이라도 찾아주는 듯한 얼굴로 말했다. 도영 씨가 빙긋이 웃었다. 두 형제도 따라 웃었다.

아부지 쉬세요. 형제가 한꺼번에 일어섰다. 나이 드신 아버지의 휴식시간을 빼앗지 않기 위해서였다.

"형, 우리 송산강에 놀러가자. 내가 천길이 형한테 부탁해서 담희누나 강으로 나오라고 해 줄게."

대문을 나오던 승현이 형을 쳐다보며 말했다.

"오후에 공부를 안 해도 될까?"

"괜찮아, 형은 공부를 잘하니까, 좀 쉬어도 돼."

승현이 어리광스런 표정으로 말했다. 상현은 어머니에게 매만 맞는 동생이 안쓰러워서 그의 제안이면 무엇이든 들어주었다.

바지를 걷어올린 승현은 강변에 깔린 매끄러운 잔자갈을 깔고 앉아서 물에 발을 담갔다. 시원함이 땀에 젖은 등골로 치올랐다. 한더위가 지났지만, 강변 위에 쏟아지는 햇살은 밝고 뜨거웠다.

"차갑지 않니?"

물가에 서서 승현의 하는 양을 지켜보고 있던 상현이 싱긋 웃으며 물었다.

"차갑긴, 시원하지. 형도 이렇게 해봐."

"난 차가워서 싫어."

"에이, 형은 그래서 몸이 약한 거야. 차가운 물에도 들어가고, 운동도 하고 해서 몸을 단련해야 감기도 안 걸리지."

"여기 앉아서 일광욕만 해도 감기는 안 걸린다."

"감기만 안 거리면 대수야? 너무 말랐으니 살이 좀 쪄야해."

고개를 젖혀서는 상현의 몸을 훑듯 쳐다보던 승현이 갑자기 저쪽을 향해 손을 들어 흔들었다. 동생의 눈길을 좇아 고개를 돌린 상현의 눈빛에 보일락 말락 동요가 일었었다. 멀리서 회색 바탕에 검은 줄무늬가 진 플레어 스커트를 입은 여학생이 제방을 달려서 내려왔다. 짧게 땋아 내린 머리가 함께 뛰었다. 강변에 내려선 그네가 멈춰서 허리를 꺾어 숨을 고르고 있었다. 승현이 서서 손을 까불어댔다. 담희가 웃음을 함빡 머금은 얼굴로 다가왔다. 마치 정해진 듯 세 사람은 승현을 가운데로 하고 자갈밭에 다리를 뻗고 앉았다.

"우리형은 서울로 대학 가는데, 누나는 어디루 가?"

승현이 담희에게 물어 말을 시작했다.

"구두쇠 우리 아부지가 행여 대학을 보내 주겠다. 고등학교도 반년을 졸랐는데, 대학은 한 오 년쯤 졸라야 허락을 하실 거다."

“그럼 지금부터 오 년을 졸라. 이 년을 빼고는 나머지는 재수한 셈치면 되잖아.”

“명 짧으면 조르다가 대학도 가기 전에 죽겠다.”

“에이, 설마 그럴라구.”

두 사람의 대화를 듣고 있던 상현은 피식 웃었다.

“우리 외삼촌이 은행에서 꽤 높은 자리에 있는데, 나더러 대학가지 말고, 짬짬이 주산을 배우란다. 졸업하면 은행에 취직을 시켜 주겠대.”

“잘은 모르지만, 담희가 은행에 들어갈 무렵이면 주산 같은 건 필요가 없을 거다.”

상현이 시선을 강물에 둔 채 두 사람의 대화에 끼어들었다.

왜? 담희가 목소리에 반색을 띠며 물어왔다.

“그건, 오래 전에 미국에서 어느 교수가 에니악이라는 전자계산기라는 걸 개발했는데, 그게 점점 발전해서 컴퓨터라는 이름으로 빠르게 전 세계로 퍼져 나가고 있어. 조금 있으면 우리나라에도 집집마다 냉장고나 텔레비전처럼 그걸 한 대씩 사들일 날이 오면, 주산 같은 건 필요가 없어질 거야.”

“상현오빠는 그걸 어디서 들었어?”

담희가 물었다.

“책에서 읽은 거야.”

“책에 그런 것도 나와?”

“학문은 공부하면서 연구를 해야겠지만, 보통 상식은 관심만 있으면 거기에 관한 건, 책에 다 쓰여 있어서 찾아서 읽기만 하면 되는 거야.”

상현이 담희를 돌아보며 말했다.

“난 전기(電氣)에 관심이 있는데! 그런 책도 있어?”

승현이 물었다.

"넌 책은 놔두고, 차라리 부서진 라디오를 가지고 놀아라."

담희의 말에 세 사람이 한꺼번에 깔깔거렸다. 웃음소리가 초록빛 들판으로 퍼졌다. 물빛 하늘이 손을 뻗으면 잡힐 것 같았다. 어석어석, 억새 밭에서 배동 터지는 소리가 들렸다. 강 위로 쏟아지는 여름날 한더위의 햇살이 물결에 미끄럼을 타고 있었다. 눈쟁이 떼가 물에 담그고 있는 승현의 다리 주위에 모여들어 톡톡 입질을 하다간, 다리 임자의 꼼지락거림에 놀라서 우루루 물러나곤 했다. 제방 너머에 기차가 지나가는지, 기적소리가 들렸다. 산모롱이 저쪽에 흰 솜구름이 뭉게뭉게 피어올랐다.

17

도영 씨는 흰옷을 입고는 강가의 제방에 서 있었다. 발아래 양쪽으로 벼가 샛노랗게 익어 가는 들판과 강변에 보랏빛으로 핀 억새꽃밭이 끝없이 이어져 있었다. 내려다보고 있는 동안에 돌연 들판과 억새 밭이 사라지고 대신 시퍼런 강물로 가득 차버렸다. 도영 씨는 무심히 뒤를 돌아봤다. 하늘을 향해 하얗게 뻗은 강둑 길에 말 한 마리가 갈기를 늘어뜨리고 있었다. 도영 씨가 말을 쳐다보는 사이에 수림이 말 위에 올라앉아서 고삐를 움켜쥐고 있었다. 늘 곁에 있었던 사람처럼 새삼 서로 반기지는 않았지만, 수림이 곁에 있어서 너무 좋았다. 도영 씨는 말 위에 앉은 수림을 쳐다보며 어디를 갈 거냐고 물었다. 수림은 강 건너에 선생님이랑, 상현이랑 셋이서 살집을 마련해 놓고 이사를 해야 하는데, 상현이가 아직 오지 않는다고 말했다. 도영 씨는 미리 알고 있었던 것처럼 상현이는 저 알아서 오고 싶을 때 오라고 내버려두고 둘이서만 가자고 대답했다. 그리고는 훌쩍 뛰어서 수림의 등뒤로 올라탔다. 수림이 고개를 끄덕여 수긍을 하고는 고삐를 당기자, 말이 바람소리를 내며 강 위로 치솟아 달렸다. 도영 씨는 깜짝 놀라서 눈을 떴다. 꿈이었다. 몸을 일으켜 불을 켰다. 꿈에서 본 들판이며, 강물이며, 하늘을 향한 하얀 길, 그리고 치솟아 달리던 말갈기가 너무나 생생하게 떠올랐다. 심히 불길함을 느끼는 중에도 꿈속에서 상현이 보이지 않았던 게 조금은 안심이 되었다. 벽에 걸린 괘종시계를 쳐다봤다. 네 시 반이었다. 갑자기 납덩이같은 것에 눌리듯 가슴이 답답해졌다. 밖으로 나가 바람이라도 쐬지 않으면 금방이라도 심장이 터져 버릴 것 같았다. 와중에도 자리옷을 벗어 팽개치고는 머리맡에 개켜놓은 철에 맞는 비단바지저고리를 주워 입었다. 대님까지 매고는 밖으로 나왔다. 대문을 더듬어 열고 나와 강으로 향했다. 시야는 온통 짙은 새벽 안개에 싸여 아무것도 보이지 않았다. 바지가랑이가 이슬에 젖어왔다. 뭉텅이진 안개가 숨을 막아 오히려 가슴이 더 답답해졌다. 그는 물 흐르는 소리를 따라 다리를 건넜다. 짐작으로 제방에 올라선 그는 안개가 삼켜버린 자신의 땅덩이를 응시했다. 그때, 바로 옆에서 시커먼 물체 하나가 히히힝 하는 괴상한 소리와 함께 후다닥 튀어 올랐다. 도영 씨는 비명소리도 없이 그 자리에 거꾸러졌다.

널따란 들판에 안개가 서서히 걷혔다. 옅어진 안개 속에서 머리가 허옇게 센 망구 하나가 구겨지듯 엎어진 도영 씨의 시신을 젖혀서는 찬찬히 들여다봤다. 작년에 개똥이 죽고 노망이 든 평식의 어머니였다. 망구는 새벽마다 송산강 강변을 헤매다가 동이 트면 돌아가곤 했는데, 사람들 말로는 죽은 자식들이 보고 싶어서라 했다.

망구는 아직 굳지 않은 도영 씨의 시신을 반듯하게 눕히고, 양팔을 들어서 편안하게 배 위에 포개 놓고는 일어섰다. 그리고는 쥐어짤 만큼 이슬에 젖은 치마를 질질 끌면서 다리를 건너갔다.

천길이가 대문을 들어섰다. 그는 반벙어리 때문에 고등학교를 졸업하고 방위군 야간 복무중이라 근무를 마치고 돌아오는 길이었다. 삽을 든 장정 하나가 대문을 향해 급히 달려오고 있었다. 아침부터 이 집으로 달려올 사람은 아무도 없었다. 태수 아제한테 마해야지, 천길이가 중얼거리며 별채로 향했다.

"너는 들어서자마자 뭘 말하고 싶어서 그러냐?"

마침 자고 일어나 별채 중문을 나오던 태수는 옷자락을 붙들고 뭔가를 설명하려고 애를 쓰는 천길이의 얼굴을 살피며 말했다. 천길이는 태수의 팔을 잡아 대문께로 끌고 가려고 할 뿐, 말이 터지지 않았다. 그때, 장정이 헐떡거리며 대문을 들어섰다.

"이 댁 선생님이 돌아가신 것 같소. 논에 가다가 강둑에 누가 누워 있기에 얼굴을 들여다봤더니 선생님입디다. 진작에 돌아가셨는지 뻣뻣해져서 업지도 못하겠기에 그냥 왔소."

장정이 태수를 향해 말했다.

"그럴 리가…… 우리 선생님은 아직 일어나실 시간도 아닌데, 식전 댓바람에 이 무슨 방정맞은 소리야?"

얼굴에 핏기가 싹 가신 태수가 억지를 부리듯 말했다. 그리고는 돌아서서 나이답지 않은 잽싼 몸놀림으로 별채 중문으로 사라졌다. 태수는 헛기침도 없이 문을 벌컥 열었다. 사람은 간 곳 없고, 깨끗한 비단 이부자리 위에 어수선히 흩어진 자리옷뿐이었다. 태수는 그 자리에 털썩 주저앉았다. 도영 씨는 여하한 일에도 뭘 흩어놓고 나가는 성미가 아니었다.

학교에 갈 준비를 하고 있던 상현은 들것에 실려 대문을 들어오는 아버지를 한동안 바라보다가 실신해버렸다. 태수는 시신을 내려놓고는 상현을 안아서 건넌방으로 들여갔다.

"형은 니가 좀 맡아라. 충격이니 찬 수건으로 얼굴을 닦아주면 곧 괜찮아질 거다."

태수는 승현에게 급히 일러주고는 방을 나갔다. 승현은 얼떨떨해서 수건을 찾아 들고는 멍하니 서 있었다. 상현이 제풀에 정신이 들어서 벌떡 일어나 밖으로 쫓아나갔다.

운전을 배운 천길이가 장 의원과 집안 대대로 시주를 했던 절의 스님을 모셔왔다. 상청은 별채에 차려졌다. 생전의 거처이기도 했지만, 설사 자기 논두렁을 베고 죽었어도 그도 객사인 만큼 안채로 들여서는 안 된다는 게 장 의원의 뜻이었다.

"이 친구, 그 동안 폐쇄로 살았으니, 가는 길이나마 벌쭉하게 보내세. 내가 아직 살아 있는 친구들을 불러모을 테니, 자네는 알 만한 제자들에게 모조리 부고를 띄우게나."

장 의원이 태수를 불러 세워서는 말했다.

"고맙습니다. 선생님!"

태수가 고개를 깊이 숙여 감사를 표시했다. 장 의원의 일사불란한 지시로 마당에 멍석이 깔리고 차일이 덮였다. 상현이와 승현이 시신을 붙들고 울어댔다. 태수는 볼을 타고 흐르는 눈물을 훔칠 생각도 않고 이리저리 바쁘게 뛰어다니고 있었다.

안채에서는 안청댁이 슬픔을 제쳐두고 바쁘게 돌아갔다. 그녀는 동네의 드난꾼들을 불러들여 수의와 상복을 지을 사람과 부엌일을 할 사람을 구분해서 지시를 내렸다. 천길이가 운전을 맡아 장을 보러 갈 사람은 실어 날랐다. 정순은 아무리 이름뿐인 남편이라지만, 죽어 들어오는 그를 보니 혼이 나가버려서 아무 생각도 나지 않았다. 시간이 흐를수록 진정이 되기는커녕 다리가 후들거려서 서 있을 수조차 없었다. 그녀는 안방으로 들어가 베개를 내려 베고는 누워버렸다.

"이럴 때 내 아들이 없었다면 어쩔 뻔했어? 망할 놈의 영감탱이! 천년이나 살 것처럼 사람을 업신여기더니!…. 그러니, 죄가 되어서 멀쩡한 집을 놔두고 객사를 했지."

욕을 해 붙였다. 그도 남편이라고 죽고 없으니 갑자기 객식구처럼 기가 죽는 듯한 느낌이 들었다. 그녀는 벽을 바라보며 지난 십 육 년을 돌이켜 본다. 자식을 낳고 살았어도 물 위에 뜬 기름처럼 겉돌며 살았던, 무엇이 불행했다고 딱 꼬집어 말할 수는 없었지만, 행복과는 거리가 멀었던 세월 에 진저리가 쳐졌다.

"내동댁! 초상 음석은 짭짤하고, 맵고, 새큼달큼해야 쓰네잉! 양념은 을마든지 있응께로 애끼지 말어. 그라고본께 떡을 치고, 괴기 굽고, 전도 지질라면 손이 모질하것네! 덕 많으신 우리 선생님 마지막 가시는 길에 조문객들을 대접하고, 온 동네 사람들 푸지게 멕일라면, 이 수 갖고는 안 돼야. 평동댁이 나가서 사람 서넛만 더 데리고 오제. 그라고 천길네는 바뻐드라도 물 펑펑 퍼서 뭣이든지 깨깟이 씻처잉."

밖에서 안청댁이 이 사람 저 사람에게 지시하는 소리가 들렸다.

"이것들이 보자보자 하니 나를 청맹과니 취급을 하네!"

안주인을 무시하는 안청댁의 처사에 화가 난 그녀는 벌떡 일어서서 밖 으로 나갔다. 그러나 한한 세월을 안방 하나만을 차지하고 앉아서 남의 식 구처럼 살아버린 터라 어디서부터, 어떻게, 뭘 간여해야 할지 알 수가 없 었다.

"내 아들이 없었다면 진짜로 기죽을 뻔했네. 망할 놈의 여편네 같으니 라고! 두고봐라. 머잖아 호랑이 없는 산중에 여우가 어떻게 판을 치는지, 똑똑히 뵐줄 것이다."

소외감을 느낀 그녀는 다시 한번 아들을 든든해하며 안청댁을 을러댔 을 뿐, 바빠서 아무도 쳐다보는 사람도 없는 마당에 우두커니 서 있었다. 열린 중문으로 내다보이는 별채에는 사람들이 바쁘게 드나들고 있었다. 스님의 염불 소리가 목탁소리와 함께 들렸다.

추석을 사날 앞 둔 들판은 노릇노릇한 벼가 고개를 숙이고 있었다. 이도영 씨의 상여가 송산강을 건너고 있었다. 선산은 반대 방향에 있었지만, 정들었던 송산강과 그리고 그의 땅덩이와 이별을 하기 위해서였다. 구름 한 점 없는 높다란 하늘 푸름에 연보라색 억새꽃이 조화를 이루고 있었다. 맑디맑은 송산강 강물에 송사리떼가 물결을 거슬러 오르려다 밀려나곤 했다. 제방 위에 구경꾼들의 행렬이 기다리고 있었다. 다리 너머에 상여를 내려놓은 상여꾼들이 풀밭에 앉아서 쉬고, 누군가는 지고 온 멍석을 깔고 여자들은 제사상을 차린다. 안청댁이 동네 사람들이 다 모인 구경꾼들 앞에다 음식이 그득그득 담긴 동고리들과 접시가 가득 담긴 함지를 놓고는 나이 지긋한 아낙들 서넛을 추려서 음식을 나누게 하고는 제사상 쪽으로 달려간다.

들판에 낭랑하게 퍼지던 스님의 경 소리가 끝이 났다. 제사도 함께 끝났다. 상여가 다리를 되돌아 나와 선산을 향했다. 통건을 쓰고, 상복에 대지팡이를 짚은 상현과 승현이 울면서 따랐다. 통건과 완장을 두른 수많은 제자들과 백발이 된 옛 동료교사, 친구들이 천천히 뒤를 따랐다. 상여 위에 올라탄 상두꾼이 풍경을 흔들며 상두가를 뽑아댔다. 태수가 상여 앞에 지전 봉투를 놓았다. 삼배 두건을 쓴 남자가 지전 봉투를 집어들고는 상여꾼들에게 흔들어 보였다. 상여꾼들의 어너리 엉차 어화, 소리에 힘이 실렸다.

북망산이 어디멘가. 어너리 엉차 어화.

나는 간다. 나는 간다. 어너리 엉차 어화,

송산강아 잘 있거라. 어너리 엉차 어화

상현아, 잘 있거라. 잘 있거라 상현아, 어너리 엉차 어화.

못 가겠네, 못 가겠네- 진자리서 어미 잃은 너를 두고- 안 잊혀서 못 가겠네.

상두꾼이 맘대로 지어 부르는 상두가를 듣고 안청댁이 수건으로 얼굴을 싸며 오열을 했다. 뒤따르던 구경꾼들이 모두 눈물을 흘렸다.

"마음 단단히 먹거라."

태수가 몸을 가누지 못하는 상현을 부축해 걸으며 말했다. 담희가 상현의 팔을 붙들고 울면서 따라가고 있었다.

산 사람은 죽은 사람의 자리를 채우고 앉아서는 죽은 사람을 잊어가고 있었다. 별채로 내려온 상현은 아버지의 손때묻은 가구들을 바라보며 가슴아파할 틈도 없이 공부에 열중하고 있었다. 대학 시험이 두 달밖에 남지 않아서였다. 그는 피로한 눈을 쉬며, 지난 오 년 동안 모자람 없이 받았던 아버지의 사랑을 떠올렸다. 아침저녁 문안 때마다 한 번도 흐트러진 모습으로 자식을 대한 적이 없던 아버지였다. 모르는 것을 물으면 자세히 가르쳐 주었고, 학교 일이나 친구들 얘기를 들려 드리면 하나하나 흥미를 보이며 흐뭇한 미소로 들어주시던 다정한 아버지였다. 상현은 언젠가 늦게까지 바둑을 두다가 너무 늦어서 아버지 옆에 자리를 깔고 셋이 나란히 잠자리에 들었을 때의 행복해 하던 모습이 슬퍼져서 책상 위에 엎어졌다.

태수는 도영 씨의 삼우제를 지내고 온 뒷날부터, 언제 재산 상속 건이 터질지, 어떻게 해명을 해야 하며, 또 그 닦달을 어떻게 견뎌야 할지 마음이 졸여서 그토록 존경했던 은사의 주검을 맘놓고 슬퍼할 수가 없었다. 밤에 잠자리에서 잠깐 차디찬 땅속에 혼자 누워 있을 도영 씨를 떠올리며 눈물짓는 것이 다였다.

남편의 초상 마당에서 안청댁이나 태수에게 밀려서 아내로서, 안주인으로서의 권리를 박탈당한 정순은 분해서 잠이 오지를 않았다. 오 일장에서 삼우제까지 치르는 여드레 동안, 사람과 경비는 태수가 알아서 썼고,

음식 장만은 안청댁 맘대로 좌지우지해버린 건, 그들이 평소에 살림을 다 맡아서 했으니 그렇다 치자. 모든 절차를 지시하는 장 의원마저 그녀를 뒷방마누라 취급을 한 건 참을 수가 없었다. 장 의원은 아침저녁 상식에 곡을 하는 시간에만 그녀를 끼워 주었을 뿐, 무엇 하나 물어오기는커녕, 줄을 잇는 조문객들에게조차 얼굴도 내밀지 못하게 막아버렸다. 그녀는 밤마다 죽은 남편은 물론이고, 여러 사람들에게 이를 갈아붙이느라 잠을 설치고 있었다.

안청댁은 요즘 이유가 있으나 없으나 사사건건 물고 늘어지는 정순의 잔소리를 옹골차게 막아내느라 죽은 사람을 추모할 겨를이 없었다. 그녀는 삼우젯날 절에다 안치한 도영 씨의 영가에 일주일에 한 번 씩 제를 올리러 가서야 비로소 눈물이 나오곤 했다.

중학교 삼 학년이었지만, 같은 학교로 한 학년 올라가듯이 가는 고등학교라 머리를 싸매고 공부할 필요가 없는 승현은 요즘 돌아가신 아버지가 아닌, 형 때문에 더 슬펐다. 전에는 한 방을 썼기 때문에 공부를 끝내고 누우면 그가 거는 장난도 받아주고, 책에서 얻은 신기한 상식도 들려주던 형이었다. 어려운 대학 시험을 앞두기도 했지만, 아버지가 돌아가신 날부터 형은 마치 말을 잃어버린 사람 같았다. 별채로 내려간 뒤로는 더 멀어진 것만 같았다. 전에는 함께 대문을 나오곤 했는데, 요즘은 승현이 일어나기도 전인 새벽에 학교에 갔다가, 승현이 잠자리에 든 뒤에야 돌아오곤 하는 눈치였다. 말을 잃어버린 사람은 형뿐이 아니었다. 태수 아저씨, 안청고모, 어머니, 세 사람은 말이 없어졌다기보다는 어딘가 살벌한 분위기를 풍겼다. 의지할 데라곤 담희밖에 없었지만, 학교에 갈 때 담희랑 뒷좌석에 나란히 앉아서도 할 말을 거의 잃고 있었다.

18

해가 바뀌었다. 일요일이었다. 송정읍에 있는 고등학교에 근무하는 명애는 어제 오후에 다니러 왔다가 지금 막 가려던 참이었다. 두 번 째 임신으로 입덧이 심한 그녀는 천길네가 해주는 음식이 입에 맞아 친정 나들이가 잦은 편이었다.

"엄마, 있잖아! 봄방학 때 광주시내 변두리에 새로 지은 아파트를 사서 따로 살림을 날 건데, 엄마가 쪼끔만 보태줄래?"

누워서 천장을 쳐다보고 있던 명애가 경상 앞에 책을 들고 앉아 있는 정순에게 눈을 돌리며 말했다. 그녀는 지금까지 직장 때문에 아이를 키울 수가 없어서 시댁에서 얹혀 살고 있었다.

"그런 말은 태수 아저씨한테 해야지. 나한테는 돈이 없어."

"그게 무슨 말이야? 아직도 태수 아저씨가 돈 관리를 하고 있어?"

"그럼 누가 하니? 난 돈이 얼마나 있고, 어디다 써야 하는 지도 모르는 데, 워낙이 착실한 사람인 데다, 하던 살림이니 우리 승현이가 클 때까지는 그대로 맡겨둘 생각이야."

"그래도 재산 관리는 엄마가 해야지. 참 말이 났으니 말인데, 상속은 얼마나 받은 거야?"

"내가 이 집 안주인데, 다 내 것이지, 상속은 무슨 상속이냐?"

정순이 읽고 있던 책에서 눈도 떼지 않은 채 대답했다.

"하긴, 급하게 돌아가신 분이라 상속을 안 해 놓았을 수도 있겠다. 그렇다면 자동적으로 엄마 재산이 되긴 하지만, 그래도 모르잖아. 땅문서 그런 거 어딨어? 내가 봐 줄게. 확실히 알고 있는 게 좋잖아."

"들고 보니 그렇네! 내가 왜 여태 그 생각을 못했을까? 별채 문갑에 땅문서가 들어 있을 거다. 가져올 테니 니가 좀 봐 줄래?"

정순은 명애의 말이 끝나기도 전에 토방을 내려섰다. 괜히 가슴이 덜컥했다. 태수가 남편의 사망 신고를 하고 돌아온 날부터 의심 없이 이제는 내가 이 집 주인이구나 하는 생각을 했을 뿐, 깊이 파고들지 않았던 그녀였다.

상현이 대학 시험공부를 핑계로 별채로 내려간 뒤부터 별채 중문은 늘 열려 있다. 승현이 맘대로 들고나기 때문이었다. 그녀는 기침소리도 없이 마루로 올라섰다. 잡아채듯 방문을 열어제쳤다. 상현은 아까 승현이를 데리고 대문 밖으로 나갔을 것이다. 안청댁 말로는 상현이 어제 대학 합격 소식을 들었다니, 삼월부터 서로 떨어져야 하는 형제인지라 아침부터 밤까지 강으로, 산으로 붙어 다닐 게 뻔했다. 남편이 죽은 뒤로는 한결 너그러워진 정순은 어울려 다니는 그들을 봐주고 있었다.

안청댁이 들여다보고 갔는지, 빈 방안은 치워져 정갈했다. 문갑은 자물통이 채워져 있었다. 태수를 부를까 생각하던 그녀는 남편이 쓰던 서안에 서랍이 있다는 것을 기억해냈다. 서랍 안에서 전화번호가 적힌 수첩 하나와 열쇠가 두세 개가 들어 있는 작은 나무상자가 나왔다. 열쇠를 꺼내 맞춰 문갑을 열었다. 문갑 속은 마치 죽는 날을 알고 있었던 것처럼 잘 정돈되어 있었다. 종이 뭉치가 들어 있는 상자만을 골라 들고는 방을 나왔다.

방바닥에 문서를 늘어놓고 꼼꼼히 검토를 하던 명애의 얼굴을 바라보던 정순은 뭔가 심상찮음을 느꼈다. 갑자기 벌떡 일어난 명애가 어질러진 방을 그대로 둔 채 방문을 박차고 나갔다. 정순은 방문을 열고 기웃이 내다봤다. 화장실로 들어가는 명애의 뒷모습은 부러질 것처럼 뻣뻣했다.

"뭔 일이 틀어져도 단단히 틀어진 모양이네!"

정순은 문서들을 추려서 차근차근 상자에 담으며 중얼거린다.

"주워담을 필요 없어. 그냥 불을 확 싸질러버려!"

방으로 들어온 명애가 땅문서를 챙겨 담은 상자를 발로 차며 분노를 터뜨린다.

"왜 그래, 뭐가 잘못됐니?"

"엄마나, 승현이는 호적에 식구로 올라만 있을 뿐이지, 이 집하고는 아무 상관도 없네 뭐! 엄마는 그 노인이 두 모자를 알거지로 만들어놓고 죽었다는 걸, 진짜로 몰랐던 거야? 어쨌든 이 집 한한 재산은 법적으로 하자 하나 없이 큰아들한테만 모두 상속되어 있어. 그나저나 철저하게 엄마를 골탕먹인 그 엉큼하고 음흉스런 노인이나, 멍청하게 당한 울엄마나 저울에다 달면 그 어느 쪽으로도 기울지는 않겠다."

명애의 분노가 포기처럼 공허하게 울렸다.

"그러니까, 쉽게 말해서 문서상으로 나랑 승현이한테는 유산이 싸라기 한 톨도 없다 그 말이냐?"

상황판단이 늦은 정순이 의아한 눈으로 명애를 쳐다보며 말했다.

"이제야 알아들었어? 만약에 내일이라도 상현이가 권리 주장을 하고 나서면 엄마랑 승현이는 거리로 나앉을 수밖에 없는 거야."

명애는 선 채로 정순을 내려다보며 약올리듯 말했다.

"그럼, 나는 앞으로 어떻게 되는 거니?"

"어떻게 되긴! 엄마가 노상 하는 말대로 상현이 그 자식이 어느 날 갑자기 콱 죽어 없어지면 모를까, 두 모자는 이 집의 영원한 객식구로 남는 거지."

명애가 강 건너 불구경하는 투로 말했다. 정순은 기가 막혀서 아무 말도 나오지 않았다. 한참을 멍하니 앉아 있던 그녀는 문을 부서져라 박차고 마루로 뛰쳐나왔다.

부엌 모퉁이를 돌아 나오던 안청댁은 눈동자를 뒤집혀서는 섬돌 계단을 맨발로 내려서는 정순을 보고 뭔가 일이 나도 크게 났구나, 하는 생각을 했다. 그동안에 태수가 대문을 들어섰다.

"너 이노옴! 내가 니놈 농간에 그리 쉽게 놀아날 성싶었더냐?"

마당에 내려서서 소리를 지르는 정순을 힐끗 쳐다본 태수는 드디어 올 것이 왔구나 하는 생각을 하며 침착성을 잃지 않으려고 애를 썼다. 생전의 도영 씨가 일러준 대로 딱 잡아떼어서 될 일이 아닌 것 같았다. 잘 해야 보름을 이 집에서 보낼 수 있을 것이다. 이미 갈 곳도 정해져 있고, 마음의 준비도 되어 있어서 상현이만 아니라면 지금 쫓겨난다 해도 겁날 것은 없었다.

"너 이놈, 전생에 우리 모자랑 무슨 원수가 졌기에 나를 거지로 만들어 놨느냐?"

"아주머니, 이거 놓으시구 제 말씀부터 들어보세요. 전 이 집에 머슴이나 다름없는 집사일 뿐이에요. 선생님이 단 사흘이라도 앓아누워 계시다 돌아가신 것도 아니고, 제가 무슨 권리로 재산을 좌지우지했겠습니까?"

"이놈아, 집안 살림을 몽땅 네놈한테 맡기고는 방에 가만히 앉아만 있다가 뒈진 그 영감탱이가 그랬다고 하면 내가 곧이들을 성싶으냐?"

"엄마! 그 말은 맞아. 그치만, 아저씨도 알고는 계셨을 거 아녜요?"

마루로 따라나온 명애가 거들었다.

"모르는 일이긴 합니다만, 어쩌면 선생님 생각이 따로 있어서 그러셨을 겁니다. 설사, 그게 아니라도 상현이가 재산을 다 차지하고 앉아서 어머니를 내쫓겠어요? 그 아이 성격으로 봐서 공부하는데 들어가는 돈 말고는 더는 욕심부리지 않을 테니 승현이가 어른이 될 때까지 차분히 기다리세요."

태수는 마치 달달 외워둔 말을 끄집어내듯이 말했다.

"오, 나더러 기다려라! 이놈아, 내가 그런 감언이설에 속아넘어갈 줄 알았더냐? 이 집에서 당장 나가거라. 한 몫 단단히 챙겨놔서 짐 쌀 것도 없이 나가도 까딱없다는 거 내 다 알고 있느니라. 지난 십 수년을 그 놈의 영감탱이한테 사람취급 못 받고 산 세월도 억울하고 분해 죽겠는데, 죽은 뒤에까지도 이런 대접을 받게끔 농간을 부리다니, 네놈이 사람이냐?”

정순은 악을 쓰며 태수에게 대든다.

“아주머니, 제발 마음을 가라앉히세요. 저한테 책임을 물으신다면, 모든 걸 정리해 드리고 내일이라도 이 집을 나가 드리겠습니다.”

태수는 뺨을 때리려고 달려드는 정순의 양손을 모아서 잡고는 살살 달랜다. 점심때가 되었는지 상현이 승현을 앞세우고 들어오다 마당에서 벌어진 사태에 멍하니 서버린다.

“오냐, 너 잘 만났다. 이 원수 놈아! 어서 나랑, 내 아들을 이 집에서 쫓아내고, 너 혼자 잘먹고 잘살아라. 오늘 당장에 나를 쫓지 않으면 네놈은 내 손에 죽고 말 테니, 죽기 싫으면 네놈 손으로 보따리를 싸 주는 것 이득이 될 것이다.”

정순이 거품을 물고 악을 쓴다.

“이 빙충이 같은 놈아! 너는 하루아침에 거지가 된 주제에 뭐가 좋아서 저 원수 놈하고 어울려서 희희낙낙이냐?”

정순은 승현에게로 화살을 돌려 욕설과 함께 달려들어 이쪽저쪽 뺨을 쳐댄다. 영문을 몰라 어리벙벙해 있던 상현이 승현을 막아선다. 상현의 큰 키와 엄한 표정에 압도된 정순은 차마 손으로 때리지는 못하고 행랑 기둥에 세워져 있는 싸리비를 가져다 누구누구 할 것 없이 사정없이 휘둘러댄다.

태수는 지난 한 주일이 지옥 같았다. 태수뿐만이 아니었다. 날마다 매를 맞는 승현이도 지옥이었다. 온갖 모욕적인 욕설을 들으며 발아래 널브러져 피를 흘리는 동생을 봐야하는 상현이도 마찬가지였다. 예전에는 기를 쓰고 편을 들어주던 안청댁도 진짜로 미친 듯 날뛰는 정순의 기세에 눌려 어쩌지를 못하고 속만 태웠다.

태수는 장롱에 든 옷들이랑, 물건이 담길 만한 자질구레한 것들을 털어서 명애에게 보여주었다. 잠만 자는 방이라서 내보여줄 것이 많지는 않았다. 그는 윗목에 있는 괘를 열어 가계부를 꺼냈다. 도영 씨의 부친에게서 물러 받아 지난 삼십 년 동안 하루도 빼지 않고 꼼꼼히 정리한 가계부라 적잖은 분량이었다. 태수는 단 한번도 가계부를 검사한 적이 없었던 생전의 도영 씨가 떠올라 콧날이 찡했다.

"그동안 가을걷이를 하느라 뭘 빼돌릴 시간도, 여유도 없었고, 또 내가 그런 사람이었다면 선생님께서 내게 이리 큰살림을 맡기시지 않으셨을 거야. 이걸 안채로 가져가서 봐줬으면 해. 그게 끝나면 우리 내외는 이 집을 나갈게. 아주머니가 하도 펄펄 뛰셔서 지금이라도 눈앞에서 없어져 드리고 싶지만, 그래도 뒷소리 없이 집안 정리를 해놓고 가고 싶어. 보면 알겠지만, 언젠가 이런 날이 오리란 계산에서 어제오늘 얼렁뚱땅 맞춰놓은 가계부는 아냐. 시간이 좀 걸리더라도 꼼꼼히 맞춰보고 도둑놈 취급은 안 해줬으면 좋겠어."

"저는 오늘 갈 건데 이걸 언제 다 봐요? 그리고 제가 본다고 뭘 아나요? 엄마하구, 아저씨 일이니 두 분 알아서 하세요."

몇 분전까지만 해도 뭘 알아내려는 형사처럼 온 신경을 곤두세우고는 태수가 내보이는 물건들을 들쑤시던 명애가 가계부 하나를 들어서 펼쳐보고는 갑자기 누그러진다. 정자로 또박또박 쓴 글씨가 마치 활자로 찍은 듯 깨끗하다. 몇 장을 뒤집어도 흘림 하나 없는 숫자의 나열을 본 명애는 오히려 머리가 띵하니 아파 오는 기분이었다.

"이 집을 나가기 전에 내 김 선생에게 한가지 부탁이 있는데, 상현이는 재산이 뭔지도 모르는 아이야. 모든 것을 아주머니에게 맡겨버리고 공부만 할 아이라고 말씀드려 줘."

태수가 애원하는 눈빛으로 명애를 쳐다보며 말했다.

"엄마가 제 말을 듣나요? 가만 두면 펄펄 뛰다가 제풀에 지치겠죠."

명애가 최근의 가계부 두 권을 들고 돌아서며 퉁명스럽게 대답했다. 그녀는 어머니 성격에 저리 펄펄 뛰는 건 당연하다는 생각이 들었다. 생각 같아서는 어머니를 데리고 이 집을 벗어나고 싶었다. 모녀간이라지만, 본받을 일보다는 본받아질까 싶은 말투나 행동을 하는 어머니인지라, 얼굴을 맞대면 단 오분도 못 가서 대판 싸우기가 일쑤였다. 결혼을 해서도 아무리 오랜만에 찾아와도 사위에게 장모로서 손수 음식 장만은커녕 다정한 말 한마디 할 줄도 모르는 어머니였지만, 아들을 낳아서 열여섯이 되도록 사람 대접을 못 받았다는 사실에는 화가 나서 견딜 수가 없었다.

명애는 태수의 방을 나왔다. 상현이 승현이와 함께 중문을 들어선다. 사랑채 마루를 내려서는 명애를 본 승현이 고개를 돌려 외면을 했다. 어머니에게 맞아서 벌건 승현의 얼굴이 명애의 신경을 건드렸다.

"누나를 보고도 인사도 안하고, 잘하는 짓이다."

명애는 들고 있던 가계부로 승현의 머리를 가볍게 때리며 말했다.

"왜 때려요? 내가 동네 북이에요? 쥐나 개나 때리게."

화가 난 승현은 어머니의 말투를 흉내내고 있었다.

"이게, 어디서 배워먹은 말버릇이야? 쥐나, 개라니! 그럼 난 그 어느 쪽이니? 엄마가 개고 내가 쥐냐?"

명애는 필요 이상으로 날카롭게 따지고 들었다.

"잘 아시네요."

승현이 얼굴에 조소를 담으며 내뱉듯 대답했다. 순간, 승현의 얼굴에 딱 소리가 났다. 한 번 더 올라가는 손을 상현이 붙들었다. 손을 잡힌 명애는 적개심을 담은 눈으로 상현을 쏘아봤다. 상현은 짙은 눈썹을 한 번 꿈틀했을 뿐, 그의 조각상 같은 얼굴은 거의 무표정이었다. 그러나 그 무심함은 함부로 근접할 수 없는 위압이 되어 명애의 손에서 힘을 빼갔다.

“아이구, 알량한 형이랍시고 편을 드시겠다. 이 손 못 놔?”

명애는 비아냥거리며, 윗사람임을 과시했다.

“어머니말고는 누구도 승현이를 못 때려요.”

상현이 손을 놓으며 말했다.

“때리면 어쩔 건데?”

“간섭하지 말고 돌아가세요.”

상현이 손을 들어 손가락으로 중문을 가리키며 말했다. 낮고, 부드러운 목소리였다. 순간, 명애는 누군가? 하고 짧게 묻던 도영 씨의 말소리가 떠올랐다. 짧고 위압적인 말투는 내림이라는 생각이 들었다. 여기에 더 있다가는 어린것들에게 꼼짝없이 책을 잡힐 것 같았다. 그녀는 중문을 향해서 발걸음을 뗐다. 이 집 식구에서 혼자만 소외되는 기분이 들었다. 친누나가 아니어서 상현의 가라는 말에도 꼼짝없이 따라야 했고, 어머니가 아무리 곤경에 처해 있어도, 딸로서 구해줄 힘도 없고, 이 집의 친딸이 아니라서 재산에 권리 주장도 할 수 없다는 생각이 들면서 기분이 참담해졌다.

“천길이 형! 어딨어요?”

뒤에서 상현의 소리가 들렸다.

응, 상현아, 나 여깄어. 하는 대답과 동시에 천길이가 불거지듯 중문으로 들어왔다.

“형! 승현이 방 책상이랑, 책이랑 모두 별채로 옮기세요. 오늘밤부터 승현이는 여기서 잘 겁니다.”

“아주머니가 머이아 하머 으짜아고?

“괜찮아요. 책임은 제가 져요.”

“하기사 먼 수를 내사제 그대오 있다가는 승현이 맞어 죽겠드아.”

천길은 명애의 뒤에다 대고 들으라는 듯 말하고는 안채로 들어갔다.

명애는 천길이한테까지 무시를 당하는 것 같아서 기가 막혔다. 법의 힘

을 빌려서라도 어머니에게 재산을 찾아주어야겠다는 오기가 머리끝까지
치밀고 있었다.

"상현아, 내 너하고 의논할 일이 있는데, 시간이 어떠냐?"

사랑채 문을 열고는 굿을 보듯 그들의 하는 양을 바라보고 있던 태수
가 명애가 안채로 들어가는 것을 보고는 마당으로 나오며 말했다. 그는 며
칠 사이에 부쩍 늙어서 얼굴에 굵은 주름이 잡혀 있었다.

"방으로 들어오세요."

상현이 앞장을 서며 말했다. 방안에 들어선 태수는 벽에 붙박인 책장을
바라봤다. 눈시울이 뜨거워진다. 한 쪽에 밀어 제쳐진 서안이며, 가지런히
꽂힌 도영 씨의 손때가 묻은 책들에 손이 간 그는 그예 눈물을 쏟고 말았
다. 상현이가 따라 눈물을 닦았다. 승현은 아버지 생각보다는 어머니의 매
질이 서러워서 울었다.

"내가 너희들 앞에서 어른스럽지를 못 했구나."

눈물을 닦은 태수가 두 형제와 응접의자에 마주앉으며 말했다.

"아저씨는 별 말씀을!"

상현이 말끝을 흐린다.

"지금부터 내가 하는 말 잘 듣거라. 상현이에게만 해당되는 말이지만,
너희 둘은 한 몸 같으니까 둘 다 들어라. 짐작은 하고 있겠지만, 안청고모
랑 나는 오늘 오후에 이 집을 나간다. 상현이 너 서울로 갈 때까지 만이라
도 어떻게 버텨보려고 애를 썼는데, 너희 어머니 포악이 극에 달해서 안되
겠다. 하루를 더 있으면 그만큼 승현이가 골병이 들어서 도저히 참아낼 재
간이 없구나. 상현아! 내 나이 마흔 여덟이다. 열여덟에 너희 집에 들어와
살면서 너네 조부모님, 사모님, 늬 생모, 그리고 마지막으로 선생님까지
다섯 분을 보내드렸다. 이제 마지막으로 너를 돌보면서 이 집에 뼈를 묻으
려 했더니 무상한 세월이 허락치를 않는구나. 안청고모가 널 두고 발이 떨

어질지는 모르겠다만, 얼마 안 있으면 다시 만날 테니 서운하더라도 지금 헤어지자꾸나."

"아저씨, 걱정마시구 떠나세요. 나중에 제가 공부 다 하고 안청고모랑, 아저씨랑, 승현이랑 모두 다시 모여서 살면 되잖아요. 서울에 올라갈 때까지 우리 둘이 어머니에게 매맞지 않게 조심할 게요."

"그게 아니다. 어젯밤에 안청고모랑 의논을 했다. 여기를 나가면 할 일도 없고 하니 상현이 너를 따라서 서울 올라가 살기로 말이다. 안청고모가 너를 하숙을 시켜놓고 못 미더워서 잠도 못 잘 것이고, 공부가 덜 끝난 우리 애들도 모처럼 어미 손에 밥다운 밥을 얻어먹게 생겼으니 여러모로 좋을 것이다. 내일모래 사이에 내가 서울을 올라가서 집을 하나 살란다. 아주 이사랑 해놓고 올 테니 다음에 너랑 같이 올라가자. 등록금 고지서 날다오. 내가 내 주마. 아버지가 돌아가시기 전에 나한테 네 뒷바라지를 일임해 놓고 가셨으니, 돈 걱정은 하지 마라. 그럼 갈테니 나오지 마라. 명색이 이사라, 짐 정리 좀 해놓고 서울 가기 전에 들르마. 안청고모는 봤다고 생각해라. 지금 보면 서로 통곡이 모자라서 못 헤어질 것이다."

태수가 방문을 열고 나간다. 상현은 팔을 뻗어 옆에 앉은 승현의 목을 감아 가슴에 보듬고는 눈을 감는다.

안방으로 들어간 명애는 경상 위에다 출납 장부를 던졌다. 경상 앞에 팔꿈치를 받치고 앉아서 손으로 턱을 괴고 있던 정순이 힐끗 명애를 쳐다봤다.

"태수 아저씨한테서 흠을 찾기는 틀렸어. 잠깐 장부를 들여다봤는데 도무지 빈틈이라고는 없어. 그냥 꼴 보기 싫으니 오늘 나가라고 해."

"그 엉큼한 능구렁이, 그러고도 남을 것이다."

정순은 말하고는 이를 뿌드득 갈아 부쳤다.

"엄마, 태수 아저씨는 내보내버리면 그만이지만, 문제는 상현이야! 아까 보니 진짜 무서운 애더라구. 아직 어린 게 표정 하나도 흘트리지 않고 나더러 가라는데, 몸이 오싹했어. 말투가 죽은 노인을 딱 닮아서는 말을 짧게 하는 데도 하고 싶은 말이 다 들어 있어. 엄마처럼 무른 사람은 걔가 어른도 되기 전에 꽉 휘어 잡혀 꼼짝도 못 할 거야. 그러기 전에 재판을 하든, 뭘 하든 엄마 몫을 찾아야 해.”

소외감 때문에 상현에게 앙심이 생긴 명애는 고개를 살래살래 저으며 모략중상을 했다.

“누가 어른이 될 때까지 살려나 놓는다던? 두고봐라. 내 사흘 안에 그 놈의 명줄을 끊어놓고 말 테니!”

“엄마는 말도 안 되는 소리는 그만하고, 정말로 변호사를 찾아가 알아 봐요. 엄마가 못하면 우리 그이더러 하라고 할까? 하긴, 사람 좋은 그이는 기다리면 될 것을 성급하게 그럴 거 뭐 있냐며, 코방귀도 안 뀔 거야. 그런 데다 처남들이라면 괜히 좋아서 깜박 넘어가는데 재산 싸움에 끼어들겠 어? 에이, 집 주인이 가라고 내쫓았으니 가야겠다.”

명애는 말을 하면서 옷을 챙겨 입었다.

“그깐 놈이 뭔데, 가란다고 가? 이따 밤에나 가지.”

“아냐, 심란해서 더 못 있겠어. 그러잖아도 갈려고 했는데, 그 놈의 상 속인지, 뭔지 때문에 안 갔더니만, 기분만 잡쳤어! 천길이더러 태워다 달 래야지. 참, 엄마, 천길이가 건넌방 승현이 짐을 별채로 옮긴다.”

“누가 뭘 옮겨?”

정순은 소리를 지름과 동시에 영창을 드르륵 열어제친다. 천길이가 책 상을 어깨에 매고 마당을 질러가고 있다.

“이놈아! 누구 맘대로 책상을 들어내느냐?”

정순은 입에 거품을 물고 악을 쓴다.

“상현이가 그여야고 합디다.”

무거운 책상에 눌려 제대로 몸을 가누지 못하는 천길이가 대답만 하고
는 가던 길을 급히 가버린다.

"이놈이, 누가 어쩌고 어째?"

정순이 벌떡 일어나서 천길이를 쫓아나가고 있었다. 정순은 짐을 들이
느라 열려 있는 방안으로 성난 표범처럼 뛰어들었다. 그리고는 승현을 붙
잡아 쓰러뜨려 사정을 두지 않고 발로 지근지근 밟아댔다. 승현이 숨이 넘
어가듯 비명을 지르고, 상현이 몸으로 승현을 덮어 보호하려고 애를 썼다.
태수가 급히 달려와 정순에게서 아이들을 떼어내서 데리고 방을 나왔다.
잔뜩 겁을 먹은 채 마당에 서 있던 천길이의 얼굴에 안도의 빛이 번졌다.
무심한 봄날의 해가 별채 지붕 너머로 스러져가고 있었다.

정순은 이불을 걷어찼다. 태수 내외가 나가고, 승현이 마저 별채로 내
려가 버려서 집안은 텅 비어 휑뎅그렁했지만, 집안에 뭔가 꽉 들어차 있는
듯 답답해서 견딜 수가 없었다. 영창을 부서져라 열어젖혔다. 대문에 딸린
행랑방 양쪽을 차지하고 있는 천길네 모자가 아직 안 자는지 불이 켜져 있
었다. 문을 닫고 다시 누웠다. 속에서 불이 나려고 했다. 튀어나올 것 같은
눈으로 캄캄한 천장을 응시했다. 상현이 천장에 둥둥 떠다녔다. 으드득 이
가 갈렸다. 상현을 붙잡아 한곳에 고정시켜서는 독기를 뿜어 노려보기 시
작했다. 한참만에 상현이 점점 줄어들기 시작했다. 베개 만해졌다. 기를
쓰고 계속 노려봤다. 상현은 더 줄어서 주먹만해졌다. 달걀보다 더 작아진
상현이 줄타기를 하는 거미처럼 눈앞에 내려와 멈췄다. 정순은 손을 뻗어
상현을 잡았다. 손바닥 안에 한줌으로 들어왔다. 손을 꽉 쥐고는 바드득
이를 갈며 조여댔다. 달걀이 바수어지듯 상현이 으깨졌다. 달걀 노른자처
럼 피가 쏟아졌다. 그녀는 속이 후련했다.

내 이놈을 무슨 수로 죽인담?…… 환영이 깨진 그녀는 어둠 속에 대고
중얼거렸다. 친정살이의 서러웠던 눈칫밥을 떠올렸다. 상현을 죽이지 않

으면 똑같은 일이 되풀이되리라. 그녀는 상현을 죽일 방법을 강구했다. 별채에 불을 질러 버릴거나?…. 승현이가 함께 있으니 그럴 수도 없었다. 살아오면서 들었던 의붓자식을 죽인 숫한 얘기들을 떠올려 더듬어봤다. 하나같이 황당무계해서 자신의 힘으로는 할 수 없는 것들뿐이었다. 이리저리 굴리는 머리 속에 퍼뜩, 장 의원이 가져왔던 파두가 생각났다. 그 친구가 그리도 미우면, 이 파두를 물에 불려 생으로 갈아서 그 친구가 잘 먹는 된장국에다 타 먹여버리세요. 그러면 파두 독으로 한 열흘 줄줄 하다가 제수 씨를 과부로 만들어 줄 거요. 하던 장 의원의 말이 떠올랐다. 정순의 머리가 한 바퀴 회전을 했다. 듣기로는 상현이도 된장국이 없으면 밥을 못 먹는다고 했다. 승현은 어려서부터 된장국은 먹지 않았다. 서로 국이 다르다면?…. 정순은 벌떡 일어났다. 정순은 생각을 정리했다. 남편은 그 날 장 의원이 구해온 파두를 다 못 먹고 죽었을 것이다. 안청댁은 뭐든 함부로 버리지 않았다. 정순은 불을 켜고는 아까 안청댁에서 받아두었던 곳간 열쇠를 찾아들고는 밖으로 나왔다. 컴컴한 곳을 더듬어 곳간 문을 딴 그녀는 안으로 들어갔다. 짐작으로 천장에 대롱거리는 백열등을 찾아 스위치를 틀었다. 곳간이 환해지며 질서정연한 그릇들이 모습을 드러냈다. 그녀는 작은 그릇부터 하나하나 열어봤다. 자그마한 오지그릇 안에 파두가 들어 있었다.

양푼을 가져다 파두를 집어 담았다. 나온 김에 샘으로 가서 물에 담갔다. 방으로 들어온 정순은 파두 그릇을 윗목에 밀어놓고 누웠다. 온 몸에 살기가 뻗쳐 무섭지 않았고, 양심에 찔리지도 않았다. 아니, 뭔가 기대감이 차 올라 잠이 오지 않았다. 그녀는 일어나서 파두 그릇을 잡아당겼다. 파두는 물에 불어서 껍질이 들떠 있었다. 손안에서 통쾌하게 으깨지던 상현의 몸통을 떠올리며 물에 불은 파두를 손가락으로 하나씩 비벼 껍질을 벗겼다. 날이 밝자, 그녀는 천길네를 불렀다. 껍질을 벗긴 파두가 든 그릇을 내밀며 맷돌에 가는 시늉을 했다. 눈을 끔뻑이며 정순의 말을 이해하려고 애를 쓰던 천길네가 드디어 고갯짓으로 알았다는 표시를 했다.

상현은 오전 내내 화장실을 들락거렸다. 아침에 고소한 맛이 나는 된장국을 먹은 거 말고는 다른 반찬은 먹지 않았는데, 자꾸만 배가 뒤틀리고 설사가 그치지를 않았다.

태수는 안채는 들르지 않고 바로 별채 대문으로 들어섰다. 도영 씨가 살아 있을 때처럼 섬돌 아래서 잔기침을 하자, 영창이 스르르 열리고는 상현이와 승현의 얼굴이 위아래로 겹쳐서는 내다봤다. 잔뜩 겁을 먹은 승현의 얼굴은 아래에 있었고, 알아보게 핼쑥해진 상현의 얼굴은 위에 있었다. 어린것들이 얼마나 가슴을 조이고 살았으면!…. 태수는 명치끝이 찡하니 아파 왔다. 두 형제가 구르듯 뛰어나와 그를 껴안았다.

"그새 얼굴이 왜 이리 야위었냐?"

태수는 상현의 얼굴을 두 손으로 싸서 들여다보며 말했다.

"한 이틀 설사를 해서 그런가봐요."

상현은 반가워서 눈시울을 붉히며 말했다.

"찬물을 마셨나보구나? 설사 난 줄 알았더라면 안청고모 데려올 걸 그랬다. 약도 먹이고, 설사에 좋은 음식이라도 해 먹이고 갈걸. 너를 떼어놓고 발길 안 떨어져서 못 돌아온다고 하기에 혼자 왔더니만,"

"괜찮아요. 저는 장이 약해서 설사병 단골이잖아요. 서울은 언제 가실 거예요?"

상현은 얼굴에 웃음을 담으며 대수롭잖게 대답한다.

"내일 갈란다. 서울 길도 익힐 겸해서 안청고모도 데려갈란다. 입학식 사날 전에 내려올 테니, 그 동안 약 먹고 설사 다 나아 있거라. 내가 천길이랑 장 의원 댁에 들러서 약 지어 보내마."

태수는 오물거리듯 붙어 있는 형제를 바라보며 말을 이었다.

"상현이가 서울로 가면 승현이가 많이 외롭겠구나. 형이 없으면 어머니 매질은 저절로 그치게 되어 있으니, 그리 알고 참아라. 삼 년 후에는 너도 서울로 대학가면, 우리 모여서 옛말하며 살자."

"형이 없으면 왜 어머니한테 매를 안 맞아요?"

승현이 눈을 동그랗게 뜨고 태수를 쳐다보며 물었다.

"지금은 알려고 하지 마라. 크면 자연히 알게 될 거다."

태수는 빙긋이 웃으며 대답한다. 그는 두 형제와 못내 서운한 작별을 하고는 대문을 나왔다.

태수는 발이 부르트도록 돌아다녀서는 상현의 학교에서 멀지 않은 곳에 새로 지은 널찍한 이층양옥 하나를 샀다. 완공을 해놓고 팔리기를 기다리던 집이라 사흘만에 이사를 할 수가 있었다.

안청댁은 내일은 열 일을 제치고 광주로 내려가야겠다는 생각을 하다가 잠이 들었다. 오밤중에 가위에 눌려 퍼뜩 눈을 뜬 그녀의 머리로 뭔가 불길한 예감이 스치며 가슴이 벌렁거리기 시작했다. 그녀는 허리께로 이불을 내리며 무슨 나쁜 꿈을 꾸었나, 더듬어봤다. 아무 꿈도 꾸지 않은 같은데도 가슴의 벌렁거림은 여전했다. 천길네 이 여편네한테 음석 조심해 믹이라고 천번만번 당부를 했등마는…… 중얼거리며 몸을 뒤척이는 동안에 날이 밝았다.

"경선이 아부지, 상현이 입학식이 사날 베끼 안 남었응께로 오늘은 내려가사 쓸랑갑소. 상현이 갸가 설사 난 것을 알고 와서 그란가, 으쌔 먼 일이 난 것맹키 불안해서 똑 죽겠소. 으디가서 전화를 조까 해봤으면 좋겄는디, 별채 있든 전화가 안채로 가부렸으니, 전화를 해봤자 아짐 궂은 심성이 아그들을 바까 줄리 만무하고…"

불안감을 견디지 못한 안청댁이 아들들과 겸상을 한 남편을 향해 말이 길게 늘어진다.

“그러잖아도 오늘은 내려갈 참이었어. 상현이는 천길이한테 약 지어서 보냈으니, 벌써 좋아졌을 걸.”

태수가 태평한 얼굴로 말했다.

시어머니는 대문을 들어서는 안청댁에게 금방 승현이가 다녀갔다는 말부터 전했다. 안청댁은 가슴이 덜컥 내려앉았다. 태수도 불길함을 느꼈는지 얼굴색이 변했다. 그들은 손에 든 짐을 마루에 내려놓고는 되돌아서 대문을 나왔다.

“이럴 수가….”

상현을 떼어놓은 지가 열흘이었지만, 중간에 들러서 한 번 봤으니, 일주일 만이었다. 태수는 목이 콱 막혀서 숨을 쉴 수가 없었다.

“아이고매, 이것이 먼 일이다냐?”

죽음이 덮인 상현의 얼굴을 본 안청댁이 단말마적 비명을 질렀다. 안청댁이 왔다는 걸 느꼈는지, 눈을 뜨려다 다시 감아버리는 상현의 양쪽 눈가로 눈물이 흘러내렸다. 밖에서 인기척과 함께 장 의원이 들어오고 뒤에 승현이 따라 들어왔다.

“선생님, 얘가 왜 이렇게 되었습니까?”

태수가 인사도 없이 장 의원을 붙들어 잡고 물었다.

“이 사람아, 내가 물을 소리야. 저 녀석이 와서 뭐라고 얼버무리는데 당최 알아들을 수가 있어야지. 다그쳤더니 앙, 하고 울어버리기에 예삿일이 아니다 싶어서 따라왔더니만……..”

장 의원은 환자의 막대기처럼 말라버린 손부터 잡으며 말했다. 맥을 짚은 뒤에 퀭하게 꺼진 눈을 까뒤집었다. 그리고는 팔목의 살갗을 문질러보기도 하고 피부를 가만히 눌렀다가 놓기도 했다. 환자의 피부는 자국이 남아서는 원상이 되지를 않았다.

“허, 이거야! 탈수증이 심해서 기력이 다해버렸어. 약을 쓰는 것은 고사하고 오늘밤을 넘기려나 모르겠네. 만져보게, 다 죽었어!"

장 의원이 나동그라지듯 뒤로 물러나며 탄식처럼 말했다.

"어떻게 이런 일이…."

망연자실한 태수가 차디차면서도 땀이 난 듯 끈적거리는 환자의 피부를 어루만지며 중얼거린다. 물수건으로 까맣게 타버린 상현의 입술을 적셔주며 절규를 하던 안청댁이 벌떡 일어나 밖으로 뛰어나간다. 단숨에 중문을 박차고 안채 마당으로 뛰어든다. 부엌모퉁이를 돌아 나오던 천길네가 그 자리에 멍하니 서버린다. 섬돌 계단을 올라간 안청댁이 다짜고짜 천길네의 멱살을 움켜서는 두어 번 흔들어댄다. 그리고는 천길네를 귀신처럼 노려보며 수화로 상현이 왜 저렇게 되었으며, 저 지경이 되도록 천길이는 뭘 하느라 장 의원에게 안 갔는가를 물었다. 안청댁의 충천한 기세를 보고도 별로 놀라지도 않고 고개를 살래살래 흔들어 대던 천길네가 부엌으로 들어가 양재기 하나를 가져다 내민다. 안청댁이 빼앗듯 양재기를 받아든다. 껍질을 벗겨 말린 파두가 한 숟갈 정도나 들어 있었다. 천길네가 수화로 전후 사정을 설명한다. 안주인의 부탁으로 이걸 두 번이나 맷돌에 갈았고, 어디에 썼는지는 모른다고 했다. 뭔가 미심쩍어 안청댁이 들르면 물어보려고 조금 집어서 남겨 두었다는 말과 함께, 상현이가 많이 아픈 것은 알았지만, 약탕기를 빼앗아 수채에 버려버리는 안주인을 천길이나 자기 힘으로는 어쩔 수가 없었고, 흰죽을 쒀서 천길이한테 내려보냈지만, 그나마 사흘 전부터는 한 숟갈도 먹지 않았다는 대목에서는 안타까워서 가슴을 툭툭 쳤다. 이 십 년 넘게 함께 살아온 탓에 천길네가 알리고자 하는 뜻을 정확히 알아들은 안청댁은 양재기에 든 콩 알갱이를 뒤적인다. 도영 씨 생전에 손수 파두상(巴豆霜)을 만들었고, 작년 가을까지 파두밥을 지었던 안청댁이 그걸 못 알아볼 리가 없었다. 그 성분 또한 알고 있었다. 분노로 얼굴이 붉으락푸르락해진 안청댁은 양재기를 들고 별채로 내려왔다.

“이게 뭔가.”

장 의원이 안청댁이 내미는 양재기를 받으며 묻는다.

“파둔성 부르요. 상현이한티 이것을 믹였으니 저지경이 안 되겠소?”

“이 사람아, 승현이가 들어. 말조심 해!”

태수가 손을 들어 안청댁의 입을 막으며 속삭인다.

“아뿔싸, 재산을 노린 살인이로구나! 이 모든 것이 내 불찰이로다. 죽마고우한테 악녀를 붙여준 사람도 나고, 재산을 상현이 앞으로 이전하라 시킨 건 나였네. 재산권을 쥐고 있으면 누구도 함부로 대하지 못할 거라 생각했었지. 어허, 이 늙은이의 망령된 생각이 되려 아까운 아이를 해쳤으니…… 여보게 태수! 이건 엄연한 살인이야. 당장 법에 고발을 해서 이 여자를 잡아넣어야겠네.”

양재기를 받아서 알갱이를 뒤적이며 탄식을 하던 장 의원이 벌떡 일어서며 말했다. 분노로 일그러진 노안은 단호해 보였다. 태수의 빠른 동작이 장 의원을 막아섰다.

“선생님, 안 됩니다. 상현이를 지키지 못한 건, 제 불찰입니다.”

“자네나, 나나 이런 일을 짐작이나 했겠는가? 저리 비키게! 법이란 이런 억울함을 풀라고 있는 걸세.”

“선생님, 아니할 말로 상현이는 제 자식놈들보다 소중하게 생각했던 아입니다. 저라고 이 억울함을 풀려면 무슨 짓인들 못하겠습니까만, 승현이 장래를 생각해 주십시오. 승현이도 선생님 아들입니다. 저 아이들 우애가 남달랐다는 거 아시죠? 상현이가 바라는 바가 아닐 겁니다.”

“그러니 나더러 입다물라 그 말인가? 머잖아 저승에 가서 도영이 그 친구를 만날 건데, 여차여차한 일을 승현이 장래를 위해 죽은 놈과 함께 비밀로 묻어버렸다고, 자랑이라도 하란 말인가?”

　장 의원이 태수를 돌아보며 말했다. 그는 치미는 분노를 못 이겨 온 몸이 부들부들 떨리고 있었다. 태수가 애원하는 몸짓으로 장 의원의 옷소매를 잡아 주저앉혔다.

　안방 문을 겹겹이 닫고 들앉은 정순은 밖에서 들리는 소리에 귀를 세웠다. 머리끝까지 뻗쳐있는 증오심에 생각이 막혀서 죄의식은커녕, 자신이 저지르고 있는 엄청난 죄과에 줄줄이 따라올 벌도 안중에 없는 그녀였다. 그러나 차마 방밖으로 나가지는 못하고 있었다. 안청댁의 목소리가 한번 들리는 성싶더니 조용해졌다. 그녀의 급하고, 격한 성미가 궁금증이 일으켜 고역스러웠지만, 죽어라 참아냈다. 두어 시간이 흘렀을 것이다. 부엌 쪽으로 난 샛문이 열리고, 천길네가 저녁상을 디밀었다. 정순은 흔연하게 상을 받으며 천길네의 표정을 훑었다. 별다른 내색이 없었다. 혹시 상현이에게 별일이 없지 않을까, 하는 생각이 들었다. 일주일 전에 천길이가 달이고 있는 약탕기를 뺏어서 수채 구멍에 털어 넣어버렸으니, 상현이가 파두를 먹고 탈이 난 것은 분명했다. 비록 농담으로 한 말이지만, 장 의원은 분명히 한 열흘 줄줄 하다가 죽을 거라고 했다. 오늘이 그 열흘째였다. 하지만, 안청댁 그 여편네가 왔으니 다시 살려 놓을 수도 있을 것이다. 정순은 기회는 얼마든지 있다는 생각을 하며 수저를 들었다.

　상현은 눈을 떴다. 영창에 눈길이 닿았다. 아침햇살이 환하게 비쳐들고 있었다. 머릿속이 청명한 가을하늘처럼 맑았다. 이제 다 나았구나, 하는 생각이 들었다. 있는 힘을 다해 고개를 들었다. 옆에서 눈이 퉁퉁 부은 안청댁이 뭔가를 개키고 있고, 아래는 이불자락에 얼굴을 묻고는 잠들어 있는 승현이가 보였다. 그리고 응접의자에 앉아 있는 태수 아저씨도 보였다. 아, 안청고모랑 태수 아저씨가 돌아오셨구나! 이제 안심이다. 얼른 몸을 털고 일어나 함께 서울을 가야지, 하고 생각했다. 목이 말랐다. 상현은 안청고모, 하고 가만히 불렀다. 안청댁이 엉, 소리와 함께 고개를 들었다.

"워매, 내 새끼 정신이 났능갑네! 상현아, 나 알아 보겄냐?"

안청댁이 기어서 다가와 상현의 손을 잡으며 말했다. 눈물이 볼을 타고 흘러 상현의 이마로 떨어졌다. 상현이 눈을 감았다 떠서 아는 체를 했다. 그리고는 입 모양으로 물, 했다.

"물주라고? 그래라, 주고말고."

안청댁이 컵을 들어 주전자에서 따듯한 물을 따라서는 가져와 수저로 물을 떠서 상현에게 먹였다. 그는 두어 숟가락을 받아먹고는 고개를 저었다. 안청댁이 억지로 한 숟가락을 더 떠 넣었다. 상현이 그만 먹겠다는 표정을 지었다.

"고모, 이젠 어디 가지 마요."

목을 축인 상현이 들릴 듯 말 듯한 소리로 말했다.

"내가 가기는 으디를 가냐. 안 그래도 시방 너를 띠어놓고 서울 간 것이 후회스러와서 발등을 찧고 잡다."

안청댁이 계속 눈물을 흘리며 말했다. 그녀의 어깨가 들썩여 상현의 입가를 누르고 있던 물수건이 떨렸다.

"정신이 들었응께로 뭣을 잔 묵어보자. 쬐끔만 지달려라, 내가 밈 디어서 갖고 오께."

안청댁은 상현에게 울음을 보이지 않으려고 문을 열고 밖으로 나갔다. 찬바람이 들어와 잠을 깬 승현이 몸을 일으켜 상현을 바라봤다.

"형, 이젠 안 아파?"

승현이 어리광 섞인 소리로 물었다. 상현이 고개를 주억거렸다. 그리고는 승현의 얼굴에 눈을 고정시켰다. 움푹 꺼져 있지만, 아픈 동안 내내 곁을 지켜준 동생에게 고마움과 다정함을 담은 말간 눈이었다. 형의 눈빛을 본 승현은 괜히 슬퍼졌다. 그는 아무 생각도 없이 형의 앙상한 가슴에 얼굴을 묻고는 흐느껴 울었다. 울 기운도 없는 상현의 눈가에도 눈물이 비쳤다. 소파에 앉아서 형제의 하는 양을 바라보던 태수가 일어나 헉, 하는 소리를 내며 문을 열고 밖으로 나갔다.

"형 안청고모가 왔으니까, 곧 다 나을 거야."

승현이 상현의 얼굴 가까이서 말했다. 상현은 알았다는 뜻으로 희미하게 웃어 보이고는 눈을 감았다.

상현이 다시 혼수 상태로 빠져들자, 안청댁은 임종 전에 잠시 정신이 들었던 수림을 생각했다.

"경선이 아부지, 상현이가 즈그 어매를 탁했으면, 준비를 해사 쓸랑갑소. 즈그 어매도 살 것맹키로 말이랑 몇 자리 하등마는 금방 죽어 붑디다."

눈물이 말라버린 안청댁이 남편을 쳐다보며 말했다. 태수는 허공을 바라볼 뿐 대답이 없었다.

안청댁의 목소리가 들린 지 사흘이 지나고 있었다. 정순은 급한 성질에 몇 번이나 방문을 박차고 나가고 싶은 걸 참느라 심장이 터져 버릴 것 같았다. 상현이가 죽었는지, 살았는지가 궁금해서 미쳐버릴 지경이었다. 부엌 쪽의 문이 열리고 천길네가 점심상을 디밀었다. 힐끗 천길네의 얼굴을 쳐다봤다. 눈이 퉁퉁 부어 있었다. 상현놈이 죽었구나, 하는 생각이 들었다. 집안이 너무 조용했다. 만약에 그게 사실이라면 안청댁이 물불을 안 가리고 안채로 뛰어들었을 것이다. 방문을 박차고 나가서 전후 사정을 알아버리고 싶었다. 그러나 차마 별채로 내려가 확인해 볼 수가 없었다. 수화를 못하니 천길네에게 물을 수도 없었다. 그녀는 조바심을 참으며 밥을 먹었다.

입학식을 끝내고 돌아온 승현은 대문에 기다리고 있던 태수에게 이끌려 안채로 들어갔다.

"당분간 별채는 내려오지 마라. 이유도 묻지 말고."

태수가 속삭이듯 말하고는 중문으로 휭 나가버렸다.

대문간에 차를 세워두고 별채로 내려간 천길이가 승현의 물건들을 대강 챙겨왔다.

"형이 보고 싶은데요, 형 좀 보고 올래요."

승현은 겹겹이 닫힌 안방 문을 힐끗 쳐다보며 말했다. 천길이가 앞을 막아섰다.

"태수 아제가 당분간 벼으채에 내여오지 마이야고 하시드아. 내이도 느그 성 보어 내어오지 마이어야. 나도 내이은 이으이 있으니, 버스 타고 학교 가그이아잉."

천길이가 눈물을 참느라 코맹맹이 소리로 말했다. 밖에서 두 사람이 주고받는 소리를 들은 정순은 상현이가 죽은 게 확실하다는 생각이 들었다. 온 몸으로 퍼지는 희열로 가슴이 쿵쿵거렸다. 그도 잠시일 뿐 뭔가 이상했다. 태수 부부가 잠긴 방문을 뜯고라도 쳐들어왔어야 했다. 정순은 영원히 깨지지 않을 것 같은 집안의 고요가 숨이 막혀서 방 뒤쪽 문을 열었다. 문 밑으로 놓인 쪽마루에 넋을 놓고 앉아 있던 천길네가 흰자위가 드러난 눈으로 그녀를 쏘아봤다.

입학첫날 등교라 학교가 일찍 파한 승현은 승강장에서 버스를 탔다. 맨 뒤쪽 높은 자리에 앉아 있던 담희가 손을 들어 보였다. 승현은 승객들 사이를 뚫고 안쪽으로 들어갔다.

"힘 내! 지금쯤 너네 형 일어나서 서울 갈 준비를 하고 있을 거야. 우리 아버지가 그러시는데 대학생은 입학식에 참석 안 해도 된대."

담희가 시무룩해 서있는 승현의 가방을 받아주며 말했다.

"아냐, 우리 형 죽었을 지도 몰라."

승현은 말했다. 그리고는 손등을 눈으로 가져가며 울기 시작했다. 울음은 점점 커져서 어깨가 들썩였다. 담희의 얼굴이 파랗게 질려서는 자리를 좁혀 승현을 앉혀 달랬다.

동구에서 버스를 내린 담희와 승현은 길가에 한참이나 서 있었다.

"너네 형은 죽지 않았을 거야. 걱정말고 어서 집에 가라. 나도 교복 갈아입고 너네 형 병문안 갈게."

담희는 움직이지 않으려 하는 승현의 등을 돌려세워 높다랗게 솟은 대문 쪽으로 밀었다.

차는 대문에 그대로 세워져 있었다. 천길이는 어디를 갔는지 보이지 않았다. 축대 위에 덩그렇게 올라서 있는 집안에는 사람 기척이라고는 없었다. 승현은 마당을 달려서 섬돌 앞에 섰다. 꽃샘추위로 쌀쌀한 날씨였는데도, 아버지가 돌아가셨을 때처럼 방문들이 모조리 들려서 천장 서까래에 걸려 있었다. 승현은 형이 죽었다는 것을 알았다. 섬돌 계단을 올라서서 방안을 들여다 봤다. 형도, 형이 덮었던 이불도, 깨끗이 치워진 방안에는 서쪽 교창으로 흘러드는 이른봄 오후의 빛살을 타고 미세한 먼지가 형의 혼처럼 떠돌고 있었다. 그는 마루에 털썩 주저앉았다. 이상하게도 전혀 슬프지가 않았다. 아니, 알 수 없는 해방감이 등줄기를 타고 맥풀림처럼 퍼져 내리고 있었다.

승현은 벽에 등을 붙이고 앉아 있었다. 몇 시간 전에 천길이가 저녁밥상을 들고 왔었지만, 눈을 부릅떠서 쫓아버렸다. 벽에서 찬기가 스며와 등이 시려왔다. 아랫목에 이불이 깔려 있었지만 누울 수가 없었다. 이불을 젖히면 형이 누워있을 것만 같았다. 누가 문을 두드렸다. 귀를 바짝 세웠다. 형이 문밖에서 승현아, 하고 불렀다. 문을 열어주지 않으면 형이 추울 것이다. 벌떡 일어나서 문을 열었다. 아무도 없었다. 방으로 찬바람이 달려들듯 들어왔다. 너무 추워서 이가 딱딱 마주칠 정도로 떨렸다. 형이 밖에 서 있는 것 같아서 문을 닫을 수가 없었다. 마당에 흰 달빛이 깔려 있었다. 승현은 형을 찾으려고 마당을 살폈다. 별채를 막고 있는 담 둘레에 백일홍 나무가 하늘을 향해 만세를 부르고 있었다. 나무 아래서 달 그림자가 마당을 쓸며 왔다갔다했다. 무섭고, 추워서 문을 닫았다. 형이 또 불렀다. 문을 또 열었다. 온 몸이 덜덜 떨렸지만, 문을 닫을 수가 없었다.

정순은 잠이 오지 않았다. 그녀는 아무도 말해주지 않았어도 상현이 죽어 묻혔다는 것을 알고 있었다. 가책은커녕, 아직도 미움이 충천한 그녀는 죽은 자들을 향한 증오심이 들끓어 잠을 이룰 수가 없었다. 초저녁에 밖에서 천길이를 불러 승현에게 저녁을 먹이라는 안청댁의 소리가 들리는가 싶더니, 사랑채로 들었는지 조용했다.

밖에서 무슨 소리가 들린다. 정순은 일어나 영창을 열고는 덧문을 조금 열어 밖을 내다봤다. 마당은 정적뿐이었다. 대문간 양쪽 방을 하나씩 차지하고 있던 천길네 모자도 잠이 들었는지 불이 꺼져 있었다. 승현의 거처인 건넌방을 살피려던 그녀는, 아이가 무슨 속이 있어서 잠을 못 자랴 싶어서 그만 두었다.

설핏 잠이 들었던 모양이다. 덧문을 두드리는 소리가 들렸을 것이다. 그녀는 본능적으로 발딱 상체를 일으키고는 귀를 쫑긋 세웠다. 밖은 잠잠했다. 다시 누우려는 그녀의 귀에 문 두드리는 소리가 좀더 분명하게 들렸다. 담이 줄어들며 몸이 오싹했다. 그녀는 일어나서 불을 켰다. 밖에서 뭔가 부스럭거리는 소리가 들렸다. 숨을 죽이고 있던 그녀는 누구냐고 묻지도 않고 문을 열었다. 검은 물체가 문턱을 넘어 엎어지듯 들어왔다. 승현이었다. 아이는 말도 없이 아랫목에 깔린 그녀의 이불 속으로 기어들었다. 철도 들기 전부터 그녀의 한풀이 매질 대상이었던 아들이, 밤새 무섭증으로 얼마나 시달렸으면 그도 어미라고 찾아왔을까, 하는 생각이 들었다. 안쓰러워졌다. 손으로 아이의 이마를 쓸었다. 불덩이였다. 그녀는 엉겁결에 일어나 별채로 내려갔다. 아직도 증오로 뭉쳐 있는 남편의 거처였다는 것도, 어제 상현이 죽어나갔다는 것도 생각나지 않았다.

다만, 안청댁과 태수의 손이 필요할 뿐이었다. 사랑채 문을 아무리 두드려도 대답이 없었다. 문을 힘껏 잡아당겼다. 문은 생각보다 쉽게 열렸다. 그녀는 자기 힘에 쓸려 하마터면 넘어질 뻔한 것을 문고리에 지탱해서 일어섰다. 방안은 굴속 같았다. 악이 뻗친 그녀는 눈을 치떠 어둠을 노려봤다. 사람이 자고 있는 기척이라고는 없었다. 그녀는 문을 쾅 소리가 나게 닫고는 별채를 나왔다. 숨을 몰아쉬며 방으로 들어섰다. 승현이 헛소리로 상현을 찾고 있었다. 이마를 짚어봤다. 데일 것 같았다. 다시 밖으로 나온 그녀는 천길이의 방문을 두드렸다. 한참만에 누구요, 하면서 문이 열렸다.

"태수 어디 갔냐?"

그녀는 덤벼들 듯 물었다.

"태수아제는 자기 집에 갔지아우."

천길이가 잠이 덜 깬 소리로 말했다.

"그 집이 어디냐?"

"한번도 안 가봐서 모이겄소. 먼 이으이 있으면 전화하야고 전화 번호으이 적어주고 가십디다."

천길이가 찬바람에 잠이 깨는지 제법 또렷하게 말했다.

안청댁은 전화벨소리에 눈을 떴다. 눈물을 하도 많이 흘린 탓에 눈이 피곤해 깊은 잠에 빠져 있던 차였다. 그녀는 눈을 감은 채 손으로 더듬어 수화기를 집어 들었다. 여보시오. 소리가 채 끝나기도 전에 태수 바꿔! 하는 소리가 다급하게 들렸다.

"아니, 누구신디, 오밤중에 밑도끝도없이 누구를 바꾸라고 하요?"

정순의 목소리라는 것을 알자, 안청댁은 정신이 번쩍 났지만, 시치미를 뚝 떼면서 말했다.

"태수 바꾸란 말이야."

정순이 벽력같이 악을 썼다.

"태수가 뉘집 강아진지는 몰겄지마는, 여그는 그런 사람 없소."

안청댁이 가라앉은 소리로 느물거리듯 쏘아 부치고는 수화기를 탁 소리가 나게 놓아버린다.

"누군가? 이른 새벽부터! 내 이름이 나오는 것 같던데, 아닌가?"

아내의 퉁명스런 전화 내용에 잠을 깬 태수가 불을 켜면서 물었다.

"몰겄소! 으뜬 두억시니 같은 여자가 당신을 찾기는 찾습디다."

안청댁이 불만스럽게 말하는 동안에 벨이 다시 울렸다. 태수가 수화기를 집어들었다.

"예말이요. 그 여자가 뭣이 으쨌다고, 새복보틈 당신을 찾은다요? 인자 그만저만 그 집하고 인연을 끊어 붑시다."

안청댁이 세수를 하고 들어오는 태수에게 수건을 내밀며 말했다.

"이 사람아, 승현이가 있는데, 어떻게 무 자르듯 인연을 끊나?"

"그라지마는 그 여자를 징그라서 어찌 볼라고, 오란다고 가요?"

"승현이가 위독한가봐! 내가 가봐야지, 아주머니한테 맡겨났다가 승현이마저 잘못 되기라도 하면 어쩌려구?"

"엊지녁까지는 암샛도 안 하든 갸가 왜 그란다요?"

"아주머니 목소리가 심상치가 않아. 그 녀석이 겉으로는 아무렇지 않아 보였지만, 충격이 컸었나봐!"

태수는 어두운 얼굴로 양말을 신으며 말했다.

"그것이 즈그 어매 죄를 대신 받는 것 아닌가 몰겄네!"

안청댁이 덩달아 얼굴이 어두워지며 중얼거렸다.

"이봐, 말조심해서 손해보는 일은 없는 거야! 갔다 올게."

태수가 안청댁의 머리에 가벼운 군밤을 먹이고는 방을 나간다.

"예말이요, 돈 잔 주고 가시요. 상현이 사십구재를 지낼라면, 오늘은 절에다 영가를 안치해사 쓸랑갑소.”

안청댁이 따라나오며 말했다.

“장롱 안 서랍에 돈 있으니, 넉넉히 가져가.”

태수가 다급히 대문을 열며 말했다.

정순은 대문을 들어서는 태수를 보자 눈물이 나오려 했다. 사람이 이렇게 반가워보기는 난생 처음이었다.

“승현이 어디 있습니까?”

태수는 정순을 쳐다보지도 않고 물었다.

“안방에 있는데, 들어가 보세요.”

“제가 안방엘 어떻게 들어갑니까? 데리고 나오세요.”

“데리고 나올 수 있었으면 부르지도 않았겠지요.”

정순이 파르르해서 쏘아댔다. 태수는 사태가 보통 심각한 게 아니란 생각이 들었다. 어쩔 수 없이 신발을 벗고 안방으로 들어갔다. 이 집에서 삼십 년을 사는 동안, 시신들을 내올 때만 들어갔던 방이었다.

“승현아, 날 알아보겠니?”

그는 불덩이가 되어 뭐라고 헛소리를 하고 있는 승현을 보자, 억장이 무너졌다. 마치 하루아침에 멸망하는 집안을 보는 듯한 기분이었다. 승현이 계속 헛소리를 해댔다. 태수는 귀를 기울였다. 상현을 찾고 있었다. 태수는 기가 막혀 손발에 힘이 빠져나고 있었다. 부엌 쪽으로 난 문을 열고는 부뚜막 앞에 우두커니 서 있는 천길네에게 수화로 물을 한 대야 청했다.

“아저씨, 우리 형 어디 갔어요?”

뒷좌석에서 정순에게 안겨있는 승현이 물었다. 운전석에 앉아 있던 태수는 정신이 돌아왔나 싶어서 승현을 돌아봤다. 중얼거림이었을 뿐, 허공을 바라보는 동공은 움직이지를 않았다.

안청댁은 산길로 접어들었다. 온 산에 봄 냄새가 퍼져있었다. 사람들의 발길에 닳아서 생긴 오솔길은 좁고, 울퉁불퉁했다. 멧새 떼들이 귀가 따갑게 지저귄다. 아래 골짜기에는 아직 움이 트지 않은 나무들이 하늘을 향에 가지를 뻗고 있었다. 꽃샘추위는 숙어 들었지만 바람은 아직 차가웠다. 안청댁은 다리를 쉬어가려고 길옆의 널찍한 바위에 걸터앉았다. 뒤에 따라오던 겉옷도 없이 흰 상복을 입은 마흔 중반쯤으로 보이는 여인이 피곤한 표정으로 안청댁을 따라 앉았다. 여인을 따라오던 아들인 듯 싶은 스무 살 남짓의 준수하게 생긴 총각이 멈춰서 옆의 나무 등걸에 기대고 섰다. 학생으로 보이는 그는 넋이 나간 듯한 시선을 멀리 들고 있었다.

"총각도 이리로 앉제. 여그 자리 넓구만."

안청댁이 총각을 향해 말했다.

"아, 예!"

총각이 고개를 까딱해 대답만 하고는 그대로 서 있었다. 안청댁이 다시 한번 부르려고 총각을 쳐다봤다. 살짝만 건드려도 울음이 터질 것 같은 얼굴이었다. 안청댁의 눈길을 따라 총각의 얼굴을 쳐다본 여인이 들고 있던 수건을 눈으로 가져갔다. 안청댁은 괜히 슬퍼져서 눈물이 나왔다.

"내 설음이 있어야 넘 따라 울드라고, 집이는 사람이 왜 우요?"

눈물을 닦은 여인이 안청댁에게 코맹맹이 소리로 물었다.

"넘한티 털어 놀 수도 없는 설음이요."

안청댁이 긴 한숨을 내쉬며 대답한다.

"나도 그라요. 으디다가 이 응어리진 가심을 열어 뵈일께라잉?"

"그리 말한께로 듣고 잡소. 기왕에 질동무 되았응께로 나한티 속을 털어놔 보시요. 나는 시상사 들어서 좋고, 집이는 가슴에 응어리가 풀어져서 좋고 할지 누가 알겠소?"

안청댁이 여인에게 말했다. 여인이 나무 아래를 힐끗 쳐다보며 아들의 눈치를 살폈다. 청년은 여전히 먼 곳을 바라볼 뿐, 이쪽에 관심을 보이지 않았다.

"술에, 노름에, 여자에 미쳐서 재산이랄 것도 없는 살림을 다 망해 묵은 웬수 같은 남편이 망거듬에는 술에 골아서 어끄제 죽었소."

말을 끊은 여인이 아들의 눈치를 실폈다.

"그런 사람이 죽었으면 나 같으면 속이 시원하것구마는, 뭔 일로 어매나, 아들이나 시상이 끝난 것 같은 얼굴을 하고 있소?"

"글씨라, 나도 그 사람네가 죽기 전에는 그리 생각했었지라. 근디 죽고 난께로 그것이 아닙디다. 식구대로 미워락했등 것도 걸리고, 묵고 잡닥 한 것도, 좋다는 약도 얼렁얼렁 죽으라고 안 해준 것도 걸리고, 안 걸리는 것이 없소. 집이는 손이랑 입성을 보면 이런 사람만치로 맘 고상도, 몸 고상도 안 하고 산 것 같은디, 얼굴에는 근심도 있고, 설음도 있어 뵈이니, 으짠 일이요."

여인은 안청댁의 희고 가느다란 손가락과, 값나가 보이는 바바리며, 안에 받쳐입은 봄 니트를 눈여겨보며 말했다.

"사람 사는 것이 다 그라제라. 절에나 올라갑시다."

안청댁이 시치미를 떼듯 말했다. 청년이 어머니를 향해 말없이 긴 속눈썹을 쫙 펴서 세워 보였다. 그만 일어나라는 뜻인 모양이었다. 상현이도 살았을 때, 속눈썹으로 곧잘 의사 표시를 하곤 했었다. 안청댁은 눈시울이 뜨거워졌다.

태수는 근 한 달 동안을 승현에게 매달려 있었다. 상현을 묻은 뒷날, 병원에 실려간 승현은 원인 모를 고열에 시달렸을 뿐, 별다른 증상은 없었다. 그러나 열이 내려 퇴원을 하고 보니 멍청이가 되어 있었다. 태수도 천길네도 심지어는 어머니까지도 못 알아봤다. 말도 한 마디도 하지 않았다. 다시 병원으로 갔다. 의사는 심적 울병이라는 병명을 붙여서는, 고열이 원인인지도 모르니, 집에서 통원 치료를 하면 나을 거라 했다. 집에 돌아온 승현은 앉은자리에서 한 곳을 응시한 채 몇 시간 씩 일어날 줄을 몰랐다. 밥도 먹여 주지 않으면 종일도 굶었다. 학교를 휴학할 수밖에 없었다. 그래도 오후만 되면 어김없이 동구에 데려다 달라는 의사 표시를 하곤 했다. 동구에 나온 승현은 길섶에 주저앉아서는 통학생들의 얼굴을 살피다가 어두워지면 다시 태수의 등에 업혀서 돌아오곤 했다.

승현은 큰길 쪽을 바라보고 있었다. 태수가 옆에 같은 자세로 앉아 있었다. 승현이 고개를 쳐들어 새 이파리가 어우러진 가로수를 바라봤다. 사실은 보는 시늉일 뿐, 아무것도 보고 있지 않았다. 사월 중순의 바람과 햇빛에 모든 것들이 반짝였다. 한길을 쓸던 따뜻한 바람이 방향을 틀어 농로 쪽으로 불어왔다. 승현은 턱을 조금 들고, 눈을 지긋이 떠 바보 같은 표정을 흘린 얼굴에 바람을 받고 있었다.

"승현아, 니 형은 널 보러 오고 싶어도, 이승하고 저승의 거리가 하도 멀어서 못 온단다."

태수가 승현에게 말했다. 승현은 여전히 멍한 표정을 흘리고 있었다. 하늘에 노을이 붉었다. 연탄을 때지 못하는 가난한 집 굴뚝에서 이른 연기가 피어올랐다. 초록에 싸인 산들에 석양이 내려 쓸쓸했다. 먼지가 구름처럼 이는 속에서 버스가 멈췄다. 학생들이 우르르 몰려 내렸다. 그들은 장난질을 하며 승현이 앞으로 지나갔다. 승현은 그들의 얼굴 하나하나를 유심히 살펴보고 있었다. 학생들은 아랑곳하지 않고 태수를 향해 모자를 벗어 꾸뻑 인사를 하고는 달아났다.

"승현아, 너 왜 이러고 앉아 있어?"

키가 큰 여학생 하나가 허리를 굽혀 승현의 얼굴을 들여다보며 물었다. 승현은 여학생은 필요 없다는 듯 쳐다보지도 않았다.

"담희로구나. 승현이가 아파서 학교를 쉬었기에 그동안 못 봤구나. 애가 널 못 알아볼 거다 그냥 지나치거라."

태수가 낮은 소리로 말했다.

"아저씨, 얘가 언제부터 아팠어요? 절 보면 형 생각 날까봐, 버스를 타고 다니느라 이렇게 아픈 거 몰랐잖아요. 승현아, 나 모르겠어?"

담희가 울상을 하며 책가방을 땅에 내려놓고는 두 손으로 승현의 볼을 싸잡았다. 승현은 담희의 손을 홱 뿌리쳤다. 담희는 안타까워 어쩔 줄을 몰라하며 발을 동동 굴렀다. 승현이 놀랐는지 태수의 등으로 돌아가서 기어올랐다. 담희는 승현을 바라보고 서서 흐르는 눈물을 두 손으로 쓱쓱 문질러 닦았다.

"오늘은 그냥 가거라. 승현이가 사람을 알아보게 되면 놀러 오너라."

승현을 추슬러 업은 태수가 엉거주춤한 자세로 땅에 놓인 가방을 들어 담희에게 내밀며 말했다.

태수는 승현을 업고 농로를 터벅터벅 걸었다. 이대로 가다가는 승현이를 정상으로 되돌릴 수 없을 것 같았다. 그는 서울의 한 대학병원에 인턴으로 있는 막내아들에게 의논을 해봐야겠다는 생각이 들었다.

태수는 아들과의 긴 통화에서, 승현을 형의 기억이 서려 있지 않는 곳으로 데려가 요양을 시켜보는 게 어떻겠느냐는 답을 얻어냈다. 태수는 정순이 어떻게 나올지를 몰라서 말을 미루고 있었다.

마루에서 천길네가 가져온 밥상을 받은 정순은 마주 앉은 승현의 목에 수건을 둘러주었다. 승현이 숟가락질을 못해서 밥을 떠 먹여주어야만 했다. 정순은 신경질적으로 밥을 떠서는 구운 생선을 얹어 승현의 입에다 밀어 넣었다. 뭐가 못 마땅한지, 승현이 퉤퉤 밥을 뱉어내고는 뒤로 물러났다.

"이놈아, 안 뒈지려면 밥이라도 처먹어야 할 거 아니냐?"

정순이 상체를 상 너머로 기울여 승현의 따귀를 갈기며 소리를 질렀다. 승현은 울면서 고집을 부리듯 엉덩이짓으로 뒤로 물러났다. 별채에 내려가 있던 태수가 정순의 악쓰는 소리에 달려 올라왔다.

"내가 전생에 이가 놈의 것들한테 무슨 죄를 얼마나 졌기에 아들 하나 있는 게 속을 이리도 썩히는지 모르겠어요."

정순이 태수를 쳐다보며 하소연을 하듯 말했다.

"아픈 아인 걸요. 한사코 부드럽게 대하세요. 밥은 제가 먹일 테니 놔 두시구요."

태수가 승현에게 등을 내밀며 말했다.

"아주머니, 의사선생님에게 들은 말도 있고 해서 생각해 봤는데요. 승현이를 데리고 여기를 떠나시면 어떨까요? 이대로 가다간 승현이를 영영 못 건질 것 같아서 드리는 말씀입니다. 될 수 있으면 아버지나 형의 기억이 없는 먼 곳이면 좋겠다고 하던데요."

"어디가 좋을까요? 나는 서울하고, 여기밖에, 다른 곳에서는 살아본 적이 없어요."

정순이 반색하는 얼굴로 말했다. 진작부터 곳곳에 남편과 상현의 흔적이 묻어 있는 집이 싫었지만, 혼자서 어찌해볼 도리가 없어서 참아내고 있었던 그녀에겐 더없이 반가운 소리였다.

"그럼 서울로 가세요. 이사 절차는 제가 알아서 다 해 드릴 테니, 복잡하게 생각하지 마시구요."

태수는 생각보다 일이 쉽게 풀리는 데에 안심을 하며 말했다.

19

관악산 아래 아파트 몇 동이 솟아 있었다. 군인들의 사택이어서 사람들이 군인 아파트라 불렀다. 둘레로 신도시가 형성되어 있지만, 새로 지은

312

번듯한 양옥집이나 구멍가게 사이사이로 밭을 일궈 가꾸는 빈터들이 많아서 시골 냄새가 풍긴다. 하루에 들고나는 버스가 고작 대여섯 대 정도 뿐이라 시내를 나가려면 언덕길을 한참이나 내려가야만 했다. 산 아래로 가로지른 새로 닦은 한길에는 가끔 택시가 들어와서는 타고 있던 사람을 내려놓고 대신 기다리고 있던 사람을 태워나간다.

방금 택시에서 내린 정순은 길을 건너 이층집 대문의 벨을 눌렀다. 환갑 나이지만, 주름살이 보이지 않는 그녀의 피부는 아직도 희고 투명했다. 나잇살이 붙지 않은 그녀의 늘씬한 키는 연보라 빛 조젯 한복이 잘 어울렸다. 사람들과 어울리지 못하는 성격은 여전해서 바깥나들이가 거의 없는 그녀였지만, 생활비로 한 달에 한 번 예금을 찾아오는 일만은 남을 시키지 않았다. 안에서 누군지 확인하는 소리가 들리고는 철커덕 대문이 열렸다. 그녀는 아무렇게나 가꾼 정원수 사이의 타일이 깔린 좁은 길을 지나 안으로 들어갔다.

"다녀오셨어요?"

마흔 중반의 앞치마를 두른 여인이 허리를 반쯤 굽혀 인사를 했다.

"보리차 가져오게. 승현이는 나갔나?"

세월이 흘렀지만, 정순의 조급증은 여전했다.

"아까 아주머니 계실 때 이층으로 올라가서는 아직 안 내려왔어요."

"가서 내려오라고 해."

정순이 소리를 꽥 질렀다. 여인이 대답을 하고는 보리차를 가지러 주방부터 들어가고 있었다.

올해 스물 여섯이 된 승현은 며칠 전에 제대를 해서 집에 돌아와 있었다. 그는 가을 학기만 다니면 졸업이어서 복학을 하기까지는 한동안 시간이 남아돌았다.

그는 침대에 팔깍지를 하고 누워서 천장을 쳐다봤다. 아버지가 돌아가실 무렵의 형의 얼굴이 떠오를 듯, 떠오를 듯 하다가는 풀어져 흩어져버리곤 했다. 대신 그의 주먹질에 코피를 흘리던 어린 날의 앳되고 파리한 얼굴이 떠올랐다. 아련한 그리움과 안쓰러움이 명치끝을 건드렸다. 콧날이 찡하니 아파 왔다. 그는 어린 날의 기억부터 차근차근 더듬었다. 태수 아저씨가 운전을 하고, 형과 뒷좌석에 앉아서 장난질을 하며 가던 통학길, 어느 날 태수 아저씨에게 일이 생겨서 탔던 버스, 뒤에서 구름처럼 따라오던 흙먼지, 형의 꽁무니를 따라 구르듯 버스를 내려서는 장난질을 하며 가던 하얀 농로, 동구까지 나와 계시던 아버지. 기억은 거기서 끝이 나버렸다. 그는 회상을 다시 되돌려봤다. 열 일곱 살 때, 고향을 떠나 왔다는 것만 기억날 뿐 왜 이사를 왔는지는 생각이 나지를 않았다. 차 운전 때문에 천길네와 천길이 형이 따라와서 이삼 년 살다가 갔기에 타관이라는 것을 별로 느끼지 못했을 것이다. 처음에는 학교에도 가지 않고 천길이 형이 모는 차를 타고 서울 시내를 돌아다녔을 것이다. 늘 어머니랑 함께였다. 왜 그랬는지는 몰라도 어머니가 무서워서 벌벌 떨었다. 어머니는 저녁밥을 먹을 때나 소파에 앉아서 TV를 보면서 그에게 많은 얘기를 해주었다.

늬 아버지는 냉정하고, 잔인한 사람이었다. 내색은커녕, 표정하나 흐트리지 않고, 이 어미를 억만 남을 때까지 무시했어. 그 인간에게 당한 핍박을 생각하면 지금도 자다가 벌떡 일어난다. 그 놈의 영감탱이 천벌로 상현이놈도 뒈진 거야. 내가 그 한한 수모를 진작에 벗어나지 못한 건 다 너 때문이다. 그러니 너는 어미의 인생을 망친 것이다. 그 대가로 너는 어미에게 천하에 없는 효도를 해야할 의무가 있고, 어미는 인생과 맞바꾼 아들에게서 효도를 받아야할 권리가 있는 거야!….

어머니가 매일같이 그의 머리 속에다 꾸역꾸역 소리가 날 정도로 집어넣은 얘기의 일부분이었다. 승현은 그런 말들을 듣고 있노라면, 어머니가 세상에서 제일 불쌍한 사람처럼 느껴지곤 했다. 그는 어머니를 공경하고 사랑했으며, 절대 복종했다. 그러다 보니 몸은 차츰 정상으로 돌아왔다. 어눌했던 말투도 모르는 새에 고쳐져 있었다. 그 해 가을부터 공부를 다시 시작했을 것이다. 이듬해 고등학교에 들어갔다. 학교가 너무 가까워서 차가 필요가 없어졌다. 천길이 형이 내려가고, 얼마 후에 천길네도 가버렸다. 고등학교 삼 년 동안 오직 어머니를 위해서 친구도 사귀지 않고 공부만 했다. 대학에 들어가서도 마찬가지였다.

군복무를 거의 마치고, 제대할 무렵이었다. 그는 술 담배를 못하기 때문에 군에서도 친구가 거의 없었다. 혼자 있는 시간이 많아서였던지, 송산강 강변이 자주 떠올랐다. 억새밭과 흐드러진 삘기꽃, 형이랑 화해를 했던, 그런 저런 일들을 회상하다가 문득, 아버지가 돌아가신 뒤로부터, 서울로 이사를 오기까지의 모든 기억이 사라졌다는 것을 알았다. 형이 아버지의 죄 때문에 죽었다는 것은 어머니에게 누차 들어서 알고 있었지만, 언제 어떻게 죽었는지는 알 수가 없었다. 어쩌면 부분 기억 상실증에 걸렸을지도 모른다는 결론을 내린 그는, 어린 날부터 시작해서 형의 행적을 계속 파고들었다. 느닷없이 재산, 파두, 살인이라는 단어가 연달아 따라나오며 생각이 딱 멈춰버리곤 했다. 그는 자신이 그 세 마디의 낱말에 숨어 있는 의문에 겁을 내고 있다는 생각이 들곤 했다.

같은 내무반에 유일하게 말을 트고 지냈던 친구가 하나 있었다. 한약방에서 잔심부름을 하며 야간대학을 다니다 왔다고 했다. 그는 틈만 나면 주위에 흔하게 널려 있는 풀들이 어떤 약재로 쓰이는가, 설명하기를 즐기곤 했다. 그 날도 그런 날이었을 것이다. 승현은 불쑥, 파두가 뭔지를 물었다. 그 친구는 파두는 콩처럼 생긴 나무 씨앗으로, 껍질을 벗겨 익혀서 기름을 빼고는 가루를 내어 하제로 쓰는 약제라고 가르쳐 주었다. 덧붙여서 파두는 독성이 강해 체질에 따라 소량에도 목숨을 잃는 수가 있어서 의원의 진맥 없이는 함부로 쓰는 약제가 아니라며, 태양인(太陽人), 소양인(少陽人)을 들먹여가며 알아듣기 힘든 설명을 했다. 승현은 불쑥 파두로 살인도 할 수 있는가를 물었다. 무슨 이유가 있어서 그런 건 아니었다. 그냥 파두 뒤에 따라오는 살인이라는 낱말을 이어서 물었을 뿐이었다. 승현의 진지한 얼굴을 힐끗 쳐다본 그는, 물에 불린 파두를 생으로 갈아서 국에 타서 먹이면 한 열흘 줄줄 하다가 탈수증으로 뻗을 것이라고, 농담처럼 받아넘겼다.

그는 송산리의 옛집을 찾아가면 잃어버린 것들을 찾을 수 있을지도 모른다는 생각이 들었다. 십 년이 다되어 가는데다, 친하게 지냈던 친구가 하나도 없어서 오히려 타관처럼 느껴지던 곳이라 선뜻 내키지는 않았다. 그러나 시도 때도 없이 잡힐 듯 다가왔다가는 멀리 도망가는 실마리를 풀어버리기 전에는 아무것도 할 수가 없을 것만 같았다.

"승현이 학생, 어머니가 내려오래요."

문밖에서 일하는 아주머니가 말했다.

그는 네, 하는 대답과 동시에 벌떡 일어났다. 방문을 열고 나와 층계를 내려갔다. 행동은 빨랐지만, 내려딛는 발걸음은 조용하고 조신했다.

"넌 제대한지가 언제냐? 누구 묵은 불 뒤집으려고 작정을 한 것이 아니라면, 방구석에 처박혀 있지 마라. 젊은 놈이 친구도 없니?"

정순은 승현을 보자마자 소리를 질러댔다.

"며칠 여행을 다녀올까 합니다. 공부는 다녀와서 시작할 거예요."

승현은 말나온 김에 마음먹은 말을 꺼냈다.

"미친놈! 어디를, 언제 갈 건데?"

정순은 아들의 얼굴을 힐끗 돌아보며 비웃는 듯한 어조로 물었다. 그녀는 갈수록 얼굴도, 목소리도, 깍듯한 자세까지도, 남편 도영 씨를 그대로 닮아 가는 아들에게서 정이 멀어지고 있었다.

“내일 나설까 하는데요. 강원도 쪽을 생각하고 있어요.”

승현은 거침없이 나오는 자신의 거짓 말에 얼굴이 달아 오르는 것을 느끼며 낮게 대답했다.

이른 시간에 집을 나온 승현은 서울역에서 호남선 열차를 탔다. 다행히 자리는 창 쪽이었다. 기차가 도심을 벗어나고 있었다. 그는 열려진 창으로 밖을 내다봤다. 이른 아침의 자욱한 대기에 싸인 들판이 눈에 들어왔다. 어머니를 속이면서까지 괜한 짓을 한다싶어 마음이 편치가 않았다. 눈길을 돌려 앞자리의 승객을 바라봤다. 후줄근한 남방을 입은 오십 전후의 사내가 간밤에 잠을 설쳤는지 벌써 잠이 들어 있었다. 창 쪽에는 머리를 파르스름하게 배코친 스님이 앉아서 창 밖을 멀거니 바라보고 있었다. 승현은 스님의 눈을 따라 밖을 내다봤다. 산이 가려져 있을 뿐, 아무것도 없었다. 승현은 역 구내 좌판에서 사서 들고 들어왔던 신문을 펴들었다. 정치면을 대강 훑고는, 다음 사회면과 문화면에서 몇 가지를 추려 읽었다. 시계를 들여다봤다. 겨우 삼십 분이 지나 있었다. 앞자리의 스님은 아직까지도 동공을 한 곳에 고정시키고 있었다. 창 밖은 벼들이 들어찬 들판에 초여름 아침햇살이 깔리는 중이었다. 그는 스님의 옆얼굴을 훔쳐봤다. 깊은 눈자위와 반듯한 콧날, 여간해서 벌어진 것 같지 않은 입매는 머리가 길었다면 꽤 미남이었을 성싶었다. 먼 곳을 향해 움직이지 않는 동공과 빗살처럼 퍼져들려 있는 긴 속눈썹이 조금만 건들어도 울음이 터질 것 같았다. 어딘가 낯익은 모습이었다. 심심하던 차에 어디서 봤을까를 곰곰이 생각해봤다.

아랫녘으로 내려 갈수록 산과 들판의 녹색이 짙었다. 어디쯤인지 푸른 강줄기가 기차를 따라왔다. 잔자갈이 깔린 강변에 햇빛이 퍼져 반짝였다. 그는 송산강 강변이 떠올랐다. 퍼뜩, 형의 얼굴이 스쳤다. 앞에 앉아 있는 스님과 닮은 옆모습이었다. 그는 다시 한번 스님의 얼굴을 살폈다. 나이는 서른 안팎으로 보였다. 아버지의 죄로 죽은 형이 살았다면 저 나이가 되었으리라.

"어디루 가십니까?"

친근감이 든 승현은 스님이라는 어휘가 어색해서 빼고 물었다.

"제게 말씀하셨습니까?"

밖에다 시선을 둔 채 잠시 공간을 만들고 있던 스님이 뒤늦게 낮은 소리로 물었다. 손을 들어 합장을 하며 무심한 눈을 깔아 보이는 표정도 형과 흡사했다.

"어디루 가시는가 물었습니다."

"아, 예, 광주에 있는 무진사라는 절을 찾아가는 중입니다."

"무진사가 어디에 있습니까? 제 고향이라서 여쭈어 보는 겁니다."

"아, 예, 저도 가본지가 하두 오래 되어 설명해 드릴 수가 없습니다. 거기에 계시는 주지스님께서 말씀하시기를, 시내에서 아무 택시나 잡아타면 무진사로 데려다 줄 거라 했습니다."

스님은 두 손을 모으고는 얼굴에 쓸쓸한 웃음을 담아 대답했다. 그 표정은 마치 더 이상 묻지 말아달라고 사정하는 것 같았다. 승현은 고개를 끄덕여 알았다는 표시를 해 보이고는 입을 다물었다.

승현은 송정리 역에서 기차를 내렸다. 역사 밖으로 나온 그는 한동안 움직일 수가 없었다. 모든 것이 너무나 낯설어서 어디로 가야하는지 막연하기만 했다. 그는 눈을 두리번거려 역사 건물부터 시작해서 한더위가 쏟아지고 있는 한길 건너편에 즐비하게 늘어선 가게며 약국, 식당들을 찬찬히 훑었다. 십 년 전, 그 건물, 그 간판들이 차츰 눈에 익숙해졌다. 뒤따라오던 스님이 그를 향해 합장을 해 보이고는 횡단보도를 건너갔다. 승현은 시내버스 승강장 쪽으로 향했다.

버스가 송산강 다리 위를 지나고 있었다. 창 밖으로 내다보이는 강물은 십 년 전과는 달리 그리 맑아 보이지가 않았다. 하늘도 마찬가지였다.

동구에서 버스를 내린 그는 농로로 들어섰다. 기억 속에는 넓고 하얀 길이었는데, 충충한 회갈색에 의외로 좁고 허름한 길이었다. 기억속보다 훨씬 낮은 옛집 솟을대문 앞에 섰다. 그는 열린 대문 앞에서 망설이고 있었다. 누가 살고 있는지도 모르면서 함부로 대문을 넘어설 수가 없었다. 한참을 서성인 그는 담을 돌아 별채로 향했다. 별채는 알아보기가 힘들 정도로 변해 있었다. 태수 아저씨가 거처하던 사랑채도, 대문도 없어지고, 담이 대신했다. 담 둘레로 높다랗게 솟아있는 나무들은 기억 속보다 훨씬 더 컸다. 백일홍 나무에 흐드러진 진분홍 레이스 같은 꽃망울이 향수를 불러왔다. 그는 어린 날, 담벼락 패인 곳을 딛고 올라가 아버지를 처음 봤던 날이 떠올랐다. 그 날처럼 패인 곳을 찾아 발을 딛고는 안을 넘어다봤다. 축대 위에 덩그렇게 올라선 별채 또한 많이 줄어져 있었다.

"거 누구요?"

뒤에서 누군가 말했다. 승현은 부끄러운 일을 하다가 들킨 사람처럼 몸과 마음이 한꺼번에 위축이 되어 꼼짝할 수가 없었다.

"멀쩡한 젊은이가 남의 집 담을 왜 넘어다보는 거요?"

그는 변명이든, 해명이든 해야겠다는 생각이 들었다. 담을 내려와 어색하게 고개를 들었다. 의심을 담은 눈으로 그를 쳐다보던 밀짚모자를 쓴 늙수그레한 사내가 깜짝 놀라서 다가왔다.

"상현이가 살아왔을 리는 만무하고, 승현이가 제대를 해서 왔구나."

사내가 움키듯 승현의 손을 끌어 잡았다.

"태수 아저씨! 아저씨 맞죠?"

"그래, 나다. 이게 얼마 만이냐? 아주머니랑 전화로 연락을 하고 살아서 네 소식은 알고 있었다만, 얼굴은 근 십 년 만에 보는구나. 어여 안으로 들어가자."

태수 아저씨가 눈에 눈물을 그렁그렁 담으며 말했다.

"아저씨가 이 집에 사시는 줄 알았더라면 대문으로 그냥 들어갈 걸, 괜히 담을 넘어다봤잖아요. 안청고모도 계시나요?"

마당으로 들어선 승현이 안채를 쳐다보며 말했다. 기억 속에서는 대궐처럼 크게 떠오르곤 했는데, 시골집치고는 좀 반듯한 그저 그런 집이었다. 담도, 백일홍 나무도, 늘 닫혀 있던 중문도 없어져서 그러잖아도 널찍한 두 마당이 합해져서 허풍을 보태면 시골학교 운동장만큼이나 넓었다. 한쪽에 승용차가 세워져 있었다.

"집이란, 사는 사람의 인품을 닮는 거라, 선생님이 살아 계실 때하고는 많이 달라졌을 것이다. 별채로 내려가자. 안청고모는 절에 불공을 드리러 간다고 해서 내가 산 주차장까지 실어다주고 왔다."

"불공이라면, 부처님에게 드리는 예불 말인가요?"

승현은 기차에서 봤던 스님이 생각나서 물었다.

"그런가 보더라. 달랑 셋이 식구에 부엌일, 빨래 청소를 부지런한 천길네가 다 해버리니, 할 일이 없단다. 그래서 보살님인 늬 할머니를 따라다니면서 주워담은 불심이 도진 모양이더라."

"천길네가 아직도 살아요?"

"천길이가 장가들 때 서울에서 내려왔더니라. 아들 따라서 이 집을 나갔다가, 며느리하고 사이가 안 좋아서 다시 왔단다. 며느리가 수화를 못해 말이 안 통하는 데다, 원래 벙어리들이 뭉니가 좀 있니라."

태수 아저씨가 빙긋이 웃으며 말했다.

"참, 안청고모는 어느 절에 가셨어요?"

승현은 무진사라는 절 이름이 떠올라 다시 물었다.

"늘 무등산 주차장까지만 데려다 줘서 모르겠다."

"무등산이면 너무 멀지 않아요?"

"십 년이 다 되었다만, 늬 형의 영가를 안치했던 절이란다. 그 때 잠깐 광주에 살았더니라. 그게 아니라도 먼 데 있는 절을 찾아가야만 영험이 있다고 믿는 게 여자들이더구나."

태수아저씨가 앞장을 서서 별채로 가며, 여자들이란 할 수 없다는 투로 말했다. 승현은 별채 섬돌 앞에 섰다. 섬돌 아래 한더위에 축 늘어진 채송화가 서글프리만큼 정겨웠다.

"아주머니가 이 집을 팔아달라고 하셨는데, 남에게 팔리면 내 가슴이 무너질 것이라, 늬 형 학자금으로 쓰려던 돈으로 사버렸다. 중문이랑 사랑채는 뜯어다 동네 안에다 지어서 천길이를 주어 살림을 내보냈다. 대문이 그래서 없어졌단다. 집이란 화기에, 사람의 기를 섞어야 지탱하는지라 사람이 살지 않으면 금방 못 쓰게 되느니라. 거처할 식구는 없고 나이가 나이어서 관리하기가 벅차 그리했느니라."

태수 아저씨는 섬돌을 올라가 영창을 열며 낮은 소리로 일일이 보고하듯 말했다. 승현은 태수 아저씨의 말투가 기억 속의 아버지를 닮았다는 생각을 하며 방안을 내다봤다. 벽 가득히 진열된 아버지의 책들은 옛 모습 그대로라는 생각이 들었다.

"경선이 형이 대학교수가 되었는데, 이 별채랑, 선생님의 책들을 어찌나 좋아하던지, 방학동안 내내 이 방을 차지하고 앉아서는 책만 읽다가 가는 것도 모자라서 토요일마다 내려와선 하룻밤을 자고 간단다."

"잘하시네요. 경선이 형님이 책을 얼마나 아끼고 좋아하시는지는 책장만 봐도 알 만합니다. 저는 아버지가 남기신 책하고는 전혀 상관이 없는 공부를 하고 있기 때문에 깜빡 잊고 있었어요."

"글쎄다. 선생님께 죄송함과 감사의 마음가짐으로 책을 대하라고 이르고는 있다만! 살았더라면 늬 형한테 필요한 것이 되었을 것을! 나중에 이 집이 필요하면 말해라. 네 몫이니라. 내가 살아 있는 동안은 이 집에서 옛날 흔적을 더듬으며 살다가, 죽으면 선생님 곁에 묻혀서 큰아들 못 지켜드린 죄나 빌어야겠다.”

태수 아저씨는 얼굴에 쓸쓸한 미소를 담으며 말했다. 승현은 그의 말마디마디가 슬퍼져서 눈시울이 뜨거웠다. 뜰에 석양이 내리고 있었다.

지수 하네, 누가 왔소? 하는 소리에 난간 마루에 앉아 있던 승현은 벌떡 일어섰다. 예전 그대로인 안청댁이 발길을 별채 쪽으로 향했다. 뒤에는 장짐을 든 천길네가 안채로 들어가고 있었다. 오다가 시장에 들른 모양이었다. 마루를 내려온 승현은 섬돌을 한 계단씩 천천히 내려섰다. 안청댁이 가까워졌다.

“안청고모, 오랜만이에요. 승현이에요.”

승현은 얼굴 가득 웃음을 담으며 팔을 벌려 안청댁을 보듬었다. 늙어 앙상해진 어깨가 승현의 넓은 품으로 들어왔다.

“시상에, 나는 상현이가 살아서 온지 알았다. 애러서는 모르겠드니, 영낙없이 느그 성이구나. 둘 다 돌아가신 선생님을 탁해서 그란갑다.”

안청댁이 승현의 등을 토닥이며 말했다. 갑자기 움푹 꺼졌지만, 더 없이 말갛던, 죽음 직전의 형의 눈동자가 떠올랐다. 줄줄이 따라오는 어린 날의 아프면서도 그리운 기억들이 눈물방울이 되어 그녀의 등위로 떨어졌다. 그는 안청댁을 싸안은 팔을 옥죄며 그녀의 어깨에 얼굴을 묻었다.

“밥 안 묵었지야? 안채로 가자. 오늘은 일진이 그란가, 절에서 또 느그 성을 탁한 스님을 한 분 뵀었다. 속세에 어매가 죽어 영가를 모시로 왔다는디, 건들기만 해도 울음이 터질락 하든 그 얼굴을 내가 으서 한 번 본 것 같다마는, 생각이 안 난다. 느그 성을 탁해서 그란갑다 했다가도, 옴시로 내내 궁금해서 혼났드니라.” 안청댁이 고개를 갸웃거리며 계속 궁금해했다. 승현은 속으로 형의 영가가 무진사에 안치된 모양이라고 생

322

각했다.

승현은 경선이 형이 쓰던 낚싯대를 들고 송산강으로 나갔다. 내려온 지 벌써 일주일이 지나 있었다. 제방에 올라섰다. 발아래서 삘기꽃무더기가 바람을 타고 흐느적거렸다. 들판을 바라봤다. 배동 직전인 벼들로 파랗게 덮여 있었다. 논을 매고 있던 농부 하나가 허리를 펴고 일어섰다. 농부는 제방에 서 있는 승현을 찬찬히 쳐다보다가는 밀짚모자를 벗어 고개를 꾸벅했다. 머리가 훌렁 벗겨진 나이든 농부였다. 괜히 황송해진 승현은 고개를 깊이 숙여 답례를 하고는 돌아섰다. 경사를 타고 하얗게 핀 개망초를 헤치고 둑 아래로 내려섰다. 그는 강물 위에 솟아 있는 바위 위로 훌쩍 뛰어올랐다. 편편한 가장자리에 앉아서 낚시를 드리웠다. 갑자기 세상에 혼자 남은 듯 외로워졌다. 초여름 햇살이 물결 위에 부서져 흩어졌다. 물이 탁해져서인지 기억 속에서처럼 은빛으로 반짝이진 않았다. 강산이 변하는 세월이 흘렀으니 그저 그러려니 싶었다. 뭔가 허전한 듯해서 고개를 빼서 사방을 둘러봤다. 잔자갈이 깔린 강변이 어디론가 사라지고 없었다. 끝없이 펼쳐져 있던 억새 밭도 군데군데 무더기만 남아 있었다.

낚고 싶은 마음이 없는 낚시꾼의 마음을 알았는지, 한식경이 흐르도록 고기는 한 마리도 잡히지 않았다. 하릴없어진 그는 쭈그리고 앉아서 예전의 검푸르던 하늘을, 뭉게뭉게 피어오르던 솜구름을, 그리고 형과 함께 강변에 앉아서 놀던 때를, 점점 더 나아가서 아버지가 돌아가시던 그 해의 여름을 떠올렸다. 안청댁을 재촉해서 이른 저녁을 먹고 제방으로 나가면 아래 논에서 침엽에 이슬방울을 조롱조롱 매단 벼들이 툭, 툭, 배동 터지는 소리를 내던 거며, 강변에 다리를 뻗고 앉아서 담희누나를 기다렸다가, 그네가 오면 형이 들려주던 재미있는 얘기를, 하늘이 거꾸로 뒤집힌 듯 물 속에 가라앉아 반짝이던 은하수를, 점점 더 나아가 아버지가 돌아가시던 날 실신하던 형에서, 그 다음, 파둔 성부르요 이것을 상현이한티 믹였으니 저 지경이 안 되겠소? 안청고모의 목소리에 이어, 이 사람아, 승현이가 들어! 태수 아저씨의 말이 떠오른다. 재산을 노린 살인이로구나. 장 의원님의 말소리가 귀를 울렸다. 형이 죽던 날 밤의 무서움도 떠올랐다. 심장이 터질 듯 불뚝거렸다. 그는 발발 떨려오는 무릎을 팔로 싸안았다. 다른 생각을 하자. 새삼스러운 일도 아니잖아! 그는 머리를 흔들며 중얼거렸다. 형은 늘 운전석 옆자리에 앉았고, 뒷좌석에 담희와 둘이서 앉아서 뭔가 소곤거리며 가던 등교 길을 떠올렸다. 튀어나올 것 같던 심장이 차츰 가라앉았다. 지난 일들이 그리움이 되어 콧날이 찡해왔다. 그는 문득, 그동안 잊고 있었던 게 형뿐이 아니라, 담희도 함께였다는 걸 깨달았다.

승현은 별채의 난간 마루에서 점심상을 받았다.

"이걸 좀 먹어봐라, 설익은 생고추를 돌확에 갈아서 버무린 열무겉절이다. 생전에 선생님께서 참 좋아하시던 거니라. 안청고모가 다른 건 몰라도 겉절이 솜씨 하나는 괜찮단다."

겸상을 한 태수 아저씨가 겉절이가 담긴 접시를 승현의 앞으로 옮겨 놓아주며 말했다. 말이 긴 건, 승현의 마음을 달래기 위해서이리라.

"장 의원님이 연세가 들어 망언을 하신 것이니, 행여 어머니한테는 무슨 내색하지 마라."

태수 아저씨가 묵묵히 밥만 먹고 있는 승현의 눈치를 살피며 말했다. 어제 오후에 태수 아저씨와 함께 장 의원 댁에 인사를 갔을 때, 올해 팔순으로 아직도 환자에게 침을 놔줄 만큼 정정하신 장 의원이 말을 꺼냈다. 네 장래가 걸린 일이라서 차마 응징하지는 못했다만, 죽은 늬 형의 억울함을 조금이나마 덜어주려면 너도 알아야겠다, 하시면서 어머니의 죄과를 낱낱이 얘기해 주셨던 게, 마음에 걸리는 모양이었다. 그러나 승현은 며칠 전에 송산강에서 형의 기억을 되찾을 때, 이미 충격을 다 받아버렸고, 오래 전부터 안개 속을 더듬듯 막연히 짐작하고 있던 일이기도 해서 새삼 놀라운 일은 아니었다. 지금 승현이 침묵하고 있는 것은 담희의 소식을 물을까말까 망설이고 있음이었다.

"아저씨, 송산강 모래랑, 억새밭이 어디루 갔어요?"

그는 차마 담희의 말을 꺼낼 수가 없어서 애매한 강변의 모래와 억새의 행방을 묻고 있었다.

"그건 알아서 뭐 할려구?"

태수는 우려와는 다른 엉뚱한 물음에 어이없어하며 되물었다.

"예전에 제가 강변이랑, 억새를 무척이나 좋아했거든요."

"글쎄다! 작년 이맘 때던가? 골재상인들이 와서 트럭을 줄줄이 대놓고 몇 달을 실어 가는가 싶더니만, 어느 날 보니 강변이 없어지고 물이 흐려져서는 옛 강도 없어졌더라."

태수 아저씨가 얼굴에 분기를 스치며 대답했다. 승현은 내친김에 담희의 말을 물어야겠다는 생각을 하느라 다시 침묵했다. 담희가 결혼을 안 했으면 좋겠다는 생각이 스쳤다. 그는 마음이 급해졌다.

"혹시, 셋이서 차를 타고 학교에 다녔던 담희라는 여자애를 아세요?"

"담희를 왜 모르겠니?"

"그 동안 잊고 있다가 이제야 생각났어요."

승현은 옆에 놓인 수건을 들어 이마에 흐르는 땀을 닦으며 말했다.

"아파서 그랬을 것이다. 고등학교를 나와서 서울 어디 은행에 들어갔다고 하더라만! 그러고 보니 그 아이도 명절이면 종종 내려와, 네 소식을 묻더구나!"

"결혼은 했을까요?"

"결혼했다는 말은 못 들었다. 아마 스물 예닐곱은 됐지?"

태수 아저씨가 고개를 갸웃하며 말했다.

"아저씨! 담희 직장이 어딘지, 자세히 좀 알아봐 주시겠어요?"

"그래라만, 그건 알아서 뭘 하려고?"

태수 아저씨가 이해할 수 없다는 표정으로 물었다. 승현은 그냥 웃기만 했다.

다음 날, 승현은 선산의 아버지 무덤과 나란히 있는 형의 무덤 앞에 섰다. 어쩌면 다시는 못 오리라 생각하며 차례로 절을 올렸다. 이제 형한테서 해방되고 싶었다. 아픔, 죄의식, 그리움, 모두 다 송산리에 내버리고 가끔씩만 생각하리라. 아버지도, 형도 이미 백골이 되었겠지만 자신의 마음을 다 알아 이해해 줄 거란 생각이 들었다.

산을 내려온 승현은 송산강 제방에 섰다. 산모롱이를 돌아가는 레일 위에 한여름 햇빛이 쏟아지고 있었다. 그는 조상에게서 형에게로, 다음에 자동으로 어머니에게로 넘어와 버린 땅을 바라봤다. 드넓은 벌판에는 무심한 산들바람이 짙은 초록을 타고 도미노처럼 밀리고 있었다. 넓어봐야 서울의 보통 집 여남은 채 값 밖에 안 되는 이런 시골 땅을 빼앗기 위해 천인공노할 일을 저지른 어머니에게 분노가 일었다.

"서운해서 으짤그나! 자주로 올 것이지야? 내가 메칠 동안 느그 성을 본 것 맹키였는디, 또 한참은 속이 지랄 같을랑갑다."

안청댁이 가방을 챙기는 승현을 보며 못내 섭섭해서 말했다. 그는 늘 정겹고, 그리운 이들을 떠날 생각을 하니 콧날이 시큰해왔다.

"안청고모, 가을부터 학교에 다녀야하니까 이젠 못 와요. 대신 전화 자주 드릴게요. 앞으로는 제가 형이라 생각하세요."

승현이 팔로 안청댁 목을 다정하게 감으며 말했다.

"학교 졸업하구 장사를 해보면 어떻겠느냐? 며칠 동안 너를 겪어보니,

성격이 두 가지더구나! 과묵해 보이지만 활달하고, 꼼꼼해 보이지만 태평하고, 차가워 보이지만 따뜻하고, 정직하지만 이문을 남길 줄도 알겠고, 내가 너만했을 때 모셨던 돌아가신 네 할아버님이 그러셨더니라. 그 분은 그런 성격으로 장사를 해서 꽤 많은 돈을 버셨는데, 어릴 때부터 그 중 한 가지씩 외곬 성격을 타고나 장사와는 거리가 먼 아드님을 위해서 재산 일부를 이곳에 묻었다고 들었다. 거기다가 돌아가신 너희 큰어머니가 외동딸이어서 친정 재산을 물려받은 바람에 재산이 더 불어났을 것이다. 이곳 땅값이 하도 싸서 도시의 부자들한테 비하면 별로 큰부자는 아니었지만, 자식이 선생님 한 분 뿐이라서, 돈 쓸 사람이 없었느라. 선생님께서는 술 담배를 안 하신 데다, 워낙이 검소하셔서 책값 외에는 남 좋은 일 하는 데만 돈을 쓰셨으니, 해마다 돈이 남을 수밖에! 보아 하니 어머니 돈은 쓰지 않을 것 같고, 시내에 네 할아버님의 상회 건물이 아직 두어 채 남아 있다. 선생님께서 네 몫으로 정해두신 거란다. 아주머니는 모르신다. 그 동안 세를 받아서 불려둔 것도 상당하고, 가게를 팔면 웬만한 사업 밑천은 될 게다.”

역까지 바래다주러 나온 태수아저씨가 말했다.

“유념해 두었다가 학교 졸업하구 나서 상의 드리겠습니다.”

승현이 대답했다.

기차를 내려 대합실로 들어온 승현은 어디 다른 여행지로 다시 떠나 버릴까 하는 생각이 들었다. 집으로 들어가 어머니의 얼굴을 대할 자신이 없었다. 분노나 혐오감이 아니었다. 아들로서 어머니의 죄과를 파헤쳐 버린 죄의식 때문이었다. 어릴 때부터 수도 없이 들었던, 어머니의 소외되고 무시당한 인생을 떠올려보면 막연하게나마 이해되는 부분이 없잖아 있었다. 하지만, 상황은 변명일 뿐, 어머니와 자신의 가슴에 평생을 형벌로 남을 죄책감을 들어낼 수는 없었다. 태수 아저씨가 넣어준 용돈도 넉넉하겠다,

일주일 정도는 정처 없이 돌아다닐 수 있을 것이다. 기차시간표를 쳐다봤다. 마땅한 여행지가 눈에 들어오지 않는 건 어머니가 걸려서일 것이다. 하긴 일주일이 지났다해서 죄의식이 희미해지진 않으리라.

"다녀왔습니다."

현관문을 들어서서 인사를 하는 승현의 눈이 허공을 향하고 있었다.

"저런 미친놈을 봤나, 어미가 천장에 붙어 있니?"

정순이 소리를 질렀다.

"죄송합니다."

승현이 이층 계단을 오르며 건성으로 대답했다. 정순은 아들이 누구하고 바뀌어서왔나 싶었다. 여느 때라면 낮고 다정한 소리로 그동안 어떻게 지내셨어요? 하고 물었어야 했다.

"이놈아, 어디 가서 못 먹을 것을 처먹고 왔냐? 오랜만에 보는 어미한테 인사가 그게 뭐냐?"

화가 치민 그녀는 아들의 뒤에다 대고 악을 써댔다. 그러나 층계를 거의 다 오른 승현의 뒤통수는 얼어붙은 듯 앞을 향해 있었다. 생전의 남편 도영 씨의 사람을 무시하는 듯한 몸짓과 완강함 그대로였다.

"이놈아, 어미 말이 말 같지 않는 거냐?"

묵은 불이 뒤집어진 정순이 악을 썼다. 승현은 동요라고는 씨도 없이 방문 안으로 사라졌다.

평창동 예술고등학교 앞에서 버스를 내린 승현은 길가는 여인에게 주택은행이 어디쯤이냐고 물었다. 여인은 손가락을 들어 길 건너를 가리켰다. 마침 신호등이 바뀌고 있었다. 승현은 여인에게 고개를 까딱해 보이고는 횡단보도를 건넜다. 은행 문을 밀고 안으로 들어갔다. 점심시간이라 그런지 한산했다. 창구에 서넛의 얼굴이 하얀 여자 행원들이 간격을 두고 앉아 있었다. 제복인 듯, 리본이 달린 흰 반소매 블라우스에, 감색 스커트를 입고 있는 그녀들은 얼굴이 비슷비슷했다. 때마침 손님에게 돈을 내주는 일을 막 끝내고 있는 행원이 눈에 들어왔다. 그는 일어서서 그녀에게 다가갔다.

“여기에 혹시 윤담희 씨라고…….”

그는 영 자신이 없어서 말끝을 흐렸다.

“승현 씨 아냐?”

그의 얼굴을 찬찬히 뜯어본 행원이 함빡 웃으며 물었다. 볼우물이 옴폭 패는 행원의 웃음에 어린 날 담희의 얼굴이 묻어났다. 승현은 입을 반쯤 벌리고는 멍하니 서 있었다. 담희는 옆자리의 동료에게 양해를 구하고는 밖으로 나왔다. 그네는 앞장서서 옆의 식당으로 향했다.

“바빠 보이던데 괜찮을까?”

“점심 시간이야.”

담희가 식당 문을 열고 들어가며 대답했다.

“얼른 알아봐 줘서 고마워.”

승현은 테이블에 마주 앉은 담희에게 말했다.

“고맙긴, 상현이 오빠하구 똑 같이 생겼으니까 금방 알아본 거지. 머리를 보니 군대에 갔다 왔나보다! 명절 때 고향에 내려가서 가끔 태수 아저씨에게 소식은 들었어. 근데, 무슨 바람이 불었지?”

담희가 물었다. 그녀는 제복과 짧은 커트 머리 때문인지 나이보다 훨씬 앳돼 보였다.

“시골에 갔었어.”

승현은 형하고 똑 같다는 말이 편치가 않아 짧게 대답했다. 시골에 내려갔을 때 여러 사람에게서 들었던 말이지만, 담희에게 들으니 왠지 좀 그랬다.

“서울로 이사간 거 나중에야 알았어. 아픈 거 다 나았으면, 소식을 전해올 거라 믿구 많이 기다렸어. 겉봉에 번지 없이두 송산리 윤담희라구만 쓰면 편지가 제대루 전해지잖아!"

"병이 일부분만 나았던가 봐! 까맣게 잊은 거야. 담희만이 아니구, 형도 함께였어. 지금 생각해보니 일부러 머리에서 내몰아버렸던 것 같애. 그걸 찾으려구 시골에 내려간 거야."

승현은 짧은 머리를 쓸어 내리며 말했다.

"그래, 찾았어?"

"왔잖아."

승현이 눈을 들어 빙긋이 웃으며 말했다.

"승현 씨, 많이 변한 거 같다."

담희는 어린 날 담희누나에서 담희로 바뀐 것을 의식하며 말했다.

"뭐가?"

"글쎄? 어떻다고 꼬집어 말할 수는 없지만, 키도 훨씬 커버렸고, 어른스러워서 그런가봐."

담희가 말했다. 레이스가 달린 앞치마를 입은 종업원이 음식을 날라 왔다. 두 사람은 서로 아픈 곳을 다칠까봐 조심하듯 침묵하며 수저를 들었다.

승현은 아침저녁으로 대하는 어머니를 바로 쳐다볼 수가 없어서 고역이었다. 어머니가 물어오는 말에도 대답을 할 수가 없었다. 그는 일부러 어머니를 피해 학교 도서관에서 시간을 보내곤 했다.

승현은 교정 벤치에 털썩 주저앉았다. 주머니에서 담배와 라이터를 꺼냈다. 송산리에서 돌아온 뒤에 형의 기억을 지우려고 배운 담배였다. 높다란 하늘을 향해 한숨처럼 뿜어내는 담배 연기에 담희의 얼굴이 떠올랐다. 그는 수첩을 꺼내 뒤적여 담희의 전화번호를 찾아냈다.

"그동안 또 잊어먹은 거야?"

승현이라고 밝히자, 담희의 원망 섞인 목소리가 넘어왔다. 그녀는 일방

적으로 자신의 퇴근에 맞춰 만날 장소를 말하고는 끊었다.

창 밖으로 경복궁 지붕이 내다보이는 빌딩의 다방에 앉아서 차를 석 잔째 마시고 나서야 담희가 들어왔다. 아이보리빛 얇은 여름천의 정장을 입은 그녀는 처음 본 그때보다 훨씬 나이 들어 보였다.

"감히 대궐하고 같은 동네에 살고, 송산리에 인물 났군."

승현이 테이블 앞으로 다가오는 담희를 향해 웃음을 띠며 말했다.

"승현 씨 농담을 하는 걸 보니 무슨 좋은 일 있나보다!"

"좋은 일은 무슨, 반가워서 그러지."

승현은 싱긋이 웃으며 말했다. 담희가 맞은 편 의자를 빼서 앉았다.

"시원한 거 시켜. 난 기다리면서 마셨어. 마시고 우리 나가자."

승현이 말했다.

담희는 목이 말랐던지, 종업원이 날라 온 냉차를 단숨에 마셔버렸다. 그리고는 일어서서 카운터로 향했다. 승현은 담희를 잡아 밀치고는 찻값을 계산했다.

"학생이 무슨 돈으로 차를 석 잔씩이나 마셔?"

담희가 거스름돈을 받는 승현에게 말했다.

"누가 은행원 아니랄까봐 계산 한번 빠르군. 난 이래뵈두 엄청 부잣집 아들이라구!"

승현이 익살스런 억양으로 말했다. 담희가 볼우물을 옴폭 패며 웃었다. 그네의 웃음을 쳐다본 승현은 어린 날의 사랑이 되살아나는 것 같았다. 두 사람은 자하문 밖 한적한 길을 나란히 걸었다.

"은행의 높은 자리에 외삼촌이 계신다고 했잖아. 대학에 가는 대신 서울로 올라왔어. 혼자 자취를 하면서 외로울 때마다 송산강을 떠올리곤 했는데, 강에 늘 함께 따라오는 사람이 있었어."

"그 따라오는 사람, 형이야?"

"상현오빠는 죽었잖아! 슬픔이지 그리움은 아니었어!"

"그럼 나야?"

"아냐, 그냥 전체적인 거야."

담희가 확실한 대답을 피했다.

"여름방학이면 우리 셋이서 송산강에 나가 강변에 다리를 뻗고 앉아서 많이 놀았잖아. 지금도 가끔 햇볕에 달구어져 해가 진 뒤까지 따끈따끈하던 강변의 그 자갈들이 그리워지곤 해. 생각나? 풀숲에서 물것들의 앵앵거리는 소리가 먼 곳의 아우성소리처럼 들리던 거랑, 바람에 실려오던 모깃불의 알싸한 생풀 냄새랑. 그리구 하늘을 거꾸로 뒤집어놓은 것처럼 물속에 깔려 반짝이던 은하수랑!"

담희가 말을 끊고 멈춰 서서 승현을 쳐다봤다.

"글쎄, 한동안 바보가 됐다가 돌아와서인지 기억이 잘 안 나는군."

승현은 옛날의 그 때보다 훨씬 아름다운 표현을 써서 얘기하는 담희의 기억을 더 끄집어내려고 짐짓 모른 체 했다.

"그때쯤에 만수야, 칠복아!… 들에서 돌아와 자식들을 불러들이는 동네아줌마들의 갈라진 소리도 생각이 안 나?"

담희가 낮은 소리이긴 했지만, 손나발을 입에 대고 동네 아이들의 진짜 이름을 불렀다.

"그건, 나두 생각 나! 그 소리만 들리면 웬지 시리게 외로워지는 기분이 들었거든."

승현이 가로등 아래 선 담희의 눈을 슬프게 내려다보며 대답했다.

"그랬었구나! 너무 아름다워서 서글픈 기억들에 따라오는 사람을 어떻게 잊겠어? 지금은 많이 변했지만, 그 때 승현씨 형제는 부잣집 아들들답게 너무 깨끗하게 생겨서는 판검사나 경찰총장, 회사 사장 아들 딸들이나 타고 다니는 자가용을 타고 학교에 다녔잖아. 덕분에 나까지 우리 반 아이

들의 선망의 대상이었다구. 승현씨는 친구도 없이 달랑 형제끼리만 놀면
서두, 밝구, 명랑하구, 웃기는 말두 참 잘했는데! 아버지 돌아가시구 우울
해진 데다, 입시 공부 때문에 새벽같이 나가는 형과 떨어져서는 아침이면
어미 떨어진 송아지처럼 풀죽어했던 거며, 형이 죽던 날, 버스에서 흐느껴
울던 거며, 그 충격으로 날 알아보지도 못하던 승현 씨를 두고두고 가슴아
파 했구, 참 많이 그리워했어."

　담희가 울먹임을 담아 말했다. 승현은 형을 따돌리고는 담희와 둘이서
만 송산강 제방을 걷고 있는 듯한 착각을 일으켰다. 아울러 아픔을 공유한
그네와 앞으로의 생을 같이하고 싶어졌다.

　"저기가 우리 집이야. 어떡하지? 사실은 이층에 세 들어 사는데, 나이
찬 처녀가 남자를 끌어들였다는 소문날까 무서워서 들어오라는 말을 못
하겠어."

　산비탈 어느 골목 앞에 멈춰선 담희가 손을 들어 숲 속의 집 하나를 가
리키며 말했다.

　"괜찮아, 여기서 헤어지지 뭐! 우리 좀더 자주 만나면 안 될까?"

　"학교에서나, 집에서나 여기까지 오려면 거리가 너무 멀지 않을까?"

　"담희를 찾아서라면 삼만 리도 안 멀어."

　"와, 승현 씨 오늘 보니 하나두 안 변했다. 엉뚱한 것까지두!"

　담희가 환히 웃어 주고는 손을 흔들며 골목 안으로 뛰어 가버렸다.

20

　"인사해, 어머니야!"

　허락도 없이 담희를 안방으로 데리고 들어온 승현이 어머니 쪽을 쳐다

보지도 않고 말했다.

"안녕하세요? 윤담희에요. 어렸을 때 송산리에서 뵌 적이 있습니다."

담희가 한쪽 무릎을 세워 나붓이 절을 하고 나서는 말했다. 정순은 담희의 얼굴을 힐끗 쳐다봤다. 방긋 웃고 있는 담희의 볼에 패는 보조개가 정순의 자욱한 기억의 안개를 빠르게 걷어냈다. 남편 초상 때, 저렇게 보조개 패는 계집애 하나가 산에까지 따라와서는 다른 사람들의 눈을 의식하지 않고 상현의 팔을 붙들고 함께 울어 주었을 것이다.

"저놈이 어미 말을 쇠귀에 읽는 경으로 알구선! 나가 이놈아, 썩 나가지 못해?"

정순은 소리를 지르며 경상 위에 놓인 책을 들어 방문 앞에 서 있는 승현을 향해 힘껏 던졌다. 담희가 놀라는 빛을 감추며 조용히 일어서서 뒷걸음을 쳤다.

"담희가 오늘부터 휴가예요. 함께 송산리 갔다가 모레 오겠습니다."

승현은 고집을 부리듯 말했다. 머리로 살기가 뻗친 정순은 도끼눈을 떠서 아들을 쳐다봤다. 승현은 눈을 내리깔고는 오른손 가운데 손가락을 들어 이마에 대고 왼쪽으로 천천히 밀어가고 있었다. 정순은 저와 똑같은 모습을 한 번 보여주고는 영영 남이 되어버린 남편이 떠올라 진저리가 쳐졌다.

"이놈아! 내가 전생에 이가 놈의 집구석에 무슨 죄를 얼마나 지었기에 대물림을 해서 무시를 하니? 두 연놈이 내 앞에서 혀를 물고 죽어봐라, 내가 허락을 하는가. 저 계집년을 따라 집 밖으로 한 발짝만 나갔다가는 오늘로써 너랑, 나랑은 끝인 줄이나 알아라."

정순은 고래고래 소리를 질렀다.

"어머니가 허락을 안 하셔도 우리는 결혼을 할겁니다."

승현은 딱 부러지게 말하고는 담희를 뒤따라 밖으로 나왔다. 그에게 담희는 어머니의 욕설과 매질로 상실한 어린 날이었고, 형을 대신한 아련한 그리움이었고, 아픔이었고, 다시 잃고 싶지 않은 소중함이었다.

정순은 무슨 일이 있어도 아들의 결혼을 막아야 했다. 송산리가 고향이라는 것부터가 싫었다. 더구나 아무리 어려서이긴 하지만 상현이와 서로 좋아했던 계집애를 며느리로 들인다는 것은 있을 수 없는 일이었다. 정순은 보조개를 패며 방싯 웃던 담희의 얼굴을 떠올렸다. 상현의 죽음에 대한 비밀을 알고 있는 듯한 웃음이었다. 순간, 정순의 머릿속이 팽그르르 한 바퀴 회전을 했다. 며느리로 삼으리라. 머리카락이 한올도 남지 않게 뽑아서 아들의 빠져나간 혼을 되찾아올 것이고, 그년의 머리 속에 들어있는 상현이놈을 또 한번 죽여줄 것이다.

"네 이년! 뭘 노리고 내 집 며느리가 되려 하는지는 모르겠다만, 후회로 미쳐서 머리 풀어 산발하고 내 집을 나가게 해주마."

정순은 현관문을 열고는 대문밖에 서 있는 두 사람을 향해 거품을 물어 소리를 질렀다.

"저러실 거라고 여러 번 말했지, 딴 생각하면 안 돼?"

승현이 시무룩해서 고개를 숙이고 있는 담희에게 말했다. 눈빛은 담희를 노려보듯 힘이 실려 있었지만, 말소리는 더없이 부드러웠다.

"저렇게 무서운 분인 줄 아신다면 아버지가 허락을 안 하실 거야!"

"그건 태수아저씨가 책임진다 하셨으니, 걱정 마!"

승현이 담담히 말했다.

승현은 대문 앞에서 차를 내려 대문 벨을 눌렀다. 마당에 물청소를 하고 있던 담희가 누군가 묻지도 않고 문을 열었다.

"누군지 확인도 않고 문을 열면 어떡해?"

승현이 들어서며 말했다.

"어머님이 계시는데, 누구면 어때요?"

담희는 남편의 이른 퇴근의 이유도 묻지 않고 대답했다.

"그렇기도 하겠다."

승현은 쓸쓸히 웃었다. 이층으로 올라온 승현은 아이들의 방문을 열어봤다. 열 살, 아홉 살인 두 아들과 일곱 살인 딸아이, 삼 남매가 오물오물 모여서 동화책을 들여다보고 있다가 아빠를 보고는 한꺼번에 발딱 일어섰다. 그는 반가운 인사 대신 검지손가락을 입에 대고는 쉿, 하고 주의를 주었다. 떠들면 할머니에게 혼난다는 뜻이었다. 정순이 손자들을 미워하기 때문이었다. 아이들은 함빡 웃음으로 알았다는 답을 하고는 제자세로 돌아갔다.

남편을 따라 방으로 들어온 담희는 옷을 받아 걸고는 화장대 의자에 잠시 앉았다. 거울 속에서 마흔이 되려면 이 년이나 남았는데도 쉰 살이나 된 듯 늙어버린 얼굴이 지치고 피곤한 눈으로 그녀를 마주보고 있었다. 웃으면 패이던 보조개가 없어지고, 주름이 대신했다. 직장을 그만두고 지옥 같은 시어머니 시중에, 세 명의 아이들을 낳고 살림에 파묻혀 살아온 지난 십여 년이 거울 속에 떠오른다. 지치지도 않는 시어머니의 심술이 어깨로 피곤처럼 내려앉았다.

"거울 보지 마!"

샤워를 끝내고 나온 승현이 다가와 손을 펴 거울을 가리며 말했다. 그는 십 년 넘게 어머니에게 구박을 당하는 아내에게 이골이 나 있었지만, 가끔은 이렇게 미안하고, 불쌍해질 때가 있었다. 아내가 첫 아이를 낳았을 때였다. 어머니는 산모가 퇴원을 하자마자 이불 홑청을 죄다 뜯어서는 거실에 쌓아놓았다. 아내는 퉁퉁 부운 몸을 이끌고는 빨래를 하고 저녁밥을 지었다. 승현은 그 날 하도 화가 나서 분가를 결심했었다. 아내가 진지한 얼굴로 만약에 분가를 한다면, 당신과 결혼한 걸 평생 후회할 거라고 말했다.

담희는 비누 향이 나는 남편을 쳐다봤다. 한 살 아래지만, 열 살쯤 위로 느껴질 때가 많은 남편이었다. 그는 아내에게 사랑한다던가, 고생을 시켜서 미안하다던가, 하는 소리는 입이 굳어서 못 하는 성미였다. 시어머니에게 머리채를 잡히는 걸 수도 없이 보면서도 단 한번도 편들어준 적이 없는 남편이었다. 우린 어쩌면 좋으냐? 남편은 늘 그 한마디뿐이었다. 우리라는 그 말에는 모든 것을 너와 함께 하고 있다는 뜻이 내포되어 있어서 담희에게 십 년이 넘는 고된 시집살이를 견뎌내게 했다.

정순은 다녀왔습니다, 그 한마디만 던지고 이층으로 올라가는 아들에게 울화가 치밀었다. 아들의 뒤를 따라 계단을 오르는 며느리에게서 남편 있는 여자의 자세가 느껴졌다. 정순은 소외감과 함께 질투심이 뻗쳤다. 그녀는 주방으로 들어가 사방을 둘러봤다. 식탁 위에 찻잔을 씻어 엎어놓은 차반이 눈에 띠었다. 통째 들어서 주방 바닥에 사정없이 패대기를 쳤다. 와장창 그릇 깨지는 소리가 집안의 고요를 깨뜨렸다. 담희가 다급히 층계를 내려왔다. 승현은 반사적으로 아내의 뒤를 따라 내려왔다. 아들 내외를 노려보던 정순은 문짝을 다 부수도록 꼼짝도 않고 책에다 눈을 주고 있던 도영 씨를 떠올렸다. 도영 씨를 향한 증오심에, 며느리를 향한 질투심이 뒤섞여 불이 붙었다. 가까이 다가오는 며느리에게 와락 달려들어 머리를 움켜쥐었다.

정순은 담희의 머리카락을 한 움큼이나 뜯어내고야 분이 반쯤이나 풀렸다. 그녀는 담희의 코피가 묻은 생노방 치마저고리를 벗어 둘둘 말아서 거실바닥에 집어던졌다. 여느 때라면 황송한 듯 받아갔을 담희가 내다보지도 않았다.

"이년이 덜 맞았나?"

정순은 쫓아 올라가려고 방문을 박찼다. 동시에 누군가 대응을 하듯 현관문을 부서져라 발로 찼다. 이 집에서 문을 발로 찰 수 있는 사람은 자신 말고는 없었다. 현관 쪽에서 또 한번 박살나는 소리가 들렸다.

"어느 놈이 뒈지려고 환장을 했구나."

분이 남아 있는 정순은 소리를 꽥 지르며 현관문을 열었다.

"예, 뒈지려고 환장한 놈 지금 들어갑니다."

만취가 된 승현이 충혈된 눈으로 정순을 쏘아보며 말했다. 그는 청량음료수도 취하는 체질이었다. 몸을 가누지 못한 그는 소파에 거꾸러지듯 주저앉았다. 그는 이성을 잃은 눈빛으로 정순을 노려봤다.

"이놈이 미쳐도 단단히 미쳤구나!"

정순은 아들의 뺨을 칠 자세를 취하며 소리를 질렀다.

"예, 미치지 않구 어떻게 버팁니까? 저는 전생에 어머니에게 큰 빛을 졌나봅니다. 그러지 않구서야 어머니가 제 인생을 이리도 버겁게 할 이유가 없잖아요. 어머니, 어머니는 어린 자식들 앞에서 뺨을 맞는 제 체면을 단 한번이라도 생각해 보셨나요? 제 처가 어머니에게 머리채를 잡히고, 피를 흘리도록 맞는걸 보면서도 말리지 못하는 제 심정을 아세요? 이래도 제가 어머니의 인생을 앗아갔습니까? 네, 그랬겠지요. 어머니의 그 대단하신 자존심을 깔아뭉갠 아버지 아니, 이씨네 집구석을 벗어나지 못한 것도 제 탓이고, 쥐도 새도 모르게 형을 죽인 것도 제 탓이겠지요? 의붓자식을 죽인 어머니를 보는 자식의 마음은 지옥을 헤매거나 말거나, 형의 재산을 빼앗아 호사를 하시니 됐잖아요. 왜 아들며느리를 들볶고, 스스로를 들볶아 하루도 편하게 못 사시죠? 설마, 형을 죽인 죄책감으로 그러시는 건 아니시겠죠?"

"어머님한테 이 무슨 짓이에요?"

밖이 소란해서 내다보던 담희가 뛰어내려와 손으로 승현의 입을 막으며 말했다. 정순은 아들의 취중 말이 매를 덜 맞아서란 생각을 하고 있었다. 그러다가 망치로 과녁을 겨눠 꽝 하고 내리치는 듯한 끝말에 머리가 아찔해서는 방으로 들어가 문을 닫았다. 그녀는 자신이 상현의 죽음을 하찮게 생각했기에, 아들의 가슴에 상현이 묻혀있을 거라고는 짐작도 못했던 터이었다.

"아무리 씨도둑은 못한다지만!"

정순은 몇 시간을 꼼짝도 않고 앉아있었다. 취중을 빌려 어미의 죄과를 들춰내던 아들을 떠올렸다. 바드득 이가 갈렸다. 죄를 들통낸 게 괘씸해서가 아니었다. 그의 말대로 어미를 의붓자식을 죽인 살인자로 알고 지옥을 헤매며 살았던 이십 년 동안, 내색 한번 안한 아들의 인성에서 도영 씨를 본 것이었다.

벽에 걸린 시계가 세시를 가리켰다. 앉은 채로 밤을 지샌 정순은 부스스 털고 일어섰다. 장롱에서 우선 입을 옷가지들을 꺼내 여행가방에 담고는 패물과 돈, 예금통장을 챙겼다. 세수를 하고 화장을 했다. 곱게 다리미질이 되어 있는 한복을 떨쳐입었다. 날이 새려면 아직 멀어 있었지만 방문을 열고 거실로 나왔다. 이층으로 오르는 계단에 불이 켜져 있고, 막내인 손녀가 계단을 내려오다가 할머니를 보고는 멈춰 섰다. 목말라서 물먹으려구요. 정순은 제법 또렷하게 말하는 여섯 살 난 손녀를 힐끗 쳐다봤다. 느닷없이 안청댁의 얼굴이 스쳐갔다. 정순은 손녀를 흘겨주고는 현관을 나왔다. 아들의 말대로 이씨 성을 가진 사람들은 모두 모두 원수 같았다. 그녀는 정원수 사이를 뚫고 나오면서도 뒤를 돌아보지 않았다.

승현은 아내가 다급히 흔들어 대는 바람에 눈을 떴다. 무슨 일인가 묻기도 전에 머리가 심하게 아팠다.

"머리가 왜 이리 아프지?"

그는 얼굴을 찡그리며 관자놀이로 손이 올라갔다.

"일어나요. 지금 머리 아픈 게 문제가 아녜요."

"어젯밤에 술을 마셨던 것 같은데."

"그런 건, 나중에 기억해내고 어서 일어나요. 어머님이 안 계세요."

담희의 말에 승현은 퉁기듯 일어났다. 잠옷차림인 채로 안방 문을 열어제쳤다. 깨끗하게 정돈된 방안은 간밤에 자리를 깔지 않았음을 말해주고 있었다. 옷장을 열어봤다. 몇 벌의 옷을 들어낸 흔적이 보였다. 승현은 거실로 나와 소파에 털썩 주저앉았다. 어머니가 집을 나갔다는 사실에 겁이 나기보다는 예전에 형이 죽었던 그 날처럼 맥풀림 같은 해방감으로 몸이 나른해지고 있었다.

송정리역에서 기차를 내린 정순은 출구를 지나 역사로 들어섰다.

"어머니, 여기요."

마중을 나온 명애가 손을 들어 보이고는 다가와 가방을 받았다. 오십 대인 그녀는 원래 미인인데다, 남편에게 사랑 받고 살아온 세월의 당당함과 오랜 교직생활에서 배인 기품이 엿보였다. 입고 있는 감색 반소매 투피스는 큰 키에 잘 어울려 나이보다 훨씬 젊어 보였다.

"어쩌다 아들한테 쫓겨났수?"

승용차 운전석에 앉은 명애가 뒷좌석에 앉은 정순을 돌아보며 놀리듯 말했다.

"쫓겨나기는! 내가 돈이 없냐, 권위가 없냐? 제까짓 것들이 나 없이 살아봐야 어미 중한 줄을 알겠기에 부러 나왔지."

정순은 도도함을 유지하려 애쓰며 말했다.

"둘러치나 메어치나 그게 그거지 뭐! 내 이것들을 가만 두나봐라."

명애가 자동차에 시동을 걸며 단단히 벼른다.

자형의 전화를 받은 승현은 침대에 걸터앉았다. 어머니가 찾아갈 곳이라고는 결국 누님밖에 없었구나, 하는 생각이 들었다. 어젯밤 생전 처음 마신 술로 만취해서 자신이 어머니에게 무슨 말을 했는지 까맣게 모르는 그는 누님의 별난 성깔 때문에 어머니를 다시 모셔오기가 힘들겠다는 생각만 하고 있었다. 언제 서로 얼굴 마주하고 틀어질 일도 없었는데도 방학이면 올라와서는 마치 앙숙이 진 듯 어머니와 합세를 해서 그의 식솔들을 들볶고, 찍어대곤 하던 누님이었다. 그렇다고 누님이 어머니와 썩 사이가 좋은 것도 아니었다. 언제나 내려가기 전날은 승현이 내외와는 상관없는 일로 어머니와 대판 싸우고는 서로 악담을 하고 헤어지기가 일쑤였다. 이번 일은 어머니가 집을 나갔다는 것만으로도 누님의 찍어대는 소리로 끝날 일이 아니었다.

아래층 거실에서 아이들의 떠드는 소리가 들렸다. 내놔, 내꺼라구. 오빠들을 꼼짝 못하게 휘어잡는 딸아이의 목소리가 아늑하고 평화로운 거실의 정경을 그대로 옮겨온다. 쿵, 하고 뭐가 나가떨어지는 소리가 들린다. 아빠에게 이르겠다고 어우르는 막내녀석의 엄포가 들려왔다. 승현은 온몸에 자유로움이 스멀거렸다. 아버지로써 아이들이랑 맘대로 웃고 떠들고, 그들의 어리광과 떼를 받아주고, 한 두어 달만 이렇게 살아보고 싶어졌다. 그러나 아내의 성화를 견뎌낼 재간이 없었다. 아내는 지난 일주일 내내 죄인처럼 안절부절해서는 어머니를 모시러 내려가자고 졸랐다. 모처럼의 기회에 아이들을 데리고 외식이나 백화점 구경도 극구 마다했다. 내친김에 한 열흘만 편하게 살아보자고 졸라도 막무가내였다. 마치 시어머니 없이는 한 시도 살 수 없는 사람 같았다.

담희는 운전에 열중하고 있는 남편을 쳐다봤다. 생전 처음 보는 사람처럼 낯설었다. 그녀는 아무리 만취상태라지만, 남편의 입에서 거침없이 나오던 의붓자식을 죽인 어머니라는 말이 아직도 목에 걸려서 넘어가지를 않았다.

송산리는 작은 동네였다. 서로 너무 가까워서 누구네 집 며느리가 옹기그릇 하나만 깨도, 누구네 집 고부가 가벼운 입다툼만 해도, 그 소문은 며칠씩이나 떠다니는 동네였다. 사람들에게 상현은 몸이 몹시 약해 보이는 학생이었다. 아프다는 소문이 난지 열흘도 넘어서 돈으로도 못 살리고 죽은 사람으로 동네 사람 누구도 의심치 않았다.

아무리 이십 년 세월 저 쪽의 일이라지만, 충격이고 아연이었다. 한동안 부분 기억 상실증에 걸려 있었다는 남편을 이제야 이해할 수 있을 것 같았다. 그녀는 짐작이지만, 남편이 그 일을 알아 낸지가 십 년 전쯤일 거라 생각했다. 세상에서 제일 가까운 아내에게도 털어놓지 못하는 어둠을 가슴에 담고 살았을 남편에게 연민이 일었다. 남편이 어젯밤 일을 끝내 기억하지 못하는 한, 자신 또한 그에게 비밀을 지켜야 할 짐을 진 셈이었다. 시어머니와 남편을 분리시킬 수는 없듯이 자신 또한 남편과 분리될 수 없다면, 시어머니를 모시면서 얼키설키 얽힌 죄 닦음을 함께 해야 했다.

"무슨 생각을 그리 골똘히 해?"

승현이 앞쪽을 응시한 채 말했다.

"아냐, 이쪽 길 진짜 오랜만이라는 생각을 했어! 친정에도 들를 수 있다면 얼마나 좋을까? 갑자기 송산강 제방에 삘기꽃이 보고싶네!"

가슴이 철렁해진 담희는 소풍을 가는 유치원생처럼 밝게 말했다. 담희의 마음을 모르는 승현은 몇 시간 후면 당할 누님의 닦달을 생각하느라 대꾸를 잊고 있었다.

승현은 톨게이트를 지나 하남 쪽으로 핸들을 꺾었다. 시로 합류는 되었다지만, 아직은 시골이었다. 그는 점점 착잡한 기분에 휩싸이고 있었다. 사흘을 석고대죄를 해서 누그러질 어머니라면 애당초 아들며느리를 초죽음을 만들었으면 만들었지 집을 나가지는 않았을 것이다.

꼭 들어찬 아파트로 형성된 신도시가 앞을 막았다. 송산리에서 칠팔 키로 떨어진 이곳은 십 년 전까지만 해도 벽촌 중에 벽촌이었다.

승현은 대광아파트 정문으로 들어섰다. 경비실 앞에서 누군가 손을 들어 보였다. 승현은 차를 멈추고 창유리를 내렸다. 자형이 환한 눈웃음으로 그를 맞았다. 자형은 담희를 내리게 해서 뒷좌석으로 보내고는 승현의 옆 좌석에 올라앉았다.

"마침 내가 전화를 받아서 다행이야. 미리 일러줄 말이 있었거든. 차를 돌리게. 점심때가 다 되었는데, 밥부터 먹자구! 매를 맞더라도 배를 채워야 덜 아프지."

자형이 싱긋이 웃으며 말했다.

승현은 아파트 엘리베이터 앞 계단에 두 시간 째 앉아 있었다. 담희와 함께여서 지루하지는 않았다. 담희는 가슴 께에 모아 쥔 주먹을 연신 오므렸다 폈다 초조함을 드러내고 있었다 승현은 마지막이라 생각하고 일어서서 초인종을 눌렀다. 안에서는 아무런 기척이 없었다. 다시는 일어서지 않으리라 생각하며 주저앉았다. 기대를 걸고 쳐다보고 있던 담희의 얼굴에 그늘이 덮였다.

"늬들 아직 안 갔니? 끈덕지기도 하다. 석 달 열흘을 그러고 있어봐라. 집안에 발을 들여놓게 하는가."

명애가 현관문을 열어 얼굴을 내밀고는 비아냥거렸다. 승현은 지쳐서 대꾸를 할 수가 없었다.

"누님, 제발 한번만, 어머님 얼굴만이라도 뵙고 가게 해 주세요."

담희가 일어서서 명애에게 사정을 했다.

"효부인 척 하지마! 가증스러워. 내가 우리 어머니를 자네 같은 여우한 테 다시 보낼 것 같애? 초인종을 한 번만 더 눌렀다간 피 터지게 두들겨 패줄 테니 그리 알아라."

명애가 승현을 노려보며 말했다. 담희가 문을 닫으려는 명애의 옷자락을 잡았다. 승현은 엘리베이터 스위치를 누르고는 손을 뻗어 담희의 몸을 낚아챘다. 담희가 중심을 잃고는 승현에게 안겨들었다. 그는 문이 열리는 엘리베이터 안으로 담희를 끌어들였다.

"내가 여기를 다시 오면, 이씨가 아니고 김씨야."

승현이 무표정으로 말했다. 남편의 성질을 알고 있는 담희는 아무 대꾸도 하지 않았다.

토요일이었다. 일찍 퇴근해서 집에 돌아온 명애는 미간이 있는 대로 찌푸려졌다. 거실은 신문과 책, 벗어 던진 옷들로 어질러져 있었고, 주방 싱크대에는 점심을 먹은 그릇들이 말라붙어 있었다.

명애는 옷을 갈아입고 나와 욕실로 들어갔다. 세숫비누가 곽에서 나와 세면대 위에서 뒹굴고 있고, 걸개 위에 젖은 수건이 팽개쳐지듯 걸려 있었다. 신발이라도 닦았는지, 더러워진 걸레가 욕실 바닥에 널브러져 있었다. 속이 부글거려 미칠 것 같았다. 수건과 걸레를 집어들고 밖으로 나왔다. 어머니로 인해 생활의 틀이 깨져가고 있었다. 오늘도 그랬다. 여느 때라면 함께 퇴근을 했던 남편이었다. 사정이 생기면 전화를 해주던 그가 늦는다는 말도, 집에도 돌아와 있지 않았다. 부부교사로 삼십 년이 다 되어 생활은 윤택했지만, 파출부나 도우미를 쓰지 않고도 깨끗하고 질서정연하게 살림을 해온 그녀였다. 두 아들 또한 그녀의 까다로운 성깔에 맞춰 깔끔하고 학구적으로 커준 데다, 남편을 닮아 밝고 재미있는 성격으로, 저녁이면 네 식구가 거실에 모여 앉아서 과일이나 맛있는 간식을 놓고 TV를 보면서 하루의 일과를 얘기하며 즐거워하곤 했었다. 지금은 어쩌다 모두 모이면 정순은 목소리를 높여 아들며느리에게 욕설과 증오를 터트리곤 했기에 남편이나 두 아들은 슬며시 일어서서 각자의 방으로 들어가 버리곤 했다. 명애는 어쩔 수 없이 혼자 남아서 정순의 독설에 맞장구를 쳐주어야 했다. 지금은 남편이나 아들들이 아예 거실에 나오지를 않기 때문에 명애는 매

일처럼 어머니를 거들어 승현이 내외에게 저주를 퍼붓기도 이젠 신물이
나 있었다.

"나한테 어머니를 아주 맡기시겠다? 내 이것들을 가만 두나 봐라."

명애는 중얼거리며 어머니가 거처하는 방을 밀어 내다봤다. 정순은 벽
을 향해 누워 있었다. 그녀는 내려온 지가 한 달이 넘었지만 낮이나 밤이
나 불만에 가득 차서는 먹는 시간과 아들며느리의 흉을 보는 시간만 제외
하고는 거의 누워 있었다. 윗목에 달랑 이불장 하나뿐인 방인데도 뭔가 어
수선했다.

"이렇게 어질러진 속에서 누워 있으면 낮잠이 와요? 하는 짓이 저러니
까 아들한테 쫓겨났지!"

명애는 신경질이 나서 쏘아부쳤다.

"오냐, 쫓겨났다! 그러니 네년이 날 좀 거둬라. 대학공부 시켜놨으니
늙은 말년에 니 덕 좀 보자."

정순이 악을 있는 대로 쓰며 벌떡 일어났다.

"어머니가 대학공부 시켰어요? 영감탱이가 시켰지."

"아년아, 그러잖아도 천불난 속에다 그 놈의 영감탱이는 왜 들먹여?"

정순은 얼굴이 푸르죽죽해지며 악을 썼다. 악 소리가 끝나기도 전에 현
관 벨이 울렸다. 남편일 거라 믿어버린 명애는 억지로 화를 누그러뜨리며
문을 열었다. 안녕하셨어요? 하면서 들어서는 사람은 담희였다.

"이게 누구야? 알량하신 우리 어머니 며느님 아냐?"

담희를 향해 비아냥거리는 명애의 말소리를 들은 정순이 우르르 쫓아
나왔다. 어차피 화는 머리끝까지 있던 차라 말이 필요 없었다. 담희의 머
리로 손이 올라간 정순은 그녀의 숱많은 머리를 움켜쥐었다. 물고, 차고,
잡아뜯었다. 좀 전까지 정순이와 티격태격했던 명애도 홧김에 합세를 했
다. 담희는 숨이 막혀서 신음소리도 내지 못했다.

　　우진은 잠기지 않은 현관문이 이상해서 인기척도 없이 들어섰다. 두 여자가 비명도 지르지 않는 한 여자에게 달려들어 초죽음을 만들고 있는 광경이 눈에 들어왔다. 우진은 잠시 멍하니 서 있었다. 사람이 들어와도 모를 정도로 악에 받쳐서 두 손으로 상대방의 머리카락을 움켜쥐고 들어올리고 있는 여자는 분명히 아내였다. 잡힌 머리 때문에 눈이 튀어나와서는 버르적거리고 있는 여인은 더 볼 것도 없이 승현이댁, 담희였다. 그는 아내의 손을 틀어쥐었다. 무의식중에 남편의 손을 뿌리치려던 명애가 움찔했다. 우진은 손에 힘을 실어 아내의 뺨을 후려쳤다.

　　"당신이 이십 년 넘게 아이들을 가르쳤던 선생이야? 이게, 내 아이들의 어머니에게 숨겨진 참모습이야?"

　　우진은 숨을 씩씩거리며 말했다. 정순이 발길질을 멈췄다. 명애는 맞은 쪽 뺨에 손바닥을 대고는 어리둥절한 표정을 하고 있었다. 남편에게 뺨을 맞았다는 게 믿어지지가 않았다. 결혼생활 이십 년이 훨씬 넘도록 화를 낸 적이 없는 남편이었다. 명애는 그제야 자신이 무슨 일을 했는지 돌아봤다. 어머니와 흉을 볼 때만 약간의 적개심을 가졌을 뿐, 특별히 미워하지도 않았던 승현이댁이 발아래 구겨져 있었다.

　　우진은 실신한 담희를 일으켜 등을 들이대서 들쳐업고는 현관 밖으로 달려나갔다.

　　"저 여우같은 년, 시누이 남편한테까지 요망 떠는 것 좀 봐라."

　　정순이 뒤에다 대고 악을 썼다.

　　전화벨이 울렸다. 승현은 다급히 수화기를 집어들었다. 아침에 혼자서라도 어머니를 모시러 가겠다고 고집을 부리는 담희를 고속터미널에 내려주고 가게에 나와서는 내내 마음을 졸이고 있던 차였다.

　　"미안하이, 여기 우리 집 근처 병원이야. 지금 내려올 수 있겠나?"

　　수화기 저쪽에서 승현을 확인한 자형이 힘없이 말했다. 어머니를 모시고 터미널에 도착해 데리러 와달라는 담희의 전화로 알고 받았던 승현은 드디어 일이 벌어졌다는 것을 직감했다.

침대에 누워 있던 담희가 승현을 보고는 돌아누워 버렸다. 얼굴은 퉁퉁 부어 있었고, 머리카락을 얼마나 집어 뜯겼는지 새집처럼 엉켜 있었다.

"미안하이, 내가 제시간에 퇴근만 했어도 이렇게까지는 안 되었을 것을! 아무리 죽을죄를 졌대도 그렇지, 며느리도 자식인데 이래놓을 줄이야! 자네 누님이 더 나빠! 모두들 사람 같지가 않아 보이더라구!"

자형이 분개를 해서 말했다. 대꾸가 없는 승현의 손가락이 이마에서 천천히 밀리고 있었다.

고층 아파트가 사방을 막고 있었고, 어디를 봐도 사람이 넘치고 있었다. 정순은 블록이 깔린 인도를 따라 무작정 걸었다. 세상 어디에도 발붙일 곳이 없는 것 같았다. 명애네 집으로 다시 들어가는 일은 없을 것이다. 어제 한마음이 되어 담희를 반 죽여놓은 것을 끝으로 이 집과도 이별이었다. 정순은 아들네 집에서 나올 때와는 달리 장롱 서랍에서 핸드백만 꺼내 들고는 현관을 나왔다.

정순은 화풀이로 싱크대에 그릇들을 처넣고 들이부수듯 설거지를 하면서 들으라는 투로 앙알거리던 명애의 말을 떠올린다.

나는 어머니 때문에 정서방에게 몇 달 동안 기를 못 펴고 산 것도 모자라서, 결혼해서 이십 년이 넘도록 얼굴 한 번 붉힌 적이 없는 그이한테 빰까지 맞고, 난 승현이댁을 그렇게까지 미워하지도 않았는데 어머니 악발에 휩쓸려서 그리 부끄러운 짓을 했으니, 앞으로 그이한테 사람 취급받기는 글렀어! 하여튼 어머니랑 사는 사람들은 모두가 불행해지는 거 알아? 우리 아버지부터가 그랬어. 어머니는 내가 너무 어려서 모르는 줄 알겠지만, 난 영악하고 조숙했다구. 아버지가 어머니를 왜 그렇게 때렸는지 그 이유를 난 알아. 그 당시는 몰랐지만, 중학교에 들어가서 이모저모로 짝을 맞춰보니 답이 나오더라구. 이쁜 마누라가 가슴에 다른 사람을 담고 있는데, 눈이 안 뒤집힐 사람이 어딨어? 그리고 그 사람이 그리 좋으면 혼자 속으로 좋아하지, 왜 다른 사람들에게 질투심을 유발시켜 화를 입혀? 그 날도 어머니가 그 잘난 전남편 자랑만 안 했어도 우리 아버지는 어머니를 때리지도 않았을 거고, 집을 나가서 폭격에 맞지도 않았어. 남의 젊은 목숨을 끊어놓질 않았나, 내 어린 시절을 시궁창을 만들어놓질 않았나, 순악질이야. 상현이도 미국으로 유학을 갔다지만, 이 십 년이 다 되도록 누구 하나 들먹이지 않는 걸 보면 뭔가 수상해!

재혼은 명애를 위해서였고, 상현을 제거해 버린 건, 승현을 위해서였다는 생각이 박혀있는 정순은 자식들의 공치사가 억울하고 분했다.

"여편네한테 빠져서 어미를 버려? 그러고도 네놈이 천벌을 안 받을 성싶으냐? 죽 쒀서 개 좋은 일 시키더라고, 어떻게 키운 아들인데, 여우같은 년한테 빼앗기고 딸한테 이런 설움을……."

정순은 내려와서 담희만 데리고 가버린 아들에게 증오를 터트렸다. 소리가 너무 컸던지, 지나가던 행인들이 그녀를 흘끔거렸다.

정한 곳도 없이 두어 시간을 걸었을 것이다. 넉넉한 버선을 신었는데도 고무신이 끼는지 발이 아팠다. 인도 옆으로 생울타리가 쳐진 아이들 놀이터가 있었다. 정순은 안에 있는 벤치를 찾아가 앉았다. 그네 위에 앉아서 흔들거리고 있던 대여섯 살짜리 계집아이가 정순을 물끄러미 쳐다봤다. 아들의 집을 나올 때 계단에 서 있던 손녀가 떠올랐다. 문득, 안청댁이 생각나면서 송산리 옛집이 따라왔다. 억지로 잊으려 하지도 않았는데도 저절로 잊혀진 집이었다. 갈 곳이 없어서인지 가보고 싶었다. 아무 때나, 아무에게나 소리를 지르고 욕설을 퍼부어도 군소리 없이 받아주던 송산리 식구들이 하나씩 떠올랐다.

어느새 송정리 역까지 와 있었다. 정순은 역사 건물을 쳐다봤다. 전남편과 처음 만났던 곳이었다. 십육 년을 살았던 도영 씨의 얼굴은 희미했지만, 연애 기간까지 합해서 일 년 반 동안의 인연밖에 없었던 전남편의 얼굴은 오십 년이 넘도록 아직도 생생하게 떠올랐다.

망할 놈의 인사, 그리 많이 살려고 내 팔자를 이리 만들어 놔? 많이 걸어서 다리가 뻣뻣해진 그녀는 역 마당에 있는 나무 벤치에 앉으며 중얼거렸다. 전쟁 당시 그녀의 나이 스물 일곱이었으니, 남편은 스물 아홉에 죽었을 것이다. 식구가 몰살을 당했다니, 그가 내치지만 않았더라면 기꺼이 죽음을 함께 했을 거라는 생각이 들었다.

"암만 봐도 아짐인 것 같다."

고부 사이인 듯한 두 여인이 정순의 앞에 서며 말했다. 정순은 지친 눈으로 여인들을 쳐다봤다.

"맞구만, 나 안청댁인디, 못 알어 보겄소? 그나저나 왜 여가 앉거있다요? 안직은 노망할 나이도 아닐 것인디."

안청댁이 어제 봤던 사람을 오늘 또 보는 것처럼 덤덤하게 말했다. 그리고는 정순의 모습을 찬찬히 살폈다.

"안청댁, 얼마 만인가? 자네는 안 늙을 줄 알았더니, 많이 늙었네."

정순은 피곤한 얼굴에 반가움을 담아 말했다. 눈물이 나오려 했다.

"내가 천도복숭을 묵었다요, 안 늙게? 아가, 인사해라. 아짐이시다. 야가 경선이댁이요. 광주서 따로 산디, 오늘 토요일이라 직장이 일찍 파해서, 서울 작은아들 집에 갔다오는 시어매 마중을 나왔다요."

안청댁이 며느리를 소개했다.

"안녕하세요? 어머님께 말씀은 들었습니다."

나이가 마흔 두셋쯤 되어 보이는 경선이댁이 웃음이 가득한 얼굴로 나붓이 허리를 꺾었다.

"아짐, 안 가실라요? 우리 며느리가 차를 갖고 왔는디, 아짐 몬차 모세

다 디리고 갈라요. 뭔 안 존 일이 있소? 으째서 그 이쁘든 얼굴이 말이 아
니요."

"안청댁, 자네 집으로 날 데려가면 안 되겠나?"

정순은 애원하는 얼굴로 말했다.

"웬수 같은 송산리 그 집서 산디, 그래도 가실라요?"

"명애네 집만 아니면 저승이라도 가겠네."

정순은 일어섰다. 경선이댁이 차를 몰고 와서는 그들 앞에 멈췄다. 차
운전석 옆자리에는 열 두어 살 정도의 사내아이가 앉아 있다가 안청댁의
손짓에 문을 열고 내렸다.

"야가 경선이 큰아들 지수요. 으서 많이 본 것 같지라?"

안청댁이 아이를 앞에 세워 절을 시키며 말했다. 아이를 본 정순은 놀
라서 멍해졌다. 어릴 때의 승현이가 아닌, 석 달 전의 승현이와 거의 똑같
이 생겨 있었다. 경선이댁이 뒷좌석의 문을 열어 두 사람을 태우고는 문을
닫아주었다.

"승현네한테서 나온 지가 석 달은 되았지라? 꼴을 보니, 딸하고 비웃장
이 디게 틀어졌는 갑소! 옛말에 사우하고는 살어도 딸하고는 못 산다고 안
합디여. 아짐이나, 명애나, 보통 성질은 넘은디 많이 살었소."

"자네는 말투는 하나도 안 변했네. 그동안 나를 못 찍어대서 어찌 살았
는가?"

"사람은 본시 겉만 늙는다요. 요새 쌔고 쌘 것이 아파트고 아짐한티 돈
있고 한디, 뭣 할라고 딸네 집서 엉거 붙어서 찌우락 짜우락 하요. 이번
참에 우리 지수 하네한티 의논해서 집 한나 사갖고 혼자 신간 펜하니 사
시요."

"그럴 수 있었으면 딸네 집으로 들어가지도 않았지. 자네도 알다시피
혼자서는 밥도 못 챙겨 먹잖아."

"아짐 말하시는 것을 본께로 속 생길라먼 당아 멀었소."

안청댁이 팩 쏘는 동안에 송산리 집 대문 앞에 닿아 있었다. 이 십년 만에 와보는 집이었다. 차는 솟을대문을 지나 널따란 마당 안에서 멈췄다. 정순은 경선이댁이 열어주는 차 문을 나왔다. 축대 위의 안채를 쳐다봤다. 감회와 낯섦이 한꺼번에 밀려들었다.

정순은 눈을 떴다. 사방이 낯익었고, 너무 당연했다. 장롱이며, 의걸이장이며, 자신의 손때가 묻은 채로 그 자리에 그대로 놓여 있었다. 영창으로 햇빛이 환하게 들어오고 있었다. 너무나도 아늑하고 편했다. 그제야 어제 너무 많이 걸은 탓에 피곤해서 늦잠이 들었다는 것을 깨달았다. 이불을 젖히고 일어나 드르륵 영창을 열었다. 문 열리는 소리가 익숙하고 정겨워 눈물이 나오려 했다.

마당은 섬돌 밑만 빼고는 땅에 마디를 뻗어 뿌리를 내리는 종류의 잡풀이 성기게 덮여서 가을볕에 반짝이고 있었다. 이십 육칠 년 전, 처음 이 집에 들어오던 날 검불하나도 없이 쓸려 있던 마당이 떠올랐다. 그리움이 울음이 되어 목을 넘어왔다. 중문도, 담도 없어지고 마당 저 끝 축대 위에 덩그렇게 올라앉아 있는 별채가 보였다. 남편 도영 씨가 떠올랐다. 가슴 밑바닥에서 미움과 그리움, 회한이 소용돌이쳐 범벅이 되고 있었다.

"아짐 일어나셨소? 하다 곤히 주무시길래 안 깨았소. 옷을 갈아 입어사 쓰겄든디, 나는 한복이 없어서 내 옷은 못 입고, 숙이네도 눈이 어두와서 인자는 바느질을 안하는디, 으째사 쓰까? 천길이 보고 명애네 집이 가서 옷 잔 갖고 오라고 시킬 게라우?"

"놔두게 이 마당에 찬밥 더운 밥 가리게 생겼는가? 아무거나 주게."

"진작에 그런 맘으로 사셨으면 좋았지라. 우리 작은 메느리가 사준 옷한 불을 조까 커서 안 입었는디, 아짐한티는 맞을랑가 모르겄소. 입어나보시요."

안청댁이 장롱을 열고는 까만 주름치마와 기하학무늬의 밝은 베이지색 블라우스를 꺼내놓았다.

"아짐은 그런 옷이 첨일 것인디도 잘 어울리요. 이 참에 그 귀찮한 한복 그만 입고, 양장으로 바까붑시다."

"비싼 옷이로구먼, 급한 김에 입었지만, 아주 바꾸고 싶지는 않네."

정순이 말했다.

정순은 마루로 나와 대문 밖을 내다봤다. 초가을의 들판이 한눈에 들어왔다. 예전에 옹기종기 모여 있던 초가집은 간 곳이 없고 슬레이트를 얹은 지붕들이 가난은 옛말이라고 말해주고 있었다. 벼가 익어 가는 들판도 풍요보다는 뭔가 마지못해하는 빛이 감돌았다.

"그러잖아도 의논드릴 말씀도 있고 해서 틈나면 아주머니를 뵈러 갈 참이었습니다."

점심 후에 태수가 안채 마루에 올라앉으며 말했다.

"무슨 일인데요?"

정순은 올해 육십 육 세인 그에게서 도영 씨와 비슷한 말투와 비슷한 몸짓을 느끼며 물었다.

"이 동네가 광주직할시로 승격이 된 것은 아시죠? 강 건너 들판에 아파트 단지가 들어선답니다. 내 년 봄에나 결정이 날 거라는데요. 파실 건가요?"

"내가 뭘 알아요? 뭐든 아제에게 일임했잖아요."

"아주머니 땅인데, 아주머니의 허락을 받아야지요. 요즘은 농사지으려는 사람도 없는데 잘 됐어요. 만약에 땅이 팔리면 감당하시기 어려울 만큼 많은 돈인데 어떻게 하실 겁니까?"

"그것도 아제가 알아서 해 줘요."

"글쎄요! 아직 팔린 건 아니니, 그 때가서 승현이랑 의논을 해보죠. 그리고 불편하지 않으시면 이 집에 눌러 계세요. 아주 안 가져도 저희는 괜찮습니다."

태수가 말했다.

"천길네가 환갑이 널모랜디도 반찬 솜씨도 그대로고, 일도 잘한께로 여그서 살아도 불펜하든 안 할 것이요. 옛날맹키 악만 안 쓰면 누가 눈치하는 사람도 없을 것이고!"

안청댁이 거들었다. 태수가 안 해도 좋을 말은 하지 마라는 표정으로 안청댁을 쳐다봤다.

마당에 봄기운이 돌았다. 정순은 송산리에서 해를 넘겼다. 정순은 여전히 안방 하나만을 차지하고 앉아서 지냈다. 안청댁 양주나, 천길네가 예전과 똑 같이 대해 주었기에, 가끔은 이 집 주인으로 착각을 일으키곤 했다. 남편 도영 씨가 떠오르면 어김없이 상현의 그림자가 따라붙어 진저리쳐지는 것만 빼면 있을 만한 곳이었다.

안청댁이 새벽부터 샤워를 하고는 안방으로 들어왔다.

"아짐, 나는 세상이 너머나 좋아진께로 으짤 때는 불안합디다. 인자곤 사도 요샛말로 샤원가 뭣인가 함서 느꼈지마는 꼭지만 틀면 뜨건 물이 나오고, 밥도 전기만 꼽으면 되고, 빨래도 전기가 다 해주고, 냉장고, 텔레비전은 띵게놓고도, 으디 가고 잡다고 하면 영감이나 천길이가 자가용으로 델다주고, 묵고 잡은 것, 입고 잡은 것, 말만하면 영감이고 자석들이고 득달같이 사다 대령하고, 내 복에 이래도 되는가 싶어서 으디다 감사를 해야할지를 모르겠소. 우리 절에 스님이 그라시는디, 전생에 덕을 많이 쌓았고, 이승에서도 넘 좋은 일을 많이 했은께로 감사하는 맘을 갖고만 있으면 을마든지 누레도 된다고는 합디다만은 곰곰이 생각해본 께로 전생은 안 봐서 모르겠고, 살어옴서는 좋은 일을 벨로 안 한 것 같어서 불안

해서 안 되겠습디다. 오늘은 절에 가서 부처님한티 감사도 쪼까 디리고, 우리스님한티 법문(法文)도 듣고, 으디 치료비 없어서 수술도 못 받는 애기들 있는가, 물어도 보고 올라요. 아짐도 나 따라서 절에 한번 안 가보실라요?"

"절은 싫네. 울긋불긋한 서까래도 싫고, 머리 깎은 중도, 먹물들인 옷도 싫고, 고기를 안 먹는 것도 싫어."

"우리스님이 그러시는디, 고기를 잘 묵는 사람은 몸에서 고기가 필요해서 땅그는 것인께로 절에서만 안 묵으면 괜찮다고 합디다. 그라면 집에 혼자 지겠으시오잉. 나는 부처님한티 백팔배를 올리고, 저녁에나 올 것이요."

"백팔배라면, 절을 백 번 넘게 한다는 말인가?"

"백팔배는 금방 끝나지라. 감사하는 마음으로 해서는 삼천배를 디리고 잡은디, 오늘은 우리스님한티 법문을 들어야 한께로 담에 할라요."

"법문이라는 게 뭔가?"

정순은 안청댁이 늦는다는 말에 풀이 죽어서 물었다.

"우리 메느리한티 물어본께로, 부처님의 가르침을 적은 불경이라고 합디다. 스님이 풀어서 사람들한티 전해주는디, 우리스님 말씀을 듣고 있으면, 이 시상에는 해야할 일도 많고, 안 해야할 일도 많고, 뉘우칠 것도 많고, 갔다올 때마다 사람 도리를 조까식 깨득하요."

"스님이 나이가 많으신가?"

"아니라우, 승현이보듬 서너살이나 더 잡샀으까? 그랬을 것이요."

"그런 애송이가 뭘 안다고, 우리스님, 우리스님 해가면서 세상 이치가 어떻고, 도리가 어떻고 하는가? 갔다오게."

"아짐은 예나 지금이나 으째 그리 잘 났소? 만나보도 안 한 스님을 그리 내려깎으면 맘이 편하요?"

안청댁이 쏘아대고는 옷을 갈아입었다. 먹물을 들인 회색 몸뻬에 같은 계통의 길이가 길고 헐렁한 저고리였다.

"자네는 궁상을 팔자로 타고났나 보네! 중도 아니면서 무슨 그런 옷을 입는가? 자식들 다 잘 되었다면서 낯 깎이겠네."

"학교 선생인 우리 큰메느리가 절에 갈 때 입으라고 일부러 구해다 준 옷인디, 낯이 깎이기는이라."

안청댁이 문을 열고 나가며 말했다. 갑자기 방안에 적막이 밀리면서 숨이 막혔다. 정순은 영창을 열었다. 차 문을 열고 안청댁을 태우고 있던 천길이가 고개를 숙여 보였다.

"안청댁, 자네 없이 안 되겠네. 나두 데려가게."

정순은 소리를 질렀다.

"천길이가 오늘은 잔 바쁘다요. 입은 차로 얼렁 나오시요."

안청댁이 차안에서 대답했다. 정순은 핸드백을 챙겨 들고는 마루를 내려섰다.

자동차가 산 입구에서 미리 방향을 바꿔서는 멈췄다.

"안 늦었냐? 고마와서 으짜끄나? 우리는 찬찬히 걸어서 갈란게 운전조심해서 가그라잉."

안청댁이 천길이 등을 토닥여주며 말했다.

"저녁 때 모시어 오이 테니 저이에서 기다이세요."

차에 오른 천길이가 반벙어리로 말하고는 아래로 사라졌다.

"망할 녀석! 절이 아직 먼 것 같은데, 여기다 내려놓으면 어쩌라고."

정순이 불만에 차서 투덜거렸다.

"절은 정성으로 가는 것이라요. 여그서보틈 걸어감서 풀 한 포기에도, 나무 한 그루에도, 감사하는 마음을 가져야 복을 받지라."

"감사할 것도 많기도 하다. 솔직히 말하면 우리영감 재산 빼돌려서 잘 살고 있으면서, 상관도 없는 절에다가 왜 감사를 드려?"

"아짐! 솔직한 것 좋아하신 것 같은디, 말나온 짐에 한소리하고 넘어갑시다. 사람이 말을 안 한다고 속조차 없는 것은 아니요. 내가 아무리 한들 아짐 죄를 세월 따라 흘려보내 부렀겠소? 이런 말 할 자격이 있는지, 없는지는 따지고 자시고 할 것 없이 우리 지수, 승현이랑 똑 같이 생긴 것 봤지라?"

쏘아대던 안청댁이 풀밭에 주저앉아버렸다. 눈을 똑바로 뜨고 먼 하늘을 응시하는 그녀의 눈에 눈물이 고였다. 한참 앉아있던 그녀는 몸뻬 주머니에서 손수건을 꺼내서 눈자위를 닦았다. 그리고 아무 일도 없었다는 듯 일어서서 앞장을 섰다.

길옆의 골짜기에 맑은 물이 흘렀다. 안청댁은 걷다가 장승을 보고도, 묘하게 생긴 바위를 보고도 손을 합장해 반절을 했다. 안청댁의 기세에 눌린 정순은 말없이 따라했다.

덩그런 일주문과, 종과, 북이 걸린 종루를 들어서니 절이라 이름 붙이기도 무색하게 생긴 절집 한 채가 널따란 풀밭 속에 들어 있었다. 한 쪽에는 살림집인 듯 반듯한 기와집 한 채가 등을 돌리고 있었다.

"전에는 큰 절이었는디, 전쟁통에 저쪽 사람들이 불을 질러부렀다요. 불자들이 몇 년 동안 시주를 모아서 포로시 다시 짓어놨는디, 몇 해전에 바람이 탱탱 분 날 또 불이 나서는 이 모양이 되았지라. 나이 드신 스님이 주지스님으로 계셨는디, 그 참에 놀래서 시난고난 하시다가 돌아가시고는 작년에 젊은 스님이 오셨지라. 절터는 그대로 남어 있은께로 또 짓기가 쉬울 것이요."

안청댁이 실망으로 아연해 있는 정순에게 긴 설명을 했다. 봄바람이 나무들을 흔들었다. 푸릇푸릇 돋은 풀 위로 검은 나무 그림자가 유령처럼 기어 다녔다. 나무 그림자 속으로 유령처럼 사람이 다가와 섰다. 적당히

356

큰 키에 마른 체격인 젊은 중이었다. 정순의 얼굴이 하얗게 질렸다. 가라 앉은 듯한 눈빛, 반듯한 콧날, 쉽게 열릴 것 같지 않은 입매, 가슴에 합장한 길고 정갈한 손. 생전의 영감, 아니 상현을 둘러쓴 듯 닮았지 않은가. 안청댁이 젊은 중을 향해 합장을 하는데 정순은 맥이 쑥 빠져 스르르 무너졌다. 무너진 정순의 몸 위로 봄날 오후 햇살이 사정없이 쏟아졌다.

꿈꾸는 사람의 아름다움
– 박혜원 선생의 유고집에 붙여

송은일 | 소설가

1. 그 고요한 정열

열명 가까운 예비 소설가들이 박혜원 선생 댁에 처음 모인 건 12년 전의 오월이었다. 선생이 당신 댁을 한나절 공부방으로 내놓으신 덕이었다. 선생 댁에 들어섰는데 놀라울 만치 깨끗했다. 손님맞이를 위해 청소를 해 놓은 말끔함이 아니라 생활의 군더더기가 아예 없는 소박함이었다. 거실 한쪽 벽면을 가득 채운 책들은 정연했고 거실 바닥엔 카페트 한 장 깔려 있지 않았고 싱크대는 은빛으로 반짝였다. 또 컴퓨터가 놓인 자그만 책상은 어찌나 깨끗하던지, 이 양반이 소설 쓰시는 분 맞나? 했을 정도였다.

글쓰기에 관하여, 문학에 관하여, 사람살이에 관하여, 선생 댁에서 나눈 이야기들은 『아라비안나이트』에 버금갈 정도로 끝이 없었다. 그 자리에 모인 사람들은 하나같이 이야기로 목숨을 이어가는 사라자드였다. 그 왁살스런 입담꾼들 사이에서 선생은 대개 고요하셨다. 말하기보다 듣기를 즐기셨던 것이다. 그렇게 몇 년에 걸쳐 이따금 모임을 가지는 동안 습작생들이었던 회원들은 거의 글쓰기를 접었다. 그 글쟁이들 모임에서 남은 사람은 선생과 나뿐이었다. 덕분에 나는 선생과 친해졌다. 선생은 밥을 짓듯이 날마다 글을 쓰셨다. 글쓰기는, 특히 소설쓰기는 막노동에 버금가는 체력이 필요한 작업인데 선생은 그 체력이 약하셨으므로 날마다 조금씩이라도 꼭 쓰는 방법을 택하신 것이다.

글쟁이의 궁극적인 꿈은 좋은 글을 쓰는 것이지만, 등단을 하고 자신의 작품집을 갖고 싶은 건 기본적인 꿈이다. 그런데 소설에도 한 시대를 선도하는 흐름, 유행이 있는 탓에 그 흐름에 동승하지 못하면 등단이 어려운 게 현실이다. 숱한 습작생들이 그 과정에서 글쓰기를 접고 문학을 외면하게 되는 것도 그런 까닭이다. 선생 또한 워낙 높은 연세에 습작을 시작하셨던 지라 등단이 어려우셨다. 그래도 선생은 여일하셨다. 늘 이야기를 꿈꾸셨고 그 이야기를 어떻게 표현할지 궁리하고 계획하셨다. 당신 안에서 샘솟은 이야기를 글로 쓰신 뒤에는 수줍어하시며 내게 읽어주기를 청하셨다. 그럴 때 선생은 환갑 넘은 여인이 아니라 십대 소녀 같은 빛과 향기로 빛이 났다. 내가 정작 선생을 놀랍고 아름다운 분으로 보게 된 건 그 즈음부터이다. 문학이 사람을 아름답게 만들며 인간의 삶의 지표가 될 수 있으리라는 사실 또한 그 즈음부터 실감했다.

2. 외면하고 싶은, 그러나 익숙한 이야기들

단편 「그림자」의 주인공 '나'는, 아들 없는 시골 지주의 여러 첩의 딸 중 하나이다. 아들을 낳기 위해 여러 여자를 마구잡이로 취한 아버지를 '그이'라 부르고 어머니를 '동암댁'이라고 부르는 나는 서른이 넘도록 시집을 못 가고 있다. 뒤틀린 가족사의 한 가운데서 벗어나지 못한 채 나날이 탈출을 꿈꿀 뿐이다. 한때 사랑했던 남자가 있었으나 남자의 어머니가 첩의 딸년을 며느리로 못 맞는다며 '나'의 아버지와 드잡이를 하는 바람에 헤어진 상태고 나는 최근에 쉰 살이 넘은 홀아비와 맞선을 보았다. '큰'어머니 사후 비로소 '그이'의 마누라가 된 어머니는 하루라도 빨리 나를 치우려 하지만 나는 시집을 가고 싶지 않다. 사실은 뭘 하고 싶은지 자신을 전혀 모르는, 늪에 빠진 상태다. 한집에 사는 아버지조차 내 존재를 모르는데 내가 나를 모르는 건 당연하지 않은가, 그렇게 생각하며 사는 나는 미로에 갇혀 있는 것이다.

「아파트」의 '나'는 어느 천둥치던 밤에 전화 한통을 받는다. 잘못 걸린 전화였는데, 다음날 저쪽의 여자가 사과 전화를 걸어온다. 전화선을 타고 이야기를 나누다보니 서로 통하게 되고 이쪽과 저쪽은 급속도로 친해진다. 그러다 나는 저쪽의 여자가 한 아파트에 사는 여자임을 알게 되고 그네가 혹시 스토커인가 경계를 하게 되면서 그네의 전화를 멀리하게 된다. 익숙한 번호가 뜨면 받지 않게 되어버린 것이다. 그러던 어느 날 건너편 동의 베란다에서 한 여자가 뛰어내린 것을 보게 되는데, 알고 보니 뛰어내린 여자는 수시로 전화를 걸어 대화를 청해오던 그네였다. 전화를 잘 받아주었더라면 그네는 베란다 난간 밖으로 투신하는 대신 건강한 삶을 되찾고 살았을까? '내'가 모르듯 독자도 알 수 없다. 남은 것은 이웃과 소통하지 않는 채 살아가는 현대인들의 실상과 현실을 사는 우리들의 섬뜩한 자화상이다.

「복권」은 한 공원에 모여드는 노인들의 현실을 그린 세밀도이다. 젊은 날 어떻게 살았든 현재 닮은꼴일 수밖에 없는 노년들의 모습은 누구나 늙는다는, 누구나 아는 사실을, 덜 늙은 우리가 얼마나 까맣게 잊고 사는지를 대변하고 있다.

「겨울 旅情」의 '나'는 3년 전에 합가한 아버지를 고향으로 되돌아 가게 하려고 고향으로 간다. 어린 날 어머니를 마구잡이로 패던 아버지. 그런 남편이 싫다고 아들이 결혼하자마자 남편을 버리고 아들집으로 들어와 버린 어머니. 떠난 이후 처음 돌아간 고향에서 만난 아버지와 어머니의 역사는 그러나, 내가 보고 느꼈던 실상과는 다르다. 끝없는 자기애로 인하여 남편을 내친 사람은 어머니였다. 자신의 불행과 불운을 평생 남 탓으로만 돌려온 어머니의 실체가 나이 들어 고향을 찾은 아들에게 비로소 발견되었던 것이다.

「부부」는 어머니의 삶이 싫어 어머니로부터 탈출하듯 결혼한 여자에 관한 이야기다. 여인으로서도 어머니로서도, 혹은 아내로서도 야만스럽기만 해 단 한구석도 닮고 싶지 않았던 어머니의 모습을 어느 날 불현듯 자신에게서 느끼게 된 여자는 가출을 감행한다. 하지만 집을 나가 찾아 간 곳은 고작 어머니 집이다. 어머니 집에서 보름 정도 지내는 동안 그네는 어머니가 남편과 자식들 수발에 치어 그렇게 변했음을 이해함과 동시에 또한 그리 변하지 않을 수도 있음을 깨닫고 자신의 집으로 돌아간다.

「구만리 하늘」은 신에 대한 믿음이 깊지 않음에도 전도사가 된 건주라는 청년 이야기다. 전도사가 된 그는 강원도 정선의 오지 마을에 있는 교회에 발령을 받게 되었다. 그곳에 부임한 건주는 사람들과 부딪치면서 비로소 신과 사람을 믿게 되며 더불어 사랑하는 여자 또한 만나게 된다.

한 작가의 개인사를 어느 정도 아는 상태에서 그의 작품을 읽게 되면 재미있는 혼란이 생긴다. 소설이 작가가 창조한 허구의 세계라는 걸 백분 이해하면서도 수시로 작가와 작품 속 주인공들을 뒤섞으며 읽는 사태가 발생하는 것이다. 박혜원 선생 생전에 이미 읽었거니와 유고집을 준비하며 다시 읽은 작품들을 통해서 그 혼란을 재미있게 겪었다. 구석구석에서 수시로 살아나 속삭이는 듯한 선생의 말을 듣는 느낌이랄까. 다시 읽고 보니 선생의 작품은 꿈이 아니라 실감나게 냉정한 현실이고 그러면서도 다시 꾸는 꿈이기도 하다. 적나라한 현실을 직시하면서도 소녀처럼 미래를 꿈꿨던 선생의 생전 모습이 작품에서 고스란히 읽혀지는 것이다.

소설가로서의 선생을 가장 잘 보여주는 작품이 그의 장편소설 「송산강」이다. 강을 두르고 있는 마을의 거대지주 도영씨는 두 아내를 잃은 뒤 세 번째 아내를 맞이한 불운한 사내이다. 세 번째 아내 '정순'은 갓 핀 도화처럼 어여쁜데 성격은 그야말로 자신밖에 모르는 '개판'이어서 남편도 자식도 안중에 없다. 세상 모든 게 자기중심이어야만 직성이 풀리는 것이다. 한 여인이 몇 사람의 인생 전체를 쥐고 뒤흔들 수 있는지를 눈 시리게 보여준다. 하지만 뒤집어 보면 정순의 악질적인 성격 또한 자기애에 빠진 남편에게서 비롯되었음을 인정하지 않을 수 없게 한다. 눈에 보이는 이야기와 그 이면에 흐르는 이야기를 동시에 읽을 수 있는 것이다. 정순에게는 첨부터 도영의 전처들처럼 남편의 그림자로 살거나, 전처들의 복제판으로 살아내야 할 닮은꼴의 두 길 밖에는 없었는데 정순은 그렇게 살 수 없는 성정을 타고 난 여인이었던 것이다. 정순이 전실 자식을 죽이는 극악을 저지르는 배경에는 결국 인간을 깊이 배려할 줄 몰랐던 남편 도영의 무심함이 있었다. 또한 체제에 적응하지 못하거나 적응하기 싫어하는 여인을 향한 주변의 무시무시한 질시와 질타가 있었다.

3. 한 작가의 마지막 날

작년 늦여름 어느 주말이었다. 선생과 나와 더불어 친하게 지내던 친구들과 저녁 음악회에 가기로 약속된 날이었다. 야외에서 벌어지는 작은 음악회여서 저녁 도시락을 싸서 일찌감치 만나기로 했다. 그런데 점심 무렵에 나보다 선생과 더 가까이 사는 친구가 다급하게 전화를 해 왔다. 선생께서 당신 몸이 이상하다는 전화를 해 오셔서 119에 전화하고 선생께 가는 길이라는 것이었다. 평소 강건하신 분은 아니었지만 그렇다고 크게 앓으시는 것도 뵌 적이 없는 터라 별 걱정 없이 십여 분만에 나는 그이 집 앞에 당도했다. 마침 선생은 119의 구급침대에 실려 내려오고 계셨다. 산소호흡기를 쓰고 계시기는 했지만 약간 지쳐 잠든 듯 보일뿐이어서 크게 걱정하지 않고 나도 구급차에 동승했다. 병원에 금세 닿았으므로 금방 깨어나실 줄 알았다. 선생의 아드님이 달려오고 있다 했고 함께 음악회에 가기로 했던 친구들도 왔다. 선생은 결국 깨어나시지 못했다. 선생이 떠나시는 걸, 혹은 이미 떠나신 걸 정말 어처구니없이 나는 두 눈 멀겋게 뜨고 속수무책으로 지켜봤다.

4. 그리고 일년 뒤

선생 생전에 읽거나 이야기 들었던 작품들을 선생이 떠나신 지 일년이 된 요즘 다시 읽었다. 문장마다, 그 행간마다, 선생께서 하시고자 했던 이야기들이 생생하게 살아있었다. 그이는 문학의 본질과 삶의 실체를 다 알고 계셨거니와 그걸 글로 표현하실 줄 알았던 것이다. 선생 글을 읽는 동안 몇 번이고 가슴이 메었다. 유고집을 발간하기 위해서가 아니라 살아계실 때 낸 작품집이었으면 얼마나 좋았으랴. 아니 당신께서 얼마나 좋아하셨을 것인가. 그 아쉬움에 속이 시렸다. 이렇게나마 당신이 꿈꾸셨던 이야기들을 세상에 내놓기로 하신 선생의 아드님 속내가 절절이 느껴진다. 그 절절함에 의탁해 몇 줄 적을 수 있는 게 얼마나 다행인지. 문학을 욕망의 분출구로만 이용했던 내게 문학하는 아름다움을 일깨워주셨던 분. 그 고요하고 뜨거웠던, 아름다웠던 작가, 박혜원!

작가 박혜원은 마음이 따뜻한 사람이다.

여름날 밤의 풀벌레 소리 하나 놓치지 않고 정겨워 하며 들에 핀 이름 모를 풀꽃들을 보면서도 소녀 같은 환한 웃음을 담을 줄 아는 순수한 마음이 있다.

작가는 늘 소설은 쉽고 재미있어야 한다고 생각하고 글을 썼다. 때로는 거친 언어 표현을 통해 읽는 이로 하여금 속이 후련하게 만드는 특유의 글 매력이 있다.

63세의 늦깎이로 등단했지만 글 욕심만큼은 누구에게도 뒤지길 원치 않았다. 「복권」의 당선소감에 작가의 글 욕심과 삶의 자세가 나타나 있다.

흔히들 인생은 육십부터라고 말한다.
막상 육십 문턱을 딛고 올라 서보니 이제부터가 아닌,
덤이라는 덩어리가 앞을 막았다.

나는 내 남은 인생을 덤으로 살지 않기 위해 소설로
욕심을 부려봤다.
당선 소식을 접했을 때, 기쁨보다 앞서던 부끄러움은
글을 쓰는 동안 성심을 다하는 지침으로 삼아야겠다.

이제 작가의 못다 피운 작품을 아쉬워하며 지난 족적을 남기고자 한다.

2006. 가을
故 박혜원 님의 아들 김준희

박혜원유고집
구만리 하늘

초판1쇄 찍은 날 2006년 8월 28일
초판1쇄 펴낸 날 2006년 8월 31일

지은이 박혜원
펴낸이 송광룡
펴낸곳 도서출판 심미안
주 소 503-821 광주광역시 남구 양림동 24-18번지 2층
전 화 062-651-6968
팩 스 062-651-9690
메 일 simmian03@hanmail.net
등 록 2003년 3월 13일 제05-01-0268호

값 9,800원
ISBN 89-91329-38-1 03810

잘못된 책은 바꿔드립니다.